Angela Mackert

Wächter der Schlange
Antiquerra-Saga (4)

Bibliografische Information der Deutschen Nationalbibliothek: Die Deutsche Nationalbibliothek verzeichnet diese Publikation in der Deutschen Nationalbibliografie; detaillierte bibliografische Daten sind im Internet über http://dnb.d-nb.de abrufbar.

Impressum

Titel: Wächter der Schlange – Antiquerra-Saga (4)

Copyright © 2017 by Angela Mackert
1. Auflage 2017
Alle Rechte vorbehalten. Nachdruck – auch auszugsweise – nur mit Genehmigung der Autorin.
Redaktion: Angela Mackert
Lektorat: KaGr
Covergrafik: Ellerslie u. Photos287/ Shutterstock.com
Coverlayout, Grafikbearbeitung und Innengrafik: Angela Mackert
Herstellung und Verlag: BoD — Books on Demand, Norderstedt
ISBN der Printausgabe: 978-3-7448-9081-6
Auch als eBook erhältlich

Herausgegeben von

Angela Mackert

Sie finden mich im Internet unter: www.angela-mackert.de

Beachten Sie auch bitte:
https://business.facebook.com/autorin.angela.mackert

Angela Mackert

Wächter der Schlange
Antiquerra-Saga (4)

Dieser Roman gehört zu einer m  *aga. Jedes Buch beinhaltet eine eigenständige Geschichte, und* *bhängig vom Vorgängerband gelesen werden.*

Bisher erschienen:

Band 1: DIE FARBE DER DUNKELHEIT

Band 2: FEENSCHWUR

Band 3: VAMPIRBLUT

Band 4: WÄCHTER DER SCHLANGE

Gegenwart

Schnittstelle zwischen Vergangenheit und Zukunft.

Summe vergangener Entscheidungen

und Skizze künftiger Realität.

Zeit der Bewegung, gewollt oder nicht.

Entscheidend für die Zukunft.

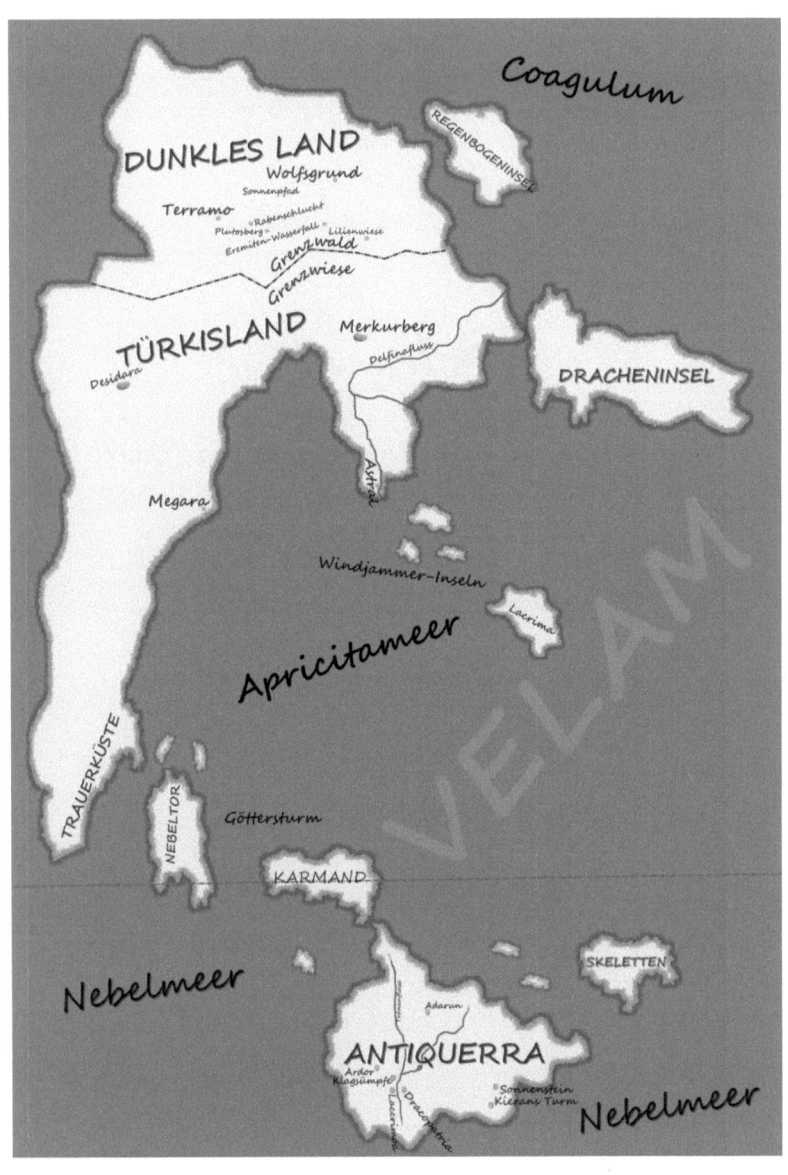

»Im Grunde ist unsere alte Erde Antiquerra nur eine Insel in einem zeitlosen Raum, welcher der Magie Velams entspringt. Doch sie ist die geheime Wirkstätte der Götter, die uns brauchen, um gewisse Dinge in Ordnung zu bringen.« - Luczin zu Briann, während einer ihrer vielen Diskussionen in der Zeit nach Nivens Besuch.

1. Kapitel

Nivens Dilemma ...

In seiner Rabengestalt flog Niven über die Meerenge. Die Insel Antiquerra lag weit hinter ihm, aber seinen schmerzenden Muskeln nach zu urteilen, müsste eigentlich bald wieder Land aufkommen. Angestrengt schaute er hinunter auf das im Mondlicht glänzende Wasser. Konnte es sein, dass die Meereswellen nicht mehr der Windrichtung folgten, sondern schon parallel liefen? Ja, denn dort vorne glommen schwache Lichter. Das musste die Bucht sein! Niven stieß sich nach unten und wenig später landete er am Strand von Karmand.

Leise krächzend breitete er seine Flügel aus. Funkelnde, dunkle Schwaden stiegen um ihn herum auf, hüllten seinen Rabenkörper in wirbelnde Schatten, dann hatte er seine Gestalt als Mann zurück. Schwer atmend beugte er sich nach vorne. Sein Blick fiel dabei auf den Saum seines schwarzen Umhangs. Dieser war feucht und voller Sand, aber für einen Reinigungszauber fehlte ihm jetzt die Kraft. Er klopfte nur den Stoff ein wenig aus. Dann richtete er sich auf, fuhr mit beiden Händen durch sein dunkles, halblanges Haar, das, wie er wusste, stets ein wenig stubbelig aussah. Aber das gehörte zu ihm wie seine Mundharmonika. Die Mundharmonika ... Er tastete in den tiefen Taschen seines Umhangs und holte das silberglänzende Musikinstrument heraus. Noch vor ein paar Stunden hatte er darauf gespielt, als er im Südosten Antiquerras auf dem Weg durch das Birkenwäldchen zum Turm gegangen war, um die Freunde zu treffen. Niven seufzte. Jahrzehntelang hatte das Schicksal sie voneinander getrennt und vermutlich würde er jetzt erneut längere Zeit fort sein. Heute hatte er es ihnen gesagt.

Niven steckte seine Mundharmonika in die Tasche zurück und sah sich um. Ein Stück weit links von ihm lagen Boote am

Strand, mit Laternen am spitz nach oben zulaufenden Bug, die in der Dunkelheit leuchteten. Die Wasserfahrzeuge gehörten den Meerfrauen, die sie für ihren Handel mit Seetang und Seeschwämmen nutzten. Niven ging hinüber, zog seinen Umhang aus und setzte sich im Schein der Laternen in den Sand, den Rücken an eine Bootswand gelehnt. Einen kurzen Moment lang schloss er die Augen und lauschte dem Rauschen des Ozeans. Doch er konnte sich nicht entspannen. Sein ganzer Körper schmerzte, weil er ohne Pause geflogen war.

Während Niven seinen Nacken knetete, schaute er auf das Meer, das, zum Teil verdeckt von dünnen Nebelschwaden, im Schein des Mondes glitzerte. Automatisch wanderten seine Gedanken zurück zu den Gefährten, von denen er sich vor wenigen Stunden verabschiedet hatte. Sie wollten ihm helfen. Er lächelte. Dabei hatte er vor dem ersten Treffen noch Sorge gehabt, dass die lange Zeit seiner Abwesenheit ihrer Freundschaft vielleicht geschadet hätte, aber das war völlig unbegründet gewesen. Sehr schnell hatte sich die alte Vertrautheit wieder eingestellt und die angeregten Diskussionen, die sie seither miteinander geführt hatten, erinnerten ihn an die alten Zeiten. Deshalb wunderte es ihn auch nicht, dass seine Freunde spürten, wie sehr ihn die Rätsel, die ihm sein Leben als Rabenfürst schwer machten, belasteten.

Nivens Blick schweifte zum Himmel, an dem unzählige Sterne funkelten, gerade so als ob sie ihm das Hauptproblem zeigen wollten. Denn der Himmel in seinem Zuhause, der Steinwelt Junctares, blieb sternenlos. Er hatte den Gefährten erklärt, dass er dies als Zeichen dafür ansah, dass sein Volk ausstarb. Denn anders als er selbst oder seine Rabenfürstin Lena waren die Juncta nicht unsterblich. Sie waren periodische Wiederkehrer, deren Körper nach einer gewissen Lebenszeit zum Schemen wurden und sich auflösten, um die Seelensterne freizugeben, die des Nachts am Himmel der Steinwelt leuchteten. Als Sternschnuppen kehrten sie wieder und materialisierten sich im Fürstenpalst im Raum der Staubwirbel. So war es zumindest früher gewesen. Der Grund dafür, dass es nun keine Seelensterne mehr gab und dass schon seit Langem kein Juncta mehr zurückkehrte, schien nicht eindeutig. Es konnte damit zusammenhängen, dass in Antiquerra das Tor zur Steinwelt verschlossen und der Eingang nicht mehr auffindbar war. Vielleicht fehlte den Juncta deshalb die Kraft zur Wiederkehr, denn Antiquerra speiste die Steinwelt Junctares mit Energie. Für diese Theorie sprach auch die Tatsache, dass die einzigen zwei noch vorhandenen Öffnungen zu seiner Welt, die sich hinter den Nebeln im Türkisland sowie im Dunklen Land befanden, immer kleiner wurden.

»Ja, aber …«, klang es plötzlich in Nivens Ohr, in Erinnerung an Brianns Einwand, »… warum wendest du dich nicht an die Schattenkönigin? Sie könnte euch doch sicher leicht ein neues Tor schaffen! Immerhin hat sie ja auch dafür gesorgt, dass Lena und du eure Rabengestalt wiederbekommen habt.«

Als ob sein Freund noch neben ihm säße, schüttelte Niven den Kopf. Nein … Die Schattenkönigin hatte schon versucht, ihnen ein neues Tor zu öffnen. Aber sie war auf eine magische Sperre gestoßen, die selbst sie nicht aufheben konnte. Und nun stellte sich die Frage, ob der Fluch, der Lena vor sechstausend Jahren getroffen hatte, noch immer nicht ganz gebrochen war.

Der Wind frischte auf, wühlte sich durch Nivens Haar und zerrte an seinen Hemdsärmeln. »Ich geh ja schon«, flüsterte er, stand auf und zog seinen Umhang an. Nach einem letzten Blick über das Nebelmeer, über dem der Himmel bereits heller wurde, lief er über den Sand, hoch zu den bewaldeten Hügeln. Zügig wanderte er von dort aus immer höher hinauf. Als er den dichten grauen Dunst erkannte, welcher den Berg an der höchsten Stelle teilte, blieb Niven stehen. Er beugte sich nach vorne und stützte die Hände auf den Knien auf. Während er ausschnaufte, starrte er auf die dunkle, fast unbewegliche Nebelmasse. Keiner, der dort hineinging, kam je wieder irgendwo heraus. Auch er selbst konnte nicht hindurchgehen, zumindest nicht in seiner augenblicklichen Gestalt. In der alten Zeit war das anders gewesen. Aber wenigstens konnte er noch als Rabe einen Korridor öffnen, durch den er auf die andere Seite gelangte. Dafür musste er dankbar sein. Niven atmete noch einmal durch, richtete sich auf und breitete die Arme aus. Dann sprach er lautlos den Zauber der Verwandlung. Wind kam auf, hüllte seine Gestalt in funkelnde Wirbel, die seinen Körper verzerrten und veränderten. Wenig später hockte er als Rabe am Boden.

Sofort flog Niven hoch über die Baumwipfel und nahm Kurs auf die bis in den Himmel reichende Nebelwand. *Ra ka eha …* Niven spürte, wie der Zauber aus ihm herausströmte und oben in dem grauen Dunst einen tunnelförmigen Durchgang bildete. Er flog hindurch und landete bald darauf auf der anderen Seite in den Zweigen eines Baumes.

Während die magischen Nebel sich wieder schlossen, blieb Niven lauschend auf seinem Ast sitzen. Er hörte keine seltsam schwirrenden Geräusche, so wie früher. Also war wohl auch die Sache mit dem Herrn der Zeit noch nicht wieder in Ordnung gekommen. *Verdammt!* … Als ob es nicht schon genug Probleme gab.

Aber das Rätsel um den Herrn der Zeit stand nicht an der ersten Stelle seiner Problemliste und es genügte, wenn er bei Gelegenheit der Schattenkönigin von seinen Wahrnehmungen berichtete. Zur Bekräftigung krächzte er leise, dann schweifte sein Blick zwischen den Bäumen hindurch zu einem gewundenen Pfad. Dieser führte hinunter zur Küste, die durch eine tödliche Brandung namens »Göttersturm« vor unerwünschten Besuchern geschützt wurde. Niven nahm jetzt allerdings einen anderen Weg, denn ab hier konnte er sich von Bäumen weitertransportieren lassen. Er heftete daher seinen Blick auf den Stamm des Baumes, in dessen Ästen er saß, und beschwor ihn. *Ins Türkisland, zum Merkurberg … Ka kaaaa esch …*

Nach wenigen Augenblicken brach ein Licht aus dem Stamm heraus und saugte ihn ein. Kurz darauf flog Niven bereits aus einem anderen Baumstamm wieder heraus und direkt auf den Merkurberg zu. Fest behielt er den winzigen Lichtpunkt im Blick, der im Gestein aufschimmerte, dann flog er auch schon durch den Fels hindurch in seine Heimatwelt Junctares.

Niven landete auf dem Fußboden der großen Eingangshalle des Fürstenpalastes und wechselte sofort seine Gestalt. Er blickte sich um, aber niemand war hier. Die Stille im Raum wirkte so bedrückend wie die Halle selbst. Früher hatte es hier prachtvoll ausgesehen, aber nun überwogen die Spuren des Verfalls. Verdorrte Kletterpflanzen durchzogen die verwitterten Wände, und das Holz der großen Treppe, die zu den Privatgemächern führte, hatte schon mehrere morsche Stellen. Seine Magie half nicht, das zu ändern, solange die Verbindung zu Antiquerra nicht wiederhergestellt war.

Erste zögerliche Sonnenstrahlen fielen durch die beiden kleinen Öffnungen in der Wand hinter ihm — im Türkisland und im Dunklen Land zog der Tag herauf. Niven betrachtete die zwei Fenster. Vielleicht noch fünf oder zehn Jahre, dann würden auch diese zugewachsen sein. Er wandte sich seufzend ab und schaute zu der portalförmigen Nische an der linken Wand, wo sich das Rabenauge befand — eine schwarze Scheibe, die sich, eingehüllt in nebelartige Schwaden, lebhaft in alle Richtungen neigte und Bilder von Plätzen anderer Welten an die Wand warf. Wenn Niven seine Hand auf die Scheibe gelegt hätte, dann hätte er die Blumen, die das Auge gerade zeigte, berühren und sogar pflücken können. *Seltsam*, dachte er. Das Rabenauge schien nicht von dem Fluch betroffen zu sein, es tat seine Arbeit wie eh und je. War das ein Hoffnungsschimmer?

Gegenüber den Weltenfenstern befand sich ein hohes Portal, das in den fürstlichen Park hinausführte, von dem aus die vorgelagerte Küstenstadt und das Meer zu sehen war. Niven wollte gerade darauf zugehen, da hörte er im oberen Stockwerk leise eine Tür schlagen. Er blieb stehen und schaute zur Treppe. Wie erwartet kam die Rabenfürstin wenig später zu ihm herunter. Sie trug bereits ihr tiefrotes Tageskleid.

Niven ging ihr lächelnd entgegen. »Lena …«, flüsterte er und presste sie an sich, »du bist das Licht meines Tages.« Niven drückte einen Kuss in ihr blondgelocktes Haar und hielt Lena dann ein Stückchen von sich weg, um ihr ins Gesicht zu sehen. »Hab ich dich etwa geweckt?«

»Nein. Ich bin schon vor einer Weile aufgestanden, weil ich fühlte, dass du kommst.« Lena zog ihn mit sich. » Komm, setzen wir uns dort drüben ans Fenster, ich hab uns Frühstück vorbereitet.«

In dem kleinen Erker neben dem großen Portal stand vor dem Fenster ein für zwei Personen reichgedeckter Tisch.

Während Niven sich setzte, schweifte sein Blick über die Schale voll frischem Obst und die Schüsseln mit Getreidebrei und Beerensoße. »Wie schön, kein Vogelfutter zu sehen…«

Lena grinste. »Ich hab noch einen Vorrat an Regenwürmern. Magst du?«

Niven verzog vor Abscheu das Gesicht. »Nein, danke.«

Lena sah ihm zu, wie er Getreidebrei und Beerensoße auf seinen Teller häufte und zu essen begann. »Wie war dein Treffen mit unseren Gefährten?«

»Sie kennen jetzt die ganze Wahrheit über unser Dilemma«, antwortete er und schob sich einen weiteren Löffel voll Brei in den Mund. Er kaute und schluckte. »Mhm, schmeckt das gut … Sie wollen uns helfen und das Steinwelttor suchen.«

Lena schüttelte den Kopf. »Sie werden es nicht finden, solange der Fluch nicht gebrochen ist. Wir müssen zuerst den Schwarzmagier aufspüren und unschädlich machen.«

»Aber der ist längst tot.«

Wieder schüttelte Lena den Kopf. »Dann wäre der Fluch aufgehoben.« Sie beugte sich zu Niven vor. »Ich hab etwas überlegt. Als Thamar mich damals tötete, da könnte doch meine Unsterblichkeit auf ihn übergegangen sein. Es würde den überaus grellen Lichtstrahl erklären, in den ich ihn eingehüllt sah.«

Niven zuckte mit den Schultern. »Wenn du wenigstens sonst noch Erinnerungen hättest …«

Lena schöpfte sich Brei auf den Teller. »Die habe ich — ich starb im Körper eines Käfers, den dieser Unhold zertrat!«

Niven legte schnell seine Hand auf ihren Arm. »Ich weiß, Liebes, aber jetzt bist du wieder diejenige, die du immer warst, und wir werden auch unser Volk retten.«

Lena nickte. »Heute Nacht war ich an der magischen Grenzmauer, die zwischen dem Türkisland und dem Dunklen Land steht.« Als Niven erschrocken Luft holte, winkte sie ab. »Ja … die Energie dort ist so übel wie vor sechstausend Jahren, fühlt sich wegen der Mauer, die zwischenzeitlich errichtet wurde, sogar fast noch schlimmer an. Aber wie auch immer — ich habe die Stelle aufgesucht, an der es damals passiert ist. Meiner Erinnerung hat es leider nicht auf die Sprünge geholfen, alles sieht so anders aus als damals, aber ich habe unten an dem Mauerabschnitt eine Wurzel entdeckt, die einen kleinen Hohlraum geschaffen hat, durch den wir in den Grenzwald hineinkommen können. Vielleicht finden wir dort Hinweise …«

»Du gehst keinesfalls allein hinüber!« Niven schaute Lena streng an.

»Versprochen.«

Sie aßen schweigend weiter. Dann schob Niven seinen leeren Teller zurück. »Ich muss schon bald wieder fort, bei Lili meine Seelenhüter-Pflichten erfüllen. Wie du weißt, habe ich versprochen, sie bei ihrer Heimkehr zu begrüßen.« Er atmete hart aus. »Im Türkisland stehen die Zeichen bereits auf Sturm, und bald werden alle die große Gefahr erkennen. Wenn Lili dann tatsächlich diejenige ist, die das Blatt wieder wenden soll, dann frage ich mich, was ich ihr als Rabe überhaupt nützen kann. Es ist grausam, dass wir nur noch in Antiquerra und einem Teil Karmands oder hier auf Junctares unsere Gestalt wechseln können.«

Lena stand auf, ging zu Niven und griff nach seinen Händen. Sie zog ihn hoch, um ihn in den Arm zu nehmen. »Ich weiß, dass du deinen Schützling lieber mit Pfeil und Bogen verteidigen würdest. Aber wenn es zum Kampf kommt, dann ist es *ihrer*, nicht deiner. Du kannst Lili jedoch raten, sie vor Gefahren warnen, wo du welche erkennst, und sie wird auf dich hören, weil sie deine Botschaften versteht.«

»Ah … aus dir redet die Schattenkönigin.« Niven gab Lena einen Kuss auf die Stirn. »Wirst du mich jetzt auch noch einmal daran erinnern, dass wir über Lili der Lösung unseres eigenen Problems näherkommen können?«

»Wenn du das willst …«

Niven schüttelte den Kopf. »Nein, die Schattenkönigin hat es oft genug erwähnt, da muss ich wohl darauf vertrauen.«

»Gut … Barbarossa.«

Niven grinste. »Stimmt. Bei Lili heiße ich ja Barbarossa beziehungsweise der Kürze wegen: Barb.« Er wickelte sich eine Strähne von Lenas langen Locken um den Finger. »Ich sollte wohl zu ihr gehen, bevor ich den Namen wieder vergesse …« Niven ließ Lena jedoch nicht los. »Ich will dich nie mehr verlieren«, flüsterte er.

In den oberen Stockwerken schlugen vereinzelt Türen und Schritte klangen. Die wenigen Juctas, die jetzt noch im Fürstenpalast dienten, begannen ihr Tagwerk. Bald würden sie das große Portal öffnen und dann kam nach und nach der Rest der noch lebenden Juncta hier zusammen, um der Rabenfürstin nahe zu sein. Für Niven war dies das Signal, sich nun doch endlich zu lösen.

»Wünsch uns allen Glück«, bat er zum Abschied.

Noch während er von Lena fortging, verwandelte er sich in den Raben, flog auf und verschwand in der Öffnung, die ins Türkisland führte.

2. Kapitel

Es beginnt …

Wie wirbelnde Schatten huschten Wido und Pasko die Straße hinauf, die zu der alten Burg am Ende des Küstenplateaus führte. Beide hatten die Kapuzen ihrer schmutzigen Umhänge tief ins Gesicht gezogen. Nur ab und zu, wenn einer der Männer den Mund aufriss, um Luft zu holen, blitzte das furchterregende Gebiss auf, das sie als Schattenrosswandler auswies. Kurz vor dem Burgtor blieben sie schlitternd stehen. Neben der offen stehenden, reich verzierten doppelflügeligen Tür prangte ein einfaches Schild mit der Aufschrift: *Burg Nebeltor, Meisterheilerzentrum.*

Pasko ging dicht an die Außenwand der Burg heran, wurde immer dünner, sodass er fast mit der Fassade verschmolz und nur noch einem Schatten glich. Dann kroch er nach oben, um in die vielen Fenster zu schauen, sogar in diejenigen unter dem Turm mit dem Leuchtfeuer. Wenig später stand er wieder neben Wido und schüttelte seine Glieder. »Ist das richtige Zentrum. Lili packt noch.«

Wido schnaubte verächtlich. »Hab doch gesagt, dass sie an der Trauerküste ist!« Er warf einen Blick zum Himmel und sah die aufgehende Sonne. »Los jetzt! Die reist bestimmt bald ab, müssen an ihr dranbleiben!«

Die beiden Schattenrosswandler sausten in den Torgang hinein und von dort geradeaus durch bis zum Burghof. Wieder drückten sie sich rechts neben dem Durchgang wie Schatten an die Wand, um nicht gesehen zu werden. Aber es war niemand hier. Nirgendwo regte sich etwas, außer dem Wind, der durch die Zweige der dicken Buche strich, die mitten im Hof wuchs.

Eine Weile standen die beiden reglos. Als jedoch im Torgang die seitliche Tür ins Schloss fiel und Schritte klangen, die näher kamen, rutschten sie wie auf Kommando mit eingezogenen

Köpfen an der Wand entlang nach unten, sodass ihre schattenhafte Gestalt völlig mit der Umgebung verschmolz.

»Das ist sie!« Pasko deutete auf die junge, dunkelhaarige Frau, die mit einem kleinen Koffer in der Hand in den Hof kam. »Hast du gesehen, die hat wirklich so dunkle Augen wie ein Rabe.«

Beide beobachteten, wie Lili auf die Buche zuging, ihre Hand auf den Stamm legte und magische Worte flüsterte. Kurz darauf strahlte ein Licht im Baumstamm auf, das sich zu einem Tor vergrößerte, in welches Lili hineinging.

»Darf uns nicht entkommen!«, presste Wiedo zwischen den Zähnen hervor und sprintete los.

Pasko rannte ihm hinterher, und die beiden schafften es gerade noch im letzten Augenblick in das sich bereits schließende magische Tor hinein. Ein Wind schob sie vorwärts und wenig später befanden sie sich in der magischen Welt Velam.

Kurz nach Lili traten die beiden Schattenrosswandler am Waldrand von Megara aus einer Fichte heraus. Sofort versteckten sie sich hinter dem Stamm. Zwar blickte Lili zurück, um dem Baum, wie es bei den Olims üblich war, für den Transport zu danken, aber Wido war sich sicher, dass sie ihn und Pasko nicht gesehen hatte. Er schob sein Schatten-Gesicht langsam um den Stamm herum nach vorne — und schreckte zurück. Lili stand reglos da und lauschte. Hatte sie doch etwas bemerkt? Aber dann begriff er, dass sie wegen der Fichte stutzte, die einen gequälten Laut von sich gab, der wie ein Husten klang. Wido deutete auf den Baum und sah grinsend zu Pasko. »Hat schon begonnen ...«

Sein Kumpan, der fast stocksteif zwischen den Zweigen am Stamm klebte und angestrengt horchte, nickte. Als er dann hörte, wie Lili sich von ihnen entfernte, riskierte auch er einen Blick zum Weg hin. Er wisperte: »Die geht zu dem Haus dort ...«

Sofort schaute Wido auch wieder hinter dem Baustamm hervor. Er beobachtete, wie Lili zum letzten Haus des Tannenwegs lief. Dort blieb die junge Frau vor dem mit üppig blühenden Rosen umrankten Gartentor stehen und atmete tief den Duft ein. Als sie das Tor öffnete, um zu dem alten weißen Häuschen zu gehen, gab Wido Pasko ein Zeichen und zusammen rannten sie Lili hinterher, gingen aber beim Gartentor erst einmal erneut in Deckung.

»Hat uns nicht bemerkt.« Pasko grinste zufrieden.

»War doch klar!« Wido reckte den Kopf, um besser zu sehen. »Guckt nicht mal hinter sich!«

»Schön dumm«, antwortete Pasko und sah sich schnell nach allen Seiten um. Danach reckte er den Kopf hoch, um das Namensschild am Gartentor zu studieren. »Son ... ja ... und ... Li ... li ... Dix ... Ah, die wohnt hier.«

»Ja. Ahnungslose Lili, so einfältig, so dumm. Sitzt bald in der Falle!« Wido fing an zu zucken, seine Pferdezähne schlugen aufeinander und es sah aus, als ob er etwas packen und beißen wollte. Er sprang dabei von einem Fuß auf den anderen und kratzte mit seinen Fingernägeln über das hölzerne Gartentor. Es hinterließ hässliche Spuren.

»Leise, darf uns niemand hören!« Pasko warf seinem Kumpel einen Blick zu und erschrak. Mit aller Kraft umschlang er Wido, um zu verhindern, dass dieser sich vor lauter Ungeduld in seine dämonische Pferdegestalt verwandelte und in den Garten einbrach. »Nicht jetzt!«, zischte er. »Müssen Bericht erstatten.«

Wido beruhigte sich nur langsam, doch dann stand er still. »Lass mich los«, sagte er eisig.

Pasko zögerte. Aber als er merkte, dass Wido wieder denselben kalten Blick auf ihn richtete wie immer, tat er es doch. Er winkte ihn mit sich. »Komm jetzt, der Herr wartet nicht gern.« Er drehte sich um, um zum Waldrand zurückzurennen, wo sie ohne Aufsehen verschwinden konnten. Als aber plötzlich in der Luft der durchdringende Schrei eines Raben klang, schaute er erschrocken hoch.

»Lilis Rabenvieh!« zischte Wido.

Wie auf Kommando richteten die beiden Schattenross-wandler ihren rechten Arm auf den Boden. Ein schwefelgelbe Wolke stieg auf, und gleich darauf waren beide verschwunden.

Lili ging durch den lang gestreckten Vorgarten zum Häuschen ihrer Großmutter. Immer wieder blieb sie stehen, um die Blumen zu bewundern, die jetzt im Spätsommer noch einmal ihre ganze Farbenpracht entfalteten. Wie sie diesen Garten vermisst hatte in den letzten drei Monden! Aber jetzt konnte sie niemand mehr irgendwo hin beordern, wo sie nicht hin wollte. Sie hatte ihre Pflicht erfüllt, ihre Heilerfähigkeit wie vorgeschrieben in der Praxis unter Beweis gestellt und durfte sich nun offiziell zu den Erwachsenen rechnen. Ein bisschen spät, wie sie fand, schließlich war sie bereits zwanzig Jahre alt. Es gab andere, die schon im Alter von siebzehn Jahren geprüft worden waren, wie die Schwester ihrer Freundin Kela. Das System der Platz-Vergabe hatte sie allerdings nie wirklich interessiert, aber dass sie dann ausgerechnet an die Trauerküste zur Meisterheilerin Lunera geschickt worden war, beschäftigte sie noch immer. Diese war so streng wie anspruchsvoll und hatte ihr alles abverlangt, sodass sie nach jeder Heiler-Schicht wie tot ins Bett gefallen war.

Lilis Gedanken an die pingelige Lunera verblassten, als sie vor der Haustüre stand. Aber gerade als sie an der Türglocke ziehen wollte, hörte sie den Ruf ihres Raben. Ihr Herz machte einen freudigen Hüpfer. Schnell stellte sie ihren Koffer ab, trat ein paar Schritte zurück und blickte zum Himmel. »Barb«, flüsterte sie, »du bist gekommen.«

Hab es doch versprochen! Die männlich klingende Stimme umwehte Lili wie ein Hauch. Als sie den Arm ausstreckte, damit Barbarossa bequem landen konnte, sah sie aus den Augenwinkeln, wie vor dem Gartentor eine schmutzig-gelbe Wolke aufstieg. Sie schaute dorthin, aber in dem Moment spürte sie, wie der Rabe auf ihren Fingern aufsetzte.

Sofort wandte sie ihm ihre Aufmerksamkeit zu. »Hallo Barb!«
Barbarossa schaute Lili unverwandt an. *Alles gut ... aber muss
die Umgebung im Auge behalten ...*

Lili lächelte. Barbarossa klang oft so, als ob er auf sie aufpassen würde. Sie schaute ihm nach, wie er zum Gartentor flog, sich kurz nach allen Seiten äugend auf dem Pfosten niederließ und dann in Richtung Wald fortflog.

Als Lili das Haus betrat, wurde sie von Großmutter Sonja gleich herzlich umarmt. Während diese dann in die Küche vorauseilte, blieb Lili noch einen Augenblick im Flur stehen. Ihr Blick schweifte zu der Tür unter der Treppe, hinter der eine kleine Abstellkammer mit einer Wendeltreppe lag, die in den Keller führte. Sie schnupperte, weil eine bunte Mischung von Gerüchen ihre Nase streifte, aber der Duft kam nicht von dort, sondern von der Stube links vom Hauseingang. Sonja lagerte in dem Zimmer ihre selbst hergestellten Kräuterzubereitungen. Lili sog den würzigen Duft tief ein.

»Der Tee ist fertig«, rief die Großmutter.

Lili eilte in die Küche, aber auf der Türschwelle blieb sie wieder stehen. Wie gemütlich es hier war, wie vertraut! Ihr Blick erfasste die zierliche Frau, die den Tisch deckte. Mit sicheren Bewegungen tat Sonja die notwendigen Handgriffe und überprüfte mit wachen Augen, ob etwas fehlte. Ihr kastanienbraunes Haar hatte sie zu einem langen Zopf geflochten, den sie am Hinterkopf zu einer Schnecke aufgesteckt trug.

Lili lächelte, während sie alles im Raum betrachtete. Sonja und ihre Küche, hier würde sich nie etwas verändern. Links der kleine Ofen, daneben der Herd. Daran anschließend der Arbeitstisch aus mittlerweile rötlich nachgedunkeltem Kirschbaumholz. Die imposante, steinerne Spüle stand direkt vor dem Fenster. Der Esstisch hatte seinen Platz rechts, seitlich der Tür zum Gemüse- und Kräutergarten, vor den beiden Eckfenstern.

Sonja saß dort bereits und goss den Tee in die Tassen. Lili ging auf sie zu, blieb aber vor dem Herd erneut stehen. Dieser sah wie ein eckiger, gemauerter Pizzaofen aus, mit einer halbrunden Eisentüre. Obenauf lag eine Steinplatte mit vier unterschiedlich großen Löchern darin. Sie hatten die Form einer strahlenden Sonne. Darunter waren Gefäße eingearbeitet und darin lag jeweils ein großer Brocken Lava. Lili hob ihre Hand über einen der Steine und er fing an zu glühen. Gleich darauf züngelten Flammen daraus empor. Die Lava wurde flüssig und verteilte eine gleichmäßige Hitze. Als Lili ihre Hand nach oben führte, folgten die Flammen und wurden größer. Eine Bewegung abwärts senkte die Hitze wieder ab. Der Backofen darunter folgte dem gleichen Prinzip. Auch da drinnen lag Lava. Mit einer wischenden Handbewegung löschte Lili das Feuer, sodass der Stein ausglühen konnte, und setzte sich dann zu Sonja an den Tisch. »In der *Burg Nebeltor* durften wir die Küche nicht einmal betreten. Vermutlich, weil sie dort auch geheime, magische Arzneien gekocht haben …«

Während sie nun ihren Tee tranken und von dem Begrüßungskuchen aßen, den Sonja gebacken hatte, erzählte Lili von ihren Erlebnissen mit der Meisterheilerin Lunera. »Von der Trauerküste habe ich so gut wie nichts gesehen. Wir Praktikanten — so nannte uns Lunera — durften die Burg nicht verlassen. Die Steilküste sei für Ortsfremde zu gefährlich, hieß es. Aber ich hatte wenigstens ein Zimmer mit Blick auf das Meer.«

»Wie viele wart ihr denn?«, warf Sonja ein.

»Dreißig. Es sind scheinbar immer dreißig, die der Meisterheilerin zur Hand gehen sollen. Wenn welche von uns heimgingen, kamen immer genauso viele Neulinge hinzu. Kaum einem von uns fiel die Zeit dort leicht. Wir mussten auf alles gefasst sein. Einmal kam ein verletzter Riese und der trat so hart auf, dass wir Angst hatten, die Burg stürzt über uns ein. Wir mussten ihn im Freien behandeln. Aber das Schlimmste, das ich dort erlebt habe, war eine Magierin, deren Mund vollständig zugewachsen war. Nichts half, bis Lunera kurzerhand den Mund aufschnitt. Ich musste danach die blutenden Wunden heilen, aber das hat lange gedauert.«

»Du lieber Himmel! Wer hatte die Frau denn so zugerichtet?«

»Sie sagte: ein Goblin. Aber ich tippe eher auf ein misslungenes magisches Experiment …«

Sonja nickte. »Ob so oder so, bestimmt ist die Frau jetzt vorsichtiger.« Sie biss sich auf die Lippen, dann schaute sie Lili an. »Ich habe auch Neuigkeiten, eine gute und eine schlechte. Welche willst du zuerst hören?«

Lili nahm vorsichtshalber noch einen Schluck Tee. »Die Schlechte …«

Sonja wirkte auf einmal sehr bedrückt. »Unser Wald … Das Kraftdreick verliert aus unerklärlichen Gründen Energie und das Schlimmste: Die Waldelfen sind verschwunden. Seit zwei Wochen hat sie niemand mehr gesehen.«

Lili Herz machte vor Schreck einen Hüpfer. Schon vor ihrer Abreise hatte sie gespürt, dass mit dem Wald etwas nicht stimmte, aber dass sich jetzt auch noch die Elfen nicht mehr blicken ließen … Sie fasste einen Entschluss. »Ich benachrichtige meine Freunde und dann gehen wir der Sache nach.« Lili schwieg einen kurzen Moment. »Und die gute Neuigkeit?«

Sonja atmete durch, dann lächelte sie. »Wir haben einen neuen Mitbewohner. Du wirst ihn bald kennenlernen. Ob er heute noch auftaucht, weiß ich nicht, aber morgen bestimmt. Länger hält er es sicher nicht aus. Er ist so neugierig auf dich.«

Lili schüttelte den Kopf. »Ich verstehe kein Wort …«

Sonja lächelte noch immer. »Ich habe den kleinen Kerl richtig lieb, auch wenn er sehr anstrengend sein kann. Er hat nämlich eine Neigung, allerlei Sachen zu stibitzen. Pass also auf, was du herumliegen lässt. Sonst musst du dir den Mund fusselig reden, um es wiederzubekommen.«

Lili holte überrascht Luft. »Du willst sagen, dass wir einen Kobold …«

»Ja!« Sonja gluckste vor Heiterkeit.

Lili beugte sich gespannt vor. »Wie heißt er denn?«

»Goswin«, erwiderte Sonja. »Vor zwei Monden stand er plötzlich vor mir, stemmte die Arme in die Hüften und sagte: *Du bist jetzt meine Familie.* Ab da war nichts mehr wie vorher.«

Lili brannte jetzt darauf, Goswin so schnell wie möglich kennenzulernen. »Meinst du, er mag mich?«

»Bestimmt! Wie ich ihn kenne, hat er bereits einen Blick auf dich geworfen und überlegt nur noch, wie er am besten an dich herankommt. Nur noch ein bisschen Geduld … und jetzt solltest du deinen Koffer nach oben bringen.«

Lili nickte und stand auf. Als sie durch den Flur lief, bemerkte sie, wie die Tür zur Abstellkammer leise geschlossen wurde. Ob das Goswin war?

Lilis Koffer stand noch vor der offenen Haustüre. Sie hob ihn herein und blickte dann über den Garten hinweg ins Tal mit den satten Wiesen und den darin verstreuten Bauernhöfen. Sogar das Meer sah sie von hier aus in der Sonne glitzern. Wenn sie zu den zerklüfteten Klippen ging, konnte sie bei gutem Wetter hinüberblicken bis nach Astral, jener wundervollen Stadt der vier Tore. Lili schnupperte mit geschlossenen Augen. Der salzige Geruch des Meeres umwehte ihre Nase hier nicht so stark wie an der Trauerküste. Er wurde überlagert vom köstlichen Duft der Tannen und Fichten des kleinen Gebirges, das sich seitlich und hinter dem Haus hochzog. Sie lächelte. Gab es einen schöneren Ort als diesen?

Lili riss sich von dem Anblick los und ging mit dem Gepäck die Treppe hoch. Kurz darauf stand sie in ihrem Zimmer und warf den Koffer mit Schwung auf das große Bett mit dem rosa durchscheinenden Baldachin. Dann öffnete sie ihren Schrank. Ihr Blick fiel sofort auf die abgwetzte Hutschachtel, die sich auf der oberen Ablage über der Kleiderstange befand. Sie nahm sie herunter und statt ihre Kleider einzuräumen, setzte sie sich damit auf den Boden. Die Schachtel war randvoll mit Erinnerungen gefüllt. Lili zog einen abgegriffenen kleinen Teddybären heraus, dem ein Auge fehlte und dessen Bauch mit Mottenlöchern übersät war. Zärtlich streichelte sie über den alten Freund. Dann kramte sie weiter. Ganz unten auf dem Boden der Hutschachtel lag ein Foto. Die Risse, die das Bild durchzogen, verrieten, dass Lili es nicht zum ersten Mal in der Hand hielt. Es zeigte eine junge Frau mit rotbraunen Haaren, die lachend über einer Wiese schwebte, die Arme ausgebreitet wie die Flügel eines Vogels. Es war Viola Dix, ihre Mutter, die bei einem tragischen Unfall gestorben war. Lili war damals erst sieben Wochen alt gewesen. Bis heute konnte niemand erklären, weshalb Viola abgestürzt war. Die Umstände blieben mysteriös, vor allem da sie eine exzellente Fliegerin gewesen war, die bei Wettbewerben viele Preise gewonnen hatte. Lili hauchte einen Kuss auf die Fotografie, legte sie beiseite und kramte weiter. Kurz darauf hielt sie einen kreisrunden Fetzen Stoff von Violas Flugumhang, der bei dem Unfall damals völlig zerrissen worden war, in der Hand. Es hing noch ein wenig von der glücklichen Energie darin, die ihre Mutter während des Fluges verspürt haben musste. Als Lili das Stück Stoff an ihre Wange drückte, kam es ihr so vor, als würde sie ein helles Lachen hören.

Nach einer Weile legte Lili die herausgenommenen Gegenstände wieder in die Hutschachtel und stellte diese in den Schrank zurück. Weil es so warm im Zimmer war, ging sie auf die andere Seite, um die beiden Fenster zu öffnen. Ihr Blick schweifte über die Tannen des nahen Waldes. Das leichte Rauschen der Bäume hörte sich wundervoll an und sie merkte, dass sie auch das vermisst hatte.

An der Wand, seitlich vor dem ersten der beiden Fenster, stand Lilis Sekretär. Die Morgensonne hüllte den zierlichen Schreibtisch in ein warmes, rotbraunes Leuchten, erfasste die Elfenfiguren und küsste sie wach. Die kleinen Wesen nahmen sich bei den Händen und tanzten lautlos durch den oberen Bogenrand des Möbels. Lili sah ihnen eine Weile lächelnd zu. Dann fiel ihr ein, dass sie ihrer Freundin Kela ja eine Nachricht senden wollte. Aber wo war ihr Briefstab? Zu Lunera hatte sie den magischen Helfer nicht mitgenommen, dort hatte sie die hauseigenen Stäbe benutzt. Ach, er würde sicher auftauchen, wenn sie nach ihm verlangte.

»Briefstab … Nachricht senden«, rief sie.

Die obere, rechte Schublade ihres Sekretäts rauschte heraus und ein bleistiftdünner Stab sauste von da aus in die Luft. Er drehte sich mehrfach um die eigene Achse. Dabei formte er an seinem oberen Ende einen großen Mund, Augen, und an den Seiten zwei dünne Ärmchen. Dann holte er tief Luft und spuckte mit gespitztem Mund ein gerolltes Blatt Papier aus, dem Lili gerade noch ausweichen konnte.

Während sie zur Seite hüpfte, befahl sie: »An Kela Merlot!«

Der magische Helfer rollte das Papier auf. Wie ein dünnes Brett schwebte es in der Luft. Dann zog er sich einen Schreibstift aus dem Mund, schielte neugierig über die dicke, gewölbte Oberlippe und wartete auf Lilis weiteren Befehl.

»Liebe Kela, soeben habe ich erfahren, dass die Waldelfen verschwunden sind. Irgendetwas stimmt hier nicht! Helft ihr mir, die Elfen zu suchen? PS: Bin erst seit heute wieder zuhause.«, diktierte sie und fühlte sich plötzlich sehr niedergedrückt. Der Briefstab schwebte zu ihr hin und streichelte ihre Nase. Der Schreibstift in seiner Hand streifte dabei über ihre Wange. Lili musste aufpassen, dass er nicht ihr Gesicht bemalte. »Abschicken. Hadee adadee!«, befahl sie schnell.

Der Briefstab flog hoch, saugte Papier und Stift in seinen Mund, rülpste hinter vorgehaltener Hand und grinste sie an. Der Brief war jetzt unterwegs zu ihrer Freundin, und auf ihr Wort hin kehrte der magische Helfer in seine Schublade zurück.

Lili schnupperte, weil plötzlich ein Duft nach Pfannkuchen zu ihr heraufwehte. Sicher rief Sonja sie gleich zum Mittagessen. Lili verstaute schnell noch die Sachen aus dem Koffer und ging zu ihr hinunter.

In der Küche war der Tisch für drei Personen gedeckt, doch Goswin ließ sich nicht blicken.

»Vorhin kam er angeflitzt, schnappte sich zwei Pfannkuchen und sauste wieder hinaus«, erklärte Sonja lachend. »Mach dir nichts daraus, Lili. So sind Kobolde eben.«

Später räumten sie gemeinsam den Tisch ab und am Nachmittag erhielt Lili bereits Antwort von Kela, die ankündigte, dass sie übermorgen mit ihrer Schwester Sira und ihrem Freund Ferdan kommen würde, um mit Lili nach den Waldelfen zu suchen.

Am Abend ging Lili früh schlafen, aber mitten in der Nacht wachte sie auf. Durch die Decke ihres Zimmers hörte sie es im Speicher rumoren. Sie richtete sich halb in ihrem Bett auf, hielt den Atem an und lauschte. Was war das? Diese klackernden Geräusche hörten sich an, als ob etwas auf dem Dachboden hüpfte und rollte. Nach einer Weile wurde es still. Lili entspannte sich, doch schon im nächsten Moment fuhr sie wieder hoch. Es quietschte. Regelmäßig. Ein kurzes Stampfen auf der Decke über ihr, dann prasselte es. Schnelle, leise Schritte, noch einmal ein Prasseln. Immer wieder in gleicher Folge. Das war kein Tier. Vielleicht der Wind? Nein, das würde sich auch anders anhören. Plötzlich lachte Lili auf. Natürlich! Das konnte nur der Kobold sein. Sicher war Goswin dort oben. Was er da wohl trieb? Schade, dass sie ihn nicht sehen konnte.

Oben auf dem Speicher lag Goswin in Lilis alter Babywiege und ließ seine klapperdürren Beine rechts und links heraushängen. Mit seinem ganzen Körper vollführte er Bewegungen, die das Bettchen zum Schaukeln brachten. Der Kobold starrte dabei mit gerunzelter Stirn auf die Speicherbalken und verzog das Gesicht zu Grimassen, weil er so angestrengt nachdachte. Seine großen, abstehenden Fledermausohren rollten immer wieder ein und auf. Er hatte irgendwo einen Schlafanzug aufgetrieben, dessen Ober- und Unterteil jedoch nicht zusammenpassten. Die kurze, für seinen dünnen Körper viel zu weite Hose hielt er mit dem Gummiband eines Einmachglases an seinem Bauch fest. An dem Jäckchen, das er dazu trug, war ein Ärmel herausgerissen, den er sich als Schlafmütze über den Kopf gestülpt hatte. Darunter schauten seine feuerroten Haare hervor. Auf dem Boden verstreut lagen die Sachen, die Goswin tagsüber anhatte. Das grell karierte Hemd, das er immer nur mit einem Knopf schloss, und die zu kurze, mit Zapfen und Zweigen bedruckte Hose. Überall im Speicher lagen die Fichtenzapfen und Murmeln herum, mit denen er gespielt hatte.

Das Nachdenken führte zu einem Ergebnis. Goswin schlenkerte beide Beine nach rechts, sodass sich die Seite seines Bettchens zum Boden neigte, und sprang heraus. Dann schlich er zur Speichertür, öffnete sie und kletterte die Treppe hinunter. Vor Lilis Zimmer blieb er stehen, die großen Fledermausohren dicht an die Wand gepresst. Eine Weile verharrte der Kobold in dieser Stellung. Dann öffnete er einen Spaltbreit die Tür und blinzelte in den Raum hinein.

Als Lili bemerkte, dass ihre Zimmertür geöffnet wurde, stellte sie sich schlafend. Ihr Herz begann, schneller zu klopfen. Sie hörte, wie jemand näher schlich und sich dabei selbst ermahnte: »Leise sein, leise sein!« Die Stimme klang seltsam rau.

Nach einer Weile spürte sie, wie ein Finger über ihre Wange strich und dann sanft tastend ihren Mund nachzeichnete. Als Lili aufblickte, schaute sie direkt in die Augen des Kobolds, die fast so dunkel waren wie ihre eigenen. Er erschrak. Rückwärts wich er bis zum Schrank zurück.

»Hallo, du bist bestimmt Goswin«, redete Lili ihn an.

Der Kobold nickte so heftig, dass ihm seine ungewöhnliche Schlafmütze vom Kopf fiel und die Haare sich nach allen Seiten aufrichteten. »Wollte nur Lili sehen.« Er zog den Kopf ein, als wenn er erwarten würde, ausgeschimpft zu werden.

»Schon gut«, sagte Lili. Sie reichte ihm den Apfel, den sie auf dem Nachtschrank liegen hatte. »Hier, magst du den?«

Der Kobold strahlte über das ganze Gesicht. »Oh, ein Geschenk! Lili gibt mir ein Geschenk, sie mag mich, sie mag mich«, hauchte er. Mit beiden Händen nahm Goswin das Obst entgegen. Übermütig hüpfte er damit im Zimmer herum und polierte den Apfel immer wieder mit seiner Schlafjacke, so lange, bis er im ins Zimmer hereinscheinenden Mondlicht glänzte. Dann rannte er ohne ein weiteres Wort zur Tür hinaus.

Oben auf dem Speicher krabbelte Goswin zurück in sein Bettchen. Den Apfel behielt er nach Koboldart bei sich, damit er ihn noch eine Weile anschauen konnte. Lili hatte ihm diesen geschenkt, und das war ein eindeutiges Zeichen der Freundschaft. Sie gehörte außerdem zu der Familie, die er sich selbst erwählt hatte. Mehr Glück konnte er sich nicht vorstellen.

Am nächsten Morgen schlüpfte Barb in aller Frühe durch das offene Fenster in die Küche. Als Lili zum Frühstück herunterkam, saß er auf einer der Stuhllehnen. Der Vogel sah zerzaust und erschöpft aus und Lili fragte sich, wo er wohl gewesen war.

Ihre Aufmerksamkeit wurde jedoch abgelenkt. Auf der Treppe polterte es und ein paar Kiefernzapfen rollten herunter. Gleich darauf tauchte Goswin in der Küche auf. Seine roten Haare standen nach allen Seiten vom Kopf ab.

Er rannte zu Sonja, die am Herd stand und Haferbrei kochte, zerrte an ihrer Schürze und versuchte daran hochzuklettern. »Mein Haferbrei. Gib mir meinen Haferbrei, hab so Hunger!«

»Dein Brei ist gleich soweit.« Sonja versuchte, Goswin abzuwehren, der unter ihren Armen hindurch den Topf vom Herd ziehen wollte. Dann wandte sie sich besorgt an Lili. »Was ist mit deinem Raben los? Als ich heute Morgen hereinkam, saß er schon so da.« Sonja schob den zappelnden Kobold zur Seite. »Ich bin ja schon fertig!« Sie rührte noch einmal im Topf um, goss den Haferbrei in eine Schale und reichte sie Goswin, der jetzt endlich ihre Schürze losließ und mit seinem Brei zum Tisch trabte. Auch Sonja setzte sich und gemeinsam aßen sie ihr Frühstück. Barbarossa pickte wie abwesend ein paar der Brotkrumen auf, die Lili ihm hingestellt hatte, und tauchte dann seinen Schnabel gierig in die Tasse mit Wasser. Sonja beobachtete ihn. »Hast du herausgefunden, was ihn so verstört hat?«

Lili schüttelte den Kopf. »Die Gedanken und Bilder, die Barb mir schickt, sind heute seltsam. *Sie regt sich*, das sagt er immer wieder, aber ich kann mir keinen Reim darauf machen.«

»Die Olims bringen das wieder in Ordnung.« Goswin sprach undeutlich, weil er den Mund voll Haferbrei hatte.

»Weißt du, wen Barb meint?«, fragte Sonja überrascht.

Goswin stellte seine großen, abstehenden Fledermausohren gerade und tat so, als ob er die Frage nicht gehört hätte. »Spielen! Spielen ist immer gut, vertreibt dunkle Gedanken«, murmelte er. Es klang, als ob er ein Reibeisen verschluckt hätte. Goswin rutschte von seinem Stuhl herunter, rannte zur Tür hinaus und die Treppe hoch. Kurze Zeit später warf er kichernd mit seinen Fichtenzapfen um sich herum.

Barb war wieder fortgeflogen, aber Lili spürte, dass er in der Nähe blieb. Seit dem Frühstück half sie ihrer Großmutter bei der Herstellung frischer Kräutersalben, die den Vorrat ergänzen sollten. Am späten Vormittag — sie waren gerade fertig geworden — wurden sie plötzlich von einer tiefen männlichen Stimme aufgeschreckt. »Hallo Sonja. Ich bringe die Milch heute selbst.«

An der Haustüre stand ein derber, älterer Mann. Es war Bauer Friedhelm, der breit grinsend die Milchkanne schwenkte. »Frisch gemolken … Sonja, ich bräuchte noch mal eines von den Mittelchen. Berta hat doch tatsächlich wieder was Falsches gefressen und jetzt hat sie Bauchgrimmen, das dämliche Vieh.«

Berta war eine von Friedhelms Mondkühen — eine besondere Rasse mit schwarzem Fell und einem einzigen weißen Fleck in Form einer Mondsichel auf der Stirn. Während Sonja in der Kräuterstube verschwand, grübelte Lili darüber nach, was hier vor sich ging. Kranke Kühe, hustende Bäume, die verschwundenen Waldelfen und dann heute früh Barbs Botschaft, das hing möglicherweise zusammen.

»Du solltest deine Wiese nach giftigen Kräutern absuchen. Deine Kühe haben derzeit oft Bauchgrimmen«, rief Sonja aus der Stube.

»Das mache ich«, brummte der Bauer.

Er gab Lili die volle Milchkanne in die Hand und nahm ihre leere Kanne entgegen. Währenddessen bekam sie mit, wie unter der Treppe die Tür einen Spaltbreit geöffnet wurde. Der Kopf des Kobolds lugte heraus und verschwand wieder. Kurz darauf kam Sonja mit der Arznei in der Hand zurück und reichte sie dem Bauern mit ein paar Erklärungen zur Anwendung. Zufrieden stapfte dieser davon.

Auf diesen Moment hatte Goswin gewartet. Der Genuss von Milch war das Größte für ihn und als Lili, begleitet von Sonja, die Milchkanne in die Küche brachte, stürmte er heran und hängte sich wie eine Klette an sie. Er vollführte einen regelrechten Aufstand. »Milch, ich will Milch, das ist Milch für Goswin, gib her!« Der Kobold hüpfte immer wieder hoch, um die Milchkanne zu erreichen und zerrte an der Kleidung von Lili und Sonja, um seiner Forderung Nachdruck zu verleihen. Voller Vorfreude schleckte er über seine Lippen. »Leckere Milch, gib her!« Goswin begriff nicht, dass es umso länger dauerte, bis er seinen heiß geliebten Trank bekam, je mehr er an Lili und Sonja herumzerrte. Aber endlich stand die Kanne auf dem Tisch und Sonja goss von der weißen Flüssigkeit in eine kleine Henkeltasse. In einem Zug trank der Kobold die Milch aus. »Mehr!«, forderte er. Auch die zweite Tasse war ruckzuck leer getrunken. »Noch mehr!« Nach der dritten Tasse Milch ging nichts mehr in seinen kleinen Bauch hinein. Rücklings ließ sich Goswin auf den Boden fallen und schmatzte.

Sonja hob den kleinen Kerl hoch und trug ihn hinaus unter die Pergola, die seitlich des Hauseingangs war. Dort bettete sie ihn in die weichen Kissen des Schaukelstuhls. Goswin nahm das vermutlich kaum wahr. Er streichelte sich immer noch milchtrunken den Bauch.

Den Nachmittag verbrachten sie dann selbst draußen unter der Pergola, zusammen mit der Nachbarin Aylin, die zum Kaffee und Apfelkuchen herüberkam. Während sie sich unterhielten, sammelte Lili die Kuchenbrösel auf einem Extrateller und nach einer Weile ging sie damit zu den Elfensteinen im Garten. Als sie ihre Gabe verteilte, tanzten die kleinen Blumenelfen ausgelassen um sie herum. Lili lächelte. Wenigstens hier schien alles in Ordnung zu sein.

Danach setzte sie sich wieder zu Sonja und Aylin — Goswin war mit seinem Stück Apfelkuchen in sein Versteck geflitzt — und recht bald kam die Rede auch auf die mysteriösen Veränderungen in ihrer Umgebung. Aylin hatte es auch schon bemerkt. Der fröhliche Ausdruck in ihrem Gesicht verschwand. »Der Wald verdüstert sich.«

Lili nickte. So empfand sie das mittlerweile auch. Aber vielleicht fand sie morgen etwas heraus. Mit ihren Freunden Kela, Ferdan und Sira wollte sie nach den Waldelfen suchen. Sie mussten sie finden!

Am nächsten Morgen saß Lili schon in aller Frühe im Wohnzimmer, um die Ankunft der Freunde nicht zu verpassen. Ihr Blick flog immer wieder zu dem hohen Spiegel mit seinem in Silber gefassten Rahmen, der vom Boden bis fast zur Decke reichte und an der Wand zwischen den beiden Fenstern hing. In die obere Leiste des Spiegels waren magische Zeichen eingraviert. Wegen der vielen Schnörkel und Verzierungen des Rahmens fielen sie nicht allzu sehr auf, aber Lili wusste, was da geschrieben stand:

(Du weißt das Ziel und ich den Weg.)

Die Inschrift verriet dem Eingeweihten, dass hier kein gewöhnlicher Spiegel hing. Er hatte vor allem die Funktion einer geheimen Verbindungstür, durch die man an jeden gewünschten Ort gelangen konnte. Der Spiegel kannte alle Wege so gut wie die Bäume und wurde von Sonja und Lili gern für Einkaufsreisen und private Besuche benutzt. Bald würden Kela, Sira und Ferdan aus ihm herauskommen und ins Wohnzimmer treten.

Während sie wartete, spürte Lili, wie sie heimlich beobachtet wurde. Sie blickte zu dem weißen Klavier hinüber.

»Untersteh dich, schon am frühen Morgen meine Ohren zu strapazieren!« Das hölzerne Abbild des Konzertmeisters Serenus, das kunstvoll in das Instrument eingearbeitet war, wedelte mit dem Taktstock.

»Dazu fehlt mir leider die Zeit. Ich bedaure, Serenus, wo ich doch weiß, dass du sehnlich darauf wartest, mich spielen zu hören, nur damit du mich als talentlos beschimpfen kannst.«

»Ha!«, sagte Meister Serenus, der Lilis Klavierspiel in Wirklichkeit sehr mochte. Er blickte finster zu ihr herüber und schlug mit dem Taktstock gegen das Klavier.

»Entschuldige bitte, ich erwarte Besuch«, murmelte Lili und wandte sich von ihm ab.

Im Zimmer rauschte es, wie von einem fernen Ozean. Die silbrigen Reflexionen des Wandspiegels veränderten sich. Der übliche Glanz wurde milchig trüb, verdunkelte sich in abwechselnden Graustufen, bis aus dem zuletzt schieferfarbenen Nebel aus der Mitte heraus ein Licht hervorbrach. Kurz darauf wurden Gestalten sichtbar, erst schemenhaft, dann immer deutlicher und nacheinander traten Lilis Freunde durch die offene Verbindungstür des Spiegels ins Wohnzimmer. Das magische Portal schloss sich hinter ihnen und kurz darauf sah der Spiegel wieder ganz normal aus.

Kela drückte Lili an sich. »Du hast also die strenge Hexe Lunera tatsächlich überlebt …«

»Mit Müh und Not …«

»Beinahe hätte ich nicht mitkommen können. Es gab Probleme im Goldturm wegen unstimmigen Zahlen, aber es hat sich zum Glück gestern kurz vor Feierabend noch geklärt«, meldete sich Ferdan und blies sich eine widerspenstige, blonde Haarsträhne aus der Stirn.

Ferdan war Kelas Freund. Er arbeitete in dem turmartigen Gebäude in Astral, das die Ämter sowie die Bank- und Vermögensabteilungen des Türkislands beherbergte und das wegen seiner mit Gold verzierten Fassade *Goldturm* hieß. Obwohl erst vierundzwanzig Jahre alt, setzte ihn seine Abteilung bereits als Quästor zur Vermögensverwaltung der Stadt ein. Darauf war Ferdan sehr stolz.

Lili umarmte ihn. »Da bin ich froh, dass es doch geklappt hat. Wenn du nicht dabei bist, fehlt etwas.«

Sira, die jüngere Schwester von Kela strahlte. »Klasse, dass wir vier endlich wieder etwas zusammen unternehmen — auch wenn der Anlass dafür etwas beunruhigend ist.«

Kela war wie Lili zwanzig Jahre alt, und Sira hatte vor Kurzem ihren achtzehnten Geburtstag gefeiert. Die beiden Schwestern sahen sich sehr ähnlich. Beide hatten aschblondes Haar, das glatt herunterhing. Um es aufzupeppen, zauberten sie sich ständig andere Farbsträhnen hinein. Heute hatte Kela mehrere rubinrote Streifen gewählt und dann seitlich eine Strähne geknotet, die jetzt frech über dem übrigen Haar wippte. Sira hatte die Frisur für sich nachgemacht, allerdings mit silbrig-blauen Strähnen, die ihre blauen Augen zur Geltung brachten.

Sie gingen zusammen in die Küche, wo Sonja schon den Tisch für sie gedeckt hatte. Die Freunde umarmten auch die Großmutter herzlich, dann setzten sie sich und langten kräftig zu. Auch Goswin saß mit ihnen am Frühstückstisch und löffelte seinen Haferbrei. Er blieb still. Heimlich beobachtete er, mit über der Schüssel gebeugtem Kopf, was vor sich ging.

Kela kramte in der Tasche, die sie dabei hatte, und beförderte ein kleines Päckchen zum Vorschein. »Hier Goswin, das haben wir dir aus Astral mitgebracht.«

Goswin ließ den Löffel mit Haferbrei sinken. Sein Mund, in den er sein Essen gerade hatte hineinbefördern wollen, klappte im Zeitlupentempo zu. Seine Augen wurden groß und rund.

»Für mich?«, flüsterte er, nahm das Päckchen und wickelte es mit einer Behutsamkeit aus, die man ihm gar nicht zugetraut hätte. Ein Freudenschrei entfuhr ihm, als er die goldbraun glänzenden Eicheln sah, die man in dieser Art nur im Sichelmondwald finden konnte. Glücklich sah sich Goswin in der Runde um und bedankte sich, indem er mit einer Handbewegung eine schillernde Kugel in der Luft erscheinen ließ. Der Ballon platzte, ein wunderschöner singender Vogel stieg über dem Esstisch auf, der sich am Ende seines Lieds langsam wieder auflöste.

Während alle noch über Goswins Zauber staunten, flog Barb ans offene Fenster heran und ließ sich auf dem Sims nieder. Er wippte mit dem Kopf, als ob er sie zur Eile antreiben wollte. Lili stand auf und griff nach ihrem bereits gepackten Rucksack. Sonja versorgte derweil auch die Freunde noch schnell mit leckeren Broten, Getränken, Obst und hausgemachten Süßigkeiten.

Auf der Treppe draußen im Flur polterte es und Goswin kam angeflitzt, der zuvor unbemerkt verschwunden war. In der Hand trug er den alten bunten Kinderrucksack von Lili. »Ich will auch mitgehen!«

Nach einem fragenden Blick in die Runde richtete Sonja auch Goswin eine Wegzehrung. Als alle startklar waren, machten sie sich auf den Weg. Lilis Rabe flog zum Waldrand voraus und wartete dort, bis die Freunde in die Stille des Tanns eintauchten.

Die Luft trug den würzigen Duft der Nadelbäume und Moose, der Waldboden dämpfte den Klang der Schritte. Lili und ihre Freunde passten sich bald der ruhigen Atmosphäre an, sie sprachen leiser. Goswin rannte vor ihnen her. Barb kreiste über den Wipfeln der Tannen, blieb jedoch stets in der Nähe der kleinen Gruppe und signalisierte mit einzelnen Rufen, dass er da war.

Lili schilderte noch einmal, was sie beunruhigte. Sie erzählte von Friedhelm und seinen kranken Kühen; von dem Baum, der bei ihrer Ankunft gehustet hatte; von Barbs unverständlicher Botschaft und natürlich von den verschwundenen Waldelfen. Gerade letzteres gab ihr immer mehr zu denken.

Kela sah sie an. »Das ist wirklich mysteriös.«

Ferdan nickte und blieb stehen. »In Astral geht das Gerücht um, dass Schattenrosswandler in der Stadt seien. Es hieß, dass sie sich unter eine Händlerkarawane geschmuggelt hätten und so hereingekommen wären.«

»Habe ich auch gehört. Schrecklich hinterhältige und gemeine Biester sind das!« Sira schüttelte sich.

Ihre Schwester Kela bestätigte das. »Ja! Die sind gefährlich, ganz gleich, ob sie in ihrer gewöhnlichen Schattengestalt unterwegs sind oder als Pferdeschemen.«

»Ihr meint, dass die Schattenrosswandler etwas mit dem, was hier passiert, zu tun haben könnten?« Lili sah fragend von einem zum anderen.

Ferdan zuckte mit den Schultern. »Wenn die auftauchen gibt es oft mächtig Ärger und nicht nur da, wo sie gesehen werden.«

Lili blies den Atem aus. »Wir müssen herausfinden, was mit den Waldelfen ist!«

Als sie weitergingen blieb Lili jedes Mal, wenn es irgendwo raschelte, stehen und zog alle Blicke zu der Stelle. Aber vermutlich wurden die Geräusche nur von Tieren verursacht, von Waldmäusen oder Eichhörnchen. Keines der dunkelgrün gekleideten Wesen tauchte hinter den Bäumen auf, und enttäuscht setzte sie mit den Freunden ihre Wanderung fort. Aber sie waren bis jetzt nicht sehr weit gekommen und vielleicht hatten sich die Elfen nur tiefer in den Wald zurückgezogen.

Als sie zu der Stelle kamen, wo das Kraftdreieck lag, das laut Großmutter Sonja Energie verlor, sagte Lili erst einmal nichts. Die Septembersonne tauchte den Platz in ein warmes, goldenes Licht. Die Tannen, die das Wegdreieck umsäumten, rauschten im Wind und auf den ersten Blick sah alles normal aus.

Doch plötzlich breitete Ferdan die Arme aus, um sie alle am Weiterlaufen zu hindern. »Wartet … Hier stimmt etwas nicht!«

Kela nickte. »Ja. In meinen Füßen zupft es, als ob jemand von unten Energie von diesem Ort saugt.«

»Ich spüre es auch«, bestätigte Sira. »Es ist unheimlich! Aber der Platz scheint sich dagegen zu wehren. Seine ganze Kraft kehrt sich seltsam nach innen — wie ein Ball.«

»Fesseln! Ein gefesselter Ort, und es ist viel zu kalt, trotz der Sonne.« Kela zog fröstelnd die Schultern hoch.

»Genau!«, warf Lili ein. »Und man bekommt fast den Eindruck, als ob sich der Wald von dieser Stelle aus verdüstert.« Lili wehrte schnell ab, als Sira ein paar heilende Steine aus ihrer Jacke nahm, um sie in der Erde zu vergraben. »Nicht! Womöglich stärkt das die falsche Energie. Wir wissen noch nicht, was an diesem Ort hier zehrt.«

»Ja. Wir sollten unsere Beobachtung dem Neuner-Rat in Astral melden, ehe wir etwas unternehmen«, schlug Ferdan vor.

Lili und die anderen stimmten zu. Die obersten Rat der Olims mussten von diesem Phänomen erfahren.

Goswin, der weiter oben des Weges auf einem Stein saß, murmelte vor sich hin. »Das ist *Sie*. Nicht gut, gar nicht gut!«

Lili hörte den Kobold zwar reden, aber sie achtete nicht auf seine Worte. Zu sehr war sie mit ihren eigenen Überlegungen beschäftigt. »Ob die Waldelfen wissen, was hier los ist? Hoffentlich ist ihnen nichts passiert!«

Schweigend ging sie mit den anderen weiter. Der Waldweg wurde jetzt schmaler und steiler. Die Tannen standen dicht und ließen nicht mehr viel Sonnenlicht durch. Immer wieder raschelte es irgendwo, aber keiner der freundlichen Waldbewohner zeigte sich. Goswin, der wieder ein Stück vorausgelaufen war, rannte auf Lili zu und streckte die Ärmchen zu ihr hoch. Ferdan hielt ihm lachend eine Hand hin. Nach kurzem Zögern ergriff der Kobold sie. Geschickt kletterte er an dem jungen Mann hinauf. Er setzte sich auf Ferdans Schultern, schlang die dünnen Arme um seinen Hals und schmiegte sich an ihn.

Der Weg führte nun bergan. Lili konnte ihren Raben nicht sehen, aber das beunruhigte sie weniger. Vermutlich hatte Barb auch noch nichts entdeckt. Hoffentlich erreichten sie bald die Lichtung, an der sie Rast machen wollten. Vielleicht fanden sie dort eine Spur, immerhin war das der Lieblingsplatz der Elfen.

Nach einer Weile lichteten sich die Tannen und der Weg wurde wieder breiter. Von vorne raste etwas Dunkles auf Lili zu, wenig später landete Barbarossa auf ihrer Schulter. *Sie waren dort! …*

Lilis Atem setzte aus, als sie seine Botschaft auffing. Endlich! Ihr Rabe hatte etwas entdeckt. Trotzdem betrat sie die Lichtung mit gemischten Gefühlen. Was, wenn sich auch hier die Energie verändert hatte? Dann atmete sie erleichtert aus. Im Gegensatz zum Kraftdreieck glich dieser Platz einer friedlichen Oase. Das konnte nur mit den Elfen zusammenhängen, die diesen Ort mit ihrer Magie stets besonders schützten.

Goswin, der noch auf den Schultern von Ferdan saß, fing an zu zappeln. »Lass mich runter!«

Kaum dass der Kobold mit seinen Füßen den Boden berührte, lief er auf die Wiese und packte gleich sein Essen aus.

Auch Lili und ihre Freunde verspürten Hunger und so hielten sie jetzt erst einmal ihr Picknick ab. Lili nahm die zusammengefaltete Decke und die winzigen Kissen aus ihrem Rucksack, die in ihren Händen schnell größer wurden. Da der Boden sich jetzt zu Herbstbeginn bereits kühl anfühlte, heizte sie die Decke mit einem Wärmespruch auf, verteilte die Kissen darauf, und dann machten sie es sich zusammen darauf gemütlich.

Die mitgebrachten Brote und das Obst schmeckten vorzüglich. Bald waren alle satt und von der Anstrengung des Wanderns auch ein wenig schläfrig. Der Kobold rollte sich am Rand des Teppichs zusammen und kurz darauf schnarchte er leise. Barb schritt derweil mit wippendem Körper auf der Wiese umher. Es sah so aus, als ob er einer unsichtbaren Spur folgte.

Ferdan lag auf dem Teppich und stützte das Kinn in die Hände. »Die Elfen waren hier, vermutlich erst vor kurzer Zeit.«

Kela kraulte seinen Nacken. »Aber wo sind sie hingegangen?«

Ihr Freund runzelte die Stirn. »Das frage ich mich auch.«

»Wenn die Elfen in der Nähe wären, dann hätten wir sie längst entdeckt. Sie sind uns zugetan. Ich kann mir nicht vorstellen, dass sie uns auf einmal meiden. Welchen Grund sollten sie dafür haben?« Lili wurde ganz nervös bei dem Gedanken, dass zwischen den Olims und den Waldelfen etwas vorgefallen sein könnte, von dem sie nichts wussten.

Ferdan beruhigte sie. »Es gibt keinen Streit, davon hätte ich erfahren. Es muss etwas anderes sein, das sie aus ihrem Umfeld vertreibt.« Erst nachdem Ferdan es ausgesprochen hatte, wurde ihm bewusst, was er gesagt hatte. Er setzte sich kerzengerade auf. »Das ist es. Irgendetwas zwingt die Elfen zum Rückzug. Denkt an die schwindende Energie vom Kraftdreieck. Das hängt bestimmt damit zusammen. Mann, was ist hier nur los?«

Lili wünschte sich nichts sehnlicher, als wenigstens eines der feingliedrigen Wesen mit den sanften Augen zu sehen. »Aber hier ist doch noch alles in Ordnung? Oder etwa doch nicht?«

Kela hatte plötzlich eine Idee. »Die Magie der Elfen ist stark. An den Orten, wo sie gewesen sind, bleibt lange etwas davon zurück.«

»Das Kraftdreieck stand auch unter ihrem Schutz, soviel ich weiß. Wieso haben sie das aufgegeben?«, warf Sira ein.

Auch Lili konnte sich das nicht erklären. Die Elfen waren sehr mächtige Wesen, dazu friedliebend und hilfsbereit. Gab es jemanden oder etwas, das sich ihnen entgegenstellte?

»Wir müssen unbedingt herausfinden, was hier passiert«, forderte Ferdan und schaute zu Barb, der aufgeregt krächzend am Wiesenrand umherstelzte. »Vielleicht hat er etwas gefunden?«

Der Feenkreis, dachte Lili und ihr Herz begann, schneller zu klopfen. Goswin wachte auf, rieb sich die Augen und rannte zu dem Raben. Schnell lief ihm Lili mit den anderen hinterher.

Die Pilze, die dort in Form eines großen Kreises aus dem Boden wuchsen, schienen unversehrt. In der Mitte war das Gras jedoch teilweise niedergedrückt, als wenn vor einiger Zeit noch Personen darin gestanden hätten. Lili dachte nach. Dieser Feenkreis diente den Elfen in erster Linie als Tanzplatz. Im Kreisinneren, während des Tanzens, verbanden sie sich mit der Kraft von Velams Erde, die dort besonders stark zu spüren war. Bei diesen Ritualen schwebten ihre Füße stets etwas über dem Boden und sie berührten ihn nicht. Hier, in diesem Kreis waren allerdings Fußspuren im Gras. Deshalb kam nur die zweite Möglichkeit in Betracht: Der Feenkreis war als Tor zu einem anderen Ort gebraucht worden. Bäume wurden zumeist von Einzelreisenden benutzt. Die Feenkreise waren dagegen ideal für Gruppen, die gemeinsam reisen wollten. Die Spuren im Gras deuteten weniger auf Olims hin sondern erinnerten eher an zarte Elfenfüße. Die Waldwesen waren in ihrer Gestalt sehr zierlich, schmal und feingliedrig gebaut, auch fast einen Kopf kleiner als

Olims, so dass sie das Gras, auf dem sie gingen, nicht sehr belasteten. Die Entdeckung, welche Lili gerade gemacht zu haben glaubten, warf neue Fragen auf. Die Waldelfen waren mit dieser Gegend verwurzelt und gingen nur selten auf Reisen. Die Spuren ließen aber erkennen, dass hier gleich eine ganze Gruppe von ihnen das Tor im Feenkreis benutzt hatte.

»Elfen gehen weg«, sagte Goswin traurig.

Lili dachte dasselbe. Angst stieg in ihr auf und griff mit kalter Hand nach ihrem Herzen. Dann machte sie noch eine Entdeckung. Auf zwei nebeneinanderstehenden Pilzen glitzerten silbrige Tropfen. Man konnte sie für Tau halten, aber bei genauerem Hinsehen wurde ihr klar, dass es Elfentränen waren.

Bedrückt packten Lili und ihre Freunde die Reste des Picknicks ein, um noch ein Stück weiter in den Wald hineinzugehen.

Barb flog wieder voraus. Goswin hielt sich in auffälliger Nähe zu Ferdan und schob ab und zu seine Finger in dessen Hand. Der Kobold schien seinen Elan verloren zu haben und blickte immer wieder prüfend nach rechts und links. Ab und zu weiteten sich seine Augen, als wenn er etwas gesehen hätte, das ihn ängstigte. Aber er sagte nichts. Nach einiger Zeit zupfte er Ferdan am Ärmel und sah ihn treuherzig an. »Wieder huckepack tragen.«

Ferdan grinste und half dem Kobold auf seine Schultern. Goswin rieb sich schmusend an seiner Wange und kurz darauf fand er zu seiner spielerische Unbefangenheit zurück.

Als der Weg sich teilte, entschieden sich die Freunde, nach rechts zu gehen. Die Fichten und Tannen, die den schmalen Pfad säumten, standen bald eng beieinander. Da die Sonne schon seit einer Weile von Wolken verdeckt wurde, drang nur wenig Licht durch die Äste zu ihnen vor. Das Grün der Nadelbäume ringsum verschmolz immer mehr zu einer dichten, dunklen Masse.

»Wie ein verzauberter Wald,«, flüsterte Lili, und hörte im selben Moment den Ruf ihres Raben. »Barb hat etwas gesehen!«

Alle rannten wie auf Kommando los. Der Kobold auf Ferdans Schultern gluckste vor Freude über die schnellen Bewegungen seines Trägers und trieb die Vier noch an. Nach einer Wegbiegung blieben sie jedoch abrupt stehen. Am linken Saum des Waldwegs, oben in einem kleinen Halbrund aus jungen Tannenbäumen, standen drei männliche Waldelfen, von denen ein warmes, leicht grünlich gefärbtes Licht ausstrahlte.

Goswin kletterte von Ferdans Rücken und rannte auf sie zu. »Herr Phelan, endlich, oh, so große Freude!«

Der Angesprochene verbeugte sich. »Wie schön dich zu sehen, Goswin. Und liebe Freunde hast du uns mitgebracht.«

Die Elfen stiegen auf den Waldweg herunter. Lili konnte es kaum fassen. Vor ihr standen tatsächlich Waldelfen und sogar Phelan war dabei, der Führer des Elfenvolks.

»Wir haben euch gesucht und schon befürchtet, es sei etwas passiert«, sagte sie zu ihm, nachdem sie sich begrüßt hatten.

Alrich, der Elf an Phelans Seite, seufzte auf. »Es sind schwere Zeiten.«

Phelan sah ihn an und zeigte dann auf einen von Tannen abgeschirmten Platz. »Da vorne lässt es sich besser reden als hier.«

Sie gingen alle zusammen dorthin und setzten sich auf den mit Moos bewachsenen Boden. Nur Albin, der Elf mit dem Speer in der Hand, blieb stehen und behielt die Umgebung im Auge.

»Ihr habt nach uns gesucht?« begann Phelan das Gespräch.

Lili sah ihn an. »Ja. Wir waren beunruhigt, weil es hieß, dass ihr verschwunden seid.«

»Ja, und der Wald verändert sich«, ergänzte Kela.

Sira fiel ihrer Schwester ins Wort. »Was geht hier vor?«

»Braucht ihr Hilfe?« Ferdan sah die Elfen prüfend an.

Phelan wechselte mit Alrich einen Blick und ergriff wieder das Wort. »Was ist euch aufgefallen?«

Lili erzählte, unterstützt von ihren Freunden und sie ließ nichts aus, auch nicht die Wiese mit den Giftkräutern des

Bauern Friedhelm. Als sie ihre Vermutungen über den Feenkreis äußerte, lächelten die Elfen, wurden aber schnell wieder ernst.

»Es ist wahr, das Tor wurde von den Unseren benutzt. Etwas geht hier vor und wir sind in Sorge wie ihr«, sagte Phelan. »Wir haben Beobachtungen gemacht und wir haben einen schlimmen Verdacht. Ich selbst war deswegen schon beim Neuner-Rat in Astral. Die spüren auch, dass etwas nicht stimmt. Ich bin überzeugt, dass sie die gleiche Vermutung haben wie wir. Aber sie halten sich bedeckt und sagen, dass es keinen Sinn macht, die Leute mit Vermutungen zu beunruhigen. Ich bin da anderer Ansicht. Wenn es stimmt, was wir befürchten, dann zählt jede Stunde.«

»Himmel, was befürchtet ihr denn?«, fragte Lili erschrocken.

»Der Neuner-Rat weiß Bescheid?« Ferdan wunderte sich, weil es in Astral nicht das kleinste Gerücht gab, dass etwas nicht in Ordnung sein könnte. Die Leute munkelten nur über die Schattenrosswandler, das war alles.

Phelan gab sich einen Ruck. »Wir glauben, dass *Sie* erwacht.«

»Wer ist *Sie*?«, fragte Ferdan.

Der Elfenführer seufzte. »Eine uralte Kreatur. Ich darf euch nicht mehr sagen. Noch nicht, ich habe es versprochen. Aber ich glaube, dass der Neuner-Rat seine Meinung sehr bald ändern wird.«

»Es gibt Zeichen«, setzte Alrich schnell hinzu. »Immer mehr Kreuzottern tauchen auf. Sie sind ungewohnt aggressiv.«

Phelan nickte. »Uns erwachsenen Elfen können sie nicht viel anhaben, wir sind immun gegen ihr Gift. Aber unsere Kinder sind das noch nicht. Sie könnten sterben, wenn mehrere angreifen. Deshalb haben wir unsere Familien nach Astral geschickt. Sie lassen sich dort in der Umgebung nieder, wo sie erst einmal sicher sind. Der Neuner-Rat hat das vorgeschlagen.«

»Wir haben keine Kreuzottern gesehen«, wunderte sich Ferdan. Lili und Kela bestätigten das.

»Doch, sind da«, meldete sich Goswin.

»Vor euch Olims verstecken sich diese Tiere noch, warum, wissen wir nicht. Aber uns Elfen haben sie schon bedroht. Goswin, du musst gut auf dich aufpassen. Die Schlangen können dir gefährlich werden.«

Lili begriff, was Phelan meinte. Der Kobold war in größerer Gefahr als sie alle, da er wegen seiner Verspieltheit bei einem Streifzug durch den Wald leicht gebissen werden konnte.

Goswin nickte. »Geh ihnen aus dem Weg.«

Lili spürte die tiefe Sorge der Waldelfen und versprach, mit ihnen in Kontakt zu bleiben. Jetzt kannte sie ja ihren Treffpunkt und es würde immer jemand hier sein.

Als sie sich später verabschiedeten, gab Phelan ihnen noch eine Warnung mit auf den Weg. »In nächster Zeit ist es besser, die Bäume nicht als Tor zu benutzen, zumindest nicht diejenigen in den Wäldern oder aus den öffentlichen Anlagen. Manche tun sich derzeit ungewöhnlich schwer mit dem Transport.«

Lili nickte. Ein eigenes Tor zu erschaffen machte zwar mehr Mühe, aber es war wohl auf jeden Fall sicherer. Sie schloss die Augen und konzentrierte sich. Dann zeichnete sie mit den Armen einen Bogen in die Luft. »Zum Kräutergarten von Sonja! Ka kaaaa esch.«

Die Luft fing an zu flimmern und bildete kurz darauf ein magisches Tor. Sira, Kela und Ferdan mit dem Kobold auf dem Arm gingen zuerst hindurch. Lili folgte mit dem Raben und kurz darauf stand sie mit ihren Freunden hinter Sonjas Häuschen im Kräutergarten, direkt neben dem großen Holunderbaum.

Am selben Tag geschahen in Astral, der Stadt der vier Tore, schreckliche Dinge. Der blaue Himmel verfärbte sich zu einem eigenartigen, dunklen Rot. Eine schwarze Scheibe schob sich langsam über die Sonne und machte den Tag zur Nacht. Einige Hexen und Magier aus der Stadt flogen zum Berg hinauf, um im Schutz der Ratsburg zu warten bis die Dunkelheit vorübergezogen war und das Sonnenlicht wieder freigab. Was sie danach hinter der Burg in der zunehmenden Helligkeit sahen, ließ ihnen den Atem stocken. Im heiligen Garten mit den Hunderten von Apfelbäumen brachen Äste. Einzelne Stämme rissen in der Mitte auseinander. Der Brunnen mit dem stets sprudelnden Quellwasser schien auszutrocknen und die Chronik der Olims, die hinter dem jetzt zerbrochenen Glas in ihrem Schrein lag, zerfiel an einzelnen Stellen zu Staub.

Der Neuner-Rat versammelte sich in aller Eile. Es war unvorstellbar, es war schrecklich und es war eindeutig: *Sie* erwachte! Irgendjemand hatte es gewagt, die Große Schlange zu reizen. Sie regte sich. Sie, die seit Tausenden von Jahren ruhte. Sie, die bis ans Ende aller Tage hätte schlafen sollen. Sie wachte auf und ihr Zorn würde alles zermalmen. Der Neuner-Rat musste zugeben, dass die Waldelfen recht gehabt hatten, es war höchste Zeit zum Handeln. Die Ratsmitglieder tagten bis tief in die Nacht und schickten Boten in alle Richtungen, um herauszufinden, wie die Gefahr abgewendet werden konnte, die nun alle bedrohte.

Lili erhielt, nachdem die Freunde gegangen waren, noch am Abend von Kela eine Nachricht mit der Schilderung, was in Astral passiert war. Gerüchte gingen um, aber niemand wusste Genaues. Manche hielten die Große Schlange für ein Werkzeug der Dämonen. Andere glaubten, dass die Inominati sie entfesselt hatten. Einzelne Stimmen behaupteten, dass sie eine unvorstellbar große Seeschlange sei, die niemandem gehorche. Wieder andere wollten gesehen haben, wie sie von der Dracheninsel aus über das Meer geflogen war und mit ihrem Flügelschlag alles zum Beben brachte.

In den folgenden Tagen pilgerten Olims immer wieder zum heiligen Garten, in der Hoffnung, dass alles, was sie dort gesehen hatten, nur ein Traum war. Aber an jedem Tag brach ein weiterer Apfelbaum entzwei. Die Chronik auf dem Altar hinter der neuen Glasscheibe bekam weitere Stellen, die zu Staub zerfielen und der Quellbrunnen tröpfelte nur noch. Der Neuner-

Rat tagte hinter verschlossenen Türen und suchte fieberhaft nach Rettung. Niemand kam an ihn heran, außer den Boten aus allen Teilen des Türkislands. Doch die waren zu Stillschweigen verpflichtet. Das Volk wurde von den Ratsmitgliedern auf die öffentliche Kundgebung vertröstet, deren Termin jedoch noch nicht feststand.

Während die Einwohner von Astral mit banger Sorge in die Zukunft blickten, waren die Schattenrosswandler Pasko und Wido nun ganz in ihrem Element. Sie hatten sich am Nordtor ein Versteck eingerichtet und von da aus streiften sie nachts heimlich in der Stadt umher. Sie drangen in die Häuser der Olims ein und weideten sich an deren Angst, die sie mit allen Mitteln zu verstärken suchten. Bald würde ihr Herr die Macht an sich reißen und sie, Pasko und Wido, würden dafür sorgen, dass Lili und die anderen Hoffnungsträger ihm nicht in die Quere kommen konnten. Alles verlief nach Plan.

Lili suchte Phelan noch einmal auf, um ihm zu berichten. Aber er wusste bereits, was passiert war. Mit seinen Männern wollte er nach Astral aufbrechen, um dem Neuner-Rat seine Hilfe anzubieten. Es sollten nur eine Handvoll bewaffneter Elfen zurückbleiben. Der Anblick der mit Pfeil und Bogen ausgerüsteten Waldelfen jagte Lili einen Schauer über den Rücken. Diese friedlichen Wesen kampfbereit zu erleben machte ihr mehr als alles andere den Ernst der Lage bewusst.

Bevor Phelan ging, empfahl er Lili eindringlich, das Dorf und seine Bewohner so gut wie möglich zu schützen – nicht nur vor den Kreuzottern. »Tut euer Bestes«, meinte er. »Die Leute haben keine Vorstellung davon, in welcher Gefahr sie schweben.«

Lili verlor daraufhin keine Zeit. Zusammen mit Sonja sowie der Nachbarin Aylin und weiteren Helfern umgab sie das Dorf mit einer unsichtbaren Glocke, die Schädliches abwehrte und die guten Energien verstärkte. Phelan hatte auch gesagt, dass Friedhelm für seinen Hof, seine Weiden und seine Felder extra starken Schutz brauchte, da er im Notfall der Einzige war, der das Dorf mit frischer Nahrung versorgen konnte. Am Küchentisch flocht Lili zusammen mit Sonja deshalb aus Schutzkräutern Seile und Sträuße, die sie mit mächtigen Zaubern verstärkte.

»Schild des Schutzes … dejudee hawee!« Konzentriert murmelte Lili diese magische Formel immer wieder bei jedem Stück, das sich unter ihren Fingern formte. Wenn sie die Kräuter an Bauer Friedhelms Haus und an den Ställen anbrachten, auch seine Weiden und Felder damit umkränzten, dann konnte hoffentlich nichts Schädliches mehr eindringen.

In all der Sorge blieb Goswin als Einziger gelassen. »Olims retten uns. Schlange geht wieder schlafen.«

Seine Überzeugung stand felsenfest. Er spielte weiter mit seinen Eicheln und Fichtenzapfen, als ob nichts sei. Nur in den Wald ging Goswin nicht mehr, wegen der Kreuzottern.

Etwa drei Wochen nach Lilis Ausflug mit den Freunden flatterte eine unerwartete Nachricht ins Haus. Sonjas Briefstab heulte auf wie die Sirene einer Feuerwehr, aber nicht, weil er das immer machte, wenn Post kam, sondern weil er nicht wie üblich in ihrer Schürzentasche lag.

»Goswin, gib mir sofort meinen Briefstab wieder!«, rief sie.

Der Kobold sauste um die Ecke und grinste. »Erst Milch.«

»Du Nimmersatt«, schimpfte Sonja. Sie goss dem Kobold seinen Preis für die Herausgabe des magischen Gegenstandes in die Tasse, stellte sie auf dem Arbeitstisch ab und klatschte in die Hände. »Brief zu mir!« Hinter dem Rücken von Goswin erklang ein leises Prusten und dann flog ein kleines, zusammengerolltes Blatt Papier zu Sonja. Sie steckte den Brief in ihre Schürzentasche und hob die Milchtasse hoch. »Erst den Briefstab!«

Goswin gehorchte. Während er dann zufrieden seine Milch trank, ließ Sonja die Briefrolle wachsen und betrachtete sie von allen Seiten. Sie kam aus Astral und trug das Siegel des Neuner-Rats. Noch nie hatte sie eine Nachricht vom Neuner-Rat erhalten, außer bei ihrer Geburt, als sie wie alle neugeborenen Olims fünfzig Goldtaler als Aussteuer bekommen hatte.

Sonja prüfte die Adresse des versiegelten Dokumentes, aber es schien alles seine Richtigkeit zu haben. *Sonja Dix, Megara, im Tannenweg 11* stand darauf. Die Nachricht des Neuner-Rats war tatsächlich für sie bestimmt.

»Lili, komm her!«

Bestürzt über den eigenartigen Tonfall der Großmutter ging Lili schnell zu ihr. »Was ist los?« Dann sah sie die Briefrolle und erkannte das Siegel. »Vom Neuner-Rat? Was will der denn von dir? Hast du etwas angestellt?«

Sonja blieb ernst. »Ich trau mich kaum, das Siegel zu öffnen.«

»Da steht *eilig* darauf.« Lili deutete auf die Schrift neben der Adresse, die wie glühende Holzkohle flimmerte.

»Ja …« Sonja ging zum Küchentisch und setzte sich. Dann brach sie vorsichtig das Siegel auf. Das Schreiben war kurz. In der Überschrift stand in verschnörkelter Schrift *Einladung*. Dem folgten nur wenige Zeilen:

Sonja Dix und ihre Enkelin Lili Dix sind eingeladen, am kommenden Montag, den fünfzehnten Oktober, um zehn Uhr dreißig in der Ratsburg zur Audienz in den Saal der tanzenden Wasserfälle zu kommen.

Möge das Glück Euch begleiten.

Meister Bertram,

Präfekt des Neuner-Rats

PS: Ihr müsst auf jeden Fall beide erscheinen und kommt bitte pünktlich!

Als Lili und Sonja den Brief gelesen hatten, schauten sie sich an. Eine Einladung von Meister Bertram persönlich, dem obersten Kopf des Neuner-Rats? Was sollte denn das bedeuten?

»Das hört sich ja eher wie eine Vorladung an!« Lili schüttelte verständnislos den Kopf. Ob die Aufforderung etwas mit den Ereignissen der letzten Tage zu tun hatte? Es lag nahe. Der Neuner-Rat hatte sicher keine Zeit für Lappalien. Aber weder Lili noch Sonja fiel etwas ein, das sie beide in Verbindung mit dem Erwachen der Großen Schlange bringen konnte. Sie wussten nicht einmal, was für ein Wesen das war, geschweige denn, wie man es hätte aufwecken können. Hoffentlich war Meister Bertram nicht der Ansicht, dass sie beide etwas mit dem Monster zu tun hatten. Plötzlich kam Lili eine Idee. »Vielleicht habe ich auch so einen zwingenden Brief bekommen. Ich geh mal nachsehen …«

Wenn sie auch einen Brief bekommen hatte, dann war ihr Briefstab sicher schon ganz aus dem Häuschen. Doch trotz aller Vorsicht reagierte Lili nicht schnell genug, als sie die Tür ihres Zimmers öffnete. Etwas raste auf sie zu, traf sie hart an der Nase und klatschte danach auf den Boden. Aus den Augenwinkeln sah sie noch, wie sich ihr Briefstab erschrocken in die Schublade des Sekretärs zurückzog.

Lili hob den Brief auf. Also doch! Auch sie hatte eine Nachricht aus der Ratsburg erhalten. Es stand dasselbe darin wie in Sonjas Brief. Sogar das PS war gleich. In Lilis Brief gab es jedoch noch einen weiteren Zusatz, der die Einladung allerdings auch nicht verständlicher erscheinen ließ.

Mit der Nachricht in der Hand rannte sie die Treppen hinunter und in die Küche. »Ich habe tatsächlich auch eine Einladung bekommen, und bei mir steht noch ein weiterer Satz dabei.«

Sonja hob den Topf mit der Gemüsesuppe vom Herd und brachte ihn zum Tisch. »Lass uns das nicht auf nüchternen Magen besprechen.«

Goswin wartete bereits mit dem Löffel in der Hand an seinem Platz und als später jeder seinen Teller leergegessen hatte, sauste er wie üblich davon. Lili stellte derweil das Geschirr in den Spülstein, danach setzte sie sich wieder zu Sonja und las den letzten Satz aus ihrem Brief vor: »Bitte den Stoff aus dem Flugumhang deiner Mutter mitbringen!«

Sonja wurde kreidebleich und dann löste sich ihre Zunge in einem Sturm der Entrüstung. »Was hat deine arme Mutter mit dem Untier zu tun, das uns bedroht. Viola ist tot und sie kann sich nicht mehr wehren. Glauben die allen Ernstes, dass das unglückselige Stückchen Stoff, das du zur Erinnerung an sie bekommen hast, schuld an dem ganzen Schlamassel ist?«

Lili versuchte, ihre Großmutter zu beruhigen. »Wir wissen doch noch gar nicht, warum ich das kleine Stückchen Stoff aus Mutters Flugmantel mitbringen soll.«

Sonja vergrub das Gesicht in den Händen. »Die brauchen einen Schuldigen!«

Lili beugte sich zu ihr vor. »Nein, dass der Neuner-Rat es sich so einfach macht, kann ich mir nicht vorstellen. Aber selbst wenn Meister Bertram glauben sollte, dass der Stoff etwas mit dem Erwachen der Großen Schlange zu tun hat, dann wird er sich schnell vom Gegenteil überzeugen können. Du weißt doch selbst, wie viel helle Energie von diesem winzigen Teil ausgeht.«

Sonja nahm die Hände vom Gesicht und schaute Lili nachdenklich an. Nach einer Weile nickte sie. »Du hast recht, Vermutungen helfen uns nicht weiter … Wann ist die Audienz?«

»In zwei Tagen.«

Lilis Großmutter schnaufte durch und stand auf. »Gut, dann hab ich ja noch ein bisschen Zeit, um mich wieder zu fassen. Eines steht nämlich fest: Wir müssen Meister Bertram so ruhig wie möglich entgegentreten.«

Sonja wollte nach der Aufregung ein bisschen ruhen und so brachte Lili die Küche allein in Ordnung. Danach ging sie auf ihr Zimmer, um den Freunden wegen der Einladung eine Nachricht zu schicken. Ferdan hatte Kollegen mit Verbindungen zum Neuner-Rat. Vielleicht erfuhr er von denen etwas. Kela und Sira konnten ihr vielleicht auch einen Rat geben.

Um sich abzulenken, schlenderte Lili danach hinüber zu den Elfensteinen, die zwischen den allmählich verblühenden Stauden des Blumengartens lagen. Seltsam! Eine Art bleierner Müdigkeit schwebte über dem Platz, an dem sonst quirliges Leben herrschte. Dann sah sie Alrun, die auf dem Stein saß, in dem ihr Haus verborgen war. Das Kleid der Blumenelfe, das wie ein umgestülptes Gänseblümchen aussah, und das sonst immer fröhlich nach allen Seiten wippte, hing kraftlos an ihr herunter.

»Alrun, was hast du?«, fragte Lili erschrocken.

Die Elfe, die nicht einmal so groß wie ihre Hand war, sah zu ihr hoch. Ihre durchsichtigen Flügel bebten. »Viele von uns gehen weg. Morgen Abend schon.« Die Tränen liefen Alrun über das Gesicht und blieben als silbrig glänzende Tropfen am Stein hängen.

»Aber wieso denn, Alrun? Bei uns seid ihr doch sicher!«, erwiderte sie bestürzt.

Lili überlegte. Wenn die Blumenelfen weggingen, dann konnte das nur bedeuten, dass die Gefahr größer war, als angenommen. Wenn sie nur wüsste, was vor sich ging! Welche Macht hatte die Große Schlange, dass so viel Angst vor ihr herrschte?

Wer hatte sie aufgeweckt und wieso dörrte sie den heiligen Garten aus? Wenn sie doch nur ein paar Antworten hätte!

Alrun wischte sich über die Augen. »Wir wissen, dass ihr uns immer beschützen würdet und wir haben auch noch unsere eigene Magie, die nicht gering ist. Aber Meister Bertram hat uns um Hilfe gebeten. Er braucht uns, bald, sagt er und wir sollen uns als Boten bereithalten.« Sie straffte den Rücken. »Wie du weißt, können wir lange Strecken fliegen, ohne müde zu werden.«

Also gingen die Blumenelfen nicht aus Angst weg. Ganz kurz blitzte es Lili durch den Kopf, dass der Präfekt die Elfen vielleicht nur aus dem Einflussbereich von Sonja und ihr heraushaben wollte. Aber solche Gedanken durfte sie nicht zulassen. Außerdem ging ja nicht das gesamte Volk der Blumenelfen fort.

Sie versuchte, Alrun Trost zu geben. »Sicher seid ihr bald wieder hier vereint.«

»Ich hoffe es sehr. Mein Liebster geht auch mit. Krispin packt schon. Ich habe Angst um ihn.« Alrun weinte wieder.

Auch Lili wurde das Herz schwer. Der Elfenhügel im Garten würde an Licht verlieren. Aber sie versprach, morgen Abend mit Sonja zum Abschiedsfest zu kommen.

Eine Weile später machte sich Lili auf die Suche nach Sonja. Sie fand die Großmutter im Kräutergarten. Als Lili zu ihr trat, begriff Sonja sofort, dass es weitere Neuigkeiten gab.

»Noch ein Brief?«

Lili schüttelte den Kopf und erzählte vom Wegzug der Blumenelfen. Sonja blieb jedoch unerwartet gelassen und erklärte, dass das zu erwarten gewesen sei.

Am Abend ging Lili dann früh in ihr Zimmer und wartete auf eine Antwort von den Freunden. Ein Brief kam nicht, aber nach einer Weile bildete sich in der Mitte des Zimmers ein ovaler Ball aus sanft funkelnden Sternen und da heraus trat Kela.

»Oh Lili, man könnte meinen, dieses Biest will uns alle verschlingen. Kaum einer in Astral bleibt noch ruhig und es gibt ein wilderes Gerücht nach dem anderen. Hoffentlich wird das nach der Kundgebung besser, die ist jetzt für den sechzehnten anberaumt«, sagte sie.

»Also einen Tag nach unserer Audienz.« Lili seufzte auf.

Kela setzte sich zu ihr auf das Bett, und Lili zeigte ihr den Brief, den sie vom Neuner-Rat bekommen hatte. Die Freundin konnte sich auch keinem Reim darauf machen, warum sie das Stückchen Stoff aus dem Flugmantel ihrer Mutter mitbringen sollte. Kelas Freund Ferdan hatte sich bei seinen Kollegen nach Neuigkeiten vom Neuner-Rat umgehört, natürlich ohne den besagten Brief oder Lilis Namen zu erwähnen. Aber obwohl er sonst immer einiges in Erfahrung brachte, diesmal herrschte tiefes Schweigen. Selbst nächste Angehörige von Mitgliedern des Rats hatten noch nichts gehört. Lili blieb also nichts anderes übrig, als übermorgen mit Sonja zu dieser Audienz zu gehen und abzuwarten, was auf sie zukam.

Kela gab ihr für die Audienz ein paar Ratschläge, vor allem bezüglich der Kleidung, an die Lili noch gar nicht gedacht hatte. Aber die naturweißen, goldbestickten Gewänder mit den geflochtenen Bindegürteln, die immer bei offiziellen Anlässen getragen wurden, waren für die Audienz sicher angemessen. Kela empfahl ihr, den traditionellen schwarzen Kapuzenmantel darüberzuziehen und das Stoffstück sicher vor Zugriffen zu verwahren. Als Kela sich verabschiedete, hatte Lili wenigstens eine Sicherheit: Die Freunde würden zu ihr stehen, was immer auch passierte.

Am späten Nachmittag des nächsten Tages ging Lili mit Sonja zum Elfenhügel, wo die Abschiedsfeier stattfand. Glühwürmchen tanzten in der Luft. Es sah aus, als bewegten sich Hunderte von winzigen Laternen. Ein Elfenorchester spielte zum Tanz. Jongleure und Akrobaten sorgten für Unterhaltung. Festredner sprachen von mutigen Vorfahren und dass jetzt die Zeit gekommen sei, ihnen Ehre zu machen. Die Zuversicht in den Worten erfasste das ganze Elfenvolk und hob auch die Stimmung von Sonja und Lili. Im Laufe des Sommers gesammelter Nektar wurde mit kleinen Fladenbroten gereicht, und allerlei mit winzigen Blütenblättern verziertes Backwerk stand bereit. Es wurde so fröhlich gefeiert, dass der traurige Anlass dafür in den Hintergrund rückte. Erst als sich die Elfen zum Abflug bereit machten, flossen wieder hie und da Tränen. Pärchen umarmten sich, von überall her klangen gute Wünsche und die Bitte, dass sie auf sich aufpassen sollten.

Alrun blieb so lange wie möglich an Krispins Seite und löste sich erst, als das Signal zum Aufbruch ertönte. »Möge der Wind euch vorwärts tragen.«

In Zweierreihen bewegte sich der lange Zug der Blumenelfen auf den großen Magnolienbaum zu, der an der linken Ecke der Gartenmauer stand. Das Orchester spielte eine Abschiedsweise. Im Baumstamm der Magnolie strahlte ein helles Licht auf und vergrößerte sich zu einem Tor, durch das die Elfen nacheinander hindurchflogen. Die Zurückbleibenden winkten ihnen mit ihren Taschentüchern nach, solange bis der ganze Elfenzug verschwunden war und der Baum wieder aussah, als ob nichts gewesen wäre.

3. Kapitel

Eine Prophezeiung ...

Pünktlich um acht Uhr am nächsten Morgen standen Lili und Sonja vor dem großen silbernen Spiegel im Wohnzimmer. Noch einmal musterten sie sich gegenseitig und Sonja fragte zum wiederholten Male, ob Lili das Stück Stoff aus dem Flugmantel gut verwahrt hatte. Aber das hatte sie. Das Döschen, in dem es lag, trug Lili in einem Brustbeutel verborgen um den Hals. Bevor sie zu Meister Bertram gingen, wollte sie in den Läden von Astral nach einem magischen Amulettanhänger suchen, in dem sie den Stoff dann zukünftig vor Zugriffen schützen konnte.

Noch einmal strich Lili über ihr helles Kleid mit der goldenen Stickerei auf der Brust und tastete den runden Halsausschnitt ab. Ihren schwarzen Kapuzenmantel ließ sie offen, sodass das elfenbeinfarbene Futter hervorblitzte. Eigentlich konnte sie mit ihrem Aussehen zufrieden sein, ihr dunkles Haar fiel in sanften Wellen über den Rücken. Nur ihre schwarz-braunen Augen schienen noch eine Spur dunkler als sonst zu sein. Aber vielleicht war es heute ganz gut, es half die Gedanken zu verbergen.

Barbarossa saß bereits auf Lilis Schulter. Der Rabe würde in Astral weitere Erkundigungen einziehen. »Also dann«, sagte sie leise zu ihm und schaute dann zu Sonja. »Ich bin soweit.«

Die Großmutter hatte ihr kastanienbraunes Haar am Hinterkopf zu einem langen Zopf geflochten. Es gab ihr eine gewisse, durchaus beabsichtigte Strenge. Sie starrte in den Spiegel, straffte die Schultern und nickte.

»Komm, Goswin!« Sonja streckte die Hand nach dem Kobold aus, der bis nach der Audienz bei Kela bleiben würde, die am Südtor jetzt wohl bereits wartete. Als sich der Spiegel unter den gewohnten Reflexen öffnete, schritt sie mit ihm hindurch. Lili folgte ihr dicht hinterher.

Eine kurze Zeit lang herrschte völlige Dunkelheit. Lili hörte ein Pfeifen wie vom Wind und sie hatte das Gefühl, als ob etwas sie mit großer Kraft vorwärts schob. Dann wurde es unvermittelt hell. Salzige Meeresluft umwehte ihre Nase und gleich darauf stand sie am weiten Sandstand, der dem Süddtor von Astral vorgelagert lag. Hinter ihr rauschten die Wellen des Meeres. Die Herbstsonne schien warm auf ihr Gesicht und der Wind spielte mit ihren Haaren.

Wie immer, wenn sie hier ankam, wusste Lili kaum, wohin sie den Blick zuerst wenden sollte: zur Stadt, die sich majestätisch vor ihnen erhob, oder über das Meer, wo im Hafen links von ihnen die großen Segelschiffe ankerten und wo weit draußen die vielen Inseln, mit ihren zum Teil hoch aufragenden Felsen, zu erkennen waren. Lili fühlte sich, als ob hier um sie herum das Herz ihrer Welt Velam laut pochte.

Barb flog bereits über die Stadtmauer. Am Südtor winkte jemand, und Lili erkannte Kela. Während sie mit Sonja und Goswin auf die Freundin zuging, flog ihr Blick über die Mauern von Astral. Das weiße, mit Gold verzierte Stadttor ragte hoch auf. Am oberen Bogen waren in den Stein gehauene geflügelte Pferde und Einhörner zu sehen. In den beiden tragenden Säulen spielten von unten bis fast zur Mitte gemeißelte Delfine. Rechts und links an das Tor schloss sich die Stadtmauer an. Fliegende Händler bauten davor bereits ihre Marktstände auf und lockten die Besucher mit ihren Waren. Vom Meer her zog sich ein Arm unter der Torbrücke hindurch bis in die Stadt hinein. Er führte als schmaler, mit Booten befahrbarer Fluss an der mit der inneren Stadtmauer verbundenen Geschäftsmeile der Delfinusstraße entlang und verband in seinem ringförmigen Verlauf alle vier Stadttore von Astral miteinander.

Nachdem sie Kela begrüßt hatten, machten sie sich gleich auf den Weg ins Stadtinnere. Aber als Lili über die Brücke hinweg durch das Stadttor trat, blieb sie, wie so oft, überwältigt stehen. Im Wasserweg warteten geschwungene Boote, an deren Bug

Einhörner, Delfine oder geflügelte Pferde wie Galionsfiguren herausragten. Anmutig drehten die Gestalten ihre Köpfe, um einsteigende Olims nach ihrem Ziel zu fragen und sie dorthin zu bringen. Viele Brücken verbanden den äußeren Ring der Delfinusstraße mit dem inneren Stadtkern, der sanft bergauf steigend bis zum höchsten Punkt führte: der Ratsburg von Astral. Sie thronte über der Stadt, nach hinten gegen den Berg versetzt. Von der Ratsburg aus verliefen die Straßen sternförmig herunter bis zu den Brücken, immer wieder durchbrochen von einem schneckenartig nach oben verlaufenden Weg. Dazwischen gab es Gruppen von weißen Wohnhäusern. Links unterhalb der Ratsburg konnte Lili den Rosengarten erkennen, eine Siedlung aus seltsam in der Länge verformten kleinen Häusern, in denen Besucher der Stadt wohnten. Später würden sie dort hingehen. Sonja hatte das Haus mit der Nummer 1211 gebucht, weil sie die Audienz wenigstens mit einem Treffen mit ihrer Schwester Adela verbinden wollte.

Nur ein paar hundert Schritte rechts neben der Südtorbrücke befand sich die Treppe, die alle nur »Die Tausend Stufen« nannten. Diese führte auf direktem Weg zur Ratsburg hoch und obwohl sie jetzt noch nicht dorthin wollten, klopfte Lilis Herz beim Anblick der Treppe schneller.

Kela verabschiedete sich jetzt, sie wohnte nicht weit weg in der Glücksstraße und nahm Goswin mit zu sich nach Hause. Später wollten sie sich zusammen mit den anderen Freunden in der Taverne »Zum goldenen Baum« zum Mittagessen treffen.

Lili und Sonja wandten sich nun nach links, um die Geschäfte der Delfinusstraße nach einem Amulettanhänger zu durchstöbern. Bei Vilmars magischer Goldschmiede wurden sie fündig. Lili erstand ein rundes Amulett, dessen durchsichtiges Innere sich öffnen ließ und in den das kleine Stück Stoff genau hineinpasste. Außen war es wie ein Stern gearbeitet. Auf den goldenen Ecken schimmerten fein eingraviert die Symbole für die Mondphasen.

»Dieses Amulett stellt sich ganz auf dich ein. Sobald du es einmal getragen hast, wird es niemand berühren oder dir wegnehmen können«, erklärte der Goldschmied.

Lili kaufte zu dem Anhänger noch eine passende Kette und legte sich das Schmuckstück um den Hals. Das Amulett mit dem Stoff ihrer Mutter baumelte auf Höhe ihres Herzens und sie fühlte eine angenehme Wärme davon ausgehen. Ganz schwach meinte sie auch wieder dieses Lachen zu hören, so wie zuhause, wenn sie den Stoff in die Hand genommen hatte.

Nach dem Einkauf entschieden sie sich, einen der kleinen Flug- und Landeplätze aufzusuchen, die, von Sträuchern eingefasst, überall am Fuße des Stadtberges verstreut lagen. Von dort aus wollten sie direkt zur Burg fliegen. Lili sah sich nach einem freien Boot um. Rechts neben ihr im Wasser, nur wenige Meter hinter der Sterntalerbrücke, wartete eines. Das geflügelte Holzpferd vor dem Bug drehte in einer eleganten Bewegung seinen Kopf zu ihnen und schaute sie fragend an.

»Zum Flugplatz am Druidenmarkt«, sagte Lili.

Lili und Sonja kletterten in das Boot und lehnten sich in den Kissen zurück. Die Galionsfigur schlug mit den Flügeln, reckte den Kopf nach vorne und das Boot setzte sich in Bewegung. In gemütlich schaukelnder Fahrt zogen die Geschäfte der Delfinusstraße an Lili vorüber. Vor Meister Korbinians Schatztruhe drängten sich auch an diesem Vormittag wie üblich die Passanten. Er verkaufte Illusionszauber und hatte immer etwas Neues am Lager. In seinem Schaufenster sah Lili im Vorübergleiten runde Tontöpfe, aus denen flimmernde Sterne aufstiegen, die sich in der Luft zu Bildern formten. Immer wieder neu bildeten sich Berge mit tosenden Wasserfällen, exotische Blumenwiesen mit tanzenden Schmetterlingen, stille Wälder mit grasenden Einhörnern und weitere wunderschöne Szenen. Ein paar Häuser weiter gab es Haushaltszauber wie selbstrührende Kochlöffel oder Staubjägerwedel, und noch etwas weiter die Straße hinauf lag das Geschäft von Rosi Garner, in dem die besten Flugumhänge verkauft wurden, die weit und breit zu haben waren. In der Ferne sah Lili auch den Goldturm, der in der Nähe des Westtores seinen Standort hatte. Er überragte alle Geschäftshäuser in der Stadt und selbst aus dieser Entfernung war seine mit Gold verzierte Fassade beeindruckend.

An der Haltestelle vor dem Trödelladen von Suman Galanis stiegen sie aus. »Guten Flug«, wünschte die Galionsfigur und schlug mit den Flügeln.

Wenig später überquerten sie bereits die gewölbte Orientbrücke, die über den Fluss führte und die Delfinusstraße mit der Innenstadt verband. Links, in der Nähe der Brücke, befand sich der sandige Platz, zu dem sie hin wollten. Lili erkannte ihn an den Begrenzungen aus Oleanderbüschen, die zu dieser Jahreszeit jedoch keine Blüten mehr trugen. Zwischen den Büschen standen hohe Laternen. Zu jeder Tages- und Nachtzeit blinkten diese gemächlich in einem warmen, gelben Licht. Lili wäre gerne noch über den Druidenmarkt gelaufen, der bereits zahlreiche Besucher anlockte und wo immer die wunderlichsten Dinge feilgeboten wurden. Aber die Zeit drängte, denn vor der Audienz wollten sie noch in den heiligen Garten, um sich ein Bild über die Zerstörungen zu machen, von denen alle redeten.

Der Platz zwischen den Oleanderbüschen lag einsam da. Lili schaute nach oben in den Himmel, um zu sehen, ob vielleicht gerade jemand hier herunterkommen wollte. Aber es flogen nur wenige Olims in der Luft und die waren alle noch zu weit weg. Wie kleine Vögel sahen sie aus, die am Himmel kreisten. Lili holte ihren Flugumhang hervor, dessen Form und gesprenkeltes Muster sie in der Luft fast wie ein Tannenhäher aussehen ließ. Sie zog den Umhang über den Kapuzenmantel und knöpfte ihn fest. Dann sah sie sich nach Sonja um. Die Großmutter war bereits startbereit. Das Gewebe ihres Umhangs glänzte in Blau-Schwarz und Lili konnte mühelos den Raben darin erkennen. Lili und Sonja breiteten ihre Arme aus und stießen sich vom Boden ab. Wie Pfeile schossen sie daraufhin in die Höhe, gingen dann anmutig fast in die Waagerechte und nahmen Kurs auf den Vorplatz der Ratsburg. Als sie dicht darüber schwebten, nahmen sie wieder eine senkrechte Haltung ein und ließen sich langsam zu Boden gleiten.

Sonja atmete tief durch. »So, da wären wir.«

Lili legte ihren Flugumhang ab und verstauten ihn als winziges Päckchen in ihrer Manteltasche. Dann ging sie mit Sonja durch den breiten Torbogen zum Innenhof der Burg. Ihr Blick schweifte über alte Eichen und hübsch angelegte Blumenrabatte. Wie auch im Vorhof, befand sich auf der rechten Seite eine hohe Mauer mit ornamentalen Sichtlöchern, durch die man hinunter auf die Stadt blicken konnte. Die anderen drei Seiten gehörten zur Burg selbst, in der auf drei Stockwerken prachtvolle Säle sowie die Büros und Wohnungen der Ratsmitglieder untergebracht waren. Im Torbogen, durch den sie eben gekommen waren, befand sich links eine Tür. Da hindurch mussten sie nachher gehen, um zum Saal der tanzenden Wasserfälle zu gelangen.

Obwohl die gesamte Burganlage sehr gepflegt wirkte, empfand Lili die Atmosphäre heute beklemmend. Sie seufzte leise. Dann zeigte sie auf den zweiten Torbogen im Gebäude. »Dahinten geht es zum Heiligen Garten.«

Am Ende dieses Torbogens war ein schmiedeeisernes Tor eingelassen. Es schien geschlossen, aber als Lili den Griff in die Hand nahm, ließ sich die Tür öffnen. Ein gerader Weg führte von hier aus bis ans Ende des Gartens. Rechts und links standen in Zehnerreihen etwa vierhundert Apfelbäume. Im Verhältnis zur Menge der Baumreihen lagen nur wenige am Boden. Doch diese machten einen schlimmen Eindruck. Sie waren ausgetrocknet, fast wie versteinert, und in der Mitte gespalten. Überall zwischen den Reihen lagen verdorrte Äste am Boden, wie nach einem heftigen Sturm. In der Mitte des Wegs stand der Quellbrunnen, dessen fließendes Wasser normalerweise fast übersprudelte. Jetzt tröpfelte es nur noch über dem Stein, als wenn das Wasser versiegen würde. Lili und Sonja schauten sich alles

genau an. Sie sprachen nicht. Es war, als ob ihnen dieser Anblick die Stimme nahm. Der heilige Garten starb. Seine Kraft
verlor sich. Still gingen sie den Weg weiter bis ans Ende, wo in
einer mannshohen Bernsteingrotte die Chronik der Olims aufbewahrt wurde. Obwohl hinter Glas vor Umwelteinflüssen geschützt, war von der einstigen Pracht des kunstvoll in Leder
gebunden Buchs wenig zu spüren. Es lag zwar wie immer auf-
geschlagen da, doch die schwungvolle Handschrift verblasste.
Einzelne Stellen zerbröselten zu Staub.

Der Bergwald, der sich gegenüber der Mauer des heiligen
Gartens erhob, rahmte die Grotte ein. Lili schien es, als ob das
dunkle Grün eine unheilvolle Stimmung aussandte. Früher hatte
sie das nicht so empfunden. Sie ging zur Mauer und sah hinunter in die Tiefe. Die Delfinusstraße wandelte sich hier zu einem
Hohlweg. Im Fluss schwamm ein einzelnes Boot, doch niemand
saß darin und der Delfin am Bug schien furchtsam im Wasser
untertauchen zu wollen. Lili wusste, dass das Nordtor, das direkt
unter ihr lag, stets verschlossen blieb. Früher einmal war es
geöffnet gewesen wie die anderen Tore auch. Im dahinterliegen-
den Bergwald lebten Einhörner, Pegasuse und ein paar harmlose
Drachen. Aber auch allerlei lichtscheues Gesindel trieben sich in
diesem Wald herum und früher hatten diese immer wieder Reisende überfallen. Deshalb hatte der Neune-Rat den Durchgang
schließen lassen und er galt seither als verbotenes Tor.

Die Büsche neben diesem Tor bewegten sich. Aber Lili sah
nicht, dass sich darin zwei boshafte Gestalten versteckten.

Wido bleckte die Zähne. »Die wird keine Probleme machen.«

»Der andere wird dabei sein«, gab Pasko zu bedenken.

»Aber der Dritte ist schon erledigt.«

Für Lili klang das Gespräch der beiden wie leises Rauschen
von Bäumen. Es machte sie nicht misstrauisch. Sie wandte sich
ab und ging mit Sonja den Weg zurück, den sie gekommen war.

»Wir müssen uns beeilen!« Lili beschleunigte ihre Schritte
und kurz darauf standen sie unter dem ersten Torbogen, in dem

seitlich der Burgeingang war. Als Lili vom Vorhof her Schritte hörte, blickte sie in die Richtung. Ein junger Mann kam auf sie zu. Sein brünettes Haar trug er nach hinten gebunden. Ein paar vorwitzige Strähnen hatten sich gelockert und fielen nach vorne in sein Gesicht. Lili fiel auf, dass der junge Mann einen Dreitagebart trug, was ihm einen kühnen Ausdruck verlieh. Als er näher kam und sie seine strahlend blauen Augen sah, weckte das eine Erinnerung. Aber sie kam nicht darauf, wo sie ihn schon einmal gesehen hatte.

Sonja wurde jedoch plötzlich blass. »Kelwyn Seger!«

Als der junge Mann vor ihnen stand, starrte Lili ungläubig auf das Amulett, das er an einer Kette um den Hals trug. Es sah ihrem eigenen ähnlich, nur die Verzierungen waren anders gearbeitet, und in der durchsichtigen Mitte befand sich ein Stoff, der nur aus dem Flugmantel von ihrer Mutter stammen konnte.

Lili schaute zu Sonja. »Was hat das zu bedeuten?«

Sonja war zu erschüttert, um etwas sagen zu können.

»Wie es scheint, hat uns ein Stück Stoff zusammengebracht.« Kelwyns Stimme klang interessiert. Lässig stand er da und seine wachen Augen musterten Lili aufmerksam von Kopf bis Fuß. Was er sah, schien ihm zu gefallen.

Doch Lili war nicht gut aufgelegt. In ihrem Kopf rasten die Gedanken. Sonja hatte nie erwähnt, dass noch jemand ein Stück aus dem Flugmantel ihrer Mutter besaß. Aber ihre bestürzte Reaktion vorhin war eindeutig. Sonja wusste davon und sie hatte es ihr verheimlicht. Lili fühlte sich übergangen, ausgeschlossen von einem wichtigen Teil, der mit dem Tod ihrer Mutter zusammenhing. Groll und Enttäuschung wühlten in ihrem Inneren und entluden sich auf den jungen Mann. Wie konnte er es wagen, sie so anzusehen!

»Bin ich zum Verkauf ausgeschrieben?«, fauchte sie.

Kelwyn lachte. »Noch immer die gleiche Kratzbürste.«

Als er das sagte, fiel es Lili wie Schuppen von den Augen. Kelwyn hatte zur gleichen Zeit wie sie selbst die Magierschule von Astral besucht. Er war zwei Klassen über ihr gewesen und hatte sich sogar eine Weile um sie bemüht, aber so unbeholfen, dass sie ihn hatte abblitzen lassen. Wieso besaß ausgerechnet er ein Andenken von ihrer Mutter? Lili wollte zu einer Antwort ansetzen, doch Kelwyn öffnete ihnen bereits die Tür. Nacheinander stiegen sie die schmale Treppe hinauf in den ersten Stock. Durch den langen Korridor eilten sie an einer Galerie mit Gemälden von ehemaligen Ratsmitgliedern vorbei und erreichten wenig später das große Foyer der Ratsburg. An einem der Säle ringsum stand die Flügeltür weit offen.

Kelwyn beugte sich zu Sonja, die jetzt recht angespannt wirkte. »Keine Sorge, es wird sich alles aufklären.«

Lili sah überrascht auf. Die flüsternde Stimme des jungen Mannes klang sanft. Prüfend schaute sie zu ihm hin, wandte den Blick aber gleich wieder ab, weil er es bemerkte. Wusste Kelwyn etwas, von dem sie keine Ahnung hatte? Sonjas angespannte Haltung wurde jedenfalls lockerer. Doch für Überlegungen blieb keine Zeit. In dem offenen Saal hörte Lili Schritte und kurz darauf erschien die Respekt einflößende Gestalt von Meister Bertram im Türrahmen.

»Schön, dass ihr so pünktlich gekommen seid«, begrüßte er sie. Meister Bertram schüttelte allen die Hand. »Ah«, sagte er, den Blick nachdenklich auf die Amulette geheftet. Dann wandte er sich an Kelwyn. »Deine Eltern sind nicht mitgekommen?«

»Meine Eltern lassen sich entschuldigen. Sie sind in ihren magischen Forschungen gefangen. Schwer, da auszusteigen. Aber dafür bin ich gekommen. Mir bleibt mehr Raum für unerwartete Einladungen.« Kelwyns Worte klangen locker. Er schien es normal zu finden, dass seine Eltern der mysteriösen Einladung keine Folge geleistet hatten.

Lili dachte daran, dass Sonja und sie selbst nie auf die Idee gekommen wären, einer Autorität wie Meister Bertram abzusagen. Schon gar nicht in so offensichtlich schwierigen Zeiten wie jetzt.

»Ich schätze die Arbeit deiner Eltern, aber es wäre mir lieber gewesen, wenn sie mitgekommen wären. Ich habe Fragen.« Meister Bertram ließ sich seine Verstimmung jedoch nicht weiter anmerken. Er bat seine Besucher in den Saal. »Gehen wir hinein. Ich habe uns Tee vorbereiten lassen.«

Sie folgten ihm zu einer kleinen Sitzgruppe in der Mitte des Raumes. Sprudelnde Wassersteine und hohe, exotische Pflanzen schirmten den Platz ab. Lilis Blick schweifte umher. Ringsum an den Wänden rauschten Wasserfälle herab. Sie füllten die Becken darunter bis fast an den Rand. In einer Ecke entdeckte Lili zwischen Seerosen und Wassergräsern sogar zwei Nixen, die lautlos miteinander spielten. Der Saal der tanzenden Wasserfälle erweckte den Eindruck eines mystischen Urwalds, der seine Geheimnisse bewahren wollte, und zu anderen Zeiten wäre Lili begeistert gewesen.

Meister Bertram nahm den Platz an der Stirnseite des Tisches ein und begann Tee in die Tassen einzuschenken. Sonja ließ sich im Sessel zu seiner Linken nieder, während Lili und Kelwyn sich Bertram gegenüber auf das zierliche Zweiersofa setzten. Lili hatte den Verdacht, dass die Sitzordnung genau so geplant war. Allmählich wurde sie ruhiger und ihr Ärger auf Sonja, die noch immer sehr blass wirkte, verrauchte.

Kelwyn, der links neben Lili saß, schien die Ruhe in Person. Gelassen nahm er seine Tasse Tee entgegen, doch sein Blick schien jede Kleinigkeit und jede Geste wahrzunehmen.

Eine Weile plauderte Meister Bertram mit ihnen über belanglose Dinge und sie nippten dabei an ihrem Tee. Lili nahm ihn unauffällig in Augenschein. Für einen Mann, der bereits um die dreihundertvierzig Jahre alt war, wirkte der Präfekt des Rates ausgesprochen jung und kraftvoll. Er schien außerdem ein kultivierter Mann zu sein, höflich, freundlich, gebildet. Um seine Person lag die Aura einer natürlichen Autorität. Es gab keinen Zweifel, dass er ein geborener Anführer war. Die lockere Art, in der sich Meister Bertram hier präsentierte, war wohl echt, aber sie durfte sich dadurch ganz sicher nicht täuschen lassen. Lili spürte etwas ausgesprochen Festes, ja sogar Unnachgiebiges an ihm. Sie konnte sich lebhaft vorstellen, wie er seine Befehle erteilte. Als sie in seine Augen blickte, erkannte Lili noch etwas anderes und das überraschte sie. Seine Augen strahlten eine Wärme und Güte aus, wie sie es selten gesehen hatte. *Hart und doch weich*, dachte sie. Eine eigenartige Mischung.

»Sprechen wir jetzt über die Sache, wegen der ich Euch zu mir gerufen habe.« Die Haltung des Präfekten veränderte sich. Er nahm einen Schluck Tee und sprach dann weiter. »Sicher habt ihr euch schon gedacht, dass es um den Stoff geht, der vor zwanzig Jahren aus einem Flugumhang geschnitten wurde.« Als Sonja unerwartet heftig zu einer Erwiderung ansetzte, hob er die Hände und beschwichtigte sie. »Nein, Sonja, ich bin nicht der Ansicht, dass dieser Stoff oder deine Tochter Viola etwas mit dem Erwachen der Großen Schlange zu tun hat. Aber möglicherweise hat er etwas damit zu tun, wie wir das Problem lösen können.« Er schaute Lilis Großmutter fest an. »Ich weiß, das ist schmerzlich, auch nach so vielen Jahren noch. Aber ich muss alles wissen, was damals nach dem Unglück deiner Tochter geschehen ist. Sonja, ich bitte dich nur, mir ein paar Fragen zu beantworten.«

Ein wenig zögerlich nickte Sonja.

»Erzähl mir von dem Flugumhang«, forderte Bertram.

Sonja sog tief den Atem ein. »Was soll ich sagen … Viola liebte ihn, so wie sie das Fliegen liebte. Sie sagte immer, dass dieser Flugumhang sie höher in die Luft trage als jeder andere, den sie zuvor besessen hatte.«

»Wo hatte deine Tochter den Umhang her?«

»Er war ein Geschenk von Theodor Hauser.«

»*Der* Theodor Hauser, der damals während des Frühlingsfests den Überfall der Inominati überlebt hatte?«, fragte Bertram.

Sonja seufzte. »Ja. Mehr als dreiundzwanzig Jahre ist das her. Diese furchtbaren Schreie, dieser Geruch von verbranntem

Fleisch. Das geht mir heute noch nach. Fast alle unsere Verwandten kamen damals um, auch meine Eltern.

»Das tut mir sehr leid.«

Sonja nickte. »Viola und ich waren mit meiner Schwester Adela zum Zeitpunkt des Überfalls zuhause in Megara, um noch ein paar Kräuterzubereitungen für unseren Stand zu holen. Als wir dann auf die Festwiese zurückkehrten … so viele Tote, weil ja Magier aus dem ganzen Türkisland zu dem Fest angereist waren, tausende! Wir haben nach Überlebenden gesucht. Viola fand Theodor unter den Trümmern zusammengebrochener Stände. Sie hat ihn gepflegt. Aber durch den Verlust seiner ganzen Sippe brach Theodors Lebenswille. Kurz vor seinem Tod schenkte er Viola den Flugumhang.« Sonja schüttelte den Kopf. »Viola sah darin wie ein Adler aus. Eigentlich passte das nicht zu ihr, wenn ich es mir überlege. Aber Viola fand, dass dieser Mantel das Beste war, das sie jemals besessen hatte.«

Die Erinnerung an die schrecklichen Ereignisse setzten Sonja zu und sie seufzte schwer auf.

Der Präfekt ließ ihr nur eine kurze Atempause. »Weißt du etwas darüber, wie Theodor Hauser zu diesem Flugumhang kam, woher er ihn hatte?«

»Ich weiß nur, dass er lange in seinem Familienbesitz war.«

»Du weißt nichts über die Geschichte des Flugumhangs und was seine Magie ausmachte?«, hakte der Präfekt nach.

Lili und Kelwyn schauten so überrascht wie Sonja.

Meister Bertram sah sie alle drei prüfend an. »Dieser Umhang war einzigartig. Kaum zu glauben, dass ihr das nicht wisst.«

Kelwyn richtete sich verärgert auf. »Was soll das heißen? Soll uns hier etwas unterstellt werden?«

»Ich unterstelle nichts. Ich wundere mich. Der Flugumhang bestand nicht aus den üblichen Fasern, sondern war aus feinstem Elfenhaar gewebt«, erklärte Meister Bertram. »Nach meinen Informationen gab es nur einen einzigen dieser Art. Ein Vorfahre von Theodor Hauser hatte dieses wertvolle Stück wohl von einer Sylphe aus den Windjammerinseln bekommen. Ich habe das selbst nachgeprüft und halte es für absolut glaubwürdig.«

»Das sind die Inseln, die wir als Dreiergruppe weit draußen auf dem Meer sehen können, nicht wahr? Dort leben die Windelfen schon seit Urzeiten«, warf Lili überrascht ein und hätte sich im selben Moment auf die Zunge beißen können.

Der Präfekt nahm das Thema auf. »Viola soll oft am Strand gewesen sein und auf diese Inseln geblickt haben, stimmt das?«

»Ja«, antwortete Sonja und es klang ein wenig gereizt. »Viola war eine der wenigen, die das Zweite Gesicht haben. Sie erklärte oft, dass ihre Visionen besonders stark und klar sind, wenn sie sich mit den Windjammerinseln verbindet.« Sonja überlegte kurz. »Ja, das war erst, nachdem sie den Flugumhang bekommen hatte. Aber trotzdem hat sie nicht gewusst, dass er aus Elfenhaar bestand und dass etwas an dem Umhang ungewöhnlich war. Sie hätte es mir gesagt.«

»Nun gut«, meinte Meister Bertram. »Aber jetzt ihr könnt euch sicher vorstellen, wie machtvoll dieser Flugumhang war.«

Sonja brauste auf. »Warum ist meine Tochter dann abgestürzt, wenn doch dieser Flugumhang so mächtig war, wie du sagst? Er hätte sie schützen müssen!«

»Der Mantel hat sie gewiss nicht zum Absturz gebracht, Sonja.« Der Präfekt griff nach ihrer Hand und drückte sie sanft. »Niemand kann das Schicksal je ganz ergründen. Es geht oft seltsame Wege, aber letztendlich passt immer eines zum anderen. Wir müssen nicht alles verstehen. Wir können es nicht.« Meister Bertram schwieg einen Augenblick, dann setzte er die Befragung fort. »Was ist mit dem Mantel nach dem Unfall geschehen?«

»Er war zerfetzt.« Eine Träne rollte Sonjas Wange herab. »Ich habe nach heilen Stellen gesucht und Stücke herausgeschnitten.«

»Wie viele?« Bertrams Frage kam rasch.

»Drei«, antwortete Sonja.

Lili schaute Sonja an. Warum hatte die Großmutter das nie erwähnt? Sie hörte heute zum ersten Mal, dass es noch mehr Teile vom Flugmantel ihrer Mutter gab und sie hatte immer geglaubt, dass sie das einzige Stück besaß.

Sonja kam ihrer Frage zuvor. »Ich hielt es nicht für bedeutsam. Deshalb habe ich es nie erwähnt.«

»Also hier sind zwei davon, das von Lili und meines«, warf Kelwyn ungeduldig ein. »Wer hat das dritte Stück? Ich nehme an, dass derjenige jetzt auch hier sitzen müsste.«

»Sachte«, dämpfte ihn Meister Bertram. »Sonja, was geschah, als die drei Stücke aus dem Mantel herausgeschnitten waren?«

»Ich nahm eine kleine Truhe und legte die drei Stoffteile hinein. Dann sammelte ich weitere persönliche Gegenstände von Viola und tat sie auch dazu. Mein Kind wurde auf der Friedenswiese aufgebahrt, eingehüllt in die Reste ihres Flugmantels und bedeckt mit ihren Lieblingsblumen. Die Truhe blieb bis zur Verbrennungsfeier auf dem Podest neben der Bahre. Zusammen mit meiner Schwester und Kelwyns Onkel Kilian hielt ich die dreitägige Totenwache ab. Danach, als der Leichnam verbrannt wurde, verteilte ich die Andenken. So ist es Brauch.«

»Hast du Kilian Seger eines der Stoffstücke gegeben?«, hakte Meister Bertram nach.

»Ja. Kilian liebte meine Tochter. Er sollte wie alle, die ihr nahe standen, ein Andenken an sie bekommen. Er hatte gesehen, wie sie abstürzte und war verzweifelt wie ich.«

»Kilian ist der Vater von Lili?« Bertram schien überrascht.

Kelwyn regte sich plötzlich auf. »Warum fragst du das alles? Sag uns endlich, worum es hier geht? Was ist mit diesen Stofffetzen. Du siehst doch, wie schwer es Sonja fällt, über diese Dinge zu reden, und das ist doch jetzt wirklich sehr persönlich.«

»Es tut mir leid, aber ich muss das fragen.« Der Präfekt schaute zu Sonja. »Ist Kilian Lilis Vater?«

»Nein.«

Bertram seufzte. »Aber du weißt, wer Lilis Vater ist?«

Kelwyn verdrehte die Augen. Er war offensichtlich mit dieser Befragung nicht einverstanden, so wenig wie Lili. Sie hätte sich am liebsten unsichtbar gemacht.

»Viola hatte ein Recht darauf, den Vater ihres Kindes zu verschweigen. Ich weiß, dass sie einen Mann geliebt hat und ich weiß, dass sie trotzdem nicht mit ihm hätte zusammenleben können. Warum das so war, blieb ihre Sache.« Sonjas Stimme klang heftig und in ihren Augen blitzte Empörung auf.

Bertram ließ dennoch nicht locker. »Hast du bei der Totenfeier etwas über ihn erfahren, ihm womöglich ein Stoffstück zukommen lassen?«

»Nein!«

Lili wurde das Gerede jetzt zuviel. »Ich habe keinen Vater, basta! Er hat sich nie gezeigt, auch nicht in späteren Jahren.«

Der Präfekt lenkte überrraschend ein. »Lassen wir das Thema vorerst. Kelwyn, erzähle mir von deinem Onkel. Wieso ist der Stoff jetzt in deinem Besitz?«

»Onkel Kilian ist vor einigen Jahren verstorben. Das Amulett mit dem Stoff vermachte er mir. Aber kannst du uns jetzt nicht endlich aufklären?«

»Bitte noch ein wenig Geduld.« Der Präfekt wandte sich wieder an Sonja. »Das dritte Stück Stoff. Ich hoffte … aber Lilis Vater hat es wohl doch nicht bekommen. Wer hat es?«

Sonja schwieg eine Weile, nachdenklich. Sie schüttelte den Kopf. »Es ist seltsam«, sagte sie. »Ich habe eines der runden Stoffstücke für Lili genommen und das zweite Kilian gegeben. Das dritte Stück Stoff wollte ich selbst behalten. Immerhin war der Flugumhang, aus dem die Teile stammen, das Liebste, was Viola besessen hatte, und ich konnte sie in dem Stoff fühlen. Aber das dritte Stück war nicht mehr da. Ich kann es nicht verstehen. Die Truhe war nie einen Augenblick ohne Aufsicht. Niemand konnte es unbemerkt nehmen, und trotzdem war es verschwunden. Als hätte es sich in Luft aufgelöst.«

»Könnte deine Schwester …«, fragte Bertram vorsichtig.

»Nein, ausgeschlossen« erwiderte Sonja sofort.

Bertram seufzte. »Nun, dann müssen wir das wohl so hinnehmen. Ihr zwei«, wandte er sich dann an Lili und Kelwyn, »habt euren Schatz ja gut verwahrt. Ich nehme an, die Amulette sind sicher?«

»Ja«, erwiderten Lili und Kelwyn wie aus einem Mund.

»Und ich bin gespannt, was wir jetzt von dir hören werden«, setze Kelwyn hinzu, da er merkte, dass die Befragung endlich zu Ende war.

Meister Bertram lächelte, aber seine Augen blieben ernst. »Nun, dieser Stoff spielt eine Rolle für das, was vor uns liegt. Eigentlich betrifft es mehr die Besitzer dieser Amulette, also euch beide. Ich erkläre es gleich«, wehrte er ab, als Kelwyn wissen wollte, wie er das meinte. »Die Befragung heute war wichtig, damit ich klarer sehe. Tut mir leid, vor allem für dich Sonja, aber immerhin hast du meine Nachforschungen bestätigt.« Der Präfekt schenkte noch einmal Tee nach und Lili spürte, dass ihm die Aufklärung der Angelegenheit nicht so leicht fiel wie die Fragen, die er zuvor gestellt hatte. Er führte seine Teetasse zum Mund, stellte sie wieder ab und seufzte. »Ihr wisst, was im heiligen Garten geschehen ist und ihr habt sicher gehört, was die Ursache dafür ist. Die Große Schlange bewegt sich und bald wird sie ausbrechen. Wir alle sind in großer Gefahr. Seid ihr darüber informiert, was für ein Geschöpf das ist?« Fragend schaute er in die Runde.

»Nicht wirklich«, erwiderte Lili.

»Ja«, sagte Kelwyn gelassen.

»Nun«, hob Bertram wieder zu reden an und wandte sich hauptsächlich an die beiden Frauen. »Die Große Schlange entstand einst aus der Verbindung zwischen der Sternengöttin Liora und dem Schlangengott Fandwyr. Sie heißt Shuad und lebt auf dem Meeresgrund in einer versiegelten Höhle, die mit unseren Landmassen verbunden ist. An dem Tag, an dem sie das Siegel zerstört und dort ausbricht, wird sich das Meer erheben und alles Land verschlingen. So steht es geschrieben. Noch sind ihre Bewegungen träge, es gibt also Hoffnung. Doch jeder Tag zählt, wenn wir sie dazu bringen wollen, sich wieder ruhig zu verhalten.«

Lili brauchte eine Weile, bis sie die Tragweite des Gesagten begriff. Dann sah sie Kelwyn an. »Und du hast das gewusst?«

»Die Zeichen deuten darauf hin und der Neuner-Rat wurde schon vor vielen Monden darauf angesprochen.« In Kelwyns Stimme lag Vorwurf. »Im ganzen Land ist die Erde seit einiger Zeit in Bewegung. Nur leichte Wellenbewegungen, aber es fällt auf. Wenn man genau hinschaut, ist es sogar sichtbar.

»Und wer hat die Schlange aufgeschreckt? Die Inominati?« Sonja fragte das. Immerhin waren die damals auch für das Frühlingsfest-Massaker verantwortlich und sie traute denen alles zu.

»So einfach ist das nicht zu beantworten«, seufzte Meister Bertram, »die Inominati sind immerhin genauso bedroht wie wir, wenn die Große Schlange ausbricht.«

»Gibt es einen Plan, wie das Unheil abgewendet werden soll?«, fragte Kelwyn.

»Natürlich haben wir, das heißt der Neuner-Rat, bereits nach Auswegen gesucht«, erwiderte Meister Bertram. »Wir wissen, dass die Große Schlange drei Wächter hat, die ihre Aufgaben an geheimen Orten erfüllen. Diese Wächter stehen in enger Verbindung zum heiligen Garten. Deshalb sind auch die Zerstörungen dort ein sicheres Zeichen, dass es wirklich die Schlange ist, die sich regt. Etwas muss mit diesen drei Wächtern passiert sein. Mittlerweile haben wir Hinweise, dass einer von den dreien, der Wächter der Quelle, im dunklen Land gefangen ist. Es gibt Hinweise, dass eine böse Kreatur ihn daran hindert, seine Aufgabe zu erfüllen.«

»Also doch die Inominati«, warf Sonja entrüstet ein.

Der Präfekt schüttelte den Kopf. »Da habe ich so meine Zweifel, denn die Inominati sind zu klug, als dass sie sich selbst schaden würden.«

Kelwyn beugte sich vor. »Ich denke, dass wir das morgen auf der Kundgebung auch erfahren hätten. Aber was hat das mit Lili und mir zu tun oder mit dem Stoff aus dem Flugumhang?«

Bertram trank einen Schluck Tee. »Es gibt eine Prophezeiung«, sagte er und zitierte: »*Wenn im heiligen Garten die Bäume brechen, das Wasser stillsteht und das Buch der Wahrheit zerfällt, dann ist das Ende nahe. Hoffnung allein ruht auf drei Wesen mit gewebtem Elfenhaar.*«

Sonjas Gesicht wurde totenbleich. »Das ertrage ich nicht!«

Der Präfekt achtete kaum darauf. »Die große Gefahr kann nur mit eurer Hilfe abgewendet werden«, sagte er zu Lili und Kelwyn. »Ihr seid diejenigen, von denen in der Prophezeiung die Rede ist. Euch fällt die Aufgabe zu, die Wächter zu befreien.«

»In der Prophezeiung ist die Rede von drei Personen«, warf Lili ein.

Kelwyn nickte. »Und das dritte Stück Stoff ist verschwunden und wir wissen nicht einmal, ob es noch existiert.«

Meister Bertram seufzte. »Meine letzte Hoffnung, es zu finden, ruhte auf euch. Jetzt müssen wir es wohl hinnehmen, dass dieses Stoffstück nicht mehr auffindbar ist. Ihr müsst es trotzdem versuchen, auch wenn ihr nur zu zweit seid!«

»Bitte, es gibt doch sicher eine andere Lösung«, bat Sonja.

»Ich kann auf mich aufpassen.« Lili beugte sich zu ihr hinüber und drückte Sonjas Hand. Aber sie blieb nur äußerlich ruhig. Was, wenn sie dieser Aufgabe nicht gewachsen war? Was, wenn sie mit Kelwyn nicht zurecht kam? Sie schaute den jungen Mann an ihrer Seite an.

Kelwyns Kiefermuskeln mahlten. Sonst schien er ruhig. Er wandte sich dem Präfekten zu. »Ich für meinen Teil stelle mich zur Verfügung. Aber ich stimme Sonja zu …« Er streifte Lili mit einem Blick. »Es könnte gefährlich werden.«

»Der Neuner-Rat ist sich bewusst, dass ihr beide …«, der Präfekt betonte das Wort *beide*, »… noch sehr jung seid und wenig Erfahrung habt. Doch die Prophezeiung ist eindeutig. Es bleibt uns keine Wahl. Aber wir haben vor ein paar Tagen das Orakel im Sichelmondwald aufgesucht, auch weil es keine Spur von dem dritten Stück Stoff und einem eventuellen Besitzer gibt, wie sich heute bestätigt hat. Die Antwort war etwas schwammig, aber sie stimmt mich trotzdem zuversichtlich. Das Orakel sagte: *Die Nacht wird vorübergehen.* Ich werte das jedenfalls so, dass ihr beide es schaffen könnt. Ihr bekommt natürlich Hilfe. Die besten Magier und Kämpfer werden euch zur Seite stehen und auch die Elfenvölker haben ihre Unterstützung zugesagt. Ihr solltet jetzt in Astral bleiben und euch bereithalten. Ich habe deshalb bereits für jeden von euch dreien ein Zimmer hier in der Burg herrichten lassen.«

Sonja blieb reserviert. »Ich möchte nach Megara zurückgehen. Ich kann mein Dorf nicht im Stich lassen und ich will da helfen, wo ich es auch vermag.«

Lili versuchte, sie zu überreden. »Hier wärst du sicherer.«

Aber Sonja blieb bei ihrer Entscheidung.

Meister Bertram fiel noch etwas ein. »Ich bin mir nicht sicher, ob ihr die Zusammenhänge kennt. Die Apfelbäume im heiligen Garten stehen, wie ihr wisst, für die Lebenszeit von uns Olims. Vierhundert sind es, soviel wie das durchschnittliche Lebensalter, das wir erreichen können. Sie zeigen uns daneben aber auch die Zeit, die wir für die Vermeidung der Katastrophe haben. An jedem Tag zerbricht im Garten ein Apfelbaum mehr, wir haben das beobachtet, und das heißt, dass wir nur noch etwas mehr als ein Jahr haben, bis alle zerstört sind. Es ist Eile geboten. Unsere Helfer, vor allem die Elfen, suchen jetzt das Versteck des Wächters der Quelle in Erfahrung zu bringen. Doch die Grenze zum Dunklen Land, wo es sein muss, ist derzeit noch von einer magischen Mauer umgeben. Leider weiß niemand, wodurch sie entstanden ist und keiner konnte bislang durchdringen. Aber wir werden eine Möglichkeit finden. Wir müssen! Sobald der Weg frei ist, werden wir aufbrechen, und dann mögen die Götter uns beistehen.«

»Und die beiden anderen Wächter?«, fragte Kelwyn.

»Wir müssen uns auf den Wächter der Quelle konzentrieren. Wenn er seine Aufgabe wieder erfüllen kann, hilft uns das, Zeit zu gewinnen.« Meister Bertram atmete hörbar aus. »Morgen möchte ich euch bei der öffentlichen Kundgebung dem Volk vorstellen. Wir treffen uns hier eine Stunde zuvor.« Dann wandte er sich an Sonja. »Wenn du etwas brauchst, dann sage es. Der Neuner-Rat wird dich jederzeit unterstützen. Möge das Glück der hellen Tage für uns alle schnell wiederkehren.« Er stand auf und gab damit das Zeichen, dass die Audienz beendet war.

Als sie ins Freie traten, atmete Lili erst einmal durch. Die kühle Luft tat gut, aber sie war so voll von Gedanken und Gefühlen, dass sie zunächst kein Wort sagte.

Sonja kramte ihren Flugumhang hervor. »Unsere Freunde werden bald im »Goldenen Baum« eintreffen. Kelwyn, du solltest mit uns kommen. Ihr beide müsst euch besser kennenlernen, wenn ihr diese Aufgabe gemeinsam bewältigen wollt.«

Kelwyn warf Lili einen fragenden Blick zu.

Sie nickte. Hatte sie eine Wahl?

Sonja legte ihren Flugumhang um. »Nehmt ihr die Treppe? Ich würde gerne ein wenig allein sein, ehe wir uns alle treffen.«

Als Sonja fortflog, schlenderte Lili mit Kelwyn zur Treppe. Während sie hinabstiegen, wanderte ihr Blick über die Häusergruppen und Plätze, die sich harmonisch in den sanft abfallenden Berg einfügten. Die Wasserstraße mit den vielen Brücken zog sich wie ein Kranz um das untere Ende herum. Sie seufzte.

Kelwyn nickte. »Ja, nicht nur diese schöne Stadt ist in Gefahr.« Er griff an sein Amulett. »Aber jetzt haben sie ja uns …«

»Du nimmst es recht locker«, stellte Lili fest.

»Nein, überhaupt nicht. Wie siehst du denn das Ganze, Lili?«

»Ich bin noch ziemlich durcheinander«, gab sie zu, »und ich habe noch kein Gefühl für das, was uns bevorsteht.«

»Gefühl, aha! Und wie sieht es mit Denken aus?«

»Funktioniert im Augenblick auch nicht«, sagte sie trocken.

Kelwyn grinste und während Lili mit ihm weiter die Treppen hinunterstieg, brachte er eine lockere Unterhaltung in Gang. Lili gewann den Eindruck, dass er wohl doch nicht so übel war. Sie erzählte dann von ihrem Leben in Megara und von Goswin, den Kelwyn nachher kennenlernen würde. Jetzt verstand Lili den Kobold besser, der sich durch sein Spiel von dunklen Gedanken befreite. Ja, sie durfte sich nicht in Ängsten verstricken.

»Und womit hast du deine Zeit verbracht?«, fragte sie nach einer Weile.

»Ich war auf dem alten Horgarthweg unterwegs, mit meinem Freund Derrim. Heute Abend treffe ich ihn am Strand. Hast du Lust, mit deinen Freunden zu kommen? So könnten wir noch etwas unternehmen, bevor das Dunkle Land uns verschluckt.«

»Ja, das ist eine gute Idee. Meine Freunde gehen sicher gerne mit.« Lili sah Kelwyn an. »Auf dem Horgarthweg, sagtest du? Ich habe gehört, dass dort immer wieder Leute verschwinden. Es heißt, der Weg entführt sie in die Menschenwelt …«

»Na ja, die verschwundenen Magier sind wohl eher in den tückischen Klippen abgestürzt. Wer nicht klettern kann, ist auf dem Horgarthweg nämlich verloren. Und dass dieser Weg in die Menschenwelt führen soll, halte ich für ein Ammenmärchen. Obwohl …« Kelwyn grinste, »… wir waren noch nicht sehr lange dort unterwegs …«

Nur wenige Stufen trennten sie jetzt vom unteren Treppenabsatz vor dem Südtor. Bis zur Taverne war es nun nicht mehr weit. Sie beschleunigten ihre Schritte. Bald darauf erreichten sie die Gartenterrasse vor dem Eingang des Lokals.

Lili trat als Erste in die Taverne. Der Raum war nicht groß und jede Schrittlänge Platz schien genutzt zu werden. Aus der offenen Küchentür wehte der Duft von brutzelnden Speisen und vermischte sich im Gastraum mit süßlichen Zigarrengeruch. Dicht gedrängt saßen die Gäste an den alten Holztischen beieinander. Der Wirt, Albin Herzhauser, hatte alle Hände voll zu tun, um die Wünsche zu erfüllen, die ihn aus jeder Ecke erreichten. Immer wieder zwängte er sich durch die Reihen, um Teller mit Wildschweinbraten und Gläser mit Weizenbier zu verteilen.

Die Wortfetzen, die Lili aufschnappte, machten deutlich, dass sich alle mit dem Ungeheuer beschäftigten, das sie bedrohte. Jeder schien von irgendwem irgendein Gerücht gehört zu haben.

Während Lili nach den Freunden Ausschau hielt, blieb Kelwyn, durch die Enge des Gastraumes bedingt, dicht hinter ihr. Sie spürte seinen Körper in ihrem Rücken, versuchte es aber zu ignorieren. Etwas abseits vom Hauptraum, in einer Ecke, winkte jemand. Es war Kela. Sie saß mit den anderen an dem runden Tisch, der den Stammgästen vorbehalten blieb. Lili winkte zurück und dann kämpfte sie sich mit Kelwyn zu ihnen durch.

Sonja war schon da. Sie saß neben Tante Adela, die tröstend den Arm um sie gelegt hatte. Ferdan, Kela und Sira saßen gegenüber von den zwei Plätzen, die für Lili und Kelwyn freigehalten waren. Neben Ferdan saß dessen ältere Schwester Camilla, die eine unübersehbare Vorliebe für glänzenden Schmuck hatte. Alle machten ernste Gesichter. Sonja hatte wohl einiges erzählt.

Lili zog ihren Kapuzenmantel aus und hängte ihn über die Stuhllehne. Sie beneidete Kelwyn jetzt, der Jeans und ein einfaches weißes Hemd unter seinem Mantel trug. In ihrem traditionellen Kleid kam sie sich fehl am Platz vor.

Wie erwartet nahmen die Freunde Kelwyn herzlich in der Runde auf. Weil sie schon bestellt hatten, schoben sie rasch die Speisekarte herüber. Lili wusste, was sie wollte: die Spezialität des Hauses, Wildschweinbraten. Kelwyn, der vorher noch nie in diesem Gasthaus gewesen war, blickte neugierig in die Teller anderer Gäste, ehe er sich auch dafür entschied.

Nachdem der Wirt ihre Bestellung aufgenommen hatte, sah Lili sich in der Runde um. Einer fehlte. »Wo ist Goswin?«

»Bin hier«, tönte es unter dem Tisch hervor und dann erschien sein strubbeliger Kopf an Sonjas rechter Seite. Geschwind kletterte er auf seinen Spezialsitz, der höher und weniger breit als die normalen Stühle war. In der Faust hielt er die unvermeidlichen Fichtenzapfen, mit denen er immer spielte. »Lili schafft das, und der da auch«, sagte er im Brustton der Überzeugung und deutete auf Kelwyn. »Sonja muss keine Angst haben, wird alles gut.« Goswin streichelte liebevoll den Arm von Sonja und sah sie aufmunternd an. »Goswin wird auch helfen.«

Das war das Stichwort. Alle redeten durcheinander und sicherten ihre Unterstützung zu.

»Ich werde vorübergehend zu Sonja ziehen, auch wenn sie meint, dass sie alleine klarkommt«, verkündete Tante Adela.

»Wie geht es denn jetzt weiter?«, fragte Kela.

Lili zuckte die Schultern. »Wir sollen uns bereithalten. Es gibt wohl noch Probleme mit einer magischen Mauer, und wenn sie da einen Durchgang gefunden haben, dann müssen wir ins Dunkle Land aufbrechen.«

»Von der magischen Mauer habe ich gehört, die gibt es schon lange«, warf Ferdan ein.

Seine Schwester Camilla nestelte nervös an den vielen glitzernden Ketten, die um ihren Hals und an den Armen baumelten. »Ausgerechnet ins Dunkle Land! Dort leben die Inominati und was man von denen so alles hört … Ich mag mir das gar nicht vorstellen.«

Lili schaute zu ihr hin. Mit ihrer rundlichen Figur und den kurzen, dunkelblonden Haaren, die in sanften Wellen um ihren Kopf lagen, wirkte Camilla normalerweise eher gemütlich. Aber jetzt schienen die Ereignisse sie fast aus der Fassung zu bringen. Es weckte ein dumpfes Gefühl in Lilis Magengrube. Als der Wirt das Essen brachte, beschäftigte sie sich deshalb erst einmal ausschließlich mit ihrem Teller. Vielleicht half das ja. Aber bereits nach den ersten Bissen wurden ihre Bemühungen, die aufkeimende Angst herunterzuschlucken, zunichte gemacht.

»Es ist alles noch sehr undurchsichtig. Der Präfekt kennt die Prophezeiung und hat uns beide damit in Verbindung gebracht. Aber sonst? Nur spärliche Informationen mit vielen Fragezeichen dahinter«, sagte Kelwyn und schob sich ein großes Stück Wildschweinbraten in den Mund.

Sonja ballte die Faust. »Wehe ihm, wenn er euch als Schlangenfutter einplant!«

Sira ließ vor Schreck beinahe die Gabel fallen, mit der sie ihr Gemüse aufspießen wollte. »Sonja, denk doch nicht so was, das kann einem ja Angst und Bange machen.«

»Ich werde mich einmal umhören, vielleicht weiß ja jemand etwas über diese Prophezeiung«, versprach Ferdan.

»Wenzel kann in der Bibliothek suchen, ob irgendwo etwas darüber geschrieben steht.« Camilla wandte sich erklärend an Kelwyn. »Mein Mann ist Leiter der Bibliothek in Astral. Wenn es ein Buch gibt, das euch weiterhelfen kann, dann ist es dort.«

Lili legte ihr Besteck beiseite und verschränkte die Arme. »Ich will noch nicht weiter denken als bis morgen. Das macht mir genug Probleme. Meister Bertram will uns bei der Kundgebung präsentieren. Ich hasse es, zur Schau gestellt zu werden.«

Kelwyn grinste sie von der Seite her an. »Die Leute werden dich lieben und du hast keinen Grund, dich zu verstecken.« Er schnitt ein Stück seines Bratens ab. »Wir sollten bis dahin aber nicht untätig bleiben. Wenn wir selbst etwas herausfinden, ist mir das lieber, als wenn wir uns nur auf den Präfekten verlassen müssen.«

»Keine Angst, das schaffst du morgen schon.« Kela nickte Lili zu und wandte sich dann an Kelwyn. »Aber du hast recht, ihr braucht mehr Informationen. Ehrlich gesagt würde ich mich auch nicht nur auf die Happen verlassen wollen, die der Präfekt euch zugesteht. Sicher will er euch nicht ins Verderben schicken, aber ein Spaziergang wird es bestimmt nicht werden.«

Lili seufzte. Während der Audienz bei Meister Bertram hatte sie noch gar nicht erfasst, was für ein gefährlicher Weg vor ihr lag. Erst jetzt wurde ihr das bewusst. Sie war eigentlich kein Hasenfuß, aber nun setzte sich die Angst endgültig in ihrer Magengrube fest. Kelwyn schien das zu spüren.

»Wir schaffen das!« Er drückte ihre Hand.

Es überraschte Lili, wie beruhigend diese Geste auf sie wirkte. Ja, wenigstens stand sie nicht allein vor dem Problem Sie waren zu zweit und auch die Freunde würden versuchen, ihnen zu helfen. Das gab ihr wieder Zuversicht.

Während sie noch darüber diskutierten, was sie als Nächstes tun sollten, änderte sich plötzlich die Stimmung im Raum. Die anderen Gäste wurden lebhafter und lockerer. Ab und zu hörte Lili sogar begeisterte Ausrufe.

Als sie sich umschaute, sah sie eine Händlerin, die mit geschmeidigen Bewegungen von Tisch zu Tisch ging. Die Frau war in bunte Gewänder gehüllt, die schon ziemlich abgetragen wirkten. Seltsamerweise gab ihr gerade das die Aura einer großen Zauberin, vielleicht auch, weil sie trotz ihrer zerschlissenen Kleidung sehr würdevoll auftrat. Sie hatte einen Bauchladen umhängen, aus dem sie schimmernde Gegenstände herausnahm und vor die Gäste legte.

Nach einiger Zeit trat sie auch an den Tisch der Freunde. »Möge die Göttin euch schützend in den Falten ihres Kleides verbergen, solange die Dunkelheit ihre Schatten wirft.« Aus ihrem Bauchladen nahm sie kleine Gegenstände, ging von einem zum anderen und legte sie auf den Tisch. »Ich bin Ajse, und ich habe hier etwas Einzigartiges, das euch sehr nützlich sein wird.«

Im ersten Moment konnte Lili nicht erkennen, was vor sie hingelegt wurde. Sie sah lediglich einen sanft leuchtenden Umriss, der allmählich in einen matten Nebel überging. Dann füllte sich der Umriss und etwas Silberfarbenes glänzte auf, das ihr Gesicht zeigte. Lili stieß einen überraschten Laut aus. »Ein silberner Spiegel.«

In der Tat lag vor jedem ein kleiner, silberner Spiegel mit Griff, nicht größer als eine Hand.

»Hübsch ist er ja!« Camilla, die eine Vorliebe für allerlei Tand hatte, betrachte ihn von allen Seiten.

»Was ist denn daran so einzigartig?«, fragte Sira.

Ajse trat hinter sie und machte eine streichelnde Handbewegung über dem Spiegelglas. »Schau hinein.«

Sira stieß einen überraschten Laut aus. »Das ist das Haus der Heilerhexe in Viluna. Ich sehe mich mit ihr Kräuter pflücken. Wieso sehe ich das? Ich gehe erst übermorgen dahin.« Siras Stimme wurde leise. »Oder vielleicht gar nicht.«

Ajse beugte sich über die Schulter des jungen Mädchens. »Der Spiegel zeigt, was wichtig ist.« Sie richtete sich auf und sah die Freunde an. »Er zeigt Wahrheiten und er lässt euch Wege sehen, die ihr gehen sollt. Alles, was euch weiterhilft, ist in diesem Spiegel zu sehen. Versucht es, streicht mit der Hand leicht darüber.« Während jeder den Spiegel ausprobierte, wandte sich Ajse noch einmal an Sira. »Geh den Weg, den der Spiegel dir zeigt. Dort ist deine Aufgabe und nirgendwo anders.«

»Herr Phelan, Herr Phelan, oh ich sehe dich!« Goswin hielt sich den Spiegel vor das Gesicht. »Er hat mich gehört!«, sagte er und hielt sich dann erschrocken die Hand vor den Mund. Vorsichtig sah er sich nach allen Seiten um, ehe er leise, aber eindringlich weiterredete. »Ist an der Mauer. Will Bäume dort heilen, sind so krank und schwach, oh je. Armer Herr Phelan, braucht so viel Kraft.« Er seufzte und strich zärtlich mit einem Finger über die Spiegelfläche.

»Du Glücklicher!« Ajse lächelte dem Kobold zu. »Es gibt nur ganz wenige, die durch den Spiegel Kontakt zu anderen aufnehmen können.«

Lili achtete nicht auf die Gespräche. Sie sah im Spiegel nur ihren Raben und zuckte die Schultern. Sie wusste schließlich, dass sie zu Barb eine starke Verbindung hatte.

Kelwyn stupste sie an. »Bist wohl nicht sehr überrascht über das, was du gesehen hast …«

»Hm, und du?«

»Hab nichts Weltbewegendes gesehen«, meinte er ausweichend. »Aber Sonja sieht zufrieden aus.«

Tatsächlich lächelte Sonja — zum ersten Mal, seit sie heute Morgen nach Astral gekommen waren. Der Spiegel zeigte ihr Haus in Megara und irgendwie schien ihr das Mut zu machen.

Ferdan schaute zu Ajse. »Kann der Spiegel noch etwas?«

Ajse ging zu ihm und bewegte ihre Hand in Aufwärtsbewegungen über dem Spiegelglas. »Brauchst du ein Messer?« Der Spiegel wurde matt, verlor sich in Nebelschwaden und erschien danach als schön gearbeitetes Stilett wieder. Ferdan, der leidenschaftliche Sammler von magischen Messern und Schwertern nahm es in die Hand und begutachtete es von allen Seiten. Sein Gesichtsausdruck ließ darauf schließen, dass er sehr zufrieden war. »Ein Trinkgefäß ist auch oft nützlich.« Ajse lächelte Kela an, deren Spiegel sich umgehend in ein solches verwandelte. »Wie wäre es mit einem Licht?« Die Händlerin beugte sich zu Sira und brachte deren Spiegel mit einer Handbewegung dazu, sich in einen leuchtenden Stab zu verwandeln. »Was du am liebsten magst, kann ich mir denken«, sagte sie zu Goswin, der vor Freude gluckste, als aus dem Spiegel ein Fichtenzapfen wurde. Ajse demonstrierte bei jedem die Verwandlung des Spiegels. Vor Adela lag eine Schere, vor Sonja ein Buch, vor Kelwyn ein Kompass, vor Lili ein Seil und vor Camilla eine Spieluhr. »Probiert es aus! Dieser magische Spiegel kann sich in alles Mögliche verwandeln, das ihr gerade braucht. Nur nicht in Essen, denn wenn ihr das gegessen hättet, dann wäre ja nichts mehr da, um sich zurückzuverwandeln«, erklärte Ajse.

Kela sah sie fragend an. »Was ist, wenn ich den Spiegel in einen Briefstab umwandle und damit Briefe abschicke?«

»Eine kluge Frage!« Ajse nickte anerkennend. »Das würde ich nicht tun, denn wenn du einen Brief abschickst, dann fehlt dem Spiegel ein Teil und er würde nie mehr wie zuvor funktionieren. Also nur in Dinge verwandeln, die an einem Stück auch wieder zurückverwandelt werden können.«

»Und was soll der Spaß kosten?«, fragte Ferdan.

»Sehr wenig im Vergleich zu dem, was er kann. Vier Goldtaler wären nicht zu viel für so ein hervorragendes magisches Stück, das euch gute Dienste leisten kann. Aber weil ihr mir so sympathisch seid, und das meine ich ehrlich, verkaufe ich euch den Spiegel zum Freundschaftspreis von zwei Goldtalern«, erwiderte Ajse. Ihre Stimme klang so herzlich, dass man wirklich glauben konnte, einen besonders günstigen Handel abzuschließen.

Goswin wollte den Spiegel unbedingt haben. Aber Kobolde besaßen kein eigenes Geld und deshalb hatte er ein Problem. Also schmiegte er sich an Sonja und zog alle Register, um sie anzubetteln. Während alle noch überlegten, ob sie den Preis von zwei Goldtalern investieren sollten, fasste Kelwyn einen Entschluss. »Für jeden einen und für mich zwei.« Er zählte Ajse zwanzig Goldtaler hin.

Sie nahm das Geld und bedankte sich. »Möge der Segen der Götter auf euch ruhen.« Mit anmutigen Schritten durchquerte sie den Raum und verließ die Taverne.

Goswin drückte den Spiegel an sich und sah Kelwyn strahlend an. »Ein Geschenk für Goswin. Kelwyn mag Goswin, ist mein Freund!« Er schaute sich stolz in der Runde um. »Guter Freund! Wirklich guter Freund, hat allen Spiegel geschenkt!«

»Das ist wahr«, meinte Ferdan lachend, »also … auf gute Freundschaft.«

»Danke«, sagte auch Lili leise und sah Kelwyn prüfend an.

Er zuckte nur grinsend mit den Schultern. »Bin eben spontan und ich finde die Spiegel richtig gut. Derrim, mein Freund, wird sicher auch seinen Spaß daran haben.«

Kelwyn steckte die Exemplare, die er für sich behalten hatte, in seine Hosentasche. Es schien ihm fast unangenehm zu sein, weil sich jeder bei ihm bedankte. Er lenkte das Gespräch schnell auf Goswins Wahrnehmungen. Der Kobold hatte von der Mauer gesprochen, in seinem Spiegel kranke Bäume gesehen und den Waldelfen Phelan erwähnt. Kelwyn schlug deshalb vor, gemeinsam dorthin zu gehen, um sich ein Bild über die Lage zu machen.

Lili und ihre Freunde stimmten zu.

Ferdan musste sich dafür allerdings einen freien Arbeitstag genehmigen lassen. Er sah aber darin kein Problem, und so vereinbarten sie, dass sie sich am nächsten Morgen auf der Wiese vor dem Osttor treffen sollten. Sonja und Adela wollten nicht mitkommen. Sie kümmerten sich lieber um die Zusammenstellung von Kräutern und Elixieren, die Lili und Kelwyn unterwegs im Dunklen Land vielleicht helfen konnten. Sonja bezeichnete das als magische Apotheke für alle Fälle. Camilla druckste erst eine Weile herum, ehe sie gestand, dass sie wegen eines Flugproblems auch nicht mitkommen würde. Sie verlor in der Luft zu leicht die Orientierung.

Ferdan tröstete seine Schwester. »Mach dir nichts daraus. Du kannst Wenzel in der Bibliothek unterstützen. Das ist auch wichtig. Vielleicht findet ihr Informationen über die Prophezeiung oder über die Wächter der Schlange.«

Kelwyn sah Ferdan an. »Ich hoffe, ihr habt nichts dagegen, wenn mein Freund morgen mitfliegt. Heute Abend treffe ich mich mit ihm unten am Strand. Habt ihr Lust, auch zu kommen?«

Ferdan nickte. »Ja, das ist eine gute Idee, und davon abgesehen kann männliche Verstärkung in diesem von Frauen dominierten Kreis nicht schaden.« Er winkte dem Wirt, weil er zur Arbeit zurück musste. Als Ferdan bezahlt hatte, stand er auf. »Bis heute Abend.«

Der Wirt kassierte gleich alle am Tisch ab und so brachen auch Lili und die anderen bald auf.

Sonja wollte sich mit Adela in das Häuschen im Rosengarten zurückziehen und Lili versprach, später dorthin zu kommen. Sie musste zuerst nach Hause, um ein paar Sachen zu holen, da sie ab morgen mit Kelwyn in der Ratsburg wohnen sollte. Kelwyn, der bisher immer mit Rucksack gereist war, gab ihr Ratschläge, was sie einpacken sollte. Allerdings hatte Lili doch andere Vorstellungen von den Dingen, auf die sie nicht verzichten konnte, als er. Aber wie auch immer, sie musste erst einmal zurück nach Megara.

Sonja, Adela und Goswin begleiteten Lili bis zum Südtor. Von da aus ging sie zu der mitten im Sandstrand eingelassenen Reiseplattform. Rundherum vibrierten tanzende Sterne, die bis zum Himmel zu reichen schienen. Lili winkte den Dreien noch einmal zu und tauchte dann in den Sternenstrahl, der sie direkt ins heimische Wohnzimmer beförderte. Dort ließ sie sich in den Ohrensessel plumpsen. Hinter ihr verlor der Spiegel, durch den sie gerade gekommen war, sein Leuchten und sah wieder wie ein gewöhnlicher Wandspiegel aus. *Endlich ein wenig Ruhe*, dachte sie.

Meister Serenus richtete in theatralischer Geste seinen Taktstock auf Lili. »Hab es schon flüstern hören, große Aufgaben warten auf dich, fast so schwer wie ein Klavierstück zu komponieren.«

»Ja, mit dem Klavierspiel ist es wohl vorbei.«

»Umso besser für meine Ohren«, entgegnete Serenus, der sich bemühte so griesgrämig wie immer zu klingen. Es gelang ihm nicht ganz. Meister Serenus war zwar nur das hölzerne Abbild eines alten Konzertmeisters, welches in das weiße Klavier eingearbeitet war, aber das bedeutete nicht, dass er kein Herz hatte. Als eine Träne aus seinem Holzauge kullerte, drehte er seinen Kopf verschämt zur Seite. »Mach schon! Pack deine Sachen. Hilft nicht, wenn du deine Zeit verplemperst.«

Lili gab sich einen Ruck. Ja, sie sollte sich beeilen, schon allein deshalb, weil sie von ihrem Raben noch keine Botschaft bekommen hatte. Nicht, dass sie Angst um ihn gehabt hätte. Barbarossa konnte die Tore zwischen den Orten selbstständig benutzen, er brauchte sie nicht dazu. Aber Lili fühlte, dass er in

Astral auf sie wartete. Sie ging in ihr Zimmer, zog sich um und packte die Dinge, die sie während ihres Aufenthalts auf der Ratsburg und für die Reise ins Dunkle Land vermutlich brauchen würde, in ihren Rucksack.

Als sie ihre Sachen beisammen hatte, griff sie nach dem Kapuzenmantel, der auf ihrem Bett lag, und zog ihn an. In der Manteltasche tastete sie den magischen Spiegel, den Kelwyn ihr heute geschenkt hatte. Sie nahm ihn heraus.

»Was jetzt?«, fragte sie und bewegte ihre Hand über dem Glas. Nach und nach erschien auf der Spiegelfläche ein klares Bild. Lili erkannte den Druidenmarkt in Astral. Sie sah sich dort umhergehen und Waren begutachten. Nach einiger Zeit verschwand das Bild.

Lili steckte den Spiegel zurück in die Manteltasche. Auf dem Druidenmarkt war sie schon öfter gewesen. Es gab dort immer viel zu entdecken. Wieso das allerdings jetzt wichtig sein sollte, blieb ihr ein Rätsel. Sie traute dem magischen Spiegel noch nicht. Vielleicht führte er sie in die Irre und zeigte nur belanglose Szenen. Aber das konnte sie nur herausfinden, wenn sie tatsächlich zu diesem Markt ging und schaden konnte es immerhin nicht.

Entschlossen schulterte Lili ihren Rucksack, sah sich noch einmal im Zimmer um und ging die Treppe hinunter. Tief sog sie den Duft aus Sonjas Kräuterstube ein. Das würde sie vermissen. Sehr! Ob sie wohl wiederkam? Die Reise ins Dunkle Land überlebte? Nein, nicht so etwas denken! Sie straffte die Schultern, atmete durch. Dann holte noch Milch für Goswin und ging zum Wohnzimmer, um durch den Wandspiegel zurück nach Astral zu reisen. »Wünsch mir Glück«, bat sie Meister Serenus.

»Mehr als du brauchst«, erwiderte die Figur ungewöhnlich sanft. Dann besann sich Serenus und zeterte in seiner üblichen Art. »Ich erwarte, dass du für die Ausführung deines Auftrags mehr Talent zeigst als zum Klavierspiel, du schwarzäugige Hoffnung Velams.«

Lili blies eine Kusshand zum Klavier und trat durch das Tor im Spiegel. Kurze Zeit später befand sie sich wieder am Strand von Astral. Suchend sah sie sich um. Ihr Rabe war nirgendwo zu sehen. Leise rief sie ihn.

»Heute Abend«, sprach eine Stimme in ihrem Kopf.

Lili musste also wohl oder übel warten, bis Barb gegen Abend bei ihr auftauchte. Zumindest wusste sie jetzt, dass es ihm gut ging. Vielleicht brachte er Neuigkeiten mit. Beruhigt machte sie sich auf den Weg durch das Südtor und stieg in eines der Boote, um sich zum Druidenmarkt bringen zu lassen. Der Delfin am Bug zog an und langsam glitt das Gefährt durchs Wasser. Die schaukelnden Bewegungen machten sie schläfrig. Das Treiben auf der Geschäftsmeile der Delfinusstraße klang wie aus weiter Ferne zu ihr her. Sie schloss die Augen und ließ sich tiefer in die Kissen der Bootsbank sinken.Nur nicht denken, schon gar nicht an die seltsame Prophezeiung, die ihr eine Last auf die Schultern legte, die sie nicht abschätzen konnte.

»Druidenmarkt!« Die Galionsfigur drehte den Kopf zu ihr herum.

Lili rappelte sich auf und stieg aus. Von Gegenüber hörte sie bereits die Rufe der Händler, die ihre Waren anpriesen. Sie ging über die Brücke und bog danach rechts ab. Nach wenigen Schritten erreichte sie die ersten Marktstände, die den Weg zwischen der Uferbefestigung und der Innenstadt säumten. Langsam schlenderte Lili an den Ständen entlang. Magische Töpfe und Pfannen brauchte sie sicher nicht, auch wenn sie noch so schöne Verzierungen hatten. Sie schüttelte den Kopf, als der Händler sie an seinen Stand locken wollte. Weiter vorne stand ein Gewürzhändler. Sein Angebot kannte sie fast auswendig. Es war kein Kraut dabei, das sie nicht kannte. Schräg gegenüber gab es schon etwas Interessanteres. Dort wurden Dauerholzscheite angeboten, die sich zu einem magischen Feuer entzündeten, das wärmte und über dem man kochen konnte. Aber der Präfekt hatte gesagt, dass eine Truppe sie begleiten würde. Die hatten sicher so etwas dabei. Magische Dauer-holzscheite gehörten zur Standardausrüstung aller, die sich oft im Freien aufhielten. Lili sah sich weiter um. Obwohl es wirklich wunderschöne Dinge und ungewöhnliche Zaubergegenstände hier zu kaufen gab, fand sie nichts, was sie wirklich berührte. Enttäuscht wollte Lili wieder gehen, da fiel ihr Blick auf einen versteckt hinter den großen Marktständen stehenden Verkaufs-tisch. Ein Schild, das schon bessere Tage gesehen hatte, bau-melte unter dem löcherigen Sonnendach des Stands. Lili las mit einiger Mühe, was darauf geschrieben stand: *Noris und Petjas praktische Lebenstaschen.*

Lili ging näher heran. Auf dem Tisch des Marktstandes lagen kleine Ledertaschen, die rechts und links in einen Gürtel aus-liefen, den man sich um die Taille schnallen konnte. Lili nahm eine der Gürteltaschen in die Hand. Sie schien gefüllt zu sein.

»Was ist in diesen Taschen drinnen?«, fragte sie die grau-haarige Frau, die den Stand betreute.

Nori Raskaroff stand ächzend von ihrem Stuhl auf. Neugie-rig musterte sie Lili von Kopf bis Fuß, ehe sie antwortete: »Das sind Lebenstaschen. Die sind für jede Situation geeignet. Ist alles drinnen, was man zum Leben braucht. Ich zeige es dir.« Nori griff eine der Taschen, öffnete den Reißverschluss und holte einen Stoffbeutel heraus. »Darin ist Dauerbrot. Wenn du den Beutel geöffnet hast und jeden Tag mindestens eine Scheibe davon isst, dann hält es ewig. Kannst ganze Völker damit satt machen. Musst aber wirklich jeden Tag davon essen und darfst nichts wegschmeißen, sonst verschimmelt es.« Nori nahm einen weiteren kleinen Stoffbeutel aus der Tasche. »Da drinnen ist Dauersalami, gleiches Prinzip wie das Brot«, sagte sie und zog noch einen Beutel hervor. »Gemüsesuppe mit allen Vitaminen. Ein Löffel voll auf drei Becher Wasser. Hält auch ewig und verbraucht sich nicht, wenn du jeden Tag mindestens einen Teller davon isst. Kannst den Teller Suppe natürlich auch an-deren schenken, nur nicht wegwerfen. Das darfst du nicht.« Als

Nächstes holte Nori aus der Tasche eine Flasche, über die ein Becher gestülpt war. »Ist der Messbecher und natürlich auch Trinkbecher. Die Flasche enthält Dauertrinkwasser.«

»Gleiches Prinzip wie die anderen Lebensmittel?«, fragte Lili.

»Natürlich, kein Tropfen darf sinnlos vergossen werden. Aber wenn du Pflanzen hast, die Wasser brauchen, kannst du es auch dafür verwenden. Jedes Wesen kann damit seinen Durst löschen.« Die Händlerin kramte weiter in der Tasche und zog einen Holzstab heraus, nicht viel größer als ein halber Bleistift. Er glich einem Stückchen von einem Baumast. An der unteren Seite hing etwas, das aussah wie Miniaturwurzeln. »Das hier ist etwas Einzigartiges.« Nori rollte das Holz liebevoll in ihrer Hand. »Mein Mann hat viele Jahre damit verbracht diesen Zauber herzustellen und nie hat jemand Ähnliches geschaffen. Stecke es in die Erde und befehle ihm zu wachsen. Im Nu wird ein voll eingerichtetes Haus vor dir stehen, in dem du überall sicher und geschützt schlafen kannst. Komm mit!«

Nori winkte Lili hinter den Marktstand. Dort stand eine Eiche, der man ein paar dickere Äste gestutzt hatte. In Brusthöhe ragte aus dem Stamm eine kleine Verdickung. Nori nahm diesen Knubbel in die Hand und zog daran. Überrascht erkannte Lili, dass sie damit eine Tür öffnete, die ins Innere des Baumes führte. Als sie hinter Nori eintrat, blieb ihr fast der Atem weg. Sie stand in einem großen Raum, mit einer sehr gemütlichen Einrichtung.

Nori schloss die Tür hinter sich und deutete nach vorne. »Der Vorhang trennt den Eingangsbereich vom Wohnzimmer ab. Gegenüber von uns, in dem Halbrund hinter dem Wohnzimmer ist eine Schlafkabine abgeteilt. Wir haben das mit Raumteilern gemacht, sieht wohnlicher aus. Fünf Personen können bequem auf zwei Etagen schlafen. Die Treppe dort führt zu der Plattform mit den drei Betten oben. Bettzeug ist auch da. In dem Halbrund links ist eine kleine Küche eingerichtet und gegenüber ist das Bad, sogar mit fließendem Warmwasser. Die schmalen Schränke gehören zum Wohnzimmer. Hier, das sind sie, neben dem Eingang zum Bad, fünf Stück. Musst dir nur einen aussuchen und ihm deinen Namen geben, dann wird er dir immer die Kleidungsstücke bereithalten, die du gerade brauchst, sobald du ihn öffnest. Auch ein Meisterwerk von Petja, das ist mein Mann.« Nori lächelte voller Stolz.

»Da sind ja überall Fenster. Die sieht man von außen gar nicht«, stellte Lili verwundert fest.

»Sie erhalten Licht durch hohle Äste, deshalb sind sie rund«, erklärte Nori. »Und hier, die Scheibe an der Wand. Es ist das Auge und zeigt, was außerhalb des Baumhauses geschieht.«

Lili schaute in die Scheibe hinein und sah das Markttreiben draußen vor der Tür mit Noris Stand. Dann wechselte die Szene und sie sah zwei Männer hinter dem Baumhaus, die zur Innenstadt hochwanderten.

»In der Regel siehst du den Platz vor dem Eingang. Aber wenn es dort drüben raschelt, geht das Auge dorthin.«

»Und das alles entsteht aus dem kleinen Stöckchen, das du mir gezeigt hast?«, fragte Lili, überwältigt von dem, was sie sah.

»So ist es. Alles was du brauchst, Essen, Kleidung und Unterkunft, ist in der Lebenstasche.«

Sie gingen wieder nach draußen. Nori kramte zwischen den Taschen und zog eine hervor. Die Lebenstasche, die sie jetzt in der Hand hielt, war aus dunkelbraunem Ziegenleder gearbeitet.

»Das Baumhaus in dieser Tasche hat zusätzliche Schutzmagie, sodass es nicht jeder sehen kann, wenn es aufgebaut ist.«

Lilis überlegte nicht lange, diese Tasche musste sie haben. Das Baumhaus war besser als jedes noch so komfortable Zelt und die Lebensmittel ideal für unterwegs. Mit Nori wurde sie sich bald über den Handel einig. Gemeinsam überprüften sie, ob auch alles wie angegeben in der Tasche lag. Die Flasche Wasser, das Brot, die Salami und die Gemüsesuppe waren da. Der kleine Holzstab, der eigentlich ein Baumhaus war, befand sich in einem kleinen, sicheren Fach im Inneren der Tasche, sodass er nicht verloren gehen konnte. Auf der Vorderseite der Lebenstasche gab es noch ein zusätzliches Fach mit Reißverschluss.

»Hier ist die Beschreibung darin. Kannst auch noch was Persönliches rein tun«, erklärte Nori.

Nachdem Lili bezahlt hatte, knöpfte sie ihren Kapuzenmantel auf und schnallte sich die Tasche um die Taille. Ihr traditionelles Kleid hatte sie zu Hause gegen Jeans und T-Shirt getauscht. Ohne Zweifel passte die Lebenstasche bestens dazu. Lili war sehr zufrieden über ihren Kauf. Dann kramte sie in den Falten ihres Mantels und holte den magischen Spiegel hervor, um diesen in dem vorderen Fach der Tasche unterzubringen.

»Von Ajse, nicht wahr?« Nori deutete auf den Spiegel. »Ich kenne sie. Sie macht hervorragende Zauber.« Sie sah Lili an. »Mögen die Götter über dich wachen.«

»Und doppelt über dich.«

Lili reichte der Händlerin zum Abschied die Hand und ging rasch zum nahe gelegenen Flugplatz. Dort erhob sie sich in die Luft. Wenig später berührte sie am Eingang des Rosengartens wieder festen Boden.

Das Eingangstor machte dem Namen des Gästedorfs alle Ehre. Es wurde von Rosen überwuchert, die selbst um diese Jahreszeit noch blühten, wenn auch nicht mehr üppig. Lili ging hindurch und gelangte zu einem magischen Wegweiser.

Sie tippte ihn an. »Zur Hausnummer 1211.«

Die bunte Fahnenstange drehte sich um die eigene Achse, klappte einen Arm aus und wies Lili die Richtung. »Hier lang, dann zweite Querstraße nach rechts«, schnarrte der Wegweiser und klappte den Arm wieder ein.

Lili lief den angegebenen Weg entlang. Die Häuser zu beiden Seiten sahen ulkig aus, schmal und wie in Wellenlinien langgezogen. Keines unterschied sich vom anderen. Dazwischen wuchsen Rosenbüsche, welche die Häuser einrahmten. An den Hängen und in Rabatten sah sie auch Herbstastern, die in allen Farben von Gelb bis Purpurrot leuchteten. Eine wohltuende Ruhe lag über der Siedlung.

Als sie in die zweite Querstraße einbog, hielt sie rechts und links nach dem richtigen Haus Ausschau. Erst fast am Ende fand sie die gesuchte Hausnummer 1211. In den Farben eines Regenbogens leuchteten die Zahlen über dem Eingang. Während sie darauf zulief, veränderte sich das Haus. Der armdicke Eingang formte sich zu normaler Breite und Höhe.

Als Lili die Tür öffnete, wirbelte Goswin auf sie zu. Mit einem Freudenschrei krallte er sich an ihrem Mantel fest. »Lili ist wieder da, wie schön, hab so gewartet!« Erschrocken legte er den Finger an den Mund. »Pst, Sonja schläft, müssen leise sein.« Er sagte das gerade so, als ob Lili diejenige gewesen wäre, die zu laut war.

Adela, die Goswin gehört hatte, kam eilends aus der Stube. »Goswin, lass Lili erst einmal richtig hereinkommen.«

»Ist meine Lili!« Goswin sah Adela trotzig an.

Sie marschierten gemeinsam in die Küche und Adela nahm Lili den Rucksack ab. » Hast du alles Wichtige?«

Lili bejahte und zeigte Adela gleich die Lebenstasche. Goswin sah interessiert zu, als Lili den Inhalt erklärte. Plötzlich sprang er auf und sauste aus dem Zimmer. Als er kurz darauf wiederkam, hielt er Lili seine Faust entgegen. »Hier, Geschenk von Goswin, tu es auch in die Tasche.«

»Danke.« Lili nahm den Fichtenzapfen aus seiner Hand und legte ihn zu den Sachen in der Lebenstasche. Goswin klatschte begeistert in die Hände.

Adela strich dem Kobold gerührt über den Kopf. Sie wusste so gut wie Lili, dass Goswins Fichtenzapfen so sehr Teil seiner Koboldnatur waren, dass er damit gleichzeitig ein Stück von sich selbst verschenkte.

»Ich habe auch etwas für dich.« Lili kramte in ihrem Rucksack, bis sie die kleine Flasche fand, die sie in Megara noch schnell mit der frischen Milch vom Bauern Friedhelm gefüllt hatte. Goswins Augen wurden rund und seine Zunge schleckte über die Lippen.

»Ah, gib her, schnell, hm, gute Milch!« Er kreischte gierig und in einem Zug trank er die Flasche leer. Dann ließ er sich rücklings auf den Boden fallen, blieb liegen und streichelte sich den Bauch.

Sonja war von dem Lärm, den Gowin wegen der Milch gemacht hatte, aufgewacht. Sie kam aus ihrem Zimmer herunter. Ein bisschen zerzaust sah sie aus. »Hat Goswin gerade Milch bekommen?«

Lili und Adela nickten.

Automatisch ging Sonja zu dem Kobold, hob ihn vom Boden auf und bettete ihn auf das Sofa. Dann richtete sie ihren Blick auf Lili. »Hast du alles Nötige dabei?«

»Ja, mach dir keine Sorgen!«

»Du solltest deine Zauber üben«, erwiderte Sonja ungerührt. Als Lili etwas entgegen wollte, winkte sie ab. »Ja, du beherrschst deine Magie gut, aber geh auf Nummer sicher, bitte!«

Lili beschwichtigen sie. »Sonja, ich verspreche dir, dass ich auf mich aufpasse.« Als ihre Großmutter nichts erwiderte, versuchte sie abzulenken. »Was habt ihr geplant? Bleibt ihr noch zur Kundgebung oder geht ihr schon früher nach Hause?«

»Wir gehen nach der Kundgebung heim«, sagte Sonja. »Wir richten die Kräutertinkturen für euch und wenn wir fertig sind, kommen wir zurück.« Sie sprach ruhig, doch plötzlich brach es aus ihr heraus. »Es passt mir nicht, dass ihr morgen zu der Mauer fliegen wollt. Ich habe ein ungutes Gefühl!«

»Sonja, was soll denn passieren? Wir wollen uns dort nur umsehen.« In Lili kroch Ärger hoch. Konnte die Großmutter sich nicht zusammenreißen? Sie tat es doch auch! Sonjas missbilligender Blick ging ihr durch und durch. Lili senkte die Lider und entschloss sich, den emotionalen Gefahrenbereich zu verlassen. »Ich gehe mich frisch machen …«

Als Lili eine Weile später geduscht und zum Ausgehen bereit wieder erschien, hing auch die Gürteltasche um ihre Taille. Sie hatte sich vorgenommen, diese Tasche ab jetzt jeden Tag zu tragen, damit sie sich daran gewöhnte. Aber bevor sie zum Strand ging, um die Freunde zu treffen, nahm sie Sonja noch in den Arm. »Ich weiß, dass du Angst hast. Aber ich muss meinen Weg gehen. Das verstehst du doch sicher.«

Sonja seufzte. »Ach Kindchen, ich weiß es ja …«

Die Freunde waren bereits da, als Lili zum Strand kam. Sie saßen mit Kelwyn und Derrim auf dem Sandboden und unterhielten sich. Kelwyn stand auf und ging ihr entgegen. »Na, hast du dich ein wenig von dem Schock heute Morgen erholt?«

»Eher nicht. Vielleicht klappt es jetzt. Und du?«

Er grinste. »Ich will jetzt erst einmal den Abend genießen.«

Die anderen standen nun auch vom Boden auf. Lili nahm Kelwyns Freund in Augenschein. Er schien eher ein intellektueller Typ zu sein, war groß, schlank und hatte Lachfältchen in den Winkeln seiner hellbraunen Augen. Sie fand ihn sympathisch.

Nach kurzer Überlegung beschlossen sie, den Abend in »Tonios Mystikschuppen« zu verbringen, in der heute eine der traditionellen Musik-Sessions stattfand. Sie gingen durch das Südtor nach Astral hinein und stiegen in ein Boot, das sie bis zur Anlegestelle am Goldturm brachte. Von hier aus mussten sie nur noch wenige Schritte gehen.

Es wurde ein gemütlicher Abend, begleitet von fröhlichen Fiedel- und Flötenklängen, welche die Stimmung aller Anwesenden hoben. Derrim und Kelwyn berichteten von ihrer Wander- und Klettertour auf dem Horgarthweg. Sira sprach von ihrer geplanten Heilermeister-Ausbildung bei der Hexe Althea und wurde von allen in diesem Vorhaben bestärkt.

Später kehrten sie zum Strand zurück, um dort den Abend ausklingen zu lassen. Als sie dort eintrafen, hörte Lili über sich ein Krächzen. Barb flog auf ihre linke Schulter. *Endlich*, dachte sie. Sie hatte ihn schon richtig vermisst.

Lili rieb zärtlich ihre Wange an seinem Gefieder, doch Barb wollte ihr etwas zeigen. Er stupste sie. Also sah Lili in seine Augen, um die Bilder zu schauen, die er ihr schickte. Sie erfasste Bewegung. »Barb hat etwas gesehen Aber es ist alles so düster. Komisch! Barb sagt, er hat ihn gefunden. …«

Kela sah sie an. »Wen?«

Lili zuckte mit den Schultern. Sie empfand Barbs Botschaft als mysteriös, aber vielleicht nur deshalb, weil es schon so spät geworden war. Sie würde morgen darüber nachdenken.

Kelwyn gab einen überraschten Laut von sich. »Dein Rabe spricht zu dir? Ist das etwa ein gestaltwandelnder Seelenhüter?«

Lili lachte. »Barb ist nur ein intelligenter Rabe.«

Kelwin schob die Unterlippe vor. »Schade, einen Moment lang dachte ich, diese mythischen Wesen gäbe es doch noch …«

Barb krächzte, als ob er einen Kommentar abgeben wollte, aber Lili war bereits zu müde, um seine Botschaft geistig aufzunehmen. Es war wohl auch nicht wichtig, denn Barb flog wieder davon. Lili sah ihm nach und gähnte dabei hinter vorgehaltener Hand. Die Gespräche der anderen rauschten allmählich an ihr vorbei. So vieles ging ihr jetzt wieder im Kopf herum.

Nach einer Weile streckte sie sich, stand auf und ging ans Wasser. Kelwyn folgte ihr.

Lili deutete über das Meer. »Siehst du dort drüben die Dreiergruppe? Das sind die Windjammerinseln. Meine Mutter hat oft hier an diesem Platz gestanden und hinübergesehen. Ich weiß es von Sonja. Was, wenn meine Mutter nicht gestorben wäre? Dann wäre sie die Einzige gewesen, die Elfenhaar trägt.«

Kelwyn zögerte kurz, dann legte er den Arm um Lilis Schultern. »Wir werden unsere Aufgabe lösen. Das Schicksal hat uns gewählt und deshalb werden wir auch die Kraft dazu haben.«

Lili hätte gerne daran geglaubt, aber im Augenblick überwogen die Zweifel.

Am nächsten Morgen strahlte in aller Frühe in der Küche vom Rosengarten Nummer 1211 ein heller Lichtschein auf. Lili, die bereits ihren Flugumhang trug, winkte ihrer Großmutter noch einmal zu und verschwand darin. Ein paar Augenblicke lang starrte Sonja ins Leere, dann ließ sie sich auf den nächstbesten Stuhl fallen. In der Nacht hatte sie wieder geträumt, denselben Traum wie gestern Mittag. Mehrmals war sie schweißgebadet aufgewacht, weil sie gesehen hatte, wie Lili in etwas Schwarzes hineingesaugt wurde. Im Traum hatte sie versucht, ihre Enkelin festzuhalten, doch es war ihr nicht gelungen. Sie hatte zusehen müssen, wie Lili unaufhaltsam von ihr wegtrieb, wie sie den Kopf schüttelte, als ob sie sagen wollte, dass es zwecklos sei, sie halten zu wollen.

Die Traumbilder verfolgten Sonja, aber sie glaubte auch, verstanden zu haben. Sie konnte Lili nicht vor Schaden bewahren, so sehr sie sich das auch wünschte. Ihre Enkelin musste ihren eigenen Weg gehen, wohin auch immer er führen würde. Heute führte er zur Mauer.

Als Lili auf der Wiese vor dem Osttor aus dem Lichtstrahl trat, raste vom Himmel her etwa Dunkles auf sie zu. Barb landete auf ihrer Schulter, flog aber gleich wieder hoch, als Ferdan, der mit den anderen wenige Augenblicke zuvor gekommen war, mit raschen Schritten auf Lili zutrat.

»Ich habe eine Karte mitgenommen.« Ferdan wedelte mit einem bunten Papier vor Lilis Nase. Während die Freunde zusammenrückten, um ihm zuzuhören, ging er in die Hocke, breitete die Landkarte auf dem Boden aus und deutete auf eine Stelle darin. »Da sind wir jetzt. Wir müssen über den Sichelmondwald fliegen und danach rechts abbiegen. Bei den Steilwänden des Merkurbergs geht es links darüber hinweg, dann noch ein Stück geradeaus bis zur Grenzwiese vor der Mauer.« Er schaute zu den Freunden hoch. »Wir müssen zusammenbleiben, die Wegstrecke ist weit!«

Sira kaute nervös an einem Fingernagel. »Warum gehen wir nicht durch ein magisches Tor? Da wären wir schneller.«

»Zu gefährlich, weil wir nicht abschätzen können, an welcher Stelle der Wiese wir herauskämen«, erwiderte Ferdan.

Kelwyn nickte. »Und wir wissen nicht, mit welchen Zaubern die Arbeiter experimentieren. Es würden uns womöglich magische Feuerbälle oder noch Schlimmeres um die Ohren fliegen.«

»Aus der Luft haben wir den besten Überblick und können an einem sicheren Platz landen«, ergänzte Derrim.

»So ist es. Also, seid ihr bereit?« Ferdan steckte die Karte ein und als alle nach kurzer Überprüfung der Kleidung den Daumen nach oben hoben, gab er das Startzeichen.

Barb flog voraus und die Freunde stiegen nacheinander in die Luft. Lili bildete den Schluss. Der Wind wehte kalt hier oben, aber es machte ihr nichts aus. Bald erreichten sie den Sichelmondwald und Lili blickte hinunter auf die uralten Eichen, von denen ein goldener Lichtschein ausging. Dazwischen lagen in Tälern verstreut einzelne Siedlungen, deren weiß gestrichene Häuser mit den dazugehörigen herbstlich-bunten Blumengärten in der Morgensonne leuchteten.

Es schien Lili Ewigkeiten her zu sein, seit sie das letzte Mal so lange geflogen war, und sie genoss es. Der Wind strich ihre Haare nach hinten, ließ sie flattern. Ab und zu bewegte sie die Arme und schlug wie ein Vogel mit seinen Flügeln. Aber eigentlich brauchte sie nicht viel zu tun, außer in die richtige Richtung zu steuern. Lili fand, dass der Flugumhang die beste magische Erfindung aller Zeiten war. Er hielt ihren Körper zuverlässiger in der Luft als jeder Besen oder Teppich, und bis jetzt verspürte sie kein Nachlassen ihrer Kräfte.

Kurz vor dem Merkurberg, der als schroffe Felswand hoch zwischen dem Grün der Bäume aufragte, steuerte Lili höher, um darüber hinwegzufliegen. Der Höhenanstieg machte ihr keine Probleme. Doch Sira, die vor ihr flog, kam plötzlich ins Trudeln, schrie. »Ich schaff das nicht!«

Lili sah, wie die Freundin unkontrolliert mit den Armen flatterte und der Steilwand näher und näher kam, viel zu schnell. Sie schoss vor, packte Siras Hand und zog sie in einem weiten Bogen von der Steilwand weg nach oben. In letzter Sekunde erreichte sie wieder die notwendige Höhe, um über den Berg hinwegzufliegen.

Sira hing wie ein schwerer Sack an Lilis Hand und sie spürte, wie ihre Finger auseinanderrutschten. Lili schrie, beschwor Sira, bloß nicht loszulassen, packte mit ihrer zweiten Hand zu, griff fester, riss einen Arm wieder hoch, weil sie gefährlich schlingerte. Wenn sie nicht steuerte, stürzten sie beide ab!

Von vorne flog jemand wie ein Pfeil auf sie zu. Kelwyn ging unter Sira in Position. »Los! Leg dich auf meinen Rücken! Halte dich an meinen Schultern fest!«

Siras Fingernägel kratzten über Lilis Handrücken, weil sie verzweifelt versuchte, sich festzuhalten. Die Freundin schien immer schwerer zu werden und Lili spürte, wie ihre Kraft nachließ. *Durchhalten! Durchhalten!* Nur mit Mühe hielt sie dieselbe Fluggeschwindigkeit wie Kelwyn. *Es muss klappen!* Sira pendelte bedenklich hin und her. Mit den Füßen streifte sie Kelwyns Körper, konnte sich aber nicht festklammern. Immer wieder zog Lili sie ein Stück nach oben. Sira durfte auf keinen Fall hart auf seinen Rücken plumpsen, sonst stürzten beide ab. Lili schwitzte, keuchte vor Anstrengung. Mit einem Arm steuerte sie und mit dem anderen versuchte sie, Sira in die richtige Position zu bringen.

Dann endlich klappte es. Wie ein Reiter saß Sira auf Kelwyns Rücken und klammerte einen Arm um seinen Hals. Lili ließ los, sah im gleichen Augenblick wie Kelwyn durch das zusätzliche Gewicht absackte. Sie schrie auf, trudelte vor Schreck, sauste durch die Luft und unter ihn. Ein irrwitziger Versuch, beide aufzufangen. Zum Glück hatte sich Kelwyn schnell unter Kontrolle. Er schoss mit Sira nach oben hin weg und kurz danach gab er das Zeichen, dass sie ihren Flug gefahrlos fortsetzen konnten.

Lili mobilisierte noch einmal all ihre Kräfte, um ihre Geschwindigkeit zu steigern. Bald darauf holte sie die anderen ein, die von dem Drama nichts mitbekommen hatten. Völlig erschöpft kreiste sie über der Grenzwiese, die von hier oben den Eindruck eines wimmelnden Ameisenhaufens erweckte.

Derrim hielt bereits nach einem Landeplatz Ausschau und deutete auf zwei mickrige Birken, die entfernt von dem hektischen Geschehen standen. »Dorthin.«

Lili reagierte umgehend und nur wenige Augenblicke später stand sie vornübergebeugt und nach Atem ringend auf der Wiese. Endlich wieder Boden unter den Füßen!

Kela, die fast zeitgleich mit ihr gelandet war, sah zu ihr herüber und bekam gleich darauf mit, wie Kelwyn neben Lili am Boden aufkam und ihre Schwester ablud. Sie rannte zu ihnen hin. »Was ist passiert?«

Kelwyn beruhigte sie. »Alles in Ordnung.«

»Keine Kondition mehr«, jappte Sira und wandte sich an Lili und Kelwyn. »Ihr habt mir das Leben gerettet!«

Lili winkte ab. »Das hättest du für uns auch getan.« Sie richtete sich auf, atmete noch einmal durch und wies auf die Freunde, die ein Stückchen entfernt nacheinander auf der Wiese ankamen. »Kommt, gehen wir zu den anderen.«

Ferdan beugte sich schnaufend vor und stützte die Hände auf den Knien ab. »Ich gebe zu, der Flug hat mich geschlaucht. Du bist zu beneiden, Derrim. Kein bisschen erschöpft, oder? Du siehst aus, als könntest du noch ewig weiterfliegen.«

»Tagelang, aber dafür bin ich zu Fuß eine Niete. Völlig verpeilt. Kelwyn kann ein Lied davon singen.«

Ferdan schaute in die Runde. »Hat jemand eine Leine dabei? Nicht, dass wir unseren Fluglotsen verlieren.«

Kelwyn lachte. »Das habe ich ihm schon oft vorgeschlagen.«

Lili sah sich um. In regelmäßigen Abständen hörte sie ein Surren und danach ein Klatschen, als wenn irgendwo etwas aufprallen würde. Es schien von weit vorne zu kommen, aus der Richtung, wo sie eine hohe Absperrung aus dichten Bambusstäben sah. »Hört ihr das auch?«

Kela nickte. »Ja, die Pfeilschützentruppe, die trainieren in dem eingegrenzten Areal da vorne. Ich habe das schon von oben gesehen. Die Truppe sollten wir uns vielleicht einmal ansehen. Sicher sind das diejenigen, die euch ins Dunkle Land begleiten werden.«

»Das tun wir auf dem Rückweg«, erwiderte Ferdan. »Erst sollten wir zur Mauer gehen, da haben wir nämlich eine ganze Strecke zu laufen.«

»Ich habe es geahnt«, stöhnte Derrim. »Wo geht es lang?«

Kelwyn zeigte ihm grinsend die Richtung.

Ein paar Schritte von ihnen entfernt schnellte Barb aus dem Gras hoch und flog auf Lilis Schulter. Während sie nun mit ihm und den Freunden in Richtung Mauer lief, betrachtete Lili die Bäume, an denen sie vorbei kamen. Diese sahen übel aus, fast wie verkrüppelt, hatten saftlose Stämme und dürre Äste, an denen sich das Holz abschälte. Manche der Bäume wiesen an den Rinden auch seltsame Geschwüre auf, aus denen eine dicke, giftig-grüne Flüssigkeit sickerte. Das Rauschen ihrer Blätter klang wie ein Ächzen und Stöhnen.

Lili blieb stehen. »Das ist ja furchtbar!«

Sira seufzte. »Ja. Dass es so schlimm ist, hätte ich nicht gedacht, die können wirklich niemanden mehr transportieren.«

Sie gingen weiter und nach einer Weile schien es Lili, als ob die Geräusche ringsum lauter wurden. Es zischte und knallte. Die geheimnisvolle Mauer schien nahe zu sein, obwohl sie noch nichts sehen konnte, das auf ein magisches Hindernis hindeutete. Barb krächzte, flog von ihrer Schulter und auf eine Baumgruppe zu.

Lilis Herz machte einen freudigen Hüpfer. »Seht mal, dort ist Phelan mit ein paar anderen Waldelfen.«

Phelan begrüßte die Gruppe mit einer würdevollen Verbeugung. »Wie kommt es, dass ihr hier seid?« Er sah Lili an. »Solltest du nicht mit deinem neuen Freund Kelwyn in der Ratsburg sein?«

»Oh, dann weißt du schon alles?«

»Uns Waldelfen bleibt nicht viel verborgen ... Lili, hier ist kein guter Ort für euch! Es ist besser, ihr geht wieder.«

Kelwyn, der neben ihr stand, straffte seine Haltung. »Nein, wir müssen uns mit eigenen Augen ein Bild über die Lage machen.«

Lili nickte. »Es ist uns wichtig.«

Ferdan mischte sich ein. »Phelan, von den beiden wird am Ende alles abhängen und deshalb müssen sie wissen, was vor sich geht.«

Phelan seufzte. »Wie es aussieht, kann ich euch wohl nicht zurückhalten. Geht dort drüben über den Hügel, da kommt ihr zu einem Mauerabschnitt, an dem heute nicht gearbeitet wird.« Phelan wies nach links, wo die Wiese sich zu einem kleinen Hügel mit dicht beieinanderstehenden Bäumen anhob. »Ihr müsst dennoch sehr vorsichtig sein, und lasst euch bloß nicht einfallen, durch ein magisches Tor auf die andere Seite gehen zu wollen. Das funktioniert nicht. Hier ist alles verseucht. Ihr wärt verloren.«

Sira nickte. »Den Bäumen geht es sehr schlecht!«

Phelan seufzte wieder. »Ja, alle im weiten Umkreis sind vergiftet und wir haben bis jetzt noch kein Gegenmittel. Für den Transport sind sie nicht mehr zu gebrauchen. Einige der Bogenschützen haben versucht, durch sie hindurchzugehen, um hinter die Mauer zu kommen. Aber sie sind steckengeblieben und einen grausamen Tod gestorben. Niemand konnte ihnen helfen. An diesem Ort funktioniert überhaupt kein Tor. Sie werden alle zu tödlichen Fallen. Ihr könnt nur zu Fuß gehen oder fliegen.«

Lili sah ihn an. »Wir werden deine Warnung beherzigen.«

Sie verabschiedeten sich und Lili stieg mit ihren Freunden den Hügel hinauf, den Phelan ihnen gezeigt hatte. Oben auf dem höchsten Punkt bot sich ein Anblick, als wären sie an das Ende der Welten gekommen. Das Tal vor ihnen sah völlig verdorrt aus und schien nach etwa zweihundert Doppelschritten wie mit einem Lineal abgeschnitten zu sein. Ein milchig-trüber Schatten ragte dort nach oben auf und erweckte den Eindruck, als ob er sich mit dem fahlen Himmel darüber verbinden würde.

Sira hob fröstelnd die Schultern hoch. »Sieht aus wie eine riesige Wand aus gefrorenem Schmutzwasser.«

Derrim zeigte wortlos nach rechts. In einiger Entfernung sah Lili dort eine Gruppe Magier, die auf Komando aus ihren Händen Feuerkugeln wachsen ließen und diese auf die Mauer warfen. Die Geschosse prallten jedoch einfach ab, sodass die Männer nach jedem Wurf auseinanderstoben, um nicht vom Rückschlag ihren eigenen Waffen getroffen zu werden. Unermüdlich versuchten sie es von Neuem, aber es sah nicht so aus, als ob die Mauer nachgab.

Ferdan warf nur einen kurzen Blick dorthin, dann deutete er nach links. »Wir gehen dahinunter. Dieser Mauerabschnitt scheint ungefährlich zu sein. Da ist keiner, wie Phelan gesagt hat.«

Während Ferdan, Derrim, Sira und Kela den Hang hinunterkletterten, wartete Lili auf Kelwyn, der noch fasziniert den mit Feuerkugeln schießenden Magiern zusah.

»Als wenn sie Squash üben wollten«, murmelte er.

»Komm jetzt!« Lili zog Kelwyn einfach mit.

Wenig später blieb sie jedoch selbst abrupt stehen. Sie hatte einen Waslnussbaum entdeckt und was sie dort sah, ließ ihr den Atem stocken. Aus dem Baumstamm ragte der Fuß eines Olims heraus, halb von Rinde bedeckt, genau wie der hintere Teil seines Körpers, der nur noch als Umriss im Baumstamm zu erkennen war.

Auch Kelwyn musste schlucken als er das erkannte. »Armer Kerl, der ist steckengeblieben. Himmel, da verliert man glatt die Lust am Reisen.«

Zusammen mit Kelwyn ging Lili näher heran. Vorsichtig betastete sie den Körper des Unglücklichen. Er fasste sich an, als sei er aus Holz, nur die Stellen am Fuß, die noch nicht von Rinde oder dünnen Holzschichten bedeckt waren, fühlten sich wie lebendiges Fleisch an.

Erschrocken zog Lili ihre Hand zurück. »Er lebt noch … Kelwyn, wir müssen etwas tun, ihn da rausholen, wir können ihn nicht sterben lassen.«

»Und wie? Phelan hat gesagt, man kann ihnen nicht helfen.«

»Ein Befreiungszauber, wir brauchen einen Befreiungszauber!« Fieberhaft suchte Lili nach den magischen Worten. »Das müsste klappen!« Sie trat mit Kelwyn ein Stück zurück, streckte den Arm aus, den Zeigefinger auf den bedauernswerten Olim gerichtet und gab den Befehl. »Sei frei … deha dehaa!«

Ein Rauschen erfüllte die Luft, Lili wurde zurückgestoßen und prallte auf Kelwyn. Beide landeten rücklings auf dem Boden.

»Das war nicht überzeugend«, ächzte er.

»Nein, aber vielleicht das«, rief sie, wütend über ihre misslungene Magie und überwältigt von ihrem verzweifelten Wunsch, dem im Baum steckengebliebenen zu helfen. So schnell es ging, stand sie vom Boden auf und richtete ihren Arm auf den Mann. »Fluch auflösen… decee em em esa el!«

Kelwyn stellte sich schnell in Position, um Lili aufzufangen. Aber es geschah diesmal nichts. Vorsichtig gingen sie auf den Baum zu, in dem noch immer die Person steckte. Lili hörte knarrende und schlürfende Geräusche, dann verschwand der Mann ganz plötzlich endgültig im Stamm. Eine dicke Beule erschien an seiner Stelle. Der Nussbaum gab ein würgendes Geräusch von sich und als sich das Geschwür öffnete, quoll grüner, dicker Schleim heraus, der träge am Stamm herunterfloss.

»Nein!« Lili schrie auf. »Er sollte doch herauskommen! Ich wollte ihn befreien und jetzt habe ich den Mann getötet!«

»Du hast ihn nicht getötet, du hast diesen Unglücklichen vom Fluch befreit, der auf diesem Baum lastete. Egal was mit ihm passiert ist, jetzt ist er auf jeden Fall frei und das hat er dir zu verdanken.« Kelwyn nahm Lili fest in den Arm, aber es gelang ihm nicht, sie zu trösten.

Lili war überzeugt, dass sie dem Mann noch mehr Schmerzen zugefügt hatte. »Was glaubst du, wo er jetzt ist?«

»Vielleicht ist er an dem Ort herausgekommen, wo er hin wollte. Komm, wir können hier nichts mehr tun.«
Nach einer Weile sah Lili das ein. Sie schaute noch einmal zu dem Baum und dann zur Mauer, die von ihrem Standort aus wie ein pulsierender, undurchdringlicher Nebel aussah.

Barb, der während ihrer magischen Handlungen außer Reichweite geflüchtet war, flog wieder auf Lilis Schulter. Sie strich ihm über das Gefieder, seufzte tief auf und ging schweren Herzens mit Kelwyn weiter.

Derrim, der mit den Freunden schon an der Mauer stand, winkte sie zu sich. »Es ist nicht zu fassen!«, rief er. Mit beiden Fäusten trommelte er gegen die Wand. »Die ist härter als Stahl. Kein Wunder, dass niemand durchkommt.«

»Ich könnte schwören, dass sie mich wegstemmt.« Kela lehnte sich mit dem Rücken gegen die Mauer, die sich promt nach vorne wölbte, wie um sie von sich wegzuschieben.

»Aber hier unten ist ein kleines Loch, gerade groß genug, dass dein Rabe durchkäme«, rief Sira, die vor der Mauer auf dem Boden kniete.»Sieht fast aus, als hätte die Mauer die Erde an dieser Stelle nicht berühren können. Selbst die vergammelte Wurzel hier hat sich hochgewölbt.«

Während Lili mit Kelwyn auf die Freunde zuging, beschäftigten sich ihre Gedanken noch immer mit dem Mann aus dem Baum, deshalb nahm sie zuerst kaum wahr, dass sich das Licht veränderte. Die Wand wurde dunkler, wogte wie Meereswellen im Sturm, und plötzlich strömte ein Windwirbel heraus, der nach ihr griff. Mit aller Kraft versuchte Lili, dem Sog, der sie erfasste, zu wiederstehen. Entsetzt schaute sie zu Kelwyn und sah, dass es ihm genauso ging.

»Was passiert hier?«, keuchte sie. Verzweifelt wehrte sie sich gegen den fürchterlichen Sog, kämpfte dagegen an. Vergebens! Wie Kelwyn wurde auch sie unbarmherzig weiter nach vorne gezogen, direkt auf die Mauer zu.

Derrim erkannte die Gefahr. »Um Himmels willen, schnell! Wir müssen eine Sperre bilden.«

Lilis Freunde fassten sich eilig an den Händen, formierten sich zu einer Kette, um den beiden Widerstand zu geben. Doch die Wucht, mit der Lili und Kelwyn auf sie prallten, schleuderte die Freunde beiseite. Kela versuchte noch, ihre Freundin am Arm festzuhalten, vergebens. Lili und Kelwyn stürzten durch die Wand und verschwanden darin mitsamt dem Raben Barb.

Völlig geschockt trommelte Ferdan gegen die Mauer. »Lili, Kelwyn, wo seid ihr? So antwortet doch!« Immer wieder rief er die Namen und legten sein Ohr an das magische Gebilde. Aber er hörte nichts, außer dem fernen Geschrei der Magier, die immer noch mit ihren Feuerkugeln warfen. Nach und nach begriff er, was das bedeutete: Lili und Kelwyn waren allein im Dunklen Land, auf sich gestellt, und keiner konnten den beiden nachfolgen.

Neben ihm rutschte Derrim mit dem Rücken an dem magischen Ungetüm entlang in die Hocke und drückte sich beide Hände an die Schläfen. »Ich verstehe das nicht! Wieso konnten wir sie nicht halten?«

Links von Ferdan ließ sich Kela mit der Stirn voraus gegen die Wand fallen und stöhnte: »Sonja bringt uns um!«, und Sira sprach immer wieder mit dersselben magischen Formel auf die Wand ein: »Öffne dich! Ce eree eha!«

Ferdan schaute zu Derrim, der jetzt seinen Blick an der Mauer entlang emporschweifen ließ. »Meinst du, wir kommen da oben hinüber?«

Derrim zuckte die Schultern. »Weiß nicht, sieht fast zu hoch aus.« Er schaute neben sich zu Boden und tastete das kleine Loch in der Mauer ab, das Sira vorhin entdeckt hatte. »Aber vielleicht können wir uns da unten durchgraben.«

Ferdan schüttelte den Kopf. »Den Spuren nach lässt sich das Loch nicht vergrößern. Schau dir die Schnitte in der Erde an, das gleicht erfolglosen Spatenstichen … Verdammt, was machen wir jetzt nur?« Als plötzlich ein Blumenelf neben ihm zu Boden flatterte, keimte ein Hoffnungsfunke in ihm auf. Er bückte sich und bettete den erschöpften Elfen in seine Hand. »Bist du durch die Mauer geflogen?«

Das kleine Wesen schüttelte schweratmend den Kopf und deutete nach oben. »Nein. Wir Blumenelfen sind beauftragt, die Höhe der Mauer zu messen. Sie nimmt kein Ende und dabei können wir höher fliegen als jedes andere Wesen.« Es strich sein Wams glatt, das aussah wie eine graugrüne Mohnkapsel, und verbeugte sich. »Ich muss weiter, Bericht erstatten.«

Ferdan sah ihm nach, wie er davon flog, und schaute dann zu Derrim. Als dieser nur die Schultern hochzog, weil ihm auch nichts mehr einfiel, rief er die anderen zu sich. »Es hat keinen Sinn, hier kommen wir nicht durch. Wir müssen eine andere Möglichkeit finden.« Er blies heftig den Atem aus. »Vielleicht ist Phelan noch da. Wir sollten mit ihm reden.«

Als Ferdan mit den Freunden auf Phelan zuging, begriff dieser sofort, dass etwas passiert war. »Wo sind Lili und Kelwyn?«

Ferdan berichtete, was geschehen war und wie sie sich bemüht hatten, die beiden von der Wand zurückzudrängen. Er hob hilflos die Hände. »Sie sind jetzt vielleicht dort drüben gefangen.«

Nachdem Phelan den ersten Schock überwunden hatte, ging er eine Weile schweigend auf und ab. Nachdenklich rieb er sich die Stirn. »Vergiftete Bäume, eine Wand mit eigenem Willlen. Ich hätte damit rechnen müssen!« Er atmete tief aus. »Geht zu Sonja und erklärt ihr die Lage. Ich informiere Meister Bertram. Zwei Stunden vor der Kundgebung treffen wir uns alle in der Ratsburg. Dort werden wir das weitere Vorgehen besprechen.«

Ferdan seufzte. »Gut, wir werden pünktlich da sein.«

Während Phelan zu seinen Männern Alrich und Albin ging, um sie zu informieren, machte Ferdan sich mit den Freunden startklar. Derrim bot Sira an, sie zu tragen.

Sie wehrte ab. »Es wird schon gehen, wenn wir nach der Steilwand eine kurze Pause machen.«

Aber Kela widersprach ihrer Schwester. »Nein! Wir gehen kein Risiko mehr ein. Noch ein Unglück verkrafte ich nicht.«

Sira fügte sich und so flog Derrim mit ihr auf dem Rücken voraus. Kela und Ferdan folgten dicht hinterher. Sie machten keine Pause, bis sie den Eingang zum Rosengarten erreichten.

»Kela, weißt du die Hausnummer von Sonja?«, fragte Ferdan, als alle wieder Boden unter den Füßen hatten.

»1211«, erwiderte sie und ging zusammen mit den Freunden zum Wegweiser, um sich die Richtung zeigen zu lassen.

Bald darauf standen sie vor dem langgezogenen Häuschen, in das sich Sonja eingemietet hatte. Ferdan seufzte schwer auf und Kela tat es ihm gleich. Wie sollten sie es sagen? Es blieb ihnen keine Zeit zum Überlegen. Drinnen polterte es und die Eingangstür wurde aufgerissen.

»Lili ist wieder da!« Goswin reckte den Kopf nach allen Seiten. »Lili?« Der Kobold ließ die Freunde eintreten und rannte draußen umher, weil er dachte, dass Lili Verstecken spielen wollte. Mit hängenden Schultern kam er wieder herein und sah Kela an. »Lili? Kelwyn? Sind nicht da!« Seine Augen weiteten sich, als er begriff, dass etwas nicht stimmte.

»Wir müssen zu Sonja«, sagte Kela leise.

Goswin schlug die Hände vor den Mund. Dann brachte er sie in die Küche, wo Sonja und Adela bei einer Tasse Kaffee saßen.

Sonja stand auf, um den Freunden entgegenzugehen. Als sie deren Gesichtsausdruck sah, ließ sie sich in ihren Stuhl zurückfallen. »Was ist passiert?«

Alle vier erzählten sie abwechselnd. Kein Detail ließen sie aus. Adela griff nach Sonjas Hand, aber Lilis Großmutter blieb unerwartet gelassen. »Ich habe gewusst, dass etwas passieren würde. Ich habe es im Traum gesehen. Niemand hätte es verhindern können.«

Jetzt, wo ihr Albtraum eingetreten war, arbeitete Sonjas Verstand klar und geordnet. Lili und Kelwyn waren hinter der Mauer, im Dunklen Land, getrennt von ihrer Familie und den Freunden. Aber das hieß noch lange nicht, dass sie allein waren. Sie würde Mittel und Wege finden, um mit den beiden in Kontakt zu treten. Sonja überlegte kurz, dann stand sie auf, holte ihre Handtasche und begann darin zu kramen. »Kelwyn hat uns doch einen Taschenspiegel geschenkt, habt ihr den dabei? Vielleicht kann einer von uns Lili und Kelwyn darin sehen.« Sie hielt ihr Exemplar hoch, das sie aus der Handtasche gezogen hatte.

Goswins Gesicht strahlte auf und er sauste davon. Sonja achtete nicht auf ihn, sondern hob ihre Hand in einer klärenden Bewegung über ihrem Spiegel. Auch Adela hatte ihr Exemplar bereits vor sich liegen. Derrim dagegen kramte noch in seinen vielen Hosentaschen, während Kela, Ferdan und Sira ihn ungeduldig dabei beobachteten und sich ärgerten, weil sie selbst ihre Spiegel nicht dabei hatten.

Endlich wurde Derrim fündig. Er zog das gute Stück aus der rechten Wadenbeintasche. Während er nun konzentriert in seinen Spiegel schaute, schob Adela ihr eigenes Exemplar bereits zur Seite. »Zu dunkel, ich kann nichts sehen.«

Sonja erging es ähnlich. »Dunkel, ja. Aber ich habe den Eindruck, als ob sich etwas bewegt. Ob das Lili und Kelwyn sind?« Sie schaute zu Derrim. »Siehst du mehr?«

»Schatten. Sie bewegen sich. He, das *muss* Kelwyn sein, ich sehe seinen silbernen Drachenkopfring blitzen.«

Sonja trat eilends zu ihm hin und schaute über seine Schulter. Aber in seinem Spiegel sah sie gar nichts. Sie wischte noch einmal mit der Hand über ihren eigenen, um das Bild zu klären, doch außer einem winzigen Lichtschein und bewegten Schatten erkannte sie nichts. Frustriert legte sie den Spiegel auf den Tisch.

Draußen polterte es und Goswin kam wieder in die Küche gestürmt. Er kniete sich auf den Boden, legte seinen Spiegel vor sich hin und richtete den Blick konzentriert auf das Glas.

Sonja erinnerte sich plötzlich daran, dass Goswin gestern durch seinen Spiegel mit Phelan gesprochen hatte. »Kannst du zu Lili Kontakt aufnehmen?«, fragte sie drängend.

»Lili? Kelwyn? … Haben mich gehört!« Der Kobold strahlte Sonja an. »Wir kommen bald, müsst durchhalten solange«, schrie er in seinen Spiegel.

Sonja kniete sich neben ihn. »Was sagen sie denn?«

»Goswin kann nicht hören, was sie sagen. Kann nur fühlen. Sind beide noch heil«, sagte der Kobold zu ihr.

Sonja seufzte. Sie hatte gehofft, durch Goswin mit Lili reden zu können.

Derrim schüttelte bedauernd den Kopf. »Eine Person kann nicht gleichzeitig Sender und Empfänger sein. Goswin ist allem Anschein nach ein Sender. Deshalb kann er nur Botschaften übermitteln, die Lili und Kelwyn hören können. Ist schon ungewöhnlich, dass er auch noch ihre Emotionen auffängt.«

Ferdan schaute ihn an. »Kann man das lernen, Derrim? Ich meine, entweder Sender oder Empfänger zu werden.«

»Kaum, du musst schon mit dieser Anlage geboren sein.«

»Schade, dass von uns keiner ein Empfänger ist, aber das hätten wir wohl schon gemerkt, oder?«

Derrim nickte. »Bestimmt.«

Sonja atmete durch. »Na gut. Das kann wohl keiner von uns, aber zumindest wissen wir jetzt, dass sie leben. Goswin, sag den beiden bitte, dass wir mit ihnen in Verbindung bleiben.« Sie ging zum Küchenschrank und nahm einen Stapel Teller heraus. »Ihr habt bestimmt Hunger. Jetzt essen wir erst etwas und dann überlegen wir, was wir tun können.« Sonja strich Goswin über den roten Haarschopf. »Pass gut auf deinen Spiegel auf. Wir brauchen dich, um mit Lili und Kelwyn in Kontakt zu bleiben.«

Goswin nickte ernst. Wie einen Schatz würde er das gute Stück hüten, denn der magische Spiegel war ein Geschenk von Kelwyn und Geschenke waren einem Kobold heilig.

Sonja tischte auf, was ihre Küche hergab. Erst jetzt spürten die Freunde ihren Hunger.

Kela, die gerade in ihr Brötchen beißen wollte, hielt aber plötzlich inne. »Lili und Kelwyn haben nichts zu essen.«

»Lili hat eine Lebenstasche gekauft. Da ist Daueressen drinnen und sogar ein magisches Haus, in dem sie schlafen können. Ich hoffe, sie hat die Tasche dabei«, sagte Adela.

»Ja, hat dabei. Hat auch mein Zapfen. Bringt Glück«, erwiderte Goswin.

Sira, die still gegrübelt hatte, sah Sonja an. »Barb ist auch durch die Mauer geflogen. Ich verstehe das nicht. Vielleicht …«

»Barb ist mit Lili eng verbunden. Vielleicht zog es ihn deshalb mit durch die Mauer. Aber zurückkommen kann er wohl genauso wenig wie sie und Kelwyn.«

Kela seufzte tief auf. »Und was sollen wir jetzt tun? Wir können nicht einfach abwarten und Däumchen drehen!«

Ferdan nickte. »Und wir müssen auch bald in der Ratsburg sein. Bis dahin sollten wir wenigstens grob wissen, wie wir weiter vorgehen.«

Alle schauten auf Sonja. Im Augenblick war sie wie ein Fels in der Brandung. Keiner zweifelte daran, dass sie die richtigen Ideen hatte.

Sonja zögerte nicht. »Ich glaube, es ist am besten, wenn wir so weitermachen, wie wir es gestern im goldenen Baum besprochen haben. Adela und ich gehen mit Goswin nach Megara zurück, um die Vorräte an Kräuterzubereitungen zu ergänzen und um Schutzzauber herzustellen. Sira, du gehst zu Althea, um deine Ausbildung zu machen. Bitte!«, bat sie, als Sira widersprechen wollte. »Es geht nicht nur darum, dass du ein Ausnahmetalent bist. Ich habe auch das drängende Gefühl, dass wir das, was du bei ihr lernst, noch dringend brauchen werden.«

»Wir halten dich auf dem Laufenden, Sira«, versprach Derrim.

»Kela«, sprach Sonja weiter, »du sammelt mit Ferdan und Derrim Informationen über die Prophezeiung und die Wächter der Schlange. Geht mit Camilla zu Wenzel in die Bibliothek. Sobald ihr etwas herausgefunden habt, kommt ihr zu uns, damit Goswin die Informationen an Lili und Kelwyn weitergeben kann. Mehr können wir im Augenblick nicht tun. So, und jetzt müssen wir aufbrechen.«

Adela, die hier bleiben wollte, begann den Tisch abzuräumen, und die Freunde standen hastig auf. Der Kobold zupfte an Ferdans Hose. »Goswin huckepack tragen.«

Ferdan reichte ihm die Hand und Goswin kletterte an ihm hoch. Als alle bereit waren, zeichnete Sonja mitten in der Küche ein Tor in die Luft. »Zur Ratsburg! Ka kaaaa esch.«

Nacheinander traten sie in das helle Licht und wenig später standen sie auf dem Vorplatz der Burg. Sonja übernahm auch hier die Führung, da sie den Weg zum Foyer kannte. Diesmal ging es nicht in den Saal der tanzenden Wasserfälle, sondern in den Sitzungssaal rechts daneben. Durch die angelehnte Flügeltür drangen Stimmen zu ihnen heraus. Der gesamte Neuner-Rat schien versammelt und diskutierte heftig. Als die Freunde eintraten, wurde es mit einem Schlag still.

Phelan ging auf die Freunde zu. Er lächelte sie an, doch seine Mine wirkte angespannt. »Kommt!«

Im Gegensatz zum Saal der tanzenden Wasserfälle wirkte dieser Raum streng. An der hinteren Wand prangte ein Gemälde mit einer Szene, in der ein Mitglied seinen Eid vor dem Neuner-Rat ablegte. In der Mitte des Raumes stand ein großer, runder Besprechungstisch, an dessen oberer Hälfte der Neuner-Rat saß. Meister Bertram hatte den Platz an der Stirnseite. Ihm zur Linken saßen vier Frauen und zu seiner Rechten vier Männer.

Während Phelan die Freunde zu den freien Plätzen an der unteren Tischhälfte führte, seufzte er. Die jungen Leute schienen eingeschüchtert von der Atmosphäre der Macht, die den Raum prägte. Er hätte sie vorwarnen sollen. Dann sah er, wie Sonja die Schultern straffte. Ihre Aura hob sich, ihr Blick wurde klar und fest. *Recht so, lass dich nicht verunsichern,* dachte er.

Die Freunde setzten sich auf die ihnen zugewiesenen Plätze gegenüber vom Neuner-Rat. Goswin hockte sich zwischen Sonja und Ferdan. Da der Tisch für ihn jedoch zu hoch war, kniete er auf dem Stuhl. Er hatte wie üblich seine Fichtenzapfen in der Hand und fing an zu spielen.

Davina, die korpulente blonde Hexe, die neben Meister Bertram saß, beobachtete ihn und verzog missmutig das Gesicht. »Ah, die ganze Familie Dix.«

Sonja erwiderte nichts, aber wohl nur deshalb, weil Sira, die an ihrer rechten Seite Platz nahm, ihr besänftigend die Hand auf den Arm legte.

Als Phelan wieder auf seinen Platz zurückgekehrt war, ließ er den Blick über die Freunde schweifen. »Ich habe dem Rat schon berichtet, was heute Morgen geschehen ist. Ihr seid Augenzeugen gewesen und deshalb brauchen wir eure Hilfe, um noch einige Ungereimtheiten zu klären.«

Phelan verschwieg, dass er hoffte, dass die Freunde seine eigene Vermutung über die Sache bestätigen konnten. Zu lange hatte er schon mit den Räten diskutiert und er verstand nicht, wieso die sich so begriffsstutzig gaben, vor allem Davina und der voreilige Nestor. Es ermüdete ihn. Aber er hielt es für besser, sich jetzt zurückzuhalten. Sein Blick suchte den von Meister Bertram, und mit einer Verneigung übergab er ihm das Wort.

Der Präfekt nickte. Mit undurchdringlicher Mine sah er die Freunde an. »Wir suchen nach dem Grund, wieso Lili und Kelwyn durch die Mauer gehen konnten und wir nicht.«

»Sie sind entführt worden!« Kelas Stimme klang so empört, dass sie sich selbst vor Schreck auf die Lippen biss.

Davina warf die Arme in die Luft. »Das ist abenteuerlich!«

»Ich sag es doch, die Inominati!« Nestors Gesicht nahm einen triumphierenden Ausdruck an.

Phelan sprang auf. »Ja, die Mauer *hat* einen Meister. Lili und Kelwyn *haben* einen Feind. Einen gefährlichen Feind, der es gewagt hat, die Große Schlange zu reizen. Aber es sind *nicht* die Inominati.« Er fasste es nicht. Da hatte er vorhin schon fast zwei Stunden auf Nestor eingeredet und nichts davon war hängen geblieben. Unruhig lief er im Raum auf und ab.

Davina rollte die Augen. »Natürlich haben wir einen Feind. Aber er hat nichts mit der Mauer zu tun. Lili und Kelwyn sind die Auserwählten aus der Prophezeiung. Deshalb hat die Mauer sie durchgelassen. Nur deshalb, damit sie den Wächter suchen und befreien können. Die Mauer hilft uns!«

Nestor beugte sich vor, um Davina anzuschauen. »Davina, du machst es dir zu einfach. Hinter der Mauer sind die Inominati. Das sind Mörder! Was glaubst du, was die mit den beiden machen werden?« Seine stahlblauen Augen blitzten und er schlug mit der Hand auf die Tischplatte. »Die Mauer ist ein Trick der Inominati!«

Meister Bertram, der zwischen den beiden saß, hob beschwichtigend die Hände und Phelan konnte nur noch eines: den Kopf schütteln.

Plötzlich wurde ein Stuhl hart über den Boden geschoben. »Entschuldigt bitte. Ich muss hier raus. Mir ist schlecht.«

Alle Blicke richteten sich auf Sira, die aufgestanden war. Sie schwankte und musste sich an der Tischkante festhalten, um nicht umzukippen. Ihr Gesicht war kalkweiß. Sonja erhob sich hastig und stützte sie. Derrim wollte auch aufspringen, doch Kela legte ihre Hand auf seine Schulter. »Bleib du hier, ich gehe mit meiner Schwester nach unten.«

Als die beiden gegangen waren, ergriff Nestor erneut das Wort. »Nur die Inominati können die Herren der Mauer sein!«

Phelan rollte die Augen, aber er sagte nichts mehr dazu. Es hatte keinen Sinn. Vielleicht lag es daran, dass die Räte übermüdet waren. Seit Tagen bekamen sie zu wenig Schlaf. Er selbst war heute auch nicht auf der Höhe seiner Kraft. Der stundenlange Versuch heute Morgen, wenigstens ein paar der vergifteten Bäume auf der Grenzwiese zu retten, hatte ihn viel Energie gekostet. Die bisher fruchtlose Diskussion hier erst recht. Er setzte sich wieder auf seinen Platz und schaute in die Runde. Davina machte ein beleidigtes Gesicht. Nestors Kritik nagte wohl an ihr. Ihre Augen ruhten auf dem Kobold und je länger sie ihm zusah, desto mehr hob und senkte sich ihr Busen.

»Muss der mit seinen Zapfen werfen?«, fauchte sie plötzlich.

Goswin grinste sie an. »Spielen vertreibt Sorgen. Fang!«

Hätte Davina den Fichtenzapfen, der auf sie zuflog, nicht aufgefangen, so wäre er wohl gegen ihre Stirn geprallt. Sonja erschrak und griff nach Goswins Hand. Phelan dagegen gluckste, prustete und fing gleich darauf an, herzlich zu lachen.

Er erhob sich wieder von seinem Platz und verneigte sich vor Goswin. »Du hast uns alle erkannt, mein Freund. Wir sind festgefahren in unseren Vorstellungen, weil wir krampfhaft nach einer Lösung suchen.« Er schaute, noch immer erheitert, zu Meister Bertram und verbeugte sich auch vor diesem. »Wir sollten lockerer werden, damit unsere Gedanken wieder fließen.« Dann wandte er sich an alle. »Wir wissen, dass es einen Feind gibt und wir vermuten, dass Lili und Kelwyn in Gefahr sind. Sind wir uns so weit alle einig?« Alle nickten, sogar Davina. Phe-

111

lan sprach weiter. »Unsere vordringliche Aufgabe ist es, zweifelsfrei herauszufinden, wem die Mauer gehorcht und wie wir sie bezwingen können. Ich bin überzeugt, dass die eigentliche Gefahr nicht da ist, wo wir sie vermuten.«

»Wir werden weiter an der Mauer arbeiten und nach ihrem Meister forschen«, versprach Bertram. Er verschränkte seine Arme und atmete hart aus. »Wir haben keinen Kontakt zu Lili und Kelwyn. Das bereitet mir große Sorgen.«

»Geht ihnen gut!« Goswin warf einen Fichtenzapfen in die Luft und fing ihn wieder auf.

Phelan starrte ihn an.

»Goswin hat die Fähigkeit, mit Lili und Kelwyn Kontakt aufzunehmen. Er spürt, wie es ihnen geht«, erklärte Sonja.

Phelans Gesicht hellte sich auf. »Das ist die beste Nachricht, die ich heute gehört habe!«

Meister Bertram nickte. »Dann sollte Goswin hier bleiben!«

»Nein!«, widersprach Goswin. »Bleib bei Sonja.«

Sonjas sah Meister Bertram mit festem Blick an. »Kommt nach Megara, wenn ihr Goswin braucht. Mein Haus steht euch offen.«

Der Präfekt lenkte ein. »Also gut. Dann müssen wir es wohl so machen.« Er seufzte. »Da ich Lili und Kelwyn dem Volk nicht mehr vorstellen kann, möchte ich jetzt euch auf die Tribüne bitten ... ach noch etwas! Vermutlich fällt es dem ein oder anderen aus der Bevölkerung leichter, mit euch zu reden, als mit mir. Wenn jemand Hinweise hat, wo kann er euch Nachrichten hinterlassen?«

»Am besten im Goldenen Baum«, antwortete Ferdan.

»Gut!« Meister Bertram gab das Zeichen zum Aufbruch.

Phelan ging zusammen mit ihm voraus und im Vorbeigehen lächelte er Sonja aufmunternd zu. Doch er wusste zu gut, dass ihre Sorge um Lili und Kelwyn berechtigt war.

Derrim stieß vor dem Toreingang beinahe mit Sira zusammen. Ihre rotgeränderten Augen zeigten, dass sie geweint hatte.

»Nicht die Hoffnung aufgeben!«, sagte er zu ihr.

»Die haben doch gar keinen Plan«, zischte Sira ihm zu.

»Aber wir!«

Derrim nahm Sira bei der Hand und zusammen mit den Freunden gingen sie hinter Phelan und Meister Bertram auf die Tribüne, die auf dem Vorplatz der Burg aufgebaut worden war.

Überall drängten sich die Leute. Sie standen sogar auf der Treppe der Tausend Stufen bis ganz unten zur Wasserstraße hin.

Der Präfekt trat vor. Seine Stimme hallte klar über den Platz. Meister Bertram schilderte die bedrohliche Lage und brachte dann die Prophezeiung ins Spiel. Derrim musste zugeben, dass er das sehr souverän meisterte. Der Präfekt beschönigte nichts und vermittelte trotz allem Zuversicht.

»Lili Dix und Kelwyn Seger, die Träger des gewebten Feenhaars, sind bereits im Dunklen Land. Unterstützt sie mit guten Gedanken«, sagte Meister Bertram gerade.

Goswin, der sich hinter Sonja versteckt hatte, trat mutig nach vorne. »Lili und Kelwyn werden retten, ganz bestimmt!«, sagte er und rannte wieder unter Sonjas Umhang zurück.

»Lili und Kelwyn werden retten«, äffte ihn eine unangenehme Stimme nach. Es klang wie ein verzerrtes Echo. »Sind im Dunklen Land, die Zwei«, antwortete eine zweite, flüsternde Stimme.

Derrim schaute zur Mauer, die den Vorhof der Burg eingrenzte. Er sah nichts, außer ein paar Blättern, die der Wind von den Bäumen dort wehte. Er schüttelte den Kopf. Fing er schon an, Gespenster zu sehen? Wieder hörte er undeutliche Laute, die nicht hierher passten.

»Schnappen uns Lili!«

»Schnappen uns Kelwyn und dann, ssst!«

»Los jetzt! Müssen sie verfolgen!«

Mit dem Ellbogen stieß Derrim in Ferdans Seite und deutete zur Burgmauer. Doch Ferdan zuckte nur mit den Schultern. *Ich höre wohl schon Gras wachsen*, dachte Derrim. Trotzdem hätte er am liebsten die Wand dort untersucht. Aber er konnte hier nicht weg. Nach einer Weile beruhigte er sich. Die Bäume flüsterten, das war es. Als die Kundgebung zu Ende ging, hatte er den Zwischenfall vergessen.

Auf dem Vorplatz der Burg kehrte wieder Ruhe ein. Phelan sowie Meister Bertram und seine Ratsmitglieder waren gleich nach dem Ende der Veranstaltung gegangen, und da es schon dunkelte, hielt sich auch Sonja nicht mehr lange auf. Schließlich wollte sie mit Goswin und Adela gleich nachher noch nach Megara zurückkehren.

Sira und Kela verabschiedeten sich als nächste, denn Sira musste morgen in aller Frühe zur Heilerhexe Althea aufbrechen.

Ferdan hatte Derrim angeboten, vorübergehend zu ihm in seine Wohnung am Goldturmweg zu ziehen. Das Gästezimmer war zwar klein, aber es würde reichen. Auf dem Weg dahin, den sie zu Fuß nahmen, sprachen sie nur wenig. Ihre Gedanken weilten bei Lili und Kelwyn. Wie würden *die* beiden die Nacht wohl verbringen?

4. Kapitel

Einige Zeit zuvor im Dunklen Land…

Im Audienzsaal der Gryphusburg fiel Ardric vor seinem König auf die Knie. Doch Silvius zog ihn hoch. »Unsere Seherin Kalliopi hat die Gefangennahme der Wächter bestätigt!«

Ardric nickte. Er dachte an den Ahnengarten, der zwar bis jetzt noch unversehrt war, doch sicher nicht mehr lange. Er sah Silvius an. »Dass ich bereit bin, für das Leben unseres Volkes zu kämpfen, weißt du.«

König Silvius seufzte sorgenvoll auf. »Ja. Aber Kalliopi warnte mich. Es gibt eine Prophezeiung, die beachtet werden muss. Sie sagte, dass nur diejenigen, welche das Zeichen des Adlers vereint, die Kraft haben, die Wächter zu befreien.«

Ardric bemerkte, wie der Blick seines Königs auf das Amulett fiel, das er um seinen Hals trug. Unwillkürlich legte er seine Hand darauf.

Silvius nickte. »Ja, dein Amulett beweist, dass du einer der drei Prophezeiten bist. Ich will nicht wissen, woher du es hast, aber es hat dir eine Aufgabe auferlegt und als dein König muss ich dir sagen, dass du dich dieser stellen musst. Als Onkel sage ich dir, es wäre mir lieber, wenn ich dich zurückhalten könnte.«

Ardric nickte. »Ich weiß.«

Silvius griff fest um Ardrics Schultern. »Finde eine Möglichkeit, durch die Mauer zu kommen. Du musst mit den Olims sprechen. Die zwei anderen Träger vom Zeichen des Adlers stammen wahrscheinlich von dort. Mach ihnen klar, dass die Vergangenheit ruhen muss.«

Drei Tage später brach Ardric auf. Bolko und Owe, die dem Königshaus sowohl als Truppenkomandanten wie auch als Berater dienten, begleiteten ihn mit einem kleinen Heer von ausgesuchten Kriegern. Das Volk stand dicht gedrängt auf dem Vorplatz der Gryphusburg, um der Abreise beizuwohnen. Mit ihren traditionellen schwarzen Kleidern und den ebenso schwarzen Kapuzenmänteln glichen sie einer dunklen, widerstandsfähigen Masse. Nur hie und da blitzte eine silberne Bruststickerei auf und ließ das Symbol der Zugehörigkeit erkennen: den geflügelten Greif.

»Zur Rabenschlucht! Ka kaaaa esch …« Ardric zeichnete mit einer weit ausholenden Armbewegung ein Tor in die Luft und marschierte mit seinen Männern hindurch.

Das versammelte Volk gab keinen Laut von sich, verharrte stumm in eine Atmosphäre voller Widersprüchlichkeiten. Ardric spürte Angst, Zorn, Ablehnung und nur wenig Hoffnung, welche seine Männer und ihn auf dem Weg durch das magische Tor begleiteten. Als sie in der Rabenschlucht ankamen, fühlte er all diese Emotionen immer noch, fast körperlich, als ob sie sich an ihn geheftet hätten. Er atmete daher erst einmal tief aus.

Da Bolko und Owe die Weiterreise auf magischem Weg für zu gefährlich hielten — erst vor Kurzem waren wieder Reisende in diesem Gebiet auf unerklärliche Weise verschwunden — gingen sie von der Rabenschlucht aus zu Fuß weiter. Der Weg führte durch unwegsames Gelände und tiefe Wälder, vorbei an steilen Gebirgshängen. Nur selten konnten sie eine Strecke fliegen, da es für die Gruppe kaum geeignete Landeplätze gab. Es dauerte daher mehr als einen ganzen Mond, ehe Ardric mit seinen Männern das erste wichtige Ziel erreichte, die Lichtung vor dem Grenzwald.

Während die Soldaten das Lager aufbauten, sah Ardric sich um. Auf der Lichtung wuchs kaum noch Gras, der Wind blies kalt und der Wald ragte düster vor ihm auf. Der Anblick jagte ihm einen Schauer über den Rücken. Viele Jahre war er nicht mehr hier gewesen, aber er konnte sich noch gut daran erinnern, dass die Bäume des Grenzwalds früher saftig grünes Laub gehabt hatten. Auch der Geruch war anders gewesen, angenehm warm und würzig. Eichhörnchen hatten diesen Wald bevölkert, Rehe und Vögel. Und jetzt … anstelle von lebendigem Grün sah er nur bleischwere Dunkelheit und selbst hier auf der Lichtung hing der modrige Gestank von Tod und Verwesung in der Luft. Ardric hatte zudem das Gefühl, als ob in den Tiefen dieses Grenzwaldes etwas lauerte, etwas Böses. Doch auf seine Männer konnte er sich verlassen. Sie würden mit ihm gehen in diese waldige Gruft und wenn es das Letzte war, das sie auf der Erde Velams taten. Doch erst mussten sie alle ihre Kräfte auffrischen.

Zwei Tage lang lagerten sie auf dem Platz vor dem Grenzwald und ruhten sich aus. Am Morgen des dritten Tages begannen sie, ihre Zelte wieder abzubauen und sich auf den Marsch durch den Wald vorzubereiten.

Während sie noch packten, horchte Ardric auf. »Was ist das?«

Der Boden unter seinen Füßen begann zu vibrieren. Er hörte dumpfes, rhythmisches Trommeln, das näher kam. Sein Blick flog zum Waldweg. Dieses donnernde Geräusch kam von dort. Pferde? Das konnte nicht sein! Seine Männer ließen alles fallen und griffen nach ihren Waffen.

Bolko brüllte. »Flugumhänge überziehen! In die Luft! Sofort!«

Es war zu spät!

Zwei in grauen Dunst gehüllte rabenschwarze Pferde galoppierten auf die Lichtung. Ihre Hufe bohrten sich in die Erde. Schaum hing vor ihren Mäulern und die Augen glühten dämonisch. Entsetzt stoben die Soldaten auseinander. Die Biester blähten die Nüstern und stießen ihren übel riechenden Atem wie eine Pestwolke über ihnen aus. Einer nach dem anderen sanken die Männer ohnmächtig zu Boden. Ardric sah noch, wie Bolko einen Haken schlug, um zu ihm zu kommen, doch plötzlich fiel er wie ein gefällter Baum um. Dann rasten die Gäule auf Ardric zu, trennten ihn von seinen Gefährten, schleiften und trieben ihn in den Wald hinein. Alles geschah so schnell, dass keiner einen Abwehrzauber hatte sprechen können.

Ardric lief um sein Leben und versuchte dabei, die wild gewordenen Schattengäule aufzuhalten. »Stop! … De es hawee!« schrie er und deutete mit ausgestrecktem Arm auf die Angreifer. »De es hawee!«

Die Schattenrosswandler wichen geschickt aus und attackierten ihn gleichzeitig von zwei Seiten. Die Dunkelheit des Waldes machte es ihnen leicht. Ardric versuchte zwar, seitlich quer zwischen den Bäumen zu entkommen, aber es nützte nicht viel. Erst als er irgendwann entkräftet zu Boden stürzte, ließen sie von ihm ab und verschwanden in der Dunkelheit.

»Das war gut«, flüsterte Wido und verwandelte sich in seine ursprüngliche Gestalt zurück.

Pasko lachte gehässig. »Soll er glauben, dass es vorbei ist.«

»Darf nicht entkommen!«

Die Stimmen der Schattenrosswandler wehten zu Ardric, doch er glaubte, nur ein Rascheln von Blättern zu hören. Er war froh, dass die Biester von ihm abgelassen hatten und verschwunden waren. Er bekam kaum noch Luft. Sein Herz raste. Nach Atem ringend blieb er auf dem Boden liegen.

Während Ardric im Wald nach Luft rang, erwachten seine Männer allmählich aus ihrer Ohnmacht.

»Wo ist unser Herr?«, schrie Bolko, kaum dass er wieder auf seinen Füßen stand.

»Ardric ist in den Grenzwald verschleppt worden! Ich sehe seine Fußabdrücke neben denen von den verdammten Gäulen. Das waren Schattenrosswandler, da bin ich sicher«, brüllte Owe zurück und zeigte auf Spuren, die direkt in den Wald führten.

»Sofort hinterher!«, forderte Bolko, voller Wut darüber, dass sie so überrumpelt worden waren. »Aber bleibt zusammen. Diesmal sind wir gewappnet!«

Im Laufschritt bewegten sich Ardrics Soldaten auf den Waldweg zu. Aber als sie dort ankamen, geschah etwas Eigenartiges: Die Männer liefen und liefen, doch sie kamen nicht vom Fleck. Es war, als ob sie ein Laufband unter sich hätten, das sie in Bewegung hielt, aber nicht vorwärts brachte. Sie versuchten es auf alle möglichen Arten. Die Truppe bildete Reihen, um zwischen den Bäumen durchzubrechen. Sie versuchten sich auf dem Boden vorzurobben und schossen magische Zauber ab, um den Weg freizubekommen. Doch nichts half, der Wald schien von einer mächtigen, dunklen Magie umgeben zu sein, die sie nicht auflösen konnten. Sie mussten aufgeben.

»Wir bleiben hier und halten Wache, bis Ardric zurückkommt.«, befahl Owe und zeichnete den Männern einen Plan mit strategisch günstigen Standorten, wo sie jeweils zu dritt Posten beziehen sollten.

Bolko versuchte, die Männer aufzumuntern. »Ardric ist hineingekommen und er kommt wieder heraus. Hat er nicht immer jede Gefahr gemeistert?«

Es blieb nichts, als die Zuversicht aufrechtzuerhalten. Owe und Bolko zogen sich in ihr Zelt zurück, das sie am höchsten Punkt der Lichtung wieder aufgebaut hatten. Dort beratschlagten sie unter vier Augen die beste Vorgehensweise. Sie wollten weiterhin versuchen, den Grenzwald zu überlisten. Vielleicht fanden sie doch noch einen Weg, um Ardric zu folgen. Wenn nicht und falls Ardric verschwunden blieb, mussten sie den König benachrichtigen. Sie wünschten sich allerdings von ganzem Herzen, dass ihnen dieser schwere Gang erspart blieb. Ardric war klug und geschickt. Er ließ sich nicht so leicht unterkriegen. Sie durften jetzt nur die Hoffnung nicht verlieren.

Ardric hatte sich ein wenig erholt und seine Augen gewöhnten sich an die grauen Schatten des Waldes. Er versuchte, sich zu orientieren. Erinnerungen an früher stiegen in ihm auf, als er oft hier gegangen war. Er befand sich an einem Platz, den er kannte. Wenn auch die Bäume jetzt nur noch grauen und schwarzen Umrissen glichen, so erkannte er sie doch an den Formen ihrer Stämme und der Art wie sie in Gruppen beieinanderstanden. Hinter ihm, schräg nach links, verlief der Weg, der zur Lichtung führte. Ardric dachte an seine Männer, doch er konnte nicht auf sie warten. Er musste sich zur Grenze durchschlagen. Vorsichtig stapfte er quer durch das Unterholz, um auf den Weg zurückzukommen, der rechts voraus zur magischen Mauer führte. Immer wieder sicherte er sich nach allen Seiten ab. Noch einmal würde er sich nicht überrumpeln lassen. Allerdings kam Ardric nur langsam voran und es lag eine weite Strecke vor ihm. Er bekam auch Hunger. Wohl hatte er ein wenig Brot und eine Flasche mit Wasser in seinem Beutel, aber das musste er einteilen. Die Dauernahrung, die sie mitgenommen hatten, war beim Truppenkoch und das nützte ihm wenig. Ardric streifte mit seiner Hand über Sträucher, auf der Suche nach Essbarem. Aber die Früchte, die er in seinen Mund steckte, schmeckten faulig und er spuckte sie schnell wieder aus. In der schattenhaften Dämmerung des Waldes verlor er zudem sein Zeitgefühl. Wie lange lief er schon? War es Nacht?

Irgendwann stieß Ardric an ein Hindernis. Vorsichtig tastete er darüber und fühlte etwas glattes, kaltes unter seinen Fingern. Es schien hoch aufzuragen, nahm rechts und links kein Ende, aber in der Dunkelheit, das ihn umgab, konnte er das Gebilde nicht klar ausmachen. *Fest wie Stein* … Das musste die magische Mauer sein! Seine Freude währte jedoch nur kurz. Was er auch versuchte und welche Magie er auch anwandte, er kam nicht durch die Wand. Ardric erinnerte sich an ein unbewohntes Schlösschen, durch dessen Fenster man vor Jahren noch auf die andere Seite kommen konnte. Er wandte sich deshalb nach links, tastete sich zwischen Bäumen und Mauer entlang. Doch als er die Stelle fand, stellte er fest, dass das Gebäude ebenfalls vollständig von dem magischen Gebilde eingeschlossen wurde.

Schwache Umrisse, wie von dickem, schmutzigem Eis umschlossen, konnte er noch erkennen, mehr nicht. Enttäuscht ging er zurück, um wieder auf den Weg zu kommen. An allen möglichen Stellen legte er seine Hand auf die verhexte Wand und befahl ihr, sich zu öffnen. Sie reagierte jedoch weder auf seine Befehle, noch auf Bitten und Streicheln und schon gar nicht auf Gewalt. Aber irgendwo musste dieses Gebilde eine Schwachstelle haben! Es gab immer Schwachstellen ...

Ardric konzentrierte sich mit allen Sinnen auf die magische Mauer und bemerkte nicht, wie sich die zwei Schattenrosswandler von hinten an ihn heranschlichen. Beide stürzten sich gleichzeitig auf ihn, klammerten sich an ihm fest und schlugen ihre Zähne in jede Stelle seines Körpers, die sie erreichen konnten. Die Umklammerung von Pasko und Wido raubte Ardric fast den Atem. Trotzdem schaffte er es, beide abzuwerfen. Er richtete seine Arme auf sie. »Abwehren ... De es hawee! Doppelt abwehren ... de es es haweee!« Mit Wucht wurden die Schattenrosswandler von ihm weggeschleudert. Doch sofort rappelten sie sich wieder auf und griffen erneut an. Ardric schrie. »Zurückstoßen ... degee hawee!« Noch einmal und noch weiter wurden die boshaften Biester zurückgeworfen. Schwer atmend und bereits aus vielen Bisswunden blutend stützte sich Ardric an der Mauer ab, lauschte. Gaben sie auf? Nein! Dieses dumpfe, rhythmische Dröhnen hatte er schon einmal gehört, und da schossen sie auch schon in rasendem Galopp und mit gespenstisch wehenden Mähnen auf ihn zu. Zwei Schattenpferde, so schwarz wie die Dunkelheit, aus der sie kamen. Nur das Weiße der Augen und die schaumigen Mäuler mit den gebleckten Zähnen leuchteten dämonisch auf. Ardric erkannte sie augenblicklich. Er hob beide Hände, versuchte die Tiere mit seinem Blick zu bannen. »Schutz ... Dejudee haw ...«

Noch bevor Ardric seinen Schutz vor sich aufbauen konnte, waren sie über ihm und bearbeiteten ihn mit ihren Hufen und den gewaltigen Zähnen. Er sank zu Boden und regte sich nicht mehr. *Das Ende, das ist das Ende*, dachte er noch und dann verlor er sein Bewusstsein.

Als Ardric sich nicht mehr regte, ließen die beiden Schattenrosswandler von ihm ab und verwandelten sich in ihre normale Gestalt zurück. Wido stieß ein paar Mal mit dem Fuß nach ihm. »Der ist erledigt!« Er packte Pasko am Arm und zerrte ihn mit sich. »Komm, müssen noch zwei totbeißen.«

Als die beiden fort waren, blieb es zunächst eine Weile still, dann knackte es plötzlich im Unterholz. Eine Natter schlängelte sich an den Körper von Ardric heran, wuchs lautlos in die Höhe und verwandelte sich in einen hellhäutigen Jüngling mit blonden Haaren. Ein zartes, rosafarbenes Glühen ging von seiner Gestalt aus. Er trug ein weißes Kleid, das auf der Brust mit silbernen Zeichen bestickt war und auf dem Kopf ein Stirndiadem. Ein Viperus! Er beugte sich zu Ardric herunter, biss sich mit einem spitzen Zahn in den Finger und als das helle, fast silberfarbene Blut herausquoll, benetzte er damit behutsam Ardrics Lippen. Nicht lange darauf hob und senkte sich dessen Brust. Das Schlangenwesen hob ihn vom Boden auf und trug ihn abseits des Weges in eine Höhle. Dort bettete es ihn vorsichtig auf ein Lager aus weichem Moos, und untersuchte Ardrics Verletzungen. In jede Wunde träufelte der Viperus ein wenig von seinem silbrigen Blut. Die Wunden heilten nicht vollständig, doch Ardrics Zustand besserte sich. Stöhnend schlug er die Augen auf.

»Ich weiß nicht, ob ich dir danken soll, dass du mir das Leben zurückgegeben hast, Luan«, sagte Ardric, als er den Viperus erkannte.

»Du kannst dich nicht vor deiner Aufgabe drücken, auch nicht durch den Tod«, erwiderte Luan.

»Es gibt noch zwei andere, die das Zeichen des Adlers tragen.«

»Sie brauchen dich.«

Ardric vermied jede Bewegung. »Mir ist, als ob mein Körper brennen würde.«

Sanft strich Luan über Ardrics Gesicht. »Ich habe deine Not gespürt und konnte durch das geheime Schlangentor zu dir gelangen. Das Leben durfte ich dir so zurückgeben, aber vollständig heilen kann ich dich nicht. Nicht hier, nicht an diesem Ort, der erfüllt ist von dunkler Magie. Es hat meine Kräfte schon fast aufgezehrt und ich muss zurück. Aber das Schlimmste hast du überstanden. Jetzt brauchst du Schlaf. Ich werde die Höhle abschirmen, soweit ich kann und dann wird die Göttin über dein Schicksal entscheiden.«

Luan berührte Ardrics Augen und als dieser einschlief, ging er vor die Höhle. Mit dem silbernen Blut, das erneut aus seinem Finger quoll, schrieb er magische Zeichen über den Eingang. Dann verwandelte er sich in die Schlange zurück und verschwand spurlos.

Lili hatte es bei dem Sturz durch die Mauer herumgewirbelt, nun lag sie mit dem Rücken auf dem Boden. In der Dunkelheit, die sie umgab, konnte sie kaum etwas erkennen, und von der Erde stieg ein Geruch nach fauligen Eiern auf, dass ihr ganz übel wurde. Kelwyn lag quer über ihr, sein Gewicht lastete auf ihren Rippen. Sie stöhnte. »Geh von mir runter.«

»Was?«

»Du liegst auf mir drauf.«

»Ach so … ja …« Kelwyn versuchte, auf die Beine zu kommen, aber der Boden war glitschig und er rutschte. Er tastete mit den Händen durch die Dunkelheit und stützte sich prompt an der falschen Stelle ab.

»Aua, das ist mein Arm«, jammerte Lili.

»Entschuldigung!« Kelwyn stand endlich. Er beugte sich zu Lili herunter, um ihr aufzuhelfen. »Nimm meine Hand.«

Gleich mit beiden Händen tastete Lili nach Kelwyns ausgestrecktem Arm, um sich hochziehen zu lassen. Endlich stand auch sie auf ihren Füßen. Sie versuchte sich zu orientieren, aber wohin sie auch blickte: Es war, als ob vor ihren Augen ein dunkelgrauer Schleier hing.

Sie klammerte sich an Kelwyn fest. »Wo sind wir?«

»Vermutlich hinter der Mauer im Grenzwald der Inominati.«

Lili streckte den freien Arm nach hinten aus. Ihre Finger berührten etwas, das sich kalt anfühlte. Ein Schauer rann über ihren Rücken und sie zog ihre Hand schnell zurück. »Die Mauer fühlt sich eklig an!«

»Die mag uns nicht leiden … Wenn ich wenigstens mehr sehen könnte, überall nur Schatten. Hoffentlich sind meine Augen noch in Ordnung … Kannst du etwas erkennen, Lili?«

»Vermutlich nicht mehr als du. Aber dem Gestank nach ist das nicht die beste Gegend … Herrjemine!« Lili rutschte auf dem glitschigen Boden aus.

Kelwyn konnte sie gerade noch festhalten. »Um Himmels willen, was machst du denn?«

»Mich umdrehen. Ich will zurück!«

Lili stemmte sich mit ihrem Körper gegen die geisterhafte Fläche der Wand, schlug mit der Faust auf sie ein und sprach alle möglichen Zauber. Kelwin hatte große Mühe, sie dabei vor einem Sturz zu bewahren.

»Lili, es hat keinen Zweck!«

Lili sah es ein. »Und was sollen wir jetzt machen, Kelwyn?«

Er überlegte. »Kannst du aus deinen Händen Licht wachsen lassen?«

»Ich glaube nicht.« Lili bezweifelte, dass die Körperlichtmagie klappen würde. Es gab nur Wenige, die das konnten. Kelwyn wollte den Zauber auszuprobieren, aber Lili hielt eisern seine Hand fest. »Lass mich bloß nicht los!«

»Schon gut, ich lass dich nicht los. Aber wir brauchen Licht, hier sieht man ja kaum die Hand vor dem Gesicht.«

»Die Spiegel von Ajse. Meiner muss in der Gürteltasche sein.« Lili erinnerte sich, dass die magischen Taschenspiegel sich in einen Lichtstab verwandeln ließen. Mit ihrer freien Hand tastete sie die Tasche ab, die sie um ihre Taille gegürtet hatte. Sie zerrte am Reißverschluss und griff in das Fach hinein. »Au, verdammt!« Lili zog ihre Hand zurück und stampfte mit dem Fuß auf.

»Was ist jetzt wieder passiert?«

»Der Spiegel ist zerbrochen. Ich habe mich an einer Scherbe geschnitten.« Lili war plötzlich zum Heulen zumute. Da stand sie, mit blutendem Finger, abgeschnitten von der Außenwelt und hielt sich krampfhaft an Kelwyns Hand fest, um ihn nur ja nicht auch noch zu verlieren. Sie konnte nicht einmal erkennen, in was für einer furchtbaren Umgebung sie waren. Sie roch es nur. Jede Bewegung brachte sie in Gefahr, erneut zu Fall zu kommen. Die Schnittwunde an ihrem linken Zeigefinger pochte. Automatisch steckte sie den verletzten Finger in den Mund und saugte daran. Lili begriff, dass sie die Wunde unbedingt dazu bringen musste, sich zu schließen. Sie spürte, dass Kelwyn ihr gerne geholfen hätte. Aber er konnte den Schnitt nicht sehen, sich kein richtiges Bild davon machen und deshalb war es für ihn zu schwierig.

Er drückte ihre Hand. »Besser, du richtest deine eigene Kraft darauf.«

»Ich weiß.« Lili nahm sich zusammen und konzentrierte sich auf ihre Selbstheilung. In ihrem Kopf ließ sie das Bild des zerschnittenen Fingers entstehen, so wie sie ihn fühlte. Ihr inneres Auge betrachte ihn und sie schickte Heilungsstrahlen zu der verletzten Stelle. Wie es schien, funktionierten wenigstens ihre magischen Fähigkeiten noch. Lili atmete auf. »Es ist wieder gut.«

Kelwyn tastete in den Hosentaschen nach seinem eigenen Spiegel. Doch mit nur einer Hand fiel ihm das schwer.

»Lass mal meine Hand los, Lili, damit ich hier rein greifen kann. Du kannst dich ja an meinem Oberarm festhalten.«

Lili griff mit beiden Händen an seinem Arm entlang, damit er mehr Bewegungsfreiheit bekam. Eigentlich hätte sie lachen mögen, weil sie jede seiner Bewegungen mitmachen musste. Es sah bestimmt komisch aus. Wenn nur die Situation nicht so ernst wäre!

»Ich hab ihn.« Kelwyn zog den magischen Spiegel aus der linken, hinteren Tasche seiner Jeans. Er war noch heil. Schnell sprach er die magischen Worte. »Licht … deaa adaa!« Der Spiegel in seiner Hand veränderte sich, streckte und bewegte sich. Kurz darauf hielt er einen etwa bleistiftgroßen Stab in der Hand, dessen Spitze hell zu leuchten begann. Doch Kelwyn war nicht zufrieden. Der Lichtschein war zwar hell, aber er hatte nur einen kleinen Radius. »Mehr Licht … deaa adadaa!«, befahl er.

Aber der Lichtschein wurde nicht größer.

Lili lachte bitter auf. »Was hast du erwartet? Dass die Sonne aufgeht und gleich den ganzen Grenzwald ausleuchtet?«

»Etwas in der Art.« Kelwyn leuchtete die Umgebung ab.

»Was siehst du?« fragte Lili, weil Kelwyn keinen weiteren Kommentar abgab. Sein Körper versperrte ihr die Sicht und sie traute sich nicht, weiter nach vorne zu treten, weil sie Kelwyn dann hätte loslassen müssen. »Nun sag schon!«

»Ich glaube, das willst du gar nicht wissen.«

Der Klang von Kelwyns Stimme versetzte Lili in Alarmstimmung. Automatisch dämpfte sie ihre Stimme. »Wieso? Was ist? Himmel, mach schon den Mund auf!«

»Die Bäume hier. Etliche … Es stecken Leute darinnen«, sagte er so leise, dass sie ihn kaum verstand. Aber sie begriff.

»Leben sie noch?«, flüsterte sie.

»Nein, die sind vollkommen verholzt.«

Lilis Finger krallten sich vor Entsetzen kräftig in seinen Arm. Sie zwang sich, ihren Griff zu lockern und beugte sich vorsichtig ein Stück vor. Sie entdeckte mindestens sieben oder acht steckengebliebene Reisende. Sie waren entweder hier in die Bäume eingetreten oder wollten hier herauskommen. Am meisten schockten Lili diejenigen Gestalten, die auf dieser Seite aus dem Tor eines Baumes hatten heraustreten wollen. Die Körper steckten fest, sie sah nur die Umrisse. Ihre Gesichter ragten aus den Stämmen heraus und sie hatten den Mund wie zum Schrei weit aufgerissen. Die Todesangst dieser armen Magier war im Lichtschein von Kelwyns Stab noch immer zu erkennen, obwohl sie mittlerweile vollkommen mit Holz und Rinde überzogen waren.

»Nicht hinsehen!« Kelwyn senkte den Lichtstab, sodass die Bäume wieder im Dunkeln versanken.

Lilis Gedanken rasten. Sie durfte jetzt keinesfalls in Panik geraten, sie brauchte einen klaren Kopf. Die bösartige Magie dieses Ortes konnte sich jederzeit wieder gegen sie wenden. Das bewies schon der Umstand, dass sie gegen ihren Willen hier waren. Sie mussten hier raus und zwar schnell! Wenn es noch irgendeine Hilfe für die in den Bäumen eingeschlossenen Magier gab, dann nur, wenn sie beide es schafften, die Wächter der Schlange zu befreien. Die heimtückische Mauer, die verhexten

Bäume, dieser stinkende, finstere Wald hier, das alles musste mit ihrem Auftrag zusammenhängen, und vermutlich sollte dieser Grenzwald zu einer Falle für sie werden.

»Wir müssen hier weg«, sagte sie deshalb zu Kelwyn.

»Die Mauer lässt uns nicht.«

»Nicht durch die Mauer. Weiter, raus aus dem Grenzwald …«

Kelwyn verstand. »Lass dich küssen.«

»Was?«

»Dafür, dass du so mutig bist!« Kelwyn führte ihre Hand an seine Lippen.

»Ach so«, sagte Lili, weil ihr nichts Besseres einfiel. »Wir sollten gehen«, drängte sie dann.

Kelwyn leuchtete mit dem Lichtstab zwischen den Bäumen hindurch schräg nach rechts vorne. »Ich glaube, dort könnte ein Weg sein. Wir gehen am besten da lang.«

»Also los«, forderte Lili noch einmal, auch um zu überspielen, dass sein Handkuss sie irritiert hatte. Aber nach nur einem Schritt blieb sie wie angewurzelt stehen. Ein Stück voraus auf dem Boden, im Schein von Kelwyns Lampe, bewegte sich etwas. Ein kurzes, vertrautes Flattern und dann landete Barbarossa auf ihrer Schulter.

Kelwyn stieß einen Überraschungslaut aus. »Das glaub ich nicht! Dein Rabe ist auch durch die Mauer gekommen.«

»Ich hätte es wissen müssen. Barb lässt mich nicht im Stich.« Lili lächelte glücklich. Es war so beruhigend, Barbarossa bei sich zu wissen. Er würde auf sie beide aufpassen. Doch sie spürte die Unruhe des Raben. »Wir müssen weiter. Barb drängt darauf.«

Sie setzten sich in Bewegung. Kelwyn tastete mit seinem Leuchtstab das Gelände vor ihnen ab. Der Rabe flog ein Stück voraus, blieb aber immer im Radius des Lichtkegels, als wenn er ihnen den Weg zeigen wollte.

Lili war froh, dass Kelwyn sie nicht losließ. Sie hatten zwar ein wenig Licht, aber sie mussten über abgebrochene Äste steigen und die faulenden Blätter am Boden brachten sie bei jedem Schritt ins Rutschen. Wenigstens gewöhnten sich Lilis Augen allmählich an die eigenartige, grau verschleierte Dunkelheit. Doch die unnatürliche Stille ringsum wirkte auf sie wie ein angehaltener Atem. Gab es hier Gespenster? Wurden sie beobachtet? Barb gab keinen Laut von sich, aber seine Bewegungen machten deutlich, dass sie nicht stehenbleiben durften.

Die stickige Luft in diesem verhexten Wald erschwerte auch bald das Atmen. Nicht nur Lili, auch Kelwyn keuchte bereits vor Anstrengung. Als er mit dem Leuchtstab nach vorne wies und Lili endlich zwischen den Bäumen die Andeutung eines Wegs wahrnahm, durchflutete sie ein Gefühl der Erleichterung. Dort würden sie einfacher vorwärtskommen. Hoffentlich waren sie dann bald aus diesem Grenzwald heraus. Lili spürte, wie sich auf ihrer Stirn, der Nase und den Wangen klebrige Tropfen bildeten. Sie wischte sie ab. Komisch, so sehr schwitzte sie doch auch wieder nicht.

»Ich glaube, es regnet«, flüsterte Kelwyn.

Im Schein seines Leuchtstabs sah Lili jetzt ringsum Wassertropfen herabfallen. Dick und von rötlich-schmutziger Farbe. Kurz darauf goss es bereits in Strömen. Der Regen peitschte ihr ins Gesicht, obwohl kein Wind ging.

»Wir brauchen einen Unterschlupf!« Kelwyn ließ sein Licht prüfend in einem weiten Radius umherkreisen. Aber Barb hatte wohl schon etwas gefunden. Er saß auf einem felsigen Überhang und wippte auffordernd mit seinem Körper. Als er merkte, dass der Lichtschein ihn erfasste, flog er auf und verschwand in einem schwarzen Loch, das wohl in den Felsen hineinführte. Kelwyn zog Lili in die Richtung, wo er den Raben gesehen hatte. »Sieh mal, dort drüben, das könnte so etwas wie eine Höhle sein.«

»Ich mag in keine Höhle, schon gar nicht hier.« Lili stemmte sich reflexartig nach hinten, um Kelwyn am Weiterlaufen zu hindern. Beinahe wären sie beide hingefallen.

»Sei vernünftig. Barb hat sie uns gezeigt. Wir müssen ins Trockene«, drängte er und nahm Lili fester bei der Hand.

»Ich habe ein magisches Baumhaus dabei, das können wir aufbauen«, schlug Lili vor und hoffte inständig, dass der magische Holzstab bei dem Sturz durch die Mauer nicht kaputt gegangen war wie ihr magischer Taschenspiegel. Hektisch begann sie, an ihrer Gürteltasche herumzuziehen.

Kelwyn wehrte ab. »Nicht hier, zu gefährlich. Womöglich wendet sich die Magie deines Baumhauses gegen uns.«

Er zog Lili weiter und so gab sie auf. Aber im Stillen schimpfte sie mit Barb, der genau wusste, dass sie Höhlen immer mied. Als Lili mit Kelwyn dann vor dem Einstiegsloch stand, trieb ihr Puls heftig in die Höhe. Hoffentlich war Barb nicht auf irgendeine schädliche Magie hereingefallen!

Sie presste Kelwyns Hand. »Halt ja einen Abwehrzauber parat!«

Kelwyn nickte, bückte sich nach vorne und richtete seinen Leuchtstab ins Innere des Hohlraumes. »Komm, alles in Ordnung. Gehen wir erst einmal ein Stück hinein, damit wir aus dem Regen kommen.«

Lili klammerte sich an Kelwyns Hand, ging aber rückwärts ins Innere. Besser, sie sicherten sich nach beiden Seiten ab!

Nach wenigen Schritten wurde die Höhle breiter und höher. Kelwyn richtete den Lichtstab auf eine Wand, die er von außen nicht hatte ableuchten können und schrak zurück. Er wisperte: »Hier drinnen liegt jemand.«

Beide lauschten sie angestrengt in die Höhle hinein. Aber es regte sich nichts. Kelwyn trat einen Schritt vor und richtete das Licht noch einmal zu der Stelle. Dann gab er Lili das Zeichen, stehenzubleiben und ging leise auf die Person zu.

»Sei bloß vorsichtig!« Lilis flüsternde Stimme klang seltsam brüchig, weil ihr das Herz bis zum Hals klopfte.

Kelwyns Körper spannte sich an und Lili erkannte, dass er sich darauf einstellte, einen Angriff abzuwehren und zurückzuschleudern. Doch nicht lange, dann entspannte er sich. Lili trat ein paar Schritte vor. Der Mann, der hier lag, war kaum noch lebendig, und überrrascht stellte sie fest, dass Barb bei ihm war. Er bewegte sich in Höhe des Kopfes unruhig auf und ab und sie fing die Botschaft ihres Raben auf: *Schnell!*

Der Mann am Boden drehte mühsam den Kopf in ihre Richtung. Geblendet vom Lichtschein kniff er die Augen zusammen und versuchte sich aufzurichten. Er schaffte es nicht. Seine linke Hand rutschte schlaff von seiner Brust und gab das Amulett frei, das er um seinen Hals trug.

»Das glaub ich nicht«, flüsterte Kelwyn.

»Der Dritte! Das verschwundene Stück Stoff«, hauchte Lili. Ihr stockte vor Überraschung der Atem. Sekundenlang starrte sie auf das Amulett, das ihrem eigenen vollkommen glich, nur dass es in Silber statt in Gold gefasst war. Dann erkannte sie den Ernst der Lage. Der Mann würde sterben, wenn sie nicht handelte. »Leuchte mir mal, damit ich ihm helfen kann.«

Lili kniete sich vor den verletzten Mann. Sein Mantel hing in Fetzen um ihn herum und auch sein Hemd und die Hosenbeine waren zerissen. Er schien zu bluten und sah sehr schwach aus. Ein Wunder, dass er noch lebte. Lili rieb ihre Handflächen aneinander bis sie heiß wurden, breitete die Hände über ihm aus und konzentrierte sich. Ein weiß, rosa und türkis funkelnder Lichtstrahl wuchs aus ihren Handflächen und berührte den geschundenen Körper. Sie führte die Strahlen zum Kopf des Verletzten, dann nach unten bis zu den Füßen, gerade so, als ob sie den Körper nachformen und ausstreichen würde. Kelwyn hielt seinen Lampenstab über die beiden und beobachtete, wie sich die Wunden schlossen.

Die Gesichtszüge des Mannes entspannten sich und er bewegte die Lippen. »Danke!«

Lili kippte erschöpft gegen Kelwyns Schulter. »So viel Kraft hat mich eine Heilung nie gekostet. Muss an dem Wald hier liegen.«

Kelwyn zog sie an sich, schaute dabei aber den Fremden an. »Wie heißt du?«

»Ardric Kiupas.« Der Mann bewegte vorsichtig seine Glieder und wies dann auf die Amulette der beiden. »Ich habe euch gesucht.« Mit einiger Mühe richtete er sich auf. »Das ist ein Wunder, die Schmerzen sind weg!«

Lili, die sich noch immer an Kelwyn anlehnte, betrachtete nachdenklich Ardrics schwarzen Kapuzenmantel, der kein helles Futter hatte, wie es bei den Olims üblich war. Auch seine übrige zerfetzte Kleidung war schwarz. An der zerrissenen Brusttasche seines Hemdes sah sie noch den Rest einer silbernen Stickerei. »Welchem Volk gehörst du an?«

»Ich bin ein Inominati.«

Lili hatte sich das schon gedacht, dennoch erschrak sie jetzt. Der Mann trug zwar das Amulett mit dem Stoffstück aus dem Flugumhang ihrer Mutter und zweifellos war er somit die dritte Person aus der Prophezeiung. Aber er gehörte zu den Leuten, die vor Jahren ihr Volk überfallen und durch die sie ihre Verwandten verloren hatte. Wieso besaß ausgerechnet er dieses Stück Stoff? Lili sah Ardric prüfend an. Sein Blick schien aufrichtig und seltsam, er hatte fast so dunkle Augen wie sie selbst. Ihr Rabe vertraute Ardric jedenfalls, denn sonst würde er nicht so seelenruhig neben ihm sitzen bleiben. Trotzdem blieb Lili vorsichtig. »Du trägst das Amulett. Woher hast du das?«

Ardric schaute sie bittend an. »Können wir das Verhör auf später verlegen? Ich habe entsetzlichen Hunger. Habt ihr etwas zu essen und zu trinken dabei?«

Bei der Erwähnung von Essen begann es in Kelwyns Magen zu rumpeln. Aber er hatte nichts dabei, kein Krumen Brot, kein Tropfen Wasser.

Lili nestelte an ihrer Gürteltasche. »Kelwyn, leuchte mir mal.« Sie tastete zuerst nach dem Holz, das in einem eigenen Fach lag. Es schien noch in Ordnung zu sein, sie würden das Baumhaus später wohl benutzen können. Lili atmete auf, holte die Flasche mit Wasser heraus und reichte sie Kelwyn. »Immer nur glasweise, kein Tropfen darf daneben gehen!« Als jeder seinen Durst gestillt hatte, nahm sie als nächstes das Dauerbrot und die Wurst aus der Tasche. Aber sie fand nichts, um davon abzuschneiden. »Kelwyn, hast du ein Messer?«

»Entweder Messer oder Licht.« Kelwyn schwenkte den Leuchtstab, der eigentlich ein magischer Taschenspiegel war.

Ardric fummelte an seinem Gürtel und zog einen Dolch aus einer ledernen Scheide. Als er die misstrauischen Blicke der beiden bemerkte, packte er den Dolch an der Klingenspitze und reichte ihn zu Kelwyn. »Hier, ich habe gewiss nicht vor, meine Retter anzugreifen.«

Kelwyn hob bedauernd die Schultern. »Nichts für ungut!«

»Hier geschehen üble Dinge. Wir haben einen Feind«, setzte Lili hinzu.

»Allerdings!« Ardrics Stimme klang bitter.

Kelwyn verteilte nun Brot und Wurst. Lili sah, wie Ardric sich zwang, langsam zu kauen. Wohl zu lange hatte sein Magen nichts mehr bekommen.

Während sie gemeinsam aßen – auch Barb bekam sein Teil ab – entspannte sich die Stimmung allmählich. Es war fast so, als ob die drei Amulette mit den eingeschlossenen Stoffstücken ein Band zwischen ihnen schufen und sie zusammenwebten. Ardric erzählte ihnen, wie er einen Weg durch die magische Mauer gesucht hatte und wie er von den zwei Schattenrosswandlern so übel zugerichtet worden war. Lili und Kelwyn schilderten anschließend ihre Erlebnisse mit der verhexten Wand.

Als alle satt waren, packte Lili die Dauerlebensmittel wieder ein. »Wir müssen jetzt täglich davon essen, und wir dürfen nichts wegwerfen, sonst verdirbt es.«

Kelwyn beruhigte sie. »Das wird uns nicht schwerfallen.«

Lili strich über ihre Tasche. Sie hatte etwas auf dem Herzen und sie wusste nicht, wie sie es ausdrücken sollte.

Ardric beobachtete sie. »Wir waren es nicht!«

»Was?«

»Wir Inominati haben euch damals nicht überfallen!«

Kelwyn starrte ihn an. »Aber man hat euch doch gesehen!«

»Wurde einer von uns gefangengenommen oder blieb als Toter zurück?«

»Der Überfall geschah vor unserer Zeit, aber ich glaube, äh, nein.« Kelwyn sah Lili verdutzt an. »Wer war es dann?«

Ardric beantwortete die Frage. »Es könnten Körpertäuscher gewesen sein. Die nehmen jede beliebige Gestalt an und hinterlassen keine Spuren. Ich denke …«

»Sie wollten Hass säen«, sagte Lili leise.

Kelwyn sah sie an. »Na, dann ist es ihnen gelungen.«

Ardric nickte. »Auch wir Inominati wurden damals überfallen, sogar am selben Tag, wie ich später bei meinen heimlichen Nachforschungen feststellte. Wir sahen Olims. Es gab unzählige Tote.«

Kelwyn schüttelte fassungslos den Kopf. »Sind wir alle getäuscht worden?«

Lili nickte nachdenklich. »Ja, ich denke schon, und in den Jahren danach ist die Mauer entstanden, damit wir hier jetzt ohne Hilfe sind. Schlangenfutter, wie Sonja es befürchtet hat.«

Ardric seufzte. »Ich denke auch, dass die Erweckung der Großen Schlange schon vor sehr langer Zeit vorbereitet wurde.«

Kelwyn fiel beinahe die Lampe aus der Hand. »Verstehe ich das jetzt richtig? Ihr glaubt, dass jemand uns Olims und euch Inominati so sehr hasst, dass er dafür sogar den Untergang unserer Welt riskiert? Das ist verrückt.«

Ardric lachte freudlos auf. »Davon bin ich überzeugt. Damals, nach dem schrecklichen Massaker mussten erst die Toten betrauert und neue Kräfte gesammelt werden. Jedenfallls war das der Grund, weshalb *mein* Volk auf einen Vergeltungsschlag verzichtete … Währendessen wuchs dann die Mauer, die mit den Jahren unüberwindlich wurde. Ich denke, dass dieses Gebilde nach dem Willen unseres Feindes bald fallen soll und wir drei sind wohl irgendwie Teil seines Planes. Vermutlich will er unsere Völker nun endgültig von der Landkarte tilgen.«

»Aber warum …«, fragte Lili.

»Er ist verrückt.«

»Du weißt, wer es ist?«, wollte Kelwyn wissen.

Ardric zog die Schultern hoch. »Ich habe einen Verdacht. Der Mann müsste eigentlich seit sechstausend Jahren tot sein und doch bin ich überzeugt, dass er lebt. Zu seiner Zeit hat er die Körpertäuscher wie auch die Schattenrosswandler raffiniert für seine Zwecke benutzt, genauso wie es jetzt geschieht. Nur einer wie er könnte sich so versteigen, dass er sogar die Große Schlange reizt. Doch ich habe keine Beweise.«

Lili stand auf. »Wir müssen hier erst mal schnellstens raus!«

Barb flog sofort auf ihre Schulter. Aber Ardric erklärte, dass sie erst einen habwegs sicheren Fluchtplan brauchten. Der Weg bis zur Lichtung war weit und gefährlich. Auch wenn sie jetzt zu dritt waren und sich deshalb besser wehren konnten, so war es doch unklug, die Aufmerksamkeit der Schattenrosswandler zu riskieren. Der Grenzwald schien diese mordlustigen Wesen zu stärken.

Kelwyn machte den Vorschlag, zu fliegen. »Das können die Biester nicht und so wären wir im Vorteil.«

Ardric wiegte zweifelnd den Kopf hin und her. Wenn, dann mussten sie über dem Waldweg fliegen, aber die Bäume rechts und links neigten sich einander zu und bildeten eine dichte Kuppel, die den Höhenflug begrenzte. Das barg Gefahren.

Mitten in ihrer Diskussion über die Flucht hörten Lili und Kelwyn plötzlich auf zu reden und starrten mit großen Augen umher. Sogar Barb gab einen überraschten Laut von sich.

»Lili? Kelwyn?« Die raue Stimme klang in Lilis Ohren wunderbar vertraut. Aber war es Einbildung? Wieder erklang die Stimme. »Wir kommen bald, müsst durchhalten solange.«

Lili fiel es schwer, leise zu bleiben, so glücklich war sie. »Das ist Goswin. Er sieht uns im Spiegel. Wir sind nicht allein!«

»Lili? Kelwyn? Bleiben in Verbindung. Keine Bange, alle helfen.«

»Ja Goswin, mein Lieber, wir sind so froh.« Lili ergriff Kelwyns Arm und drückte ihn. Ardric starrte die beiden mit offenem Mund an. Lili erklärte: »Das war Goswin, unser Hauskobold. Er hat einen Spiegel, durch den er zu uns sprechen kann. Du hast es ja gehört.«

Ardric schüttelte den Kopf. »Nein.«

»Vielleicht hören ihn nur diejenigen, deren Namen er kennt.«

»Egal, wenn ihr eine Verbindung zu ihm habt, dann ist das auf jeden Fall gut. Vielleicht kann das zur Völkerverständigung beitragen … doch zurück zu unserem Fluchtplan. Wir haben wohl tatsächlich keine andere Wahl als zu fliegen, aber das wird nicht einfach.«

»Wir müssen so langsam wie möglich in die Luft steigen, das ist entscheidend«, sagte Lili.

Kelwyn nickte. »Ja, und oben dürfen wir die Bäume mit ihren Blättern auf keinen Fall berühren, sie würden uns sofort zum Absturz bringen.«

»Zu niedrig dürfen wir auch nicht fliegen.« Ardric erinnerte an die in Gäule verwandelten Schattenrosswandler, die wohl nach ihnen schnappen würden, falls sie die Flucht bemerkten.

»Wenn wir schnell genug sind, halten wir die Höhe.« Kelwyn gab sich überzeugt, und es blieb ihnen auch nichts anderes übrig, wenn sie hier herauskommen wollten. Zu Fuß waren sie viel zu leichte Beute.

Aber es gab ein weiteres Problem.

»Mal sehen, ob mein Flugumhang heil geblieben ist.« Ardric zog aus der Manteltasche ein kleines Päckchen hervor und faltete es auseinander. Der dünne Stoff erinnerte an einen Falken. Im Rückenteil des Umhangs entdeckte er Löcher, die wohl von den Zähnen der Schattenrosswandler stammten. Ardric seufzte und zog ihn an. »Wenigstens haben sie die Ärmel verschont.«

Auch Kelwyn richtete sich nun für den Abflug.

Lili behielt ihren Flugumhang noch unschlüssig in der Hand. »Ardric, wo hast du das Stückchen Stoff her?«

Ardric griff nach dem Anhänger. »Ich habe das Amulett vor Jahren auf einem Basar erstanden. Als Glücksbringer.«

Kelwyn lachte. »Na ja, immerhin lebst du noch.«

»Ja«, sagte auch Lili und seufzte leise. Das dritte Amulett mit dem kreisrunden Stück Stoff aus gewebtem Feenhaar blieb von einem Rätsel umgeben. Sie musste es wohl akzeptieren.

Lili zog jetzt ebenfalls ihren Flugumhang an, und dann ging sie mit den Männern zum Höhlenausgang. Sie vermutete, dass es mittlerweile schon Nacht geworden war, aber das änderte nichts, denn als sie nach draußen sah, blickte sie in dieselbe Dunkelheit wie zu dem Zeitpunkt, als sie durch die Mauer gestürzt waren.

Der Rabe Barbarossa flog zuerst ins Freie. Nach kurzer Zeit signalisierte er mit einem einzelnen Laut, dass sie herauskommen konnten. Kelwyn verwandelte seinen Leuchtstab in den Taschenspiegel zurück und steckte ihn ein. Es war unauffälliger, wenn sie ohne Licht zum Waldweg gingen. Sie warteten noch kurz, bis sich ihre Augen wenigstens einigermaßen an die düstere Umgebung des Waldes gewöhnt hatten, dann marschierten sie los. Als sie eine Weile später den Waldweg erreichten, flog Lilis Rabe sofort voraus. Ein Zeichen, dass ihnen zumindest im Augenblick keine Gefahr drohte. Trotzdem klopfte Lilis Herz jetzt wie verrückt.

Ardric stellte sich in die Mitte des Weges. Kelwyn und sie selbst positionierten sich rechts und links hinter ihm.

»Sehr langsam hochsteigen, denkt daran«, flüsterte Kelwyn.

»Und gut auf die Baumkronen da oben achten, die hängen wohl tiefer herunter als gedacht.« Lili schätzte, dass bis nach oben hin kaum zweieinhalb Körperlängen Raum blieb. Der Tiefflug würde alle Muskeln fordern, weil sie den Aufwind nicht nutzen konnten.

Ardric drehte sich zu Lili um. »Schaffst Du das?«

»Natürlich!«

»Also dann!« Ardric gab das Startzeichen, breitete die Arme aus und sauste nach oben.

Lili schrie vor Schreck leise auf. Knapp unter den Bäumen pendelte er aus und legte sich waagerecht. Kelwyn erging es ähnlich. Er ruderte in der Luft, um nicht abzustürzen. Aber er schaffte es und gab Zeichen, dass sie nachkommen sollte. Lili streckte die Arme aus und konzentrierte sich. Ganz leicht hoben und senkten sich ihre Hände und übertrugen die Bewegung bis in die Muskeln ihrer Oberarme. Im Geist sah sie sich als Vogel, der mit seinen Flügeln schlug. Sanft trieb sie nach oben und in der richtigen Höhe legte sie sich elegant in Flugposition. Die beiden Männer nickten ihr anerkennend zu.

Ardric bewegte seinem rechten Arm nach vorne. »Los!«

Wie Pfeile schossen sie davon und bildeten dabei eine dreieckige Formation. Ardric, im Umhang des Falken, flog an der Spitze. Knapp rechts hinter ihm folgte Kelwyn, dessen Flugumhang an einen Bussard erinnerte. *Raubvögel*, dachte Lili. Die Wahl eines Flugumhangs sagte immer auch etwas über seinen Träger aus. Beide schienen stark und ausdauernd zu sein, zumindest im Flug. Aber sie selbst, im Umhang des Tannenhähers, stand ihnen bestimmt in nichts nach. Sie war flink und wendig.

Nachdem die Schattenrosswandler die Kundgebung belauscht hatten, eilten sie zur Mauer zurück und gelangten von dort aus problemlos in den Grenzwald hinein. Schnuppernd blieben sie stehen, um Witterung aufzunehmen.

Wido trat dabei vor Anspannung von einem Bein aufs andere. »Wo sind die?«

Sein Kumpan Pasko stocherte mit einem Holzsplitter zwischen seinen Zähnen herum. Plötzlich hielt er inne und schniefte genüsslich die Nase hoch. »Können nicht weit sein, riecht nach Angst!«

Wido schnüffelte nach allen Seiten, gab ihm dann einen harten Schubs und zerrte ihn in die Richtung des Mauerabschnitts, wo Lili und Kelwyn vor ein paar Stunden aus der Wand gestürzt waren. »Da lang!«

Pasko boxte zurück. »Trottel, die dürfen nichts merken.«

Schnaubend vor Wut, weil Pasko ihn einen Trottel genannt hatte, ging Wido auf ihn los und bewarf ihn mit matschig zusammengepappten Blättern und Erde. »Bist Doppeltrottel … ein stinkender Pferdepups …«

»Mehlauge …«

Wido erstarrte. Die Beleidigung erinnerte ihn an die bitterste Niederlage seines Lebens. Damals hatte sich eine Magierin statt mit Zaubersprüchen unerwartet mit einem Topf Mehl gegen ihn verteidigt. Drei Tage lang war er danach wie blind gewesen! Er sog den Atem ein, holte aus und schlug Pasko so heftig ins Gesicht, dass dem Hören und Sehen verging. Dann ließ er ihn stehen und trottete alleine weiter. Ohne darauf zu achten wohin er ging, bewegte er sich vorwärts. Wütend brabbelte er vor sich hin. »Nennt mich Mehlauge! Dem zeig ich's, schnapp die beiden allein! Wird schon sehen! Brauch ihn nicht!«

Pasko rieb sich die Backe und schlich seinem Kumpan hinterher. »Hast guten Schlag!«

»Kriegst gleich noch einen!«

Pasko beeilte sich, um an Widos Seite zu gelangen. »Müssen die Olims erledigen!«

»Mach ich allein!«

»Denk an den Herrn! Dürfen nicht versagen.« Pasko zog den Kopf ein und stampfte auf, als wenn er etwas zertreten würde.

Wido blieb stehen und warf ihm einen Blick zu. Ja, im Falle ihres Misserfolgs würde ihr Gebieter sie beide zermalmen, soviel stand fest. Der Ausdruck mörderischer Wut in seinen Augen verstärkte sich. »Werden sie zerreißen!«

»Müssen sie erst finden«, erinnerte Pasko.

Wido schnupperte wieder und wies an der Mauer entlang. Sie schlichen los und ihre Bewegungen wurden immer schneller. Keiner der beiden störte sich an dem bläulichen Lichtschein, der linker Hand vor ihnen in der Ferne vibrierte. Die machtvollen Hieroglyphen, welche der Viperus Luan am Eingang der Höhle angebracht hatte, bewegten sich in einem magischen Tanz und hielten die Schattenrosswandler in Mauernähe fest.

Lili flog in gleichbleibendem Abstand zu Kelwyn und Ardric. Eisern hielt sie die richtige Höhe. Aber mit Ardric schien etwas nicht zu stimmen. Konnte es sein, dass aus den Löchern seine Flugumhangs Dampf austrat? In der Düsternis des Waldweges mit seinen tiefen Schatten fiel es kaum auf. Nur wenn ab und zu durch das kuppelartige Blätterdach der Bäume ein Hauch des heller werdenden Himmels aufschien, konnte sie es sehen. Lili beschleunigte, um ihm näher zu kommen. »Was ist los, Ardric?«

»Vermutlich Speichel. Es brennt, ist aber auszuhalten.«

Lili gab Kelwyn ein Zeichen. »Sein Rücken! Der ätzende Speichel der Schattenrosswandler frisst sich hinein.«

Kelwyn signalisierte, dass er verstanden hatte. Seite an Seite mit Lili rückte er so dicht wie möglich zu Ardric auf, um notfalls eingreifen zu können. Aber Ardric flog weiterhin in gleich bleibender Geschwindigkeit und er hielt sich, ohne abzuweichen, in der richtigen Höhe.

Aber da war noch etwas! Lili warf einen kurzen, prüfenden Blick nach hinten auf den Weg. Sehen konnte sie nichts, sie fühlte nur einen Lufthauch, der ihre Füße erfasste, hitzig und kalt zugleich. »Wir müssen schneller fliegen!«, rief sie.

Kelwyn steuerte an Ardrics rechte Seite. »Hast du gehört? Schneller!«, rief er ihm zu.

Ardric schoss vorwärts, aber es kostete ihn sichtlich Kraft. Sein Rücken glomm auf, als ob er glühende Kohlen mit sich tragen würde. Als er plötzlich absackte und fast den Boden berührte, schrie Lili auf. Mit eisernem Willen zog Ardric sich wieder nach oben. Kelwyn, der jetzt fast Kopf an Kopf mit ihm flog, hielt die linke Hand über den glühenden Flugumhang, um den Schwelbrand durch einen Zauber zu löschen. Mit einem Schmerzlaut zog er die Hand wieder zurück, versuchte er es jedoch gleich darauf noch einmal. »Löschen … Bijaichah ferdee!«

Die Bissspuren leuchteten auf. Funken sprühten, Flammen züngelten, gerade so, als ob Kelwyns Magie das Gegenteil bewirkte und sie anfachen würde. In mutiger Verzweiflung bohrte er einen Finger in eines der Löcher, packte zu und riss daran. Kelwyn und Ardric schwankten bei der Aktion bedenklich in der Luft. Lili flog hinter den beiden. Kein Platz! Sie konnte nicht helfen! Endlich gelang es Kelwyn, ein Stück Stoff herauszureißen. Er schleuderte es heftig zu Boden und blies auf seine Finger, auf denen sich wohl Brandblasen bildeten. Als Lili einen Blick auf Ardrics Rücken erhaschte, stockte ihr der Atem. Dicht an dicht sah sie dort dicke Blasen schimmern und offene Wunden. Dass er noch so fliegen konnte, grenzte an ein Wunder.

Kelwyn schien genauso entsetzt. »Mehr von dem verseuchten Stoff bekomme ich nicht herunter.«

»Machen wir, dass wir hier herauskommen.« Ardrics Worte klangen abgehackt und Lili konnte sich gut vorstellen, was er litt. Doch er ließ nicht nach in seiner Anstrengung, gerade so, als ob er sich an die Gedanken klammerte, die ihnen allen vorauseilten: Erst wenn sie aus dem Grenzwald heraus waren, durfte er schlappmachen, dann durfte seine Kraft zusammenbrechen, vorher nicht.

Pasko und Wido standen jetzt in der Nähe des Mauerstücks, durch das Lili und Kelwyn in den Grenzwald gekommen waren. Sie spähten hinter den Bäumen hervor, schnüffelten die Luft und verstanden nicht, warum niemand zu sehen war.

»Riech sie!«, meinte Wido.

»Sind aber nicht da!«

Die beiden schnellten von Baum zu Baum und patschten vor Wut in die verholzten Gesichter der darin eingeschlossenen Magier. Plötzlich ballte sich die Luft über ihnen zusammen. Wie Nebel schob sich ein Gebilde durch die Bäume, saugte sich an der Mauer fest und kroch in sie hinein. Vor Schreck klammerten sich die beiden aneinander fest.

In der Mauer pulsierte es und dann formte sich darin ein undeutliches, graues Gesicht. Einzig klar darin war der Ausdruck von mörderischer Wut. Das Geistergesicht holte Luft und spie einen Sturmwind aus, der die beiden Schattenrosswandler nach hinten gegen einen Baumstamm schleuderte. Mit ungläubigen Minen rutschten sie daran entlang zu Boden.

»Ihr elenden Versager!« Die Stimme wogte durch den Wald wie das Donnergrollen aus einem fernen, dämonischen Reich.

»Mein Herr, wir kriegen sie«, stammelte Wido.

»Bestimmt! Können nicht weit sein.«

Wido und Pasko standen vom Boden auf. Sie drückten sich mit dem Rücken an den Baumstamm, streckten die Hände abwehrend nach vorne und versuchten ihren zornigen Herrn zu beruhigen.

Der tobte. »Ihr Stümper, nutzlose Kreaturen. Ihr seid zu dumm, um sie zu fangen und lasst sie fliehen.«

Pasko und Wido begriffen nichts.

»Lassen sie nicht fliehen, Herr«, stammelte Wido unsicher.

»Sie sind schon fast vor der Lichtung. Steht nicht da und glotzt! Seht zu, dass ihr sie einholt. Wehe euch, wenn sie entkommen!« Das Gesicht wurde flacher, zog sich in die Mauer zurück und verursachte dort eine wirbelnde Bewegung. Als Nebelgebilde raste die Geistergestalt danach aus der Mauer heraus, peitschte wie Sturmwind durch die Bäume und verschwand.

Als ihr Herr fort war, blies Pasko die Backen auf. »Puh, das war knapp!«

»Los! Müssen die Olims schnappen, sonst …« Wido machte mit seinem Finger eine eindeutige Bewegung an seiner Kehle.

Die beiden Schattenrosswandler rannten auf den Waldweg und diesmal konnte Luans Magie sie nicht aufhalten. Während des Laufens verwandelten sie sich in schwarze Schattengäule mit dämonisch funkelnden Augen. In hohem Tempo galoppierten sie hinter den Flüchtigen her. Ihre Mähnen wehten und ihr fürchterliches Gebiss leuchtete im Dunkel gespenstisch auf.

Lili spürte jeden einzelnen ihrer Muskeln. Sie ignorierte das so gut es ging und zwang sich zu gleich bleibender Geschwindigkeit. Ardric, der vor ihr flog, schlingerte bedenklich. Die Wunden auf seinem Rücken drückten ihn nach unten. Lili fühlte seinen Kampf gegen die schwarzmagische Last, als sei es ihr eigener.

»Halt um Himmels willen durch!«, rief sie.

Ardric antwortete nicht. Lili hörte nur seinen keuchenden Atem. Sie nahm ihre ganze Kraft zusammen und zog nach vorne, um stützend an seiner Seite zu fliegen, aber die vorstehenden Äste der Bäume waren im Weg. Sie schaffte es nicht. Hoffentlich tauchte bald die Lichtung auf! Lange hielt er das wohl nicht mehr durch. Keiner von ihnen! Auch Lilis Lungen brannten und jeder Atemzug in dieser stickigen Waldluft tat ihr weh.

Plötzlich nahm sie etwas wahr. Sie kniff die Augen zusammen. Konnte das dort vorne Tageslicht sein? Der schwache Lichtschin wurde größer, je näher sie kam. Ja! Endlich ... endlich! Die Lichtung! Gleich waren sie in Sicherheit.

»Halleluja!«, schrie Kelwyn.

Noch einmal nahm Lili alle Kräfte zusammen, und da der Waldweg jetzt breiter wurde, konnten sie alle drei ohne Gefahr nebeneinander fliegen. Es schien, als ob Ardric dadurch ein wenig mehr Auftrieb bekäme. Lili konzentrierte sich so sehr auf ihn und die nahe Lichtung, dass sie die warnenden Rufe von Barb erst wahrnahm, als der Rabe von vorne auf sie zuflog. Im gleichen Moment, wie sie ihn sah, hörte sie hinter sich ein donnerndes Geräusch.

»Die Schattenrosswandler«, schrie Ardric, der das auch hörte.

Die mordlüsternen Biester galoppierten heran. Todesmutig flog Lilis Rabe Barbarossa auf die zwei Gäule zu, um sie zu vertreiben. Er krächzte laut. Lili blieb fast das Herz stehen. Immer wieder blickte sie zurück. Barb schlug sich tapfer. Die Gäule tänzelten, schnappten nach ihm, aber geschickt wich er ihren Zähnen aus.

Barbarossas Kampfgeist verschaffte ihnen einen winzigen Vorsprung. Doch dann brachen die dämonischen Geschöpfe plötzlich seitlich aus und rasten an dem Raben vorbei nach vorne. Barbs Geschrei drang Lili durch Mark und Bein. Nein, auch er konnte die Schattenrosswandler jetzt nicht mehr aufhalten!

»Schneller, um Himmels Willen schneller«, rief Kelwyn.

»Los! Gleich sind wir draußen«, schrie auch Ardric.

Er schlingerte fürchterlich. Mit jeweils einem Arm versuchten Lili und Kelwyn den Verletzten zu stützen, ihm mehr Halt zu geben. Doch er schien zentnerschwer und zog sie immer wieder mit sich nach unten. Wie auf einer Achterbahn rasten sie mit ihm hinunter und wieder hinauf.

Die Schattenrosswandler galoppierten unter ihnen auf dem Weg, schnappten wild zu. Sie verfehlten Kelwyns Bein nur knapp. Schnell zog er ein kleines Stück nach oben und schleppte Ardric dabei mit. Die Biester stellten sich immer wieder auf die Hinterbeine, wieherten schrill und bissen um sich.

Lili hatte jetzt nur noch die Lichtung im Auge, doch Ardric verlor immer mehr Kraft, je wilder die Gäule unter ihnen tobten. Es schien, als ob die irrsinnige Energie der Schattenrosswandler ihn gleichzeitig von zwei Seiten bedrängte. Sie war unter ihm und sie saß auch in den Wunden auf seinem Rücken. Lili und Kelwyn hielten ihn in ihrer Mitte, feuerten ihn an, schleppten ihn unter größten Mühen mit sich. Aber gleich hatten sie es geschafft! Nur noch ein kurzer, letzter Kraftakt!

Sie flogen um ihr Leben, trieben sich gegenseitig an, schrien, keuchten. Nur raus hier! Die Lichtung erreichen! Lili klammerte sich an diesen Gedanken. Sie mussten es schaffen! Alle drei. Sie mussten den Schattenrosswandlern entkommen, die rasend vor Gier nach ihrem Blut schäumten. Dort vorne, die Anhöhe hinter der Wiese versprach Sicherheit. Lili konnte sie sehen. Nur noch ein kleines Stück. Durchhalten! Nicht nachlassen!

Dann, völlig unerwartet, sah sie etwas pulsieren. Das konnte nicht sein! Es durfte nicht sein! Sie waren so kurz vor der Freiheit. Dem Ziel so nahe …

»Der Ausgang ist versperrt!«, schrie sie. Sie saßen in der Falle. Sie konnten ihre Fluggeschwindigkeit nicht mehr bremsen. Gleich würden sie in das durchsichtige magische Gebilde hineinkrachen. Ohne nachzudenken, richtete Lili ihren linken Arm nach vorne. »Fluch brechen … decee em em esa el!«

Aus den Augenwinkeln nahm Lili wahr, wie Ardric neben ihr absackte. Durch ihre Bewegung hatte Lili nicht mehr die Kraft gehabt, ihn zu stützen. Kelwyn schrie, riss ihn nach oben. Vor Schreck setzte Lilis Herzschlag einen Moment aus und dann passierte plötzlich alles gleichzeitig. Ihr Befehl donnerte durch den Wald, schoss nach vorne auf die magische Sperre zu. Unter ihr stürzten die Schattengäule zu Boden. Der eine, der gerade nach Ardrics Hosenbein geschnappt hatte, riss noch im Fallen ein Stück davon heraus. Der Fetzen blieb in seinem Maul hängen. Vorne, am Ausgang zur Lichtung krachte es, und unter gewaltigem Getöse fiel die magische, gläsern scheinende Wand in sich zusammen. Kelwyn, der durch den Gaulsbiss zusammen mit Ardric abrupt nach unten gezogen wurde, fing den Sturz gerade noch rechtzeitig ab und zog fast senkrecht durch nach oben unter den freien Himmel der Lichtung. Ardric schleppte er wie eine Puppe hinter sich her. Lili flog den beiden nach, schrie. Unkontrollierte Worte. Hoffentlich konnte Kelwyn Ardric halten! Sie waren noch nicht in Sicherheit!

Aber Kelwyn hatte alles im Griff, auch Ardric. Der wies jetzt auf die Anhöhe am Ende der Lichtung. »Dort hin, zu meinen Männern«, keuchte er, und sie flogen darauf zu. Doch wieder schimmerte etwas. Lili hob sofort den Arm, aber Ardric schüttelte den Kopf. »Schutz.«

Lili senkte den Arm nur halb. Lieber gewappnet sein … Ein Stück zurückversetzt hinter der Wiese nach dem Grenzwald sah sie das Lager von Ardrics Männern. Die Soldaten hatten eine magische Schutzwand davor errichtet. Sicher war sie so konstruiert, dass Ardric hindurchkommen konnte. Aber hatten die Soldaten beim Bau des Schutzes auch an die zwei anderen Auserwählten gedacht?

Der Morgen dämmerte. Vom Krach am Grenzwald aufgeschreckt, stürzten Ardrics Männer noch halb schlafend aus ihren Zelten. Was war das? Glassplitter flogen durch die Luft, nein, Eissplitter. Sie schmolzen und fielen als Schneeregen auf die Wiese. Donnergrollen, immer wieder, wie ein Echo. Ein Angriff? Bolko schrie Befehle. Die Soldaten holten ihre Waffen, formierten sich. Voller Misstrauen, mit schussbereiten Bogen und gezogenen Schwertern beobachteten sie das Drama am Waldrand. Dann erkannten sie ihren Herrn Ardric. Wie ein Sack Mehl hing er am Arm eines ihnen unbekannten Mannes.

Lili flog voller Misstrauen auf die magische Wand zu. Erst als sie sah, dass sich in dem flimmernden Gebilde auf Flughöhe eine Art Korridor öffnete, entspannte sie sich. Kurz nach Kelwyn, der Ardric noch immer mit einer Hand fest umklammert hielt, flog sie hindurch und steuerte nach unten.

Als ihre Füße endlich wieder Boden berührten, knickten ihr sofort die Knie ein. Sie spürte keinen Muskel mehr. Unweit der Männer sank sie wie ein gefällter Baum auf die Erde. Doch schon nach kurzer Zeit des Atemholens robbte Lili zu den beiden hin. Sie waren verwundet, brauchten Hilfe! Sie schaute zu Ardric, der auf dem Bauch lag. Sein Rücken sah furchtbar aus. Brandblasen und offene Wunden reihten sich aneinander. Die Reste seines Flugmantels glänzten feucht von seinem Blut. Doch seine Verletzungen, die sie in der Höhle geheilt hatte, waren ihrer Meinung nach schlimmer gewesen. Lili atmete auf. Es würde diesmal nicht so viel Mühe machen, ihn wieder herzustellen. Sie griff nach Kelwyns Hand, begutachtete die nässenden Brandblasen auf seinen Fingern. Das würde erst recht rasch heilen.

»Ich kümmere mich erst um deine Verletzungen, das geht schnell und dann kommt Ardrics Rücken daran.«

»Ich mache es selbst, nachher ...« Kelwyn blieb reglos liegen.

»Du bist zu erschöpft.«

»Wo nimmst du noch Kraft her?« Ardric versuchte, sich aufzurichten und fiel stöhnend vor Schmerzen zurück auf den Bauch.

»Ich musste nicht den Mist der Schattenrosswandler mit mir herumschleppen.«

Bolko und Owe, die zusammen mit Ardrics Männer zu ihnen gelaufen waren, knieten bei ihrem Herrn nieder und zogen ihm vorsichtig die Reste seines Flugmantels und der darunter liegenden Kleidung vom Rücken. Als das ganze Ausmaß von Ardrics

Verbrennungen sichtbar wurde, ging ein Stöhnen durch die Reihen der Soldaten. Sie warfen Lili Blicke zu, so misstrauisch, als ob sie befürchteten, dass sie ihrem Herrn noch mehr Leid zufügen wollte. Sie seufzte. In gewisser Weise verstand sie diese Reaktion. Das Volk der Inominati besaß keine Heilfähigkeit und die Männer hatten deshalb keine Kontrolle darüber, ob sie bei bei ihrem Herrn wirklich Heilmagie anwandte. Sie erinnerte sich an das Gespräch mit Ardric in der Höhle. Nicht nur ihr eigenes Volk, sondern auch sein Volk war damals überfallen worden. Alle Inominati, außer Ardric, glaubten wohl noch immer an die Schuld der Olims. Lili war eine Olim und aus Sicht der Inominati sicher schon allein deshalb nicht vertrauenswürdig. Aber Grübeln half jetzt auch nicht weiter, so wenig wie lange Erklärungen. Lili nahm Kelwyns Hand und hielt ihre eigene in kleinem Abstand darüber. Dann ließ sie die Heilungsstrahlen herausströmen. Kurz darauf sah seine Hand aus, als ob nie etwas gewesen wäre. Sie machte noch ein paar Bewegungen über seinem ganzen Körper. Die umstehenden Männer gaben überraschte Laute von sich, als der erschöpfte Ausdruck aus seinem Gesicht verschwand.

Kelwyn richtete sich auf. »Danke. Du bist wirklich genial.«

Lili wandte sich bereits Ardric zu. Sie gab ihm erst einen kräftigen, allgemeinen Energieschub. Das machte die anschließende Heilung seines Rückens einfacher. In ausholenden Bewegungen formte sie mit beiden Händen seine Körperlinien nach und konzentrierte sich darauf, ihn vollkommen in heilendes Licht einzuhüllen. Ardric gab erleichtert klingende Laute von sich. Die Brandblasen auf seinem Rücken verschwanden und die Wunden schlossen sich. Es dauerte nur kurze Zeit, da sah sein Rücken völlig gesund aus.

Sofort setzte Ardric sich auf, um zu sehen, wie es Lili ging. Doch diesmal sank sie nicht in sich zusammen wie in der Höhle. Sie kniete am Boden und richtete die Hände empfangsbereit nach oben. Ein Lichtstrahl fiel vom Himmel herab und hüllte sie ein. Alles um sie herum strahlte sanft in einem klärenden, weißen Schein. Der ausgedörrte, nackte Boden erwachte zu neuem Leben. Frisches, grünes Gras und sogar Blumen wuchsen überall da, wo das Licht die Erde berührte.

Nach einer Weile wurde der Lichtstrahl schwächer und verschwand. Lili pustete heftig den Atem aus und stand dann voller Elan auf.

Kelwyn saß im Schneidersitz auf dem Boden neben Ardric. Der war noch benommen von dem Zauber, in den er Lili eingehüllt gesehen hatte. Kelwyn grinste ihn an. »Irgendwo müssen wir uns die Energie wieder herholen, die wir für Heilung abgeben.«

»Oh, natürlich.«

»Ist völlig normal.« Kelwyn schaute von Ardric zu Lili, die auf einmal sehr unruhig war und immer wieder suchend die Hand vor die Stirn hielt. Er runzelte die Stirn und seine Stimme klang plötzlich lahm. »Zumindest unter normalen Umständen.«

»Wieso, stimmt was nicht?« Ardric stieß Kelwyn in die Seite.

»Man kann auch zu viel bekommen. Passiert nur, wenn man völlig ausgepowert war. Man ist dann so total offen, dass man kaum kontrollieren kann, wann es genug ist.«

»Ist das gefährlich?«, fragte Ardric.

»Wie man's nimmt. Wirkt wie ein ultimativer Adrenalinstoß. Der Kater danach ist übel. Ich glaube, wir sollten jetzt zur Abwechslung mal auf Lili aufpassen.«

»Ja, das versteht sich von selbst.«

»Was versteht sich? Wo ist Barb? Habt ihr Barb gesehen? Ich kann ihn nirgends entdecken!« Lili sprudelte die Worte heftig hervor.

»Bestimmt taucht er gleich auf«, beruhigte Kelwyn.

Lili beruhigte sich aber keineswegs. Sie drehte sich nach allen Seiten um und rief nach ihrem Raben. Bolko und seine Krieger machten ihr automatisch mehr Platz.

Ardric stand ächzend auf und versuchte, das brisante Thema zu wechseln. »Also ich muss mich bei euch beiden bedanken. Bereits zweimal habt ihr mir in kurzer Zeit das Leben …«

Er sprach seinen Satz nicht zu Ende. Ein wütendes Krächzen tönte in der Luft. Barb flog aus dem Grenzwald heraus. Gleich darauf erklang das unheilvolle Getrappel der Schattenross-wandler, die den Raben in rasendem Galopp verfolgten.

»Barb! Barb! Die jagen meinen Raben! Ihr Mistbiester! Wagt es nicht!« Lili stieß die Männer beiseite und stürmte vor in Richtung Grenzwald.

Kelwyn sprang auf. »Um Himmels willen! Haltet sie auf!«

Er rannte hinter Lili her und auch Ardric sowie dessen Män-ner stürmten ihr nach. Aber noch ehe sie einen Zipfel ihres Mantels fassen konnten, war sie bereits in der Luft und flog durch die Schutzmauer hindurch und direkt über die Köpfe der tobenden Gäule. Kelwyn und Ardric wollten ihr nachfolgen, aber die Soldaten hielten sie beide eisern fest.

»Lasst uns los«, schrie Ardric seine Männer an.

Bolko sah ihn an. »Tut mir leid, das kann ich nicht zulassen.«

Kelwyn und Ardric wehrten sich nach Kräften, aber es half nichts. Ohne etwas tun zu können, beobachteten sie Lilis wag-halsige Flugmanöver. Sie schwebte bereits über den Angreifern. Die Schattenrosswandler bäumten sich unter ihr auf. Sie tobten und schnappten nach ihr. Lili befand sich zwar in sicherem Höhenabstand zu den Gäulen, aber sie lehnte sich weit nach vorne vor, bereit zum Angriff. Es sah aus, als ob sie gleich kopfüber abstürzen würde. Kelwyn schrie genauso wie Ardric entsetzt auf und versuchte, sich durch heftige Bewegungen aus der Umklammerung der Soldaten zu befreien.

Bolkos Blick streifte die Amulette der Männer. »Seid ver-nünftig. Wer soll denn die Wächter befreien, wenn ihr alle drei tot seid.« Er winkte zwei seiner Soldaten zu sich. »Holt die Frau zurück.« Gleich darauf widerrief er den Befehl. Es war zu spät. Am Himmel türmten sich Wolken auf und die Luft vibrierte.

»Blitzschleuder … dedee zetzetzet!« Lilis beschwörende Worte dröhnten über der Lichtung. Hinter den Wolken staute sich eine Art Wetterleuchten. Es sammelte sich, drang durch Lilis Hinterkopf bis zu ihren Augen vor und dann entlud sich daraus eine rasche Folge von Blitzen. Unter ihr stürzten die Schattenrosswandler zu Boden und wieherten schrill. Sie glotzten zu Lili hoch, richteten sich voller Hast auf und stoben in panischer Angst zurück in den dunklen Grenzwald. Während des Laufens verwandelten sie sich in ihre ursprüngliche Gestalt zurück.

Der Rabe Barbarossa war derweil längst hinter die Schutzwand geflogen. Lili kehrte jedoch erst um, als sich die Schattenrosswandler nicht mehr blicken ließen. Etwas hart landete sie direkt vor Kelwyn und Ardric, die sich jetzt endlich aus dem Griff der Soldaten hatten befreien können.

Kelwyn schrie Lili an. »Wie konntest du nur!«

Aber Lili reagierte nicht.

Lili drückte die Hand auf die Brust, um ihren Herzschlag zu beruhigen, und sah sich um. »Wo ist Barb?«

Kelwyn packte ihren Arm. »Der ist längst hier und putzt sich. Da hinten. Die Schattenrosswandler hätten ihn nie gekriegt, das solltest *du* am besten wissen.«

Ardric stimmte zu. »Die hätten dich erwischen können!«

Die Vorwürfe der Männer berührten Lili nicht. »Ist er verletzt? Geht es ihm gut? Barb! Barb, komm her!«

Lili konnte an nichts anderes mehr denken, als dass die Schattenrosswandler hinter ihrem Raben hergejagt waren. Ihr Blut pulsierte so heftig, als hätte sie literweise Kaffee in sich hineingeschüttet. Sie hatte Kopfschmerzen und ihre Knie fühlten sich wie Pudding an. Mit einem Male drängten auch noch andere Erinnerungen in ihre Gedanken. Die Ereignisse der letzten Stunden vermischten sich. In aufzuckenden Bildern sah Lili wieder die magische Mauer vor sich, die Kelwyn und sie in den

Grenzwald geschleudert hatte, sowie die eingeschlossenen Wesen in den Bäumen. Ihre Hände wurden feucht. Sie erinnerte sich an modrigen Geruch. War das die Höhle, in der sie den schwerverletzten Ardric gefunden hatten? Oh, wie sie Höhlen hasste! Lili hielt plötzlich die Luft an, weil beißender Schwefelgeruch in ihrer Nase hing. Die Schattenrosswandler! Sie verfolgten sie. Fliegt um euer Leben! Lili spürte Kelwyns Hand auf ihrer Schulter, atmete aus. War es vorbei? Nein, verdammt! Diese mordlüsternen Biester wollten ihren Raben töten. Lilis Blick flog zum Grenzwald. Jetzt würden sie ihn in Ruhe lassen, oder?

»Barb! Wo bist du?« Ihre Stimme erschien ihr plötzlich seltsam kraftlos. Auf ihrer Stirn bildeten sich Schweißperlen.

Kelwyn warf einen Blick in Lilis Gesicht und versuchte dann, zu beruhigen. »Barb geht es gut. Es ist alles in Ordnung.« Er wollte Lili in den Arm nehmen, aber sie stieß ihn weg.

»Niemand greift meinen Raben an. Das lasse ich nicht zu! Barb! Barb, komm zu mir!«

Krächzen. Etwas Dunkles flog auf Lili zu. Sie lächelte, dann wurde ihr schwarz vor Augen.

Kelwyn hatte Lili gerade noch auffangen können, jetzt trug er sie in Ardrics Zelt, das weiter oben auf einer Anhöhe stand. Ardric und Lilis Rabe begleiteten sie.

Bolko blickte den Dreien nach, bis sie in dem Zelt verschwunden waren. Owe stand neben ihm und schüttelte den Kopf. »Versteh ich nicht. Erteilt uns allen erst eine Lektion in hoher Magie und klappt dann zusammen.«

»Hm.« Bolko war überzeugt, dass es der jungen Frau bald wieder gut ging. Mal sehen, was diese Olim noch für Überraschungen bereithielt. Er traute ihr nicht, so wenig wie Kelwyn. Aber die junge Frau wurde von einem Raben begleitet. War Barb womöglich ein Seelenhüter? Bolko schüttelte fast unmerklich den Kopf. Nein! So schön das auch wäre, diese Wesen waren schon lange ausgestorben. Dennoch — die Frau schien eine starke Verbindung zu ihrem Raben zu haben, eine ungewöhnliche Verbindung. Es imponierte ihm. Nun ja, vielleicht waren die beiden Olims doch nicht so übel. Immerhin hatten sie seinen Herrn gerettet und ohne Kelwyn hätte Ardric es nicht hinter die Schutzmauer geschafft.

Bolkos Blick flog zu den Soldaten, die noch aufgeregt diskutierend in Gruppen beieinander standen. Er musste dafür sorgen, dass hier Ruhe einkehrte. Sein Herr Ardric und die anderen zwei mit dem Zeichen des Adlers hatten jetzt erst einmal Schlaf nötig. Dann würde man weiter sehen. Bolko gab den Männern mit knappen Worten seine Befehle. Umsichtig teilte er die Wachen ein und allmählich kehrte die Routine ins Lager zurück.

5. Kapitel

Schatten der Vergangenheit ...

In Astral ging die Nacht weniger aufregend vorüber. Ferdans magischer Wecker vollführte das übliche, morgendliche Ritual. »Aufwachen, du Schlafmütze!«

An dem alten Weckhäuschen, das er auf dem Nachttisch stehen hatte und das noch aus seinen Kindertagen stammte, schepperte der Fensterladen auf und eine pausbäckige Figur lehnte sich heraus. Als Ferdan nicht reagierte, zog sie vehement an einer Kordel. Die Glocke auf dem Dach begann, schrill zu klingeln.

»Aufhören!« Ferdan zog sich die Decke über den Kopf.

»Nix da! Steh auf!« Der schrille Klingelton schien der Figur nicht genug zu sein. Sie fing an, laut zu singen. Es waren leider nicht nur einige schräge Töne in ihrem Gesang: »Wenn die Morgensonne lacht, sind die Vögel schon erwacht, jedes Kind springt aus dem Bette, will doch zaubern um die ...«

»Aufhören! Bitte! «, bettelte Ferdan.

Die Figur verschwand in ihrem Häuschen. Aber den Mund hielt sie nicht. »Eins ... zwei ... drei, vier, fünf. Willst du jetzt aufstehen?« Die Figur sah wieder zum Fenster heraus und zu Ferdan hinüber. Er hatte sich noch einmal in seine Decke eingerollt. Der Weckgeist war jetzt ganz still, zog sich noch einmal zurück und lehnte sich dann mit einem kleinen Eimer weit aus dem Fenster. »Ferdan, Hilfe! Die Inominati!«

»Was?«

Ferdan lugte unter der Decke hervor und schwupp, hatte er eine kleine Ladung Wasser im Gesicht. »Bist du jetzt wach?«

»Ja, verflixt und zugenäht.« Er wischte sich die kalten Wassertropfen aus dem Gesicht und setzte sich auf. »Wie viel Uhr ist es denn, du Quälgeist?«

»Nach aktueller Zeitmessung sechs Uhr dreiundvierzig. Nach Zeitmessung der Alten sechsundvierzig Mal sechzig regelmäßige Wimpernschläge vor Sonnenaufgang«, antwortete die Figur.

Beinahe hätte sich Ferdan rücklings wieder auf das Bett fallen lassen. Aber der Weckgeist schwenkte drohend seinen Eimer.

Gähnend stand er auf. »Zufrieden?«

»Ja«, sagte die Figur und klappte die Fensterläden wieder zu.

Müde schlurfte Ferdan in Richtung Bad. Als er am Gästezimmer vorbeikam, hämmerte er gegen die Tür. »Derrim, ist gleich sieben Uhr.«

Eine Weile später kam Ferdan frisch und endlich wach aus dem Bad. Er blieb vor dem Zimmer von Derrim stehen und horchte. Es rührte sich nichts. Sein neuer Freund kam wohl genauso schwer aus den Federn wie er selbst. Wieder hämmerte er gegen die Tür. »Es ist Zeit!«

»Komm ja gleich«, brummte es aus dem Zimmer.

Ferdan grinste. Vielleicht sollte er Derrim seinen Wecker ausleihen. Er ging in die Küche, richtete den Frühstückstisch und setzte sich. Sein Blick fiel auf die schlichte Wanduhr über der Anrichte. Warum ging die Zeit morgens immer so schnell vorüber? Wieder zu wenig Muse für ein anständiges Frühstück. Um acht Uhr musste Ferdan im Goldturm sein und um Freistellung bitten. Hoffentlich klappte das. Er seufzte. Die Ereignisse von gestern standen ihm wieder vor Augen. Wie Lili und Kelwyn wohl die Nacht verbracht hatten?

»Morgen.« Derrim tappte in die Küche und setzte sich an den Tisch, aber er konnte die Augen kaum offen halten. Schwerfällig griff er nach der Kanne und goss sich Kaffee ein.

»Und?«, fragte Ferdan.

»Was und?«

»Siehst nicht gerade ausgeschlafen aus.«

Derrim stützte sein Kinn in die eine Hand und rührte mit der anderen mechanisch den Löffel im Kaffee um. »Frag mich nicht!«

»He, so schlecht ist das Gästebett auch wieder nicht.«

Derrim sah auf. »Hab Kelwyn gesehen.«

»Was?«

»Und Lili und noch jemand.«

Ferdan schüttelte den Kopf. Das konnte nicht sein. »Wie? Nun lass dir nicht jedes Wort einzeln aus der Nase ziehen.«

»Eine Vision. Beängstigend, jemand war hinter denen her.«

»Ach so.« Es wäre auch zu schön gewesen, wenn Lili und Kelwyn zurückgefunden hätten. Er beugte sich zu Derrim vor. »Nur ein Albtraum!«

Derrim hielt seinen Blick gesenkt. »Vielleicht.«

»Du glaubst, das war ein Wahrtraum?« Ferdan sah ihn prüfend an. »Sag bloß nichts zu Kela und Sonja.« Er seufzte tief auf. Gestern ging es den Freunden noch gut, Goswin hatte es gesagt, und er wollte daran glauben, dass das immer noch galt. Aber was, wenn Derrim eine echte Vision hatte? So etwas kam vor. Der Morgen fing ja gut an! »Wir reden heute Abend darüber«, schlug er Derrim vor. Als dieser nickte, stand Ferdan auf und schüttete den Rest seines Kaffees im Stehen in sich hinein. Es war bereits Viertel vor acht. »Ich muss los. Drück mir die Daumen, dass mein Chef keine Probleme macht und mich freistellt. Willst Du so lange hier bleiben, Derrim? Wenn ich bis neun Uhr nicht zurück bin, musst Du alleine zum Treffpunkt.«

Derrim wurde plötzlich lebendig und schob seinen Stuhl zurück. »Ich komme gleich mit, ich kann ja vor dem Eingang auf dich warten. Ich bin sicher, es nicht lange dauern, die stellen dich frei.«

Ferdan warf ihm noch einen überraschten Blick zu., dann schloss sich auch schon die Eingangstür hinter ihnen.

Als sie vor dem Goldturm standen, holte Ferdan tief Luft und ging hinein. Kurze Zeit später kam er bereits wieder heraus.

Er sah Derrim an. »Woher wusstest du, dass die mich beurlauben? Mein Chef hatte sogar schon den Urlaubsschein parat: auf unbestimmte Zeit freigestellt.«

Derrim zuckte mit den Schultern. »Eingebung.«

»Na dann los!« Ferdan machte sich mit Derrim auf den Weg und sie erreichten noch vor der vereinbarten Zeit den Treffpunkt vor dem Bibliotheksgebäude. Zu Ferdans Überraschung standen Kela und seine Schwester Camilla aber bereits dort.

Ferdans Schwester lief ihnen eilig entgegen. »Wenzel weiß Bescheid, er schließt uns die geheime Bibliothek auf. Nun macht schon, hoffentlich finden wir was heraus!« Sie sah Derrim an. »Hi, ich bin Camilla.«

»Derrim …« Er kam nicht zu weiteren Begrüßungsworten.

Camilla drehte sich um und lief auf die Stufen zu, die zum Eingang des Gebäudes führten. Ihre Halsketten klimperten bei jedem Schritt.

Ferdan grinste. »Meine Schwester, so ist sie.«

Kela lief Camilla hinterher, drehte sich aber noch einmal um. »Beeilt euch, sonst hängt Camilla uns noch ab.«

Ferdan spurtete mit Derrim los, um sie einzuholen.

Während er dann hinter Camilla und Kela die vielen Stufen hinaufstieg, ließ er den Blick über das Gebäude schweifen: Ein Prachtbau, einer der schönsten in Astral, mit einer bemalten Fassade in Gold und Blau. Die breite Treppe führte an Aussichtsplattformen vorbei bis zum Haupteingang, der rechts und links von zwei überdimensionalen Sphinxen flankiert wurde. Über dem Eingang befand sich ein Mauervorsprung und mittig darüber war die Fassade mit einem goldener Kreis bemalt, der innen von den Spitzen eines blauen Dreiecks berührt wurde. Um diesen Kreis drehten sich vier lebensechte Steinfiguren, den Insignien nach zu urteilen waren das Magier und Elfen, die aufmerksamkeitsheischend auf die Eintretenden heruntersahen und auf das blaue Dreieck wiesen, in dessen Mitte ein Spruch geschrieben stand: *Im Wort liegt Macht.*

Ferdan und seine Freunde hatten den Eingang erreicht und gingen nun in den Hauptraum der Bibliothek. Um diese Zeit waren wenige Besucher hier. Die Bibliothekarin, die an der Rezeption saß, hatte noch Muse genug, um ihre Fingernägel zu feilen. Sie winkte, als sie die Frau des Bibliotheksleiters erkannte. »Hallo Camilla, heute schon so früh?«

Camilla hob nur ihren Arm in einer Geste, die einen Gruß bedeuten sollte, und rauschte weiter. Die Bibliothekarin schien enttäuscht. Mit noch erhobener Nagelfeile und offenem Mund sah sie Camilla nach, die zielstrebig die Bibliothek durchquerte.

Die Bücherregale standen hier in engen Reihen und reichten bis an die Decke. Ferdan beobachtete im Vorbeigehen einen Mann mit schütteren, weißen Haaren. Mit einer kreisenden Handbewegung brachte er das Regal, vor dem er stand, in lautlose Rotation. Die unteren Bücherreihen rollten nach hinten weg und die oberste Bücherreihe kam zu ihm nach unten. Als die Reihe in Sichthöhe war, hob der Mann seine Hand in einer stoppenden Geste nach vorne und das Regal kam zum Stillstand. Er griff hinein, zog ein Buch heraus und blätterte darin.

Am hinteren Ende des Raumes, nach der letzten Bücherwand, bog Camilla nach links ab und kurz darauf standen sie alle vor einer Tür. Auf dem Schild in deren Mitte stand zu lesen: Wenzel Singer, Bibliotheksleiter.

Ferdan hatte erwartet, dass Camilla in Wenzels Büro hineinstürmen würde. Aber sie bremste ihren forschen Schritt und klopfte an.

»Herein.«

Camilla drückte die Türklinke herunter und sie traten ein. Im Zimmer roch es nach Leder und altem Papier. Aus einem vergitterten Fenster drang Tageslicht in den Raum und warf Streifen auf den Boden. Auf dem Schreibtisch türmten sich unzählige Bücher hoch auf. Dahinter saß Camillas Mann und studierte ein Schriftstück. Zuerst konnte Ferdan nur seinen rotbraunen Haarschopf sehen. Nach ein paar Augenblicken hob Wenzel den Kopf, nahm die Brille ab und richtete seinen Blick auf die Eintretenden. Seine grünen Augen leuchteten auf, als er seine Frau erkannte. Schnell hievte er sich aus seinem Sessel hoch und kam der Gruppe entgegen. Da Wenzel im Dienst war, trug er sein traditionelles Gewand. Ferdan registrierte überrascht, wie natürlich er sich in dem Kleidungsstück bewegte und wie würdevoll er darin aussah.

»Da seid Ihr ja … hallo, mein Schatz.« Wenzel gab Camilla einen Kuss.

»Liebster, ich glaube, ich muss dich auf Diät setzen«, murmelte sie mit einem Seitenblick auf die knackigen Figuren der jungen Männer.

Ferdan grinste, als er sah, wie Camillas Mann schnell den Bauch einzog. Es würde ihm nichts nützen, genauso wenig wie der treuherzige Blick, mit dem er Camilla jetzt ansah.

»Das wirst du mir nicht antun, Liebes. Deine Apfeltörtchen sind viel zu gut!« Wenzel seufzte, als seine Frau mit undefinierbarem Lächeln seinen Bauch streichelte, der beim Sprechen wieder vorgeschnellt war. Um sie von seiner Leibesfülle abzulenken, klapperte er mit dem Schlüsselbund. »Also dann, ich bringe euch in die geheime Bibliothek. Aber denkt daran, die ist wirklich geheim! Wenn das herauskommt! Wenn ihr wieder geht, dann vergesst ihr sie, klar? Du auch, Camilla!«

Sie lächelte. »Natürlich. Ich tue alles, damit du gut dastehst.«

Wenzel richtete seinen Arm auf die Tür, um den Eingang zu seinem Büro zu sichern. »Abweisen … degee hawee!« Dann drehte er sich zur Wand hinter dem Schreibtisch und legte die Fingerspitzen zusammen. Kurz darauf trennte er sie wieder und vollführte mit beiden Händen schwingende, kreisartige Bewegungen, die er auf die Wandvertäfelung richtete. Dazu murmelte er Formeln und Befehle. Doch es öffnete sich kein Durchgang, was Wenzel aber nicht zu irritieren schien. Er trat nah vor die Wand und drehte an einer hölzernen Scheibe, die unauffällig in der Vertäfelung steckte. Eine Geheimtür öffnete sich. Zufrieden drehte sich Wenzel zu den Freunden um. »Alle glauben, dass der Gang zur geheimen Bibliothek nur mit Magie geschützt ist., aber es ist viel raffinierter. Niemand wird je darauf kommen, dass hier eine Tür ist, die auch noch ein mechanisches Geheimnis hat — außer ...«, auf seiner Stirn bildete sich eine steile Falte, »... einer von euch verplappert sich.«

Ferdan klopfte ihm auf die Schulter. »Wir haben nichts gesehen.«

Nacheinander traten sie ein und warteten auf dem Podest der Wendeltreppe, bis Wenzel den Geheimgang verschlossen hatte. Dann tappten sie ihm hinterher, viele Stufen hinunter, kreuz und quer durch ein Labyrinth von langen Korridoren, bis zu einer großen Tür aus Mahagoniholz. Der Schlüssel ächzte, als Wenzel ihn im Schloss umdrehte.

Sie traten ein und Ferdan sah sich um. Der Raum hatte ein kleines Fenster, aber es war nur eine magische Attrappe, die kaum Licht verbreitete. Mit einer Handbewegung entzündete Wenzel die Laternen an den Wänden. Staunend stellte Ferdan fest, dass es hier ganz anders aussah, als oben in der öffentlichen Bibliothek. Schon die Buchrücken, die aus den Regalen hervorschauten, ließen erkennen, dass hier ganz besondere Exemplare lagerten.

Wenzel deutete ringsum. »Handgeschriebene Lebenswerke von großen Magiern und Hexen. Aufzeichnungen von gefährlichen magischen Experimenten und ähnlichem. Die meisten Bücher hier haben hochbrisante Inhalte. Ihr sucht nach Prophezeiungen hat Camilla gesagt.« Er zeigte auf den Tisch unter dem magischen Fenster. Dicke Folianten stapelten sich darauf. »Hab euch schon mal einen Teil herausgesucht.«

»Da sitzen wir ja monatelang«, stöhnte Ferdan.

»Dann mal fix ran. Ich hole euch später wieder ab.« Wenzel gab seiner Camilla noch einen Kuss und eilte in sein Büro zurück.

Derrim studierte bereits die Titel der Bücher. »Wir sollten erst einmal alles sortieren. Das Buch: *Die eingetroffenen Prophezeiungen der genialen Hexe Ana* ist vielleicht nicht das, was wir brauchen.«

»Ja, bei der Menge müssen wir Prioritäten setzen«, erwiderte Ferdan.

Sie nahmen einen Folianten nach dem anderen in die Hand, überflogen den Inhalt und stapelten die weniger interessant erscheinenden Titel vor der Fensterattrappe auf dem Boden. Am Ende blieb für jeden ein Buch übrig. Sie zogen sich die Stühle an den Tisch und setzten sich. Ferdan wollte die Schriftwerke verteilen, aber seine Schwester Camilla kam ihm zuvor und griff sich *Meister Hildebrand und seine unveröffentlichten Prophezeiungen.*

»Was ist, willst Du erst würfeln, wer welches Buch bekommt?« fragte sie, als sie seinen Blick bemerkte.

»Nein, aber wenn du weiterhin so hibbelig bist, dann kriegst du vielleicht nicht mit, wenn in deinem Buch was Wichtiges drinnen steht«, erwiderte er.

Camilla machte eine wegwerfende Handbewegung und begann zu lesen. Mit ihren Fingern zwirbelte sie ihre Halsketten. Ferdan sagte nichts mehr, sondern schob den anderen ihre Exemplare zu. Vor Derrim lag der Titel: *Die prophetische Hexe Ana und ihre letzten Prophezeiungen.* Kela las: *Ein Zeitschlüssel für die Voraussagen herausragender Propheten,* und Ferdan nahm sich das Buch vor mit dem Titel: *Was uns bevorsteht – Visionen für die Endzeit und danach.*

Es wurde still im Raum. Nur manchmal klang ein leises Klimpern, wenn Camillas Halsketten aneinanderrieben. Nach einer Weile wurde es heftiger.

Ferdan schaute prüfend zu ihr hin. »Was ist?«

»Das ist absoluter Schrott, was dieser Hildebrand schreibt. Wenn's nach dem ginge, wären wir bereits alle ausgestorben!« Camilla schien kurz davor, das Buch in die Ecke zu schleudern.

»Such weiter! Vielleicht kommt ja noch ein Lichtblick.«

Camilla blätterte heftig die Seiten um.

»He, wenn das Wenzel sehen könnte«, warnte Ferdan.

Unmutig verzog sie ihr Gesicht. »Ich mag den Autor nicht!«

»Du musst ihn ja nicht zum Essen einladen.«

Camilla regte sich immer mehr auf. »Nein, aber seine fürchterlichen Weltuntergangstheorien lesen!«

»Hast dir das Buch selbst ausgesucht«, sagte Ferdan gleichmütig. »Lies jetzt und sei ruhig. Wir haben schließlich selber auch was zu lesen.«

Ferdans feste Stimme zeigte Wirkung. Camilla gab Ruhe. Eine Weile vertieften sich alle in die Bücher.

Dann platzte Camilla wieder heraus. »Tut mir leid. Das ist nicht zum Aushalten. Hört euch das an: *Wehe uns, die wir nichts von ihm wissen. Einst Führer der Olims, geboren für das Licht, doch dunkel sein Herz vor Eifersucht und falschem Stolz. Tötete sein eigen Blut, damit es sich nicht mit denen vermische. Zweimal dreitausend Jahre nährte er seinen Zorn. Jetzt, wutentbrannt, jagt er sie wieder.* Das ist krank!«

Kela nickte. »Ja, gruselig!«

Ferdans Blick flog zu Derrim. Hatte der nicht gesagt, dass Lili und Kelwyn verfolgt wurden?

Kela rempelte ihn misstrauisch an. »Was ist?«

»Nichts«, sagte er.

Derrim hatte bei Camillas Rezitation schlucken müssen. Das passte zu seinem Traum! Unter dem Tisch krallte er eine Hand in den Schenkel, bis es wehtat. »Wann hat dieser Hildebrand denn gelebt?«

»Warte mal, das steht irgendwo auf den ersten Seiten. Ah, ich hab's, 1321 bis 1711, war wohl gefürchtet wegen seiner Schwarzmalerei. Kann ich den Leuten wirklich nicht verdenken«, erwiderte Camilla.

»Vermutlich hat er das für seine Zeit vorausgesagt. Die Prophezeiung ist also nicht eingetroffen.« Derrim wurde es übel, als er sich das sagen hörte. Schnell beugte er sich über sein Buch, damit niemand etwas merkte. Doch er konnte sich nicht konzentrieren. In seinem Kopf schrillte eine Alarmglocke. Er durfte diese Prophezeiung nicht vergessen! In dem Text von Meister

Hildebrand steckte eine wichtige Botschaft, ein Schlüssel zu den dramatischen Ereignissen um Lili und Kelwyn.

Kela sah erst zu Derrim und dann zu Ferdan. »Was verschweigt ihr?«

»Derrim hatte einen Traum«, seufzte ihr Freund.

»Vielleicht nur einen Albtraum«, wiegelte Derrim schnell ab. Aber er war froh, dass er endlich davon erzählen konnte.

»Lili und Kelwyn wurden in deinem Traum also verfolgt. Das macht mir Angst«, sagte Kela und griff nach Ferdans Hand.

»Ja … Lili, Kelwyn und noch jemand.«

Kela dachte nach. »Die dritte Person mit Feenhaar?«

Ferdan verneinte. »Meister Bertram hätte sie aufgespürt.«

»Mein Traum und die Prophezeiung von eben stehen miteinander in Verbindung. Ich weiß es!«

»Wenn ihr heute Abend bei Sonja seid, dann fragt Goswin, wie es den beiden geht, vielleicht hat er sie wieder in seinem Spiegel gesehen«, unterbrach Camilla.

Ferdan nickte. »Machen wir.«

»Mein Traum …« Derrim sah in die Runde. »Ich bin …«

Kela sah ihn bittend an. »Sag Sonja nichts von deiner Vision. Sie hat genug Kummer.«

Derrim nickte und hob hilflos die Hände. Camilla stand ihm bei. »Wieso bringst du deinen Traum mit der Prophezeiung des Katastrophenmeisters Hildebrand in Verbindung?«

»Erinnert ihr euch, was Phelan gesagt hat, als wir in der Ratsburg waren? Wegen des Feindes und dass die Gefahr nicht da ist, wo wir sie vermuten. Ich …« Aber wieder kam Derrim nicht dazu, seine weiteren Gedanken mitzuteilen.

Kela schüttelte den Kopf. »Du willst doch nicht sagen, dass dieser Hildebrand eine echte Vision hatte, und dass das jetzt sozusagen mit Zeitverzögerung eintrifft? Glaubst Du im Ernst, dass Lili und Kelwyn von einem uralten Monster gejagt werden?«

Ferdan nickte. »Ich kann mir das auch nicht vorstellen. Lili und Kelwyn sind ja keine Unsterblichen, keine sechstausend

Jahre alt, wie der Text von Meister Hildebrand es nahe legt. Wer da gejagt wird, ist völlig unklar.«

»Ferdan, ich wusste, dass dein Chef keine Schwierigkeiten machen würde wegen deiner Freistellung und genauso weiß ich jetzt, dass diese Prophezeiung etwas mit den beiden zu tun hat. Wir müssen mehr über diesen Olimführer herausfinden. Er ist der Schlüssel!«

Camilla reagierte schneller als ihr Bruder. »Wenzel weiß viel über frühere Präfekten. Nachher fragen wir ihn!«

»Dann sollten wir den Text abschreiben. Hat jemand von euch seinen Briefstab dabei?« Derrim schaute sich fragend um. »Meiner ist vor zwei Tagen beinahe erstickt, als er mir das Päckchen meiner Tante aushändigen sollte und kann noch nicht wieder schlucken.«

Kela hatte ihren dabei. Der Briefstab flog aus ihrem Brustbeutel und blieb senkrecht vor ihr in der Luft stehen. »Notizen aufschreiben!«

Der Briefstab formte am oberen Ende einen Mund. Er zog eine Schnute und spuckte mit Schwung ein Blatt Papier aus, das hoch in die Luft flog. Schaukelnd schwebte das Blatt herunter. Auf Höhe von Kelas Nase blieb es flach in der Luft hängen. Der Stab sauste darauf zu und drehte sich dabei ein paar Mal um die eigene Achse. Als er wieder zur Ruhe kam, hatte er zwei Ärmchen bekommen, mit denen er sich in den geöffneten Mund langte und einen Schreibstift herauszog. Dann ging er in Schreibposition.

»Aus dem Buch: Meister Hildebrand und seine unveröffentlichten Prophezeiungen, Seite …« begann Kela.

»Siebenunddreißig«, ergänzte Camilla und diktierte den Text.

Kela ergänzte. »Hildebrand hat gelebt von 1321 bis 1711. Fertig. Sicher verwahren. Hadee beah.«

Das beschriebene Blatt Papier rollte sich zusammen. Der Briefstab riss den Mund auf und saugte es in sich hinein. Auf weitere Befehle wartend blieb er in der Luft stehen.

»Bereithalten«, befahl Kela und der Stab flog ein wenig höher. Die Ärmchen stützte er kess in die Seite. Über seinem Mund wölbten sich zwei Augen, mit denen er alles genau beobachtete.

Ferdan blies den Atem aus. »Wir sollten weiter machen. Wir müssen den Text finden, wo das mit dem Feenhaar drinnen steht.«

Jeder beugte sich wieder über seinen Lesestoff. Ferdan gab dem Betteln seiner Schwester nach und tauschte sein Buch gegen ihres.

»Ist auch nicht viel besser«, maulte sie nach einer Weile.

»Mach bloß nicht wieder einen Aufstand!«

Camilla beherrschte sich und hielt den Mund. Nur ab und zu zwirbelte sie heftig an ihren Halsketten, um auszudrücken, dass der Text, den sie gerade las, ihr gar nicht gefiel.

So ging das eine ganze Weile.

Plötzlich richtete sich Derrim kerzengerade auf. »Das ist der Text, von dem Kelwyn gesprochen hat: *Wenn im heiligen Garten die Bäume brechen, das Wasser stillsteht und das Buch der Wahrheit zerfällt, dann ist das Ende nahe. Hoffnung allein ruht auf drei Wesen mit gewebtem Feenhaar ...*«

Die anderen bestätigten das. Es war der richtige Text.

»Steht sonst nichts weiter geschrieben?« fragte Kela.

»Doch, es geht noch weiter: *Ich sage euch, öffnet die Augen und begreift die Wahrheit, damit die Auserwählten nicht zu Opfern werden. Denn das wäre das Ende.*«

»Das gefällt mir nicht!« Ferdan runzelte die Stirn.

Kela sank geschockt in sich zusammen. »Welche Wahrheit? Hat Ana damit die magische Mauer gemeint?«

Derrim schüttelte den Kopf. »Das ist unwahrscheinlich. Eine Seite weiter vorne steht nämlich noch etwas Interessantes.« Er blätterte im Buch zurück und las die entsprechende Stelle vor. »*Unermessliches Leid wird kommen durch den bösen Plan des einen.* Merkt ihr? Es wird wieder auf eine einzelne Person hingewiesen, wie bei Meister Hildebrand.« Er las weiter vor. »*Täuschung auf beiden Seiten und niemand weiß davon. Hass wächst für vierundzwanzig Jahre. Völker besinnt euch, ehe es zu spät.*«

»Worauf willst du hinaus?«, fragte Ferdan.

»Der Überfall während des Frühlungsfests ist jetzt bald vierundzwanzig Jahre her. Die Zeit passt.«

»Ich verstehe immer noch nicht. Was soll das mit Lili und Kelwyn zu tun haben?«, fragte Camilla.

Kela teilte ihre Skepsis. »Es war vor allem keine einzelne Person, die uns Olims damals überfallen hat.«

»Im Zusammenhang mit dem Überfall muss es etwas gegeben haben, das Phelan zu denken gab. Sonst hätte er nicht so heftig widersprochen, als der Ratsherr Nestor die Inominati beschuldigte. Vielleicht hängt alles zusammen«, sagte Derrim.

»Das ist irgendwie hoch kompliziert«, meinte Camilla.

»Doch, ich glaube so langsam kann ich deinen Gedanken folgen, wenn auch erst nebelhaft.« Ferdan nickte.

»Alle drei Prophezeiungen meinen dasselbe oder zumindest läuft es auf dasselbe hinaus. Wir sollten die zwei Texte auf jeden Fall auch aufschreiben.« Derrim wurde richtig aufgeregt. Er fühlte deutlich, dass sie auf etwas Wichtiges gestoßen waren.

Nach einem Blick in sein Gesicht winkte Kela den in der Luft wartenden Briefstab her. Sie griff sich das Buch von Derrim und diktierte. Als die Notizen verstaut waren, drehte sich der Briefstab mehrfach um seine eigene Achse und fiel in ihre geöffnete Hand.

»So das hätten wir ... und jetzt?«, fragte sie.

»Werden wir über den Prophezeiungen brüten, bis wir die Zusammenhänge erkennen«, sagte Ferdan.

Derrim stimmte ihm zu. »Ja, und sehen, wie dieser Olimführer ins Bild passt.«

Draußen auf dem Gang erklangen schnelle, kurze Schritte. Die Tür ging auf und Wenzel kam herein. »Seid ihr fündig geworden?«

»Wie man es nimmt. Wirft alles neue Fragen auf«, antwortete Derrim.

»Ach Schatz, keine Wunder, dass diese Texte nicht öffentlich sind. Die können einem glatt die Laune verderben.«

Wenzel lächelte. »Nicht doch.«

Camilla sah die Freunde mit einem Blick an, der keinen Widerspruch duldete. »Ihr kommt jetzt alle zum Essen mit zu uns. Danach beschäftigen wir uns weiter mit den Texten.«

Keiner hatte etwas dagegen einzuwenden und so verließ Derrim mit den anderen die geheime Bibliothek. Wenzel löschte mit einer Handbewegung die Wandlaternen und verschloss die Tür. Dann führte er sie durch die Labyrinthgänge zurück in sein Büro, sicherte den Geheimgang und ging mit ihnen hinaus auf den Bibliotheksflur. Von dort aus traten sie durch den Nebeneingang des Gebäudes ins Freie, um zu dem Häuschen zu gehen, in dem Wenzel und Camilla wohnten. Es lag hinter Bäumen versteckt auf dem Parkgrundstück der Bibliothek.

Das Haus des Bibliotheksleiters war klein, aber gemütlich. Camilla hatte die Räume selbst eingerichtet. Überall sah man ihre Lieblingsfarben Rot und Gold, sowie schön verzierte Spiegel, kunstvoll drapierte Dekorationen und Nippes. Die Zimmer wirkten jedoch nicht überladen, sondern geschmackvoll und edel. Camilla hatte ganz klar ein gutes Händchen für Inneneinrichtung.

Camilla eilte gleich an den Herd, um das vorbereitete Essen fertig zu kochen. Die drei Männer setzten sich derweil erwartungsvoll an den Esstisch. Kela legte die Gedecke auf und wenig später servierte Camilla schon die Suppe.

»Ah, Herbstgemüsecremesuppe, die liebe ich!« Wenzel griff zufrieden nach seinem Löffel.

Es schmeckte allen sehr gut und schnell waren die Teller leer. Während Kela sie einsammelte, reckte Wenzel schon den Hals, um zu sehen, was im nächsten Gang Gutes auf ihn zukam. »Schatz, ich liebe dich. Hm, eine Waldpilzpastete in Rotweinsoße, lecker«, schwärmte er enthusiastisch.

Die anderen sahen sich schmunzelnd an. Wenzel war ein Gourmet und bei Camillas Kochkünsten war es kein Wunder, dass sie ihn um den kleinen Finger wickeln konnte. Die Pastete mundete köstlich. Aber beim nächsten Gang sagte Wenzel nichts. Camilla servierte den Rapunzelsalat. Das erinnerte ihn wohl an ihre Drohung, ihn auf Diät zu setzen. Er aß ihn eher lustlos.

Doch als die Hauptspeise kam, jubelte Wenzel wieder. »Überbackenes Hirschsteak mit Waldbeeren und kleinen Kartoffelröschen. Das bringt einen Mann doch auf die Beine.«

Die Teller wurden leer und die Mägen voll. Kela rieb sich den Bauch. »Camilla, du kochst fantastisch. So gut habe ich lange nicht mehr gegessen und ich bin pappsatt.«

Camilla schmunzelte. »Dann wollt ihr keinen Nachtisch mehr?«

»Oh doch, Liebling, du weißt, wie sehr ich deine Süßspeisen mag«, beeilte sich Wenzel zu sagen.

Camilla erhob sich und kurz darauf hatte jeder eine Portion Schokoladensoufleé vor sich stehen, das unwiderstehlich duftete. Keiner konnte dazu Nein sagen. Während nun alle ihren Nachtisch löffelten, kehrten jedoch die Sorgen zurück.

Kela seufzte. »Wenn Lili und Kelwyn nur auch hier wären.«

Camilla wandte sich ihrem Mann zu. »Schatz, wir haben in einem der schrecklichen Bücher einen Text gefunden und brauchen deine Hilfe. Es ging um einem Olimführer, der was Schlimmes getan hat.«

Kela holte den Briefstab und dieser spuckte den Text aus.

Wenzel las die Zeilen. »Oh ja! Ich erinnere mich, da etwas gelesen zu haben. Ich glaube, das Buch steht sogar bei uns im Bücherregal.« Er kratzte den letzten Rest Schokoladensoufleé aus, sprang auf und lief ins Wohnzimmer. Wenig später kam er mit einem dicken Wälzer unter dem Arm zurück. Er wies auf den Titel: *Die Chronik bedeutender Magier.* Er suchte mit dem Finger die Inhaltsangabe ab und schlug die entsprechende Seite auf. »Ich wusste es doch. Das hier muss es sein. Wie er hieß, weiß ich nicht mehr, aber das wird ja sicher da drinnen stehen.« Er begann zu lesen, riss sich dann aber nach einem Blick auf die Uhr wieder los. »Keine Zeit mehr, mein Dienst fängt wieder an.« Er legte eine ungebrauchte Serviette als Lesezeichen in das Buch, gab seiner Frau einen Kuss und eilte zur Tür hinaus.

»Dein Mann weiß wohl sehr viel«, mutmaßte Derrim, als sich die Tür hinter Wenzel geschlossen hatte.

»Oh ja, wirklich sehr viel. Das ist einer der Vorteile, wenn man wie ich einen älteren Partner hat.« Camilla sagte das nicht ohne Stolz. Sie war neunundzwanzig Jahre alt, Wenzel hingegen bereits zweiundsechzig Jahre.

Keiner der Freunde wunderte sich über den Altersunterschied, es war hier auf Velam nicht unüblich. Bei einer Lebenserwartung von durchschnittlich vierhundert Jahren relativierte sich das und Camilla hatte schon immer ein Faible für ältere Männer gehabt. Sie behauptete, dass ein junger Mann gar nicht mir ihr umgehen könne. Wenzel passte jedenfalls gut zu ihr und beide liebten sich tief und innig.

Camilla räumte das restliche Geschirr zur Seite. »Wollen wir anfangen?« Sie zog sich das Buch heran, hielt dann aber inne. »Was machen wir zuerst? Den Text hier lesen oder über den drei Prophezeiungen grübeln?«

»Den Text im Buch«, schlug Ferdan vor.

Kela und Derrim stimmten zu. Mit vollem Bauch war es einfacher, eine Geschichte auf sich wirken zu lassen als über rätselhafte Visionen nachzudenken. Camilla schlug das Buch an der bezeichneten Stelle auf, glättete die Serviette, die als Lesezeichen diente, und las vor: *»Ein Kapitel aus der dunkelsten Zeit unserer Geschichte ... Aus den Berichten von Zeitzeugen vergangener Epochen wissen wir, wie umsichtig frühere Präfekten dafür gesorgt haben, dass es* allen Völkern Velams gut ging. Wir untestützten einander in Freiheit und so hatte jeder Einzelne alles, was er für ein angenehmes Leben brauchte. Wir orientierten uns am Ideal eines friedlichen Miteinanders in gegenseitigem Respekt und das führte uns durch die Jahrtausende bis zu jenem Tag, an dem durch eine unglückselige Fehleinschätzung der Mann an die Macht kam, der als ›Thamar, der Unversöhnliche‹ in die Geschichte einging. Wann Thamar regiert hat, ist nicht mit genauem Datum bekannt, aber wir wissen, dass er etwa um 4300 bis 4000 vor dem Wechsel der Zeitrechnung gelebt hat. Die Ursache für seine Verbrechen lag jedoch noch weiter zurück.

Vielleicht ist das nicht mehr jedem bekannt, aber zu Anfang gehörten alle Magier – auch die Inominati – zum Stamm der Olims. Mit der Zeit entwickelten sich bei den Einzelnen jedoch unterschiedliche Fähigkeiten heraus und so kam es, dass die eine Hälfte der Olims Krankheiten und Verletzungen heilen konnte, während die andere Hälfte die Gabe hatte, die Ahnen herbeizurufen. Der Stamm der Olims war von da an geteilt, jedoch nicht getrennt. Doch zur besseren Unterscheidung erhielten denjenigen, welche die Ahnen herbeirufen konnten, einen neuen Namen: Inominati.

Olims und Inominati lebten wie zuvor in Frieden. Sie waren ja vom gleichen Stamm und unterschieden sich nur durch eine einzige Fähigkeit. Olims heilten bereitwillig die Wunden der Inominati, und Inominati riefen für die Olims deren Ahnen herbei, damit diese ihnen bei ihrem Wirken mit gutem Rat beistehen konnten. Beide Völker betrachteten sich noch immer als Einheit und waren einander zugetan. Sie wuchsen sogar noch mehr als vorher zusammen, denn die neuen Fähigkeiten brachten für alle Vorteile. Viele Ehen wurden untereinander geschlossen und die Kinder, die daraus hervorgingen, konnten entweder heilen oder die Ahnen herbei rufen. Sobald diese Kinder erwachsen wurden, zählten sie zu dem Volk, dem sie mit ihren Fähigkeiten entsprachen. Doch im Grunde war das gar nicht wichtig. Erst als Thamar an die Macht kam, änderte sich das.

Thamar war ohne Zweifel ein fähiger und großer Magier. Vielleicht täuschte diese Tatsache so lange über sein wahres Wesen hinweg. Zu Anfang richtete er seinen Ehrgeiz noch auf Dinge, die allen zugutekamen. Der heutige Reichtum beider Völker geht weitgehend auf ihn zurück. Er erschloss die Gold- und Silberminen unserer Welt, welche sich bei richtigem Gebrauch nie erschöpfen. Doch mit der Zeit wurde Thamars Stolz immer größer und die reichen Schätze unter der Erde Velams blendeten sein Herz. Er fing an zu horten, wachte eifersüchtig über die Verteilung und vergaß dabei völlig das Gesetz der Magie, wonach der Fluss stillsteht, sobald man ihn staut. Von Geburt an ein Olim, stufte er plötzlich die Heilerfähigkeit weitaus höher ein als die Gabe, Ahnen zu rufen. Er manipulierte das Volk und säte Geringschätzung gegenüber den Inominati. Er bezeichnete das Ahnenrufen als dunkle Kunst und behauptete sogar, dass die Inominati von der Sternengöttin Liora verflucht worden seien. Er wollte die Inominati unbedingt loswerden. Jedes Mittel war ihm dazu recht. Bald scharte Thamar heimlich Körpertäuscher und Schattenrosswandler um sich herum, die in seinem Auftrag Unheil stifteten, was er dann den Inominati in die Schuhe schob. Die Täuschungsmanöver seiner von ihm verführten Diener belohnte er mit goldenen Federn und deren Gier danach band diese an ihn fest. Das Volk verschloss vor all dem die Augen und schenkte seinen Lügen Glauben. Immer öfter wurden Inominati mit ihren Wunden fortgeschickt und sich selbst überlassen. Sie fanden keine Heilung mehr und mussten wohl oder übel zu den Viperus gehen, deren Heilerfähigkeiten in gefährlicher Weise mit der Macht über Leben und Tod gekoppelt sind.

Die Inominati jedoch durchschauten Thamar, denn die Ahnen, die sie gerufen hatten, warnten sie. In ihrer Not wählten sie einen eigenen Führer. Er hieß ›Jahvis, der Erste‹ und versuchte beharrlich aufzuklären und zu vermitteln, doch nur mit teilweisem Erfolg. Er rief auch Thamars Ahnen und schickte diese zu ihm, damit sie dem Verirrten ins Gewissen redeten. Doch Thamar trieb seinen Keil umso wütender zwischen Olims und Inominati. Sein Herz verhärtete sich völlig. Das Ideal des friedlichen Miteinanders galt ihm nichts mehr und in Folge davon ließ er sich zum größten Verbrechen hinreißen, dessen sich ein Wesen schuldig machen kann. Es begann damit, dass er ein striktes Heiratsverbot zwischen Olims und Inominati ausrufen ließ.

Thamar hatte eine Frau und eine Tochter, die im Gegensatz zu ihm von sanftem, liebenswertem Wesen waren. Da sie gegen ihn nicht ankamen, halfen sie den Inominati heimlich. Asla, die Tochter, verliebte sich dabei in den Inominati Gavin. Beide wollten ihr Leben zusammen verbringen. Die jungen Leute beschlossen, am bevorstehenden Lichtfest abseits des Trubels über das Feuer zu springen, zum Zeichen ihrer Vermählung. Nur Ansgard, Aslas Mutter, sowie Gavins Familie wussten Bescheid. Asla und Gavin wollten danach über den Horgarthweg in die Welt der Menschen gehen — was damals noch möglich war — um dort in Frieden zu leben.

Ob Thamar etwas von den Absichten der beiden Liebenden ahnte, ist nicht überliefert, wohl aber, dass er den Raben, der Asla in jener Zeit ständig begleitete, genauso hasste wie die Inominati. Wie so viele damals glaubte auch er, dass Aslas Rabe ein gestaltwandelnder Seelenhüter sei, und er fürchtete dessen Einfluss. Als ihm dann durch eine List ein mächtiger magischer Stein in die Hände fiel, ergriff er die Initiative. Noch in der Nacht vor dem Lichtfest tötete er den Raben, der sich im Sterben in eine Frau verwandelt haben soll, und verfluchte dessen gesamtes Seelenhüter-Volk. Vielleicht gibt es ja deshalb seit jener Zeit keine Berichte mehr über Begegnungen mit Seelenhütern, denn davor gab es sie häufig.

Zeuge von Thamars schändlicher Tat war nur eine alte Magierin geworden, die nicht schlafen konnte und — nachdem sie gesehen hatte, wie Thamar die sterbende Frau in einen Käfer verwandelte und zertrat — sich aus Angst vor Entdeckung danach tagelang versteckte. Thamar hingegen ging am nächsten Morgen ohne Gemütsregung zum Fest. Dort saß er bis zum Nachmittag auf der Tribüne und ließ sich von allen Seiten bedienen. So bemerkte er zuerst nicht, dass seine Frau und seine Tochter heimlich weggegangen waren.

Thamar beobachtete das Festtreiben und registrierte zufrieden, dass die Inominati seine Nähe mieden. Doch dann ließ er den Blick zu einem Hügel schweifen. Dort loderte ein Feuer. Thamar erkannte die Kleidung seiner Frau und seiner Tochter. Er sah Asla in den Armen eines jungen Mannes unter den feiernden Inominati und eine unbändige Wut erfasste ihn. Völlig außer sich griff er nach dem Dolch, der in einem Braten steckte.

Asla und Gavin wollten gerade über das Feuer springen, da stürmte Thamar in rasendem Tempo auf Gavin zu. Asla sah ihren Vater kommen und stellte sich schützend vor ihren Geliebten. Der Dolch, mit dem Thamar Gavin hatte töten wollen, drang in ihre Brust und sie brach zusammen.

Gavin sank mit seiner Liebsten in den Armen zu Boden. Geschockt schaute er zu Thamar hoch. Alles war so schnell gegangen. Thamar raste noch immer, er zog den Dolch aus Aslas Brust und stach in blinder Wut auch auf Gavin ein.

Sterbend sah Asla zu ihrem Vater auf. Sie versuchte, ihm etwas zu sagen. Vergebung? Fluch? Niemand weiß das genau. Ihre Worte klangen den Umstehenden schwach wie ein Windhauch. Dann suchte Asla ein letztes Mal Gavins Blick und zusammen schieden die Liebenden aus dem Leben.

Jetzt erst zeigten die Abwehrzauber der Inominati Wirkung. Thamar wurde in die entsetzt zusammgelaufene Menge der Olims hineingeschleudert. Mit einem irren Ausdruck in den Augen floh er von da in seine Burg.

Das Leid von Gavins Familie und der Schmerz von Aslas Mutter Ansgard, die ohnmächtig zusammengebrochen war, sind nicht zu beschreiben. Ihre Kinder waren tot und das Licht, das sie verbreitet hatten, erloschen. Viele der verführten Olims kamen jetzt allmählich zur Besinnung, da sie begriffen, welch furchtbares Verbrechen ihr Präfekt begangen hatte. Indem Thamar Gavin tötete, hatte er die Universalseele verletzt, von der jedes Lebewesen ein Teil ist. Das Leid, das er dadurch schuf, übertrug sich auf das Ganze und griff von da aus nach jeder einzelnen Seele, sodass alle Wesen den Schmerz mittragen mussten. Selbst seine eigene Tochter hatte er nicht verschont, in der ein Teil von ihm selbst wohnte. Indem er sie umbrachte, tötete er das letzte, noch unverdorbene Stück seiner Seele.

Die Inominati konnten hier nicht mehr bleiben. Sie brachten die gemordeten Liebenden Asla und Gavin ins Dunkle Land, das so heißt, weil die Wälder dort dicht und dunkelgrün auf den Bergketten verteilt sind. Ansgard kehrte ihrem Volk ebenfalls den Rücken und ging mit ihnen. Doch ihr Lebenswille war gebrochen und bald darauf starb sie. So ging auch ihr Tod letztendlich auf Thamars Konto.

Die Olims blieben nahe der Küste, das Türkisland genannt wird und wo wir heute noch leben. Thamar verlor seine Macht. Weil er unversöhnlich blieb und nichts bereute, wurde er verbannt. Vielleicht ist es Ironie des Schicksals, dass ihn sein Weg ebenfalls ins Dunkle Land führte, wo die Inominati eine neue Heimat gefunden hatten. Er hielt sich versteckt und seine Spur verlor sich irgendwann.

Nachdem sich die Lage nach den schrecklichen Geschehnissen beruhigt hatte, wählten die Olims einen neuen Führer, Meister Gordan. Doch ihm zur Seite stellten sie nun acht Ratsmitglieder. Es war die Geburtsstunde unseres Neuner-Rats. Gordan bemühte sich sehr um eine Aussöhnung zwischen den Olims und den Inominati, und es gelang. Fürs Erste. Denn die schlimmen Verleumdungen von Thamar, dem Unversöhnlichen, konnten nie ganz aus der Welt geschafft werden. Im Verlauf unserer weiteren Geschichte flammten sie immer wieder einmal auf und so hat Thamar es leider geschafft, dass sich die Völker bis zum heutigen Tag nicht mehr als die Einheit begreifen, die sie einmal waren.

Was aus Thamar geworden ist, kann niemand genau sagen. Manche glauben, dass er immer noch sein Unwesen treibt. Im Laufe der Jahrtausende gab es ab und zu Gerüchte, dass er gesehen worden sei. Wenn das stimmen sollte, dann müsste er ein Mittel gefunden haben, das ihn unsterblich macht, oder als Geist umgehen. Beide Möglichkeiten sind erschreckend. Es bleibt zu hoffen, dass die Leute sich irren und wir von seinem mörderischen Hass verschont bleiben.«

Camilla klappte das Buch zu. In ihrem Gesicht arbeitete es heftig. »Es ist nicht zu fassen! Wie kann sich ein ganzes Volk von einem einzelnen Mann so aufwiegeln lassen?«

»Sie haben vergessen, selbst zu denken«, erwiderte Derrim.

Kela seufzte. »Ja, und alle tragen an dem Leid, das Einzelne in die Welt setzen. Ihr habt es gehört, die Universalseele.«

Ferdan nahm sie in den Arm. »Ich weiß..« Er schaute in die Runde. »Aber was jetzt viel wichtiger ist: Die Inominati haben uns damals vielleicht gar nicht überfallen!«

Derrim stimmte ihm zu. »Ja. Womöglich wurden wir von Körpertäuschern hereingelegt, die gehörten laut dem Bericht ja zu Thamars Gefolge.«

Camilla sah ihn an. »Aber Thamar muss längst tot sein. Ich kann mir nicht vorstellen, dass er nach so langer Zeit noch am Leben ist, wie der Autor es in den Raum stellt.«

Derrim rieb sich nachdenklich die Stirn. »Etwas an der Geschichte hat mich stutzig gemacht. Ich habe mich nämlich vor einiger Zeit mit dem Mythos der Seelenhüter beschäftigt. Diese gestaltwandelnden Raben sollen von einem Rabenfürsten und einer Rabenfürstin angeführt worden sein, die beide unsterblich waren. Angenommen, Aslas Rabe war die Rabenfürstin – das Tier soll sich ja in eine Frau verwandelt haben – dann hat Thamar es mit seiner Magie womöglich geschafft, ihre Unsterblichkeit aus ihr raus und auf sich zu ziehen. Das legen auch die Zeitangaben der Prophezeiungen nahe ... Wo sind denn die Texte?« Kela schob die Zettel mit den abgeschriebenen Prophezeiungen zu Derrim hinüber und dieser zitierte zunächst die Zeilen von Meister Hildebrandt. »*Einst Führer der Olims, geboren für das Licht, doch dunkel sein Herz vor Eifersucht und falschem Stolz. Tötete sein eigen Blut, damit es sich nicht mit denen vermische. Zweimal dreitausend Jahre ...*« Er betonte die Zeitangabe. »*nährte er seinen Zorn.* Und das hier ...« Derrim deutete auf den anderen Zettel. »*Unermessliches Leid wird kommen durch den bösen Plan des einen ...* Damit ist ohne Zweifel Thamar gemeint ... *Täuschung auf beiden Seiten und niemand weiß davon ...* das kann sich nur auf uns Olims und die Inominati beziehen ... *Hass wächst für vierundzwanzig Jahre ...* na ja, wir wissen alle wie schlecht unser Volk auf die Inominati zu sprechen ist seit dem Überfall, und das ist jetzt fast vierundzwanzig Jahre her.«

Ferdan sprang auf und lief im Zimmer auf und ab. »Ja, und wenn wir durch die Mauer könnten und zu den Inominati gingen, dann würden wir vielleicht erfahren, dass auch wir Olims sie angeblich überfallen haben. *Täuschung auf beiden Seiten.* Es muss so sein!«

Camilla stand auch auf. »Ich brauche noch einen Kaffee. Sonst haut es mich noch um.«

Ferdan setzte sich wieder und rieb sich grübelnd die Stirn. Als Camilla den Kaffee brachte und jedem einschenkte, griff er plötzlich über Derrims Arme hinweg und suchte sich einen der Zettel heraus. »Hier, die Visionärin Ana sagt: *Begreift die Wahrheit, damit die Auserwählten nicht zu Opfern werden ...* Bestimmt will

Thamar eine ähnliche Situation schaffen wie vor sechstausend Jahren. Ich vermute, dass Lili und Kelwyn etwa im gleichen Alter sind wie damals Asla und Gavin.«

Camilla zuckte die Schultern. »Sie sind kein Liebespaar.«

»Was nicht ist, kann noch werden«, meinte Kela.

Camilla schüttelte den Kopf. »Lili und Kelwyn gehören beide zu den Olims. Thamar hasst die Inominati.«

»Das ist wahr.«

Eine Weile tranken alle still ihren Kaffee. Dann fiel Derrim etwas ein. »In meinem Traum habe ich noch eine Person gesehen. Was, wenn es doch drei sind, die das gewebte Feenhaar tragen und die dritte Person ein Inominati ist?«

»In den Lili sich dann verliebt? Sodass sich womöglich gleich zwei Männer um sie bemühen und Thamar unseren Kelwyn als Werkzeug benutzen kann? Das wäre eine Katastrophe!« Kela regte sich so auf, dass sie beinahe ihre Kaffeetasse umwarf.

Ferdan legte beruhigend den Arm um sie. »Vielleicht ist die dritte Person ja eine Frau.«

Sie fuhr ihn an. »Glaubst Du etwa, es ist besser, wenn sich zwei Frauen in denselben Mann verlieben?«

Ferdan blies heftig den Atem aus. »Wir müssen eine Möglichkeit finden, Kelwyn und Lili zu warnen.«

Camilla nickte. »Goswin sollte ihnen eine Botschaft durch den Spiegel senden!« Sie stupste Derrim an, der sein Kinn in der Hand aufstützte und wie abwesend wirkte. » Bist du noch da?«

Derrim sah auf und hob dann den Zeigefinger. »Ich habe noch eine Theorie. Damals hat Thamar seine Tochter Asla und Gavin getötet. Damit hat er das Gegenteil erreicht von dem, was er wollte. Olims und Inominati haben sich wieder vertragen. Aslas Mutter Ansgard starb zwar nicht durch Thamars Hand, aber er hat ihren Tod trotzdem zu verantworten und …«

»… damit haben wir zwei Olims und einen oder eine Inominati, die mutmaßliche Konstellation der drei mit dem Feenhaar«, ergänzte Ferdan.

Camilla warf die Arme hoch. »Himmel! Ist das kompliziert. Also geht es doch nicht um zwei oder drei Verliebte.«

»Möglicherweise nein.«

»Wie jetzt?«, fragte Kela verständnislos.

Derrim versuchte, seine Theorie zu erklären. »Das eigentliche Ziel von Thamar war und ist die Vernichtung der Inominati. Aber die Olims haben ihn damals verbannt und ich schätze, das hat er auch nicht gerade positiv aufgenommen. Also will er vermutlich jetzt beide Völker vernichten.«

»Das macht Sinn«, sagte Ferdan.

»Nach dem, was in der Chronik über ihn geschrieben steht, könnte er durchaus überheblich genug sein, um die Große Schlange für seine Zwecke benutzen zu wollen. Vermutlich hat er die Wächter der Schlange entführt, weil er die Elfenhaarträger für irgendetwas braucht. Fragt mich nicht für was, aber der Überfall während des Frühlingsfestes damals war meines Erachtens nur das Vorspiel. Ich glaube, dass Lili und Kelwyn seine Lockvögel sind, um die Vernichtung von Olims und Inominati einzuleiten.«

»Die Mauer ist sein Werk«, überlegte Camilla.

Ferdan sah sie an. »Du könntest recht haben.«

»Schlangenfutter«, meinte Kela auf einmal leise.

»Was?«

»Sonja hatte Angst, dass Lili und Kelwyn als Schlangenfutter eingeplant werden. Ich überlege gerade …« Kela schwieg und sah zu Ferdans Schwester.

Camilla malte mit dem Finger nachdenklich Kreise auf dem Tisch. Plötzlich runzelte sie die Stirn und sah Kela an. »Wenn die magische Mauer tatsächlich Thamars Werk ist — wie kann es dann sein, dass sie nur durch den Hass eines einzelnen Mannes so undurchdringlich wird und so hoch wächst? Seit vierundzwanzig Jahren! Um so etwas zu bauen, müsste man eisern täglich daran bleiben und selbst dann … er hätte für nichts anderes mehr Zeit.«

Kela zuckte mit den Schultern. »Vielleicht hat er etwas, das sie automatisch immer wieder aufs Neue verstärkt?«

»Ja, aber was?«

Derrim schlug sich plötzlich an den Kopf. »Das ist es! Der täuschende Überfall auf beiden Seiten. Hass von beiden Seiten. Das war sein Plan! Die Mauer steht auf der Grenze zwischen unserem Türkisland und dem Dunklen Land der Inominati. Wir selbst sind es, die diese Mauer so unangreifbar machen, und von der anderen Seite sind es die Inominati. Beidseitiger Hass prallt auf die Mauer, die er eigens zu diesem Zweck gebaut hat. Die Inominati glauben, dass wir die Bösen sind und wir glauben umgekehrt das gleiche von ihnen. So wird die Mauer immer stärker, weil keiner weiß, dass wir alle unschuldige Opfer des Einen sind.«

»Das wäre grausam«, sagte Ferdan.

»Ja. Er will wohl, dass wir alle so hassen, wie er hasst.«

Kela warf das Gebäck, nach dem sie gerade gegriffen hatte, in die Schale zurück. »Damit darf er nicht durchkommen!«

Camilla sah von einem zum anderen. »Ich verstehe noch nicht ganz. Was hat er davon? Solange die Mauer steht, können wir nicht aufeinander losgehen und das will er doch, oder etwa nicht?«

»Schlangenfutter!« Kela ballte die Fäuste und in ihren Augen leuchtete Wut. »Bestimmt fällt die Mauer dann, wenn Lili, Kelwyn und der mögliche Dritte mit dem Feenhaar tot sind. Damals haben drei Tote die Völker wieder zusammengebracht. Jetzt sollen drei Tote die Völker vernichten. Verdammt! Er will sie umbringen, um den Inominati den Tod von Kelwyn und Lili in die Schuhe zu schieben und uns den Tod von der dritten Person aus der Prophezeiung, die mit Sicherheit ein Inominati ist. Mit der noch immer schwelenden Wut wegen des Massakers von vor vierundzwanzig Jahren gibt das eine Explosion … und damit er das auch ja erreicht, riskiert er den Untergang unserer ganzen Welt.«

Derrim sprang auf. »Wir müssen zum Neuner-Rat!«

Camilla wurde blass. »Die dürfen auf keinen Fall erfahren, woher wir die Prophezeiungen haben!«

»Sie werden es nicht erfahren!«

»Derrim, die Frage ist doch, ob die uns überhaupt glauben. Wir haben keinen Beweis«, warf Kela ein.

»Aber es ist eindeutig und die sind ja wohl nicht dumm!«

Ferdan nickte. »Die Katastrophe kann nur verhindert werden, wenn unser Volk und genauso die Inominati rechtzeitig erfahren, was gespielt wird. Wir müssen die Mauer selbst zu Fall bringen und deshalb brauchen wir die Hilfe des Neuner-Rats.«

Kela setzte andere Prioritäten. »Lili, Kelwyn und dieser Inominati müssen es erst recht dringend erfahren. Sie sind in Lebensgefahr!«

»Die haben schon gemerkt, dass jemand hinter ihnen her ist. In meinem Traum sind sie geflohen«, widersprach Derrim.

Kela ließ nicht locker. »Wir gehen zu Sonja. Goswin soll Kontakt aufnehmen. Hoffentlich geht es ihnen gut.«

Ferdan unterstützte Derrim. »Kela, es wird schon bald dunkel draußen. Wir gehen zu ihr, wenn wir in der Ratsburg waren. Der Neuner-Rat ist jetzt auf jeden Fall noch da, und den müssen wir unbedingt auf Trab bekommen!«

Derrim stand auf. »Wir müssen auch vorher noch im *Goldenen Baum* vorbeischauen. Vielleicht hat jemand eine Nachricht für uns hinterlassen.«

Widerstrebend fügte sich Kela und wenig später machten sich die Freunde auf den Weg. Camilla begleitete sie noch bis zur Haustüre, wo sie dann beinahe mit Wenzel zusammenstießen, der heute Überstunden gemacht hatte.

Der Fußweg von Camillas Haus bis zur Taverne führte am inneren Ring der Wasserstraße entlang. Die Schritte der Freunde hallten auf dem Kopfsteinpflaster. Niemand begegnete ihnen, die meisten Olims waren um diese Stunde wohl schon zuhause. Nur die Galionsfiguren an den Booten hoben die Köpfe in ihre Richtung. Kela ging mit Ferdan und Derrim an den kleinen Wohnhäusern vorbei, welche die linke Straßenseite säumten. Es brannte Licht in den Fenstern. Dahinter stieg der Berg sanft hoch bis zur Ratsburg. Er schien sich in ein weiches, graublaues Kleid zu hüllen, in dem die Lichter der bewohnten Häuser wie kleine Sterne zu funkeln begannen.

Es nieselte und auf Kelas Armen bildete sich Gänsehaut. In weniger als zwei Wochen begann bereits der November. Sie dachte an Lili und Kelwyn, die irgendwo in den Bergen des Dunklen Landes nach den gefangenen Wächtern suchen mussten. Dort war das Wetter bestimmt um einiges ungemütlicher als hier und bald würde es richtig kalt werden. »Nicht mal was Warmes zum Anziehen haben sie.«

»Was?«, fragten Ferdan und Derrim gleichzeitig. Sie hatten wie Kela still vor sich hin gegrübelt.

»Sie haben nicht nur Thamar auf dem Hals, sondern auch das Wetter gegen sich. Der Winter in den Bergen ist sicher nicht zum Lachen.«

Ferdan nahm Kela in den Arm. »Ich weiß, du machst dir große Sorgen. Aber die beiden sind stark, die schaffen das!«

»Ja«, bestätigte Derrim. Aber er schaute Kela nicht an.

Der Weg bog jetzt in eine Linkskurve und führte die Freunde an der Treppe der Tausend Stufen vorbei. Gleich erreichten sie den »Goldenen Baum«. Die Laterne, welche das Werbeschild des Lokals matt beleuchtete, war schon zu sehen. Sie gingen über den Terrassenvorplatz, der jetzt ein wenig trostlos aussah, vorbei an der großen Kastanie, die den Gästen im Sommer Schatten spendete. Der Baum verlor seine Blätter. Sie lagen vom Wind verstreut am Boden und der schwache, gelbliche Lichtschein der Lampe ließ sie im Regen dunkel aufglänzen.

Derrim hielt die Tür zur Taverne auf und sie traten ein. Um diese Zeit war das Lokal noch kaum besetzt. Das abendliche

Hauptgeschäft begann erst zu späterer Stunde. Der übliche Essensgeruch lag nur ganz schwach im Raum, doch der süßliche Rauch von Zigarren hüllte das Lokal wie immer in feinen Nebel. Auf dem Tresen stand ein Tablett mit schmutzigen Gläsern und einem leer gegessenen Teller. Dahinter stand der Wirt und bearbeitete die Tresenfläche in weit ausholenden Bewegungen mit einem Lappen. Dabei brabbelte er etwas Unverständliches vor sich hin. Als er die Eintretenden erkannte, hellte sich seine Mine auf und er winkte sie her. »Gibt's was Neues?«

Ferdan machte eine Bewegung mit Kopf und Schultern, die genauso gut Ja wie auch Nein hätte bedeuten können. »Und bei dir, Albin? Hat sich jemand gemeldet?«

Der Wirt wies mit dem Kopf auf einen Mann, der versteckt an dem Tisch in der Ecke rechts neben dem Eingang saß. »Der dort, der wartet seit Stunden. Hat nichts raus gelassen, meinte nur, er will es euch selbst sagen.«

Kela schaute zu dem Mann hinüber, der jetzt auf sie aufmerksam wurde. Er sah etwas derb aus, machte aber einen freundlichen Eindruck. Kela ging mit den Freunden auf ihn zu.

Ferdan sprach den Mann an. »Hallo, der Wirt sagte, dass du etwas für uns hast.«

»Seid ihr die Freunde von den beiden mit dem Feenhaar?«

»Ja«, erwiderte Ferdan.

Als der Mann nickte, setzten sie sich an den Tisch.

»Wie heißt du?« fragte Derrim.

»Bruno Feger … und das bin ich auch.«

Kela zog die Augenbrauen hoch. »Bitte?«

»Bin Straßenfeger hier in Astral.« Der Mann grinste, wurde dann aber schnell ernst. »Weiß nicht, ob es von Bedeutung ist«, sagte er mit gedämpfter Stimme und kramte einen kleinen, schwarzen Beutel aus seiner Tasche. »Die anderen haben mich ausgelacht und gemeint, ich sehe Gespenster. Aber ich wollte euch das hier trotzdem zeigen.« Er zog einen kleinen, länglichen Gegenstand aus dem Beutel und legte ihn auf den Tisch.

»Wo hast du das her?«, fragte Derrim überrascht.

»Ich habe es gefunden. Beinah hätte ich das weggefegt. Ist ja so klein, dass man es übersehen kann. Es ist also wichtig?«

»Und wie!«

»Dann hab ich mich doch nicht getäuscht!« Bruno nickte zufrieden. »Hab nämlich vor einiger Zeit einmal etwas über die Dinger gelesen und dass so etwas ausgerechnet jetzt bei uns auftaucht, fand ich schon seltsam.«

Kela drehte sich um, weil sie in ihrem Rücken Blicke spürte. Der Wirt reckte den Hals, um zu sehen, was vor den drei Freunden auf dem Tisch lag. Aber sie kümmerte sich nicht weiter darum. »Bruno, sagst du uns, wo du das gefunden hast?«, fragte sie drängend. »Es könnte wichtig sein!«

»Heute Morgen habe ich mir mit meinen Kollegen den Hohlweg um das Nordtor vorgenommen. Da machen wir nur alle paar Wochen sauber. Verirrt sich ja kaum jemand in die Gegend, weil das Tor schon lange geschlossen ist. Aber als wir dorthin kamen, hat es fürchterlich gestunken. Kann's gar nicht richtig beschreiben, war ein ekliger, beißender Geruch. Wir fanden dann hinter den Büschen neben dem Tor einen Haufen Abfall, in einer dampfenden, matschigen Brühe. Sah aus, als ob dort vor Kurzem noch jemand gelegen hätte. Aber wer kann so einem Gestank schon aushalten, frage ich euch. Ist jedenfalls unvorstellbar. Wir haben den Dreck dann weggeschafft. Mussten uns die Nase zuhalten, so übel war das. Na ja, und auf einmal sehe ich's glänzen. Hab erst nicht darauf geachtet und wollte es wegschaffen wie den anderen Mist. Aber dann habe ich erkannt, was es ist und da ist mir eingefallen, was es damit auf sich hat. Hab zu meinen Kollegen gesagt, dass das von *ihm*, dem Untoten ist. Aber sie haben es nicht geglaubt und bloß gelacht.«

»Wir lachen ganz gewiss nicht, Bruno«, sagte Derrim ernst.

Kela und Ferdan pflichteten bei. »Nein, bestimmt nicht.«

Sie betrachteten die goldene Feder, die vor ihnen auf dem Tisch lag. Keiner traute sich, sie in die Hand zu nehmen.

Derrim schaufte auf. »Jetzt haben wir den Beweis, Thamar lebt, und jemand aus seinem Gefolge war in Astral. Vermutlich Schattenrosswandler, es gab da Gerüchte. Dem Neuner-Rat bleibt jetzt nichts anderes übrig, als uns zu glauben.« Er sah Bruno an. »Du hast unserer Welt durch deine Aufmerksamkeit vielleicht einen größeren Dienst erwiesen, als du dir vorstellen kannst.«

»Dann bin ich's zufrieden«, meinte Bruno und schob Derrim noch den Beutel hin, in dem er die Feder aufbewahrt hatte. »Ist vielleicht besser, wenn man sie nicht so oft anfasst. Das Ding hat keine gute Energie.«

»Danke.« Derrim schob die Feder in den Beutel und wollte einen Zauber sprechen, der die negative Energie darin band.

Bruno wehrte ab. »Hab ich schon getan, gleich als Erstes.«

Er winkte dem Wirt, weil er bezahlen wollte. Aber Derrim ließ das nicht zu. »Deine Rechnung übernehmen wir.«

Bruno Feger nickte dankend und stand auf. »Meine Frau wartet schon.« Er gab jedem die Hand, um sich zu verabschieden. Sein Gesicht hatte jetzt einen sehr ernsten Ausdruck. »Möge die Göttin die mit dem Feenhaar schützen, und euch, und uns alle.«

Albin Herzhauser, der Wirt, der auf den Wink von Bruno hin schnell an den Tisch geeilt war, konnte seine Neugier nicht mehr zügeln. »Und? War's was Wichtiges? Was ist das in dem Beutel?« Sein Blick flog von einem zum anderen, während er von Derrim das Geld abkassierte.

Ferdan griff nach dem Beutel auf dem Tisch und hängte ihn sich um den Hals. »Da drinnen ist der Beweis, der unseren Feind entlarven wird.«

»Ah, die Inominati«, rief der Wirt überzeugt.

»Nein, Albin, die sind so unschuldig wie wir und der Überfall damals, das waren sie auch nicht.«

Als sie die Taverne verließen, blickte ihnen der Wirt verdutzt nach. Kela war sicher, dass er bald beginnen würde, die Neuigkeiten von der Unschuld der Inominatis zu verbreiten und das konnte nur gut sein.

Draußen vor der Taverne zeichnete Kela ein Lichttor in die Luft, durch das sie zur Ratsburg gelangten. Sie hätte das auch in der Taverne tun können, aber es brauchte nicht jeder zu wissen, was sie heute noch vorhatten. Es war auch keine Zeit mehr, um sich durch weitere Fragen von Wirt oder Gästen aufhalten zu lassen.

Wenig später standen sie bereits auf dem Vorplatz der Ratsburg. Nur auf der linken Seite des Gebäudes, im ersten Stock, brannte noch Licht. Der Rat war noch hier. Jetzt mussten sie überzeugend sein! Hoffentlich war die Feder dann Beweis genug.

Die Freunde hatten vereinbart, dass Derrim vor dem Rat sprechen sollte. Sein Herz klopfte schneller, als sie auf den ersten Torweg zugingen, wo die seitliche Tür zu ihrer Linken noch offen stand. Sie stiegen die schmalen Stufen hinauf in den ersten Stock, eilten durch den langen Korridor mit der Bildergalerie und wurden erst langsamer, als sie das Foyer erreichten. Aus dem Sitzungssaal klangen aufgeregte Stimmen.

Während Derrim überlegte, ob sie anklopfen sollten oder einfach hineingehen, öffnete sich die Tür und Parvis Ogert kam heraus, der Sekretär von Meister Bertram.

»Was wollt ihr? Es ist spät, die Tagung des Neuner-Rats geht gerade zu Ende. Ihr könnt sie nicht mehr sprechen.«

»Doch!«, widersprach Derrim. »Was wir zu sagen haben, ist wichtig!«

»Kommt morgen wieder.« Parvis drängte sie weg.

»Bitte! Fass mich nicht an!« Derrim zog seinen Arm aus Parvis' Griff. »Wir haben Nachrichten, die nicht warten können.« Er ging wieder auf die Tür des Sitzungssaals zu, aber Parvis stellte sich davor.

»Sei vernünftig. Die Räte können sich vor Erschöpfung kaum noch auf den Beinen halten. Kommt morgen wieder.«

Derrim verlor allmählich die Geduld. »Wir hatten auch einen harten Tag. Trotzdem werden wir da hineingehen und die Räte werden wohl oder übel noch ein wenig auf ihren Schlaf verzichten müssen.« Derrim Stimme klang klar und laut. Auf keinen Fall würde er sich von diesem Sekretär abweisen lassen, der sie behandelte, als seien sie kleine Kinder, die ein Spielzeug zeigen wollten. Er versuchte, den Türknauf zu erwischen, aber Parvis wehrte ab.

»Nein«, kreischte er. »Ich sage euch, es geht nicht mehr.«

Bevor die Situation eskalieren konnte, wurde die Tür von innen geöffnet. Meister Bertram streckte den Kopf heraus. »Parvis, was ist hier los?«

»Ich habe denen gesagt, dass sie euch nicht mehr sprechen können.«

»Ist gut, Parvis.« Der Präfekt nickte dem Sekretär zu und sah die drei Freunde durchdringend an. »Es müssen schon sehr wichtige Neuigkeiten sein, wenn das nicht bis morgen Zeit hat.«

»Überlebenswichtige Neuigkeiten!« Derrim hielt seinem Blick stand.

»Also gut.«

Die Freunde marschierten hinter Meister Bertram in den Sitzungssaal. Die Räte sahen auf und Derrim spürte deutlichen Unmut. Sie begriffen wohl, dass der Abend länger dauern würde als geplant. Die Frauen und Männer sahen müde und frustriert aus. Ihre Diskussionen hatten anscheinend bislang zu keinem greifbaren Ergebnis geführt. Derrim schaute sich nach Phelan um. Der Waldelf saß ausgerechnet neben Nestor, dem notorischen Zweifler. Sein Gesichtsausdruck ließ darauf schließen, dass auch er allmählich die Geduld verlor. Beim Anblick von Kela, Ferdan und Derrim hellte sich seine Mine jedoch auf.

»Die Freunde von Lili und Kelwyn haben Neuigkeiten und wir werden sie anhören«, sagte Meister Bertram zu seinen Räten.

User, der seinen Platz direkt neben Meister Bertram hatte, seufzte. »Also gut. Aber bitte schnell, wir sind alle müde.«

»Das kann ich nicht versprechen, aber es wird schneller gehen, wenn ich ohne unterbrochen zu werden erzählen kann«, erwiderte Derrim mit fester Stimme. Er ignorierte den strengen Blick von Davina, die wohl glaubte, dass die Freunde mehr Respekt zeigen sollten. Derrim fühlte sich durch Phelans Anwesenheit gestärkt. Der Waldelf war klug. Als sie sich setzten, neigte er den Kopf in seine Richtung und lächelte ihm zu. Dann begann er mit seinem Bericht. »Heute Nacht hatte ich einen Traum. Ich sah Lili, Kelwyn und noch jemanden. Sie waren auf der Flucht vor einem Verfolger …«

Die Frau an Bertrams Seite fuhr auf. »Du willst uns doch nicht etwa wegen deines Albtraums hier festhalten!«

»Davina, bitte! Der junge Mann wird im nächsten Jahr Geschichtsvision studieren. Ich habe seine Unterlagen gesehen und er hat eindeutig die dazu notwendigen visionären Fähigkeiten. Es ist also mit Sicherheit nicht nur ein gewöhnlicher Traum, von dem er erzählen will«, sagte der Präfekt beschwichtigend.

Derrim ignorierte die überraschten Blicke von Ferdan und Kela und berichtete weiter. Bald kam er auf die Prophezeiungen zu sprechen. Er erläuterte die Zusammenhänge, die sie erkannt hatten. »Alle drei Texte laufen auf dasselbe hinaus. Sie warnen und zeigen, wer der wahre Feind ist, der unsere Völker vernichten will.«

Phelan gab zwischendurch bestätigende Laute von sich. Davina wurde jedoch immer missmutiger.

Anklagend hob sie ihre Stimme. »Die Texte von Hildebrand und Ana sind streng geheim. Wo habt ihr die her?«

»Unsere Quelle ist genauso geheim wie die Texte. Wir werden sie nicht preisgeben«, sagte Derrim schnell.

»Bertram, das kannst du nicht zulassen. Er muss es sagen. Was wird wohl geschehen, wenn das Volk von solchen Horrorvisionen erfährt. Nicht auszudenken, welche Panik …«

Derrim konterte sofort. »Die Leute sind keineswegs dumm oder leichtgläubig, und wenn man ihnen solche Texte nicht vorenthalten würde, dann gäbe es wahrscheinlich eine ganze Reihe mehr Olims, die hinter den Täuschungsmanövern machtgieriger Dunkelmagier die Wahrheit erkennen würden. Die warnenden Stimmen wären lauter geworden und das wäre gut gewesen. Vermutlich wäre es dann gar nicht erst so weit gekommen wie jetzt.«

Derrim war klar, dass niemand die Kritik in seinen Worten überhören konnte. Es war ihm egal. Seine Stimme klang klar und sein Blick richtete sich fest auf die Räte. Es brachte alle und besonders Davina zum Schweigen. Hilfesuchend sah sie zu Bertram. Doch der Präfekt ließ nicht erkennen, was hinter seiner Stirn vorging. »Erzähl weiter«, forderte er Derrim auf.

Jetzt kam der schwierigste Teil. Derrim erzählte, was sie in der *Chronik bedeutender Magier* über Thamar gelesen hatten. Er brachte ihn in Zusammenhang mit den Prophezeiungen, fügte die einzelnen Puzzleteile zusammen und erklärte, wie sie darauf gekommen waren, dass es dieses Wesen war, das alle vernichten wollte.

Nestor fegte seine Worte mit einer Handbewegung weg. »Das ist absolut unmöglich. Lächerlich ist das, der ist seit Langem tot.«

»Er wurde im Laufe der Jahrtausende immer wieder gesehen.«

»Einbildung! Niemand kann so lange leben, auch wenn sich das vielleicht ein mancher wünscht.«

»Nur weil unsere eigene Lebenszeit auf vierhundert Jahre begrenzt ist, bedeutet das nicht, dass es unmöglich ist, so lange zu leben.«

Ferdan unterstützte ihn. »Er ist es, das ist sicher!«

»Ihr blast ins gleiche Horn wie Phelan. Vermutungen, unhaltbares Geschwafel, das jeder Grundlage entbehrt. Die Inominati …«

»Nestor, bleib doch nicht immer an den Inominati kleben. Ich verstehe dich nicht. Du bist ein so kluger Mann. Warum bezweifelst ausgerechnet Du, dass es mehr Dinge zwischen Himmel und Welten …« Phelan konnte seinen Satz nicht einmal zu Ende sprechen.

»Magie ist Realität, dass sie unsterblich macht, nicht!« Nestors Faust krachte auf den Tisch.

Meister Bertram hob beschwichtigend seine Hände. »Ruhe, so kommen wir nicht weiter.« Er wandte sich wieder an Derrim. »Eure Theorie ist gut und schön und ich weiß, dass Phelan, den ich ganz gewiss sehr schätze, wohl ebenfalls eurer Meinung ist.« Er verneigte sich leicht in Phelans Richtung, der die Verbeugung erwiderte, und fuhr fort. »Wir brauchen trotzdem ein bisschen was Handfesteres.«

»Nur aufgrund von alten Geschichten können wir nicht handeln. Ich wüsste auch nicht, wie uns das alles weiterbringen soll«, sagte der Ratsherr User. Im Gegensatz zu Nestors Stimme klang seine sanft.

»Wir können unsere Theorie beweisen.« Derrim ließ sich von Ferdan den Beutel geben, den sie von Bruno Feger erhalten hatten, und ging damit zum Platz des Präfekten. Meister Bertram nahm ihn entgegen und öffnete ihn. Als er die kleine goldene Feder herausholte und vor sich auf den Platz legte, ging ein Raunen durch den Raum. Derrim hatte diese Feder in seiner Erzählung über Thamar bewusst nicht erwähnt. Die Reaktion des Rates war jedoch eindeutig. Sie wussten, was das war. Bertrams Räte erkannten Thamars Erkennungszeichen und in ihren Gesichtern konnte er lesen, wie beunruhigt sie waren. Meister Bertram wollte die goldene Feder den vier Frauen zu seiner Linken weiterreichen, doch die lehnten ab. Davina machte ein angeekeltes Gesicht. Die Männer schienen mutiger. Doch keiner behielt die Feder lange in der Hand und sie reichten sie ungewöhnlich schnell weiter. Als Nestor die Feder bekam, nahm er sie auf seine Handfläche, um sie genau zu betrachten. Doch auch er ließ sie wieder fallen, als wenn er sich verbrannt hätte. Phelan lehnte ab, als Nestor ihm die Feder zuschieben wollte und so wanderte sie wieder zurück zu Meister Bertram. Der nahm die Feder auf und verstaute sie in ihrem Beutel.

»Wo habt ihr die her?«, fragte er.

»Ein Straßenkehrer hat sie uns gegeben. Er hat sie am Nordtor gefunden. Seiner Aussage nach schien es, als ob sich dort jemand längere Zeit aufgehalten hat. Wir vermuten, dass es Schattenrosswandler waren, die diese Feder dort verloren haben. Der Gestank an dem Platz, den er beschrieb, würde zu ihnen passen«, sagte Derrim.

»Ja, und Schattenrosswandler gehörten schon immer zu Thamars dunklem Gefolge«, ergänzte Ferdan.

Nestor stützte die Ellbogen auf dem Tisch auf, verschränkte die Finger ineinander und lehnte kurz sein Kinn darauf. Dann sah er zu Phelan. »Ich glaube, ich muss mich bei dir entschuldigen«, sagte er. Er wies auf den Beutel mit der Feder. »Dieses Ding ist durchtränkt mit sehr aktiver, schwarzer Magie. Es ist keine alte Feder, sondern eine neue und es gab nur einen einzigen Mann, der so etwas herstellen konnte — Thamar. Also lebt er wohl tatsächlich noch, und wie es aussieht, hat er wieder Anhänger gefunden.«

»Gut«, sagte Phelan herzlich. »Dann sind wir einer Meinung.«

Meister Bertram schaute Derrim, Ferdan und Kela an. »Ich sehe euren Gesichtern an, dass ihr darauf drängt, zu handeln.«

»Ja!«, erwiderte Derrim. »Die Mauer muss fallen, ehe Thamar zum Ziel kommen kann. Lili, Kelwyn und der dritte Feenhaarträger, den ich in meiner Vision gesehen habe, dürfen ihm nicht zum Opfer fallen. Wir werden morgen versuchen, über Goswin Kontakt aufzunehmen. Hoffentlich ist es nicht zu spät. Die Inominati müssen erfahren, was wir wissen. Nur wenn wir wieder ein Volk werden, kann die Vernichtung abgewandt werden.«

User hob in einer resignierenden Bewegung die Arme. »Die Mauer rührt sich nicht. Wir haben alles probiert.«

»Nicht alles.« Kela legte den Finger an die Nase und überlegte laut. »Hass und Zerstörungswut hat die Mauer gestärkt …«

Meister Bertram schaute sie an, als ob sie gerade die Lösung angeboten hätte. Er war plötzlich wieder voller Energie. »Das ist es! Warum ist keiner darauf gekommen? Es braucht das Gegenteil, Liebe und der Wille zur Versöhnung. Das wird sie schwächen und zum Einsturz bringen!«

Nestor seufzte auf. »Ja. Es könnte wahr sein. Eine Mauer, erschaffen durch zornigen Geist und wir Olims haben alle kräftig daran mitgebaut.« In seiner Stimme lag tiefes Bedauern.

Meister Bertram schüttelte verwundert den Kopf. »Dabei hätten wir es merken müssen. Je gewaltsamer wir auf die Mauer losgegangen sind, desto mehr leistete sie Widerstand.« Er stand auf und wandte sich an seine Ratsmitglieder. »Gut. Machen wir Schluss für heute. Morgen früh treffen wir uns hier im Sitzungssaal und besprechen das weitere Vorgehen. Phelan, ich hoffe du bist auch wieder dabei?«

»Natürlich.«

»Schön.« Bertram sah Derrim an. »Ich bin froh, dass ihr so hartnäckig wart. Geht ihr jetzt noch zu Sonja?«

»Das haben wir vor.« Derrim nickte.

»Grüßt sie von mir und sagt ihr, dass ich morgen zu ihr komme.«

Die Ratsversammlung löste sich auf. Die Anstrengung der letzten Tage stand allen ins Gesicht geschrieben, doch es gab wenigstens wieder Hoffnung. Keiner von den Ratsmitgliedern schaute die Freunde noch schief an und selbst Davina brachte es fertig, im Hinausgehen grüßend den Kopf zu neigen. Derrim, Ferdan, Kela, sowie Phelan und Meister Bertram verließen die Ratsburg als letzte.

Der Präfekt hielt Ferdan zurück. »Ich weiß, dass eure Informationen über die Prophezeiungen nur aus der geheimen Bibliothek stammen können.« Als Ferdan darauf nichts erwiderte, lächelte er. »Wenzel hat nichts zu befürchten, ich bürge dafür, sag ihm das, falls er Bedenken hat. Er hat in dieser Ausnahmesituation richtig gehandelt.«

Draußen im ersten Tordurchgang wandte der Präfekt sich nach links, um zu den Gebäuden im hinteren Bereich der Ratsburg zu gehen, wo die Wohnungen des Neuner-Rats lagen.

Phelan schaute ihm nach und sah dann die Freunde an. »Ihr könnt stolz auf euch sein«, meinte er anerkennend. »Ohne das, was ihr herausgefunden habt, hätte ich die Räte niemals von der Richtigkeit meiner Vermutung überzeugen können. Jetzt haben wir eine Chance, zu Lili und Kelwyn durchzukommen. Meister Bertram sah sehr zuversichtlich aus, als er eben ging. Das ist ein gutes Zeichen.«

Als Phelan gegangen war, erloschen in der Ratsburg und auf dem Vorplatz die Lichter. Nur die Notbeleuchtung spendete noch ein wenig Helligkeit. Der Mond versteckte sich hinter dichten Wolken und die Sterne schienen sich auch zum Rückzug entschlossen zu haben. Nur vereinzelt war ihr schimmernder Glanz zu sehen. Es hatte zwar aufgehört zu regnen, aber noch war die Erde nass. Ein paar Wasserpfützen spiegelten in der Dunkelheit. Derrim musste aufpassen, wohin er trat. Er war jedoch sehr erleichtert, dass alles so gut abgelaufen war. Nun mussten sie nur noch Sonja Bericht erstatten und erfahren, ob Goswin wieder Kontakt gehabt hatte.

Kela lächelte Derrim an. »Du warst echt gut da drinnen. Dabei haben es dir die Räte wirklich schwer gemacht. Ich hätte mich nie getraut, so deutliche Worte zu sagen, obwohl ich so denke wie du.«

Derrim freute sich, aber er fand, dass Kela, Ferdan und auch Camilla genauso Lob verdienten. »Wir haben es gemeinsam geschafft … und der Straßenfeger sollte einen Orden bekommen!«

Ferdan legte die Hand auf seine Schulter. »Ja … aber sag mal, warum hast du uns nicht gesagt, dass du *so stark* visionsbegabt bist? Wenn ich mir vorstelle, dass du als Geschichtsvisionär nur durch die Berührung eines Artefakts dessen Vergangenheit wirst sichtbar machen können. Das ist echt der Hammer! «

Derrim zuckte die Schultern. »Ich gehe ungern damit haussieren. Man wird zu schnell als Spinner gebrandmarkt.« Er zögerte. »Ich wusste nicht, wir ihr reagieren würdet …«

»Wir gehören nicht zu denen, die Dinge, welche sie nicht verstehen, gleich belächeln. Du hast uns mit deiner Vision auf die richtige Spur gelenkt. Wir sind froh über deine Fähigkeit!« Ferdan schob Derrim und Kela weiter. »Gehen wir, bis zum Transporttor am Strand ist es noch eine Strecke zu laufen, aber das tut uns jetzt gut.«

Während sie die Tausend Stufen hinuntergingen, rutschte die silbrige Scheibe des Mondes langsam hinter einer Wolke hervor, rund und voll. Kela zeigte nach oben . »Er hat einen roten Hof.«

Derrim schaute den Mond auch an. »Ja.«

Er empfand diese Verfärbung beunruhigend, obwohl er wusste, dass es mit dem Wetter zusammenhing. Ihm war, als ob dieser Mond auf einen schweren Kampf hindeutete. Derrim seufzte. Sie taten, was sie konnten! Aber hatten Lili und Kelwyn überhaupt eine Chance?

Lili lag auf einem Feldbett in Ardrics Zelt und starrte auf die silberfarbenen Pfosten des Bettes. An der oberen Spitze schlossen sie jeweils mit einer Kugel ab, auf der die Figur eines Greifs saß.

»Guten Morgen, Schönheit.« Kelwyn griff nach ihrer Hand.

Ardric stand hinter ihm. »Da bist du ja wieder.«

Lili drehte den Kopf zu den beiden hin. Das Bett knarrte bei ihrer Bewegung und sie lauschte irritiert. »Was ist passiert?«

»Du bist ohnmächtig geworden«, erklärte Kelwyn.

»Oh nein, wie peinlich.« Lili schloss die Augen. Allmählich setzte die Erinnerung wieder ein.

»Das muss dir nicht peinlich sein. Du warst großartig heute Nacht.« Ardric ging neben ihr in die Hocke.

Kelwyn nickte. »Ja. Wenn du es nicht geschafft hättest, uns den Weg aus dem verfluchten Wald freizusprengen, dann wären wir jetzt tot. Aber nun sind wir in Sicherheit.«

»Barb?« Lili versuchte, sich aufzurichten. Aber es wurde ihr schwindelig und sie fiel ins Kissen zurück.

Kelwyn wies in den hinteren Teil des Zelts. Als ob der Rabe auf das Stichwort gewarte hätte, kam er herangeflogen, landete auf dem Bett und rieb seinen Kopf in Lilis Hand. Sie entspannte sich und allmählich kehrte die Farbe in ihr Gesicht zurück. Sie schaute zu Kelwyn. »Hast du mich hierher getragen?« Als er nickte, blitzte es in ihren Augen schalkhaft auf. »Hm … dann hast du wohl da draußen ein paar Teile von mir liegen lassen. Sei so lieb und hol sie.«

Kelwyn lachte. »Du hast einen handfesten Kater. Das ist aber auch kein Wunder nach dem Energieschock, den du dir verpasst hast. Ardrics Männer reden immer noch davon, wie du auf die Schattenrosswandler losgegangen bist.«

Ardric erhob sich ächzend aus seiner hockenden Haltung und nickte. »Eins steht fest, die werden dich mit größtem Respekt behandeln.«

Lili rollte sich auf die Seite. »Oh je, ich muss mich ja schrecklich aufgeführt haben.«

»Zum Fürchten«, erwiderte Kelwyn, doch sein warmer Händedruck beruhigte sie. »Schlaf dich erst einmal richtig aus.«

Ardric wies auf die zwei Feldbetten hinter ihr. »Wir legen uns jetzt auch aufs Ohr.« Als er bemerkte, dass sie sich aufsetzen wollte, legte er seine Hand auf ihre Schulter. »Keine Sorge, das Zelt wird draußen von mehreren Männern bewacht und die Schutzwand ist auch noch da. Hier kann uns nichts passieren.«

»Du kannst uns wecken, wenn dich was beunruhigt«, meinte Kelwyn.

Als er gehen wollte, um sich auch hinzulegen, hielt Lili seine Hand fest. »Danke.«

»Wofür?«, fragte er lächelnd.

Aber sie drückte nur seine Hand, drehte sich dann im Bett um und schlief ein.

Als Lili wieder erwachte, fühlte sie sich schon wesentlich besser. Sie erhob sich und warf einen Blick auf die zwei Feldbetten hinter ihr. Sie waren leer. Im gleichen Moment, wie sie begriff, dass Kelwyn und Ardric nicht mehr da waren, nahm sie eine Bewegung aus der linken Ecke, vorne neben dem Zelteingang wahr. Ihr Kopf flog herum. Lili erkannte die Umrisse einer männlichen Person, die sich aus dem Schatten dort vorbeugte. Sofort sprang sie auf, um den vermeintlichen Feind abzuwehren.

»Immer mit der Ruhe, ich tue dir nichts«, brummte eine tiefe Stimme. »Mein Herr Ardric hat mich beauftragt, auf dich aufzupassen. Er ist mit dem anderen Olim draußen, um die Lage zu besprechen.«

Lili ließ sich so heftig auf das Bett zurückfallen, dass die Holzkonstruktion ächzte. Mit klopfendem Herzen blieb sie sitzen. »Warum erschreckst du mich?«

»Hatte nicht die Absicht«, sagte der Mann.

Lili erinnerte sich an ihn. Zusammen mit einem anderen Mann hatte er Ardric den Flugmantel vom Rücken gezogen. Schon da war er ihr aufgefallen. Als einziger der Soldaten trug er einen buschigen Vollbart. Es gab ihm ein wildes Aussehen. Seine kräftige, muskulöse Gestalt unterstrich das noch. Er hatte so dichtes mahagonibraunes Haar, wie sie es noch nie gesehen hatte. Zusammen mit dem Bart rahmte es sein breites Gesicht ein und ließ die blauen Augen darin intensiv aufstrahlen. Jetzt sah er sie unverwandt an, sodass sie ganz nervös wurde.

»Wie heißt du?«, fragte Lili.

»Bolko Bernheimer«, erwiderte er, ohne den Blick abzuwenden.

Sie neigte den Kopf. »Lili Dix.« Dann schaute sie ihn auffordernd an. »Danke Bolko, du musst jetzt nicht mehr bei mir ausharren. Ich sage Ardric, dass du deinen Auftrag erfüllt hast.«

Er rührte sich nicht vom Fleck sondern blieb lässig in seiner Ecke auf dem Stuhl sitzen, umfasste mit der rechten Hand seinen Speer und stützte ihn senkrecht auf dem Boden ab. Es schien, als ob er sie mit seinem Blick herausfordern wollte, zu was auch immer.

Bolko beobachtete Lili genau. Er wollte wissen, wer die Frau war, die ihnen heute in der Früh so ein Schauspiel geliefert hatte. Ihre geheimnisvollen Augen machten ihn neugierig. Sie waren noch dunkler als die von seinem Herrn Ardric. Nie hatte er jemanden gekannt, dessen Blick so intensiv war, wie der dieser Frau. Er musste herausfinden, was diese Olim hinter ihren Augen verbarg. Sie wich ihm jedenfalls nicht aus, aber sie war auch klug genug, sich nicht auf ein Blickduell mit ihm einzulassen. Ihr Rabe, den sie so verteidigt hatte, saß jetzt auf ihrer Schulter. Bolko beobachtete, wie Lili aufstand und sich auf dem kleinen Tischchen neben dem Bett ein Glas Wasser eingoss. Sie schüttete ein wenig davon in ihre hohle Hand und hielt das

Wasser ihrem Raben hin. Erst dann trank sie selbst. Es berührte ihn irgendwie. Wenn sie eine Inominati wäre, dann hätte ihn das restlos überzeugt. Doch sie war eine Olim, leider.

»Was ist?« fragte Lili, da er keine Anstalten machte, zu gehen.

»Nichts.«

»Nun, ich kann jetzt alleine auf mich aufpassen.«

»Mein Herr sagt mir, wann mein Auftrag erfüllt ist.«

»Ich schicke ihn zu dir.« Lili ging zum Zelteingang, um hinauszugehen und nach Kelwyn und Ardric zu suchen. Bolko lehnte sich aus seinem Stuhl vor und versperrte ihr mit seinem Speer den Weg.

»Was soll das?« fragte sie ärgerlich.

»Du sollst hier warten, bis sie zurück sind.«

»Warum?«

»Sie wollen, dass du dich ausruhst.«

»Ich bin ausgeruht!« Lili versuchte, seinen Speer wegzudrücken. Es gelang ihr nicht.

Bolko sah, wie ihre Augen wütend zu funkeln begannen, aber er verzog keine Miene.

»Bin ich etwa eine Gefangene?«, fragte sie.

»Du musst es nicht so nennen.«

»Ich will zu Kelwyn und Ardric, lass mich durch!«

Es schien ihm fast, als ob sie mit dem Fuß aufstampfen wollte. Aber sie beherrschte sich, schaute ihn nur mit befehlendem Blick an. Bolko war sich durchaus im Klaren darüber, dass sie seinen Speer mit ihrer Magie hätte beiseitefegen können. Sie tat es nicht. Im Stillen gab er zu, dass sie trotz ihres Ärgers besonnen blieb.

Lili flüsterte Barb etwas zu und der Rabe flog davon. Sie sah ihm eine Zeit lang nach, dann wandte sie sich zu Bolko um und sah ihm direkt in die Augen. »Du willst mich wohl herausfordern!«

»Wie kommst du darauf?« Bolko grinste breit in seinen Bart, aber da draußen bereits schnelle Schritte klangen, wollte er Lili nicht weiter reizen. »Alles gut! Du kannst deine Krallen wieder einziehen.«

Barb flog ins Zelt herein und hinterher stürmten Ardric und Kelwyn. »Was ist passiert?«

»Nichts ist passiert, Herr. Haben uns nur unterhalten.« Bolko saß noch immer grinsend in seinem Stuhl in der Ecke, aber seinen Speer rammte er nun in den Boden.

Lilis Zorn richtete sich umgehend auf Ardric. »Warum lässt du mich hier wie eine Gefangene bewachen?« Ihr Blick flog von ihm zu Kelwyn. »Warst du etwa damit einverstanden?« Sie sog tief den Atem ein. »Wenn ihr glaubt, ihr könnt über meinen Kopf hinweg entscheiden, bloß weil ihr Männer seid, und ich folge euch dann wie ein braves Lamm, dann habt ihr euch getäuscht. Es geht hier auch um mein Leben und da hab ich wohl ein Wörtchen mitzureden.«

Ardric und Kelwyn hatten mit allem gerechnet, aber nicht damit, dass Lili ihnen Vorwürfe machen würde.

»Lili, niemand will … Bolko! Was in allen Welten hast du zu ihr gesagt?«, fragte Ardric streng.

Bolko hatte bei Lilis Wortschwall angefangen, zu lachen. Jetzt schüttelte er den Kopf. »Hab nur gesagt, dass ihr gesagt habt, sie soll sich ausruhen.«

»Er hat mich nicht aus dem Zelt hinausgehen lassen.« Lilis Stimme überschlug sich fast.

»Bolko, was sollte das?«

»Hab nur auf sie aufgepasst, wie befohlen.«

»Aber du solltest sie nicht hier festhalten«, seufzte Ardric.

»Das ist wahr. Aber immerhin weiß ich jetzt, dass die Frau in Ordnung ist, Herr Ardric.« Bolko zeigte auf Lili. Er stand auf, ging zu ihr hin und streckte ihr die Hand entgegen. »Schlag ein. Ich kann dir nicht versprechen, dass ich dich nicht mehr ärgern werde. Doch ab jetzt seid ihr zwei mir genauso wichtig wie mein Herr Ardric, und ich werde euch mit meinem Leben verteidigen, wo ich kann. Das schwöre ich.«

Lili begriff, dass Bolko es ehrlich meinte mit seinem Schwur, und gab ihm, wenn auch zögernd, die Hand. »Also gut, aber lass mir in Zukunft meine Bewegungsfreiheit.«

»Nur wenn es ungefährlich ist«, brummte er.

»Ist jetzt alles wieder in Ordnung?«, fragte Kelwyn vorsichtig.

Lili schaute ihn an. »Was habt ihr da draußen gemacht?«

Bolko fing wieder an, zu lachen. Ardric warf ihm einen rügenden Blick zu und wandte sich an Lili. »Wir haben mit Owe geredet. Er ist unser strategischer Berater. Owe drängt darauf, heute noch den Sichtbereich des Grenzwaldes zu verlassen.«

»Und?«

»Was und?«

»Wann brechen wir auf?«

Ardric schüttelte den Kopf. »Soweit waren wir noch nicht. Wir wollten dich ausschlafen lassen.«

»Danke für die Rücksicht, aber jetzt bin ich wach und ich will hier weg.« Lili war noch nicht ausgesöhnt.

»Bolko, hol bitte Owe her«, sagte Ardric ruhig.

Als er gegangen war, schoben die Männer Lili auf das Bett zu und sie setzten sich alle drei hin, Lili in ihrer Mitte.

Kelwyn legte den Arm um ihre Schulter. »Lili, niemand will dich übergehen. Wir wollten nur, dass du dich erholst. Du hast immerhin anstrengende Stunden hinter dir.«

»Ihr etwa nicht?«

»Wir wollten auf dich Rücksicht nehmen. Das kannst du uns nicht zum Vorwurf machen. Es ist gut gemeint. Wir haben noch viel vor uns liegen. Es wird nicht einfacher«, sagte Ardric.

»Ihr hättet nicht ohne ein Wort verschwinden dürfen.«

»Kommt nicht wieder vor, versprochen!«

Am Zelteingang entstand Bewegung. Bolko trat mit Owe ein.

Der strategische Berater verbeugte sich vor Lili. »Owe Fuchs, Berater von König Silvius und seinem Neffen Ardric.«

Sie erwiderte die Verbeugung und sah ihn an. Er glaubte wohl, dass sie nicht wusste, dass Ardric zur Königsfamilie der

Inominati zählte. Aber sie hatte es schon in der Höhle erfahren, als Ardric von sich erzählt hatte.

»Lili Dix, aber das weißt du sicher schon.« Ihr Blick flog zu Bolko. Sie war überzeugt, dass er bereits über ihr Wortgefecht berichtet hatte, denn Owe schaute sie auf eine Weise an, die wesentlich mehr als nur höfliche Aufmerksamkeit verriet.

Bolko zog die zwei einzigen Stühle im Zelt heran und die beiden Berater setzten sich Lili, Kelwyn und Ardric gegenüber. Lili betrachtete sie unauffällig. Die beiden Männer schienen sich gut zu verstehen, doch äußerlich unterschieden sie sich sehr. Im Gegensatz zu dem stämmigen, muskulösen Bolko war Owe sehr schlank. Seine Bewegungen ließen den durchtrainierten Körper erahnen. Sein rotblondes Haar reichte bis zur Schulter. Es war verstrubbelt, als wenn er immer wieder mit den Händen darin herumgewühlt hätte. Seine wässrigen, graublauen Augen richteten sich auf Ardric, der die Diskussion eröffnete.

»Owe, wir sprachen davon, ob wir heute noch aufbrechen sollen.«

»Ja, das ist meiner Meinung nach dringend geboten. Die unheilvollen Kräfte des Waldes werden versuchen, euch zurückzuholen und die dunkle Magie ist nur an der Ausbruchsstelle vom Weg gebrochen, sonst nirgends.«

»Und wohin?«, fragte Lili ungeduldig.

Owe wies auf die hintere Zeltwand. »Wir müssen durch den Fichtenwald hinter uns und zur Lilienwiese. Dort können wir uns besser schützen und ihr könnt zwei, drei Tage ausruhen, ehe wir uns auf den Weg zur Gryphusburg machen. Alles Weitere findet sich dann.«

»Du sagtest draußen, dass wir bis dorthin eine lange Strecke zu laufen haben«, warf Kelwyn ein.

»Ja. Für Ungeübte ist es ein heftiger Fußmarsch. Aber zu laufen ist nicht so gefährlich als wenn wir fliegen.«

Lili schmiegte ihre Wange an Barb, der auf ihrer Schulter saß. Dann sah sie auf. »Wie schützen wir uns?«

»Die Schutzwand bleibt bestehen, bis das Lager aufgelöst ist. Unterwegs nehmen euch die Soldaten in die Mitte.«

Lili stand auf und begann die Gegenstände im Zelt zu winzigen Päckchen zusammenzuschrumpfen und stapelte sie aufeinander. »Was ist? Beeilt euch«, sagte sie, als sie die überraschten Blicke der Männer bemerkte. »Es ist schon Mittag! Oder habt ihr etwa Lust, noch einmal in der Dunkelheit umherzuirren? Ich habe davon jedenfalls für mein Leben lang genug.«

Ardric hob die Hände zum Zeichen, dass es nichts mehr zu diskutieren gab. »Ihr habt es gehört. Die Sache ist entschieden.«

Bolko hob mahnend den Finger. »Dieses Zelt wird erst zum Schluss abgebaut und solange bleibt ihr hier drinnen, verstanden?«

Lili packte eifrig weiter. Bolko ging auf sie zu.

»Hab es kapiert«, sagte sie, ohne ihre Arbeit zu unterbrechen.

Bolko brummelte vor sich hin und ging aus dem Zelt, um den Soldaten Anweisungen zu erteilen. Owe folgte ihm. Kelwyn und Ardric blieben erst einmal auf dem Bett sitzen und grinsten vor sich hin. Dann beeilten sie sich, um Lili beim Packen zu helfen.

Kelwyn nahm den Stuhl, auf dem Owe eben noch gesessen hatte, und ging damit zu ihr. »So, du setzt dich jetzt hin und legst deine Hände in den Schoß. Wir erledigen die restliche Arbeit. Wenn du unbedingt willst, darfst du uns meinetwegen kommandieren.«

Lili fügte sich ohne Widerrede. Die Flucht aus dem Grenzwald hatte ihr mehr zugesetzt, als sie je zugeben würde. Es tat gut, zu sehen, wie die anderen sich kümmerten.

Der Rabe flog auf ihren Schoß und sie streichelte ihn. »Es wird wohl alles gut gehen. Barb ist ganz ruhig.«

Schneller als erwartet, kam Bolko mit zwei von seinen Soldaten zurück. Bis auf Ardrics Zelt hatten sie bereits das gesamte Lager abgebaut. *Eine gut eingespielte Truppe*, dachte Lili. Es machte ihr Mut.

Bolko winkte sie alle drei zu sich. »Ihr kommt mit mir. Die Soldaten packen euer Zelt zusammen.«

Lili zog ihren Kapuzenmantel an und griff prüfend an ihre Gürteltasche. Dabei bemerkte sie, wie die zwei Soldaten auf das helle Futter ihres Mantels schauten, das zeigte, dass sie eine Olim war. Sie lächelte die beiden an. »Ob schwarze oder weiße Kleidung, wir haben den gleichen Ursprung und wir werden gemeinsam dafür sorgen, dass für alle bessere Zeiten kommen.«

Als sie aus dem Zelt heraustraten und die Anhöhe zum dahinter liegenden Wald hinaufstiegen, blickte Lili noch einmal zurück. Der Grenzwald hatte nichts von seiner bösartigen Aura verloren. Nur um die Stelle des Wegs, wo sie den Fluch der schwarzmagischen Sperre durchbrochen hatte, sah man ein wenig frisches Grün.

Kelwyn schob sie weiter. »Nicht zurückblicken …«

Der Fichtenwald, durch den sie gingen, weckte in Lili Erinnerungen an ihr Zuhause. Zu Anfang des Wegs schien ihr die Atmosphäre zwar noch bedrückend, als wenn der Grenzwald versuchen würde, seine dunkle Macht bis hierher auszudehnen. Aber bald wurde es lichter und sie hörte das Gezwitscher von Vögeln, die im Geäst der Bäume hüpften. Ardric deutete nach rechts zum Wegrand und sie sah ein paar Eichhörnchen an den Baumstämmen hinauf und herunter huschen. Die Luft war erfüllt vom Duft der Fichten und dem warmen, erdigen Geruch des Waldbodens. Lili atmete tief ein. Es erfrischte sie, gerade so, als ob das Leben sie umarmte, um den Gestank des Todes endlich aus ihren Lungen zu vertreiben. Aus der Ferne hörte sie das Plätschern eines Gebirgsbaches. Es klang wie Musik.

Bolko achtete sehr darauf, dass alle dicht zusammenblieben. Er sah alles. Aber die Truppe war erfahren. Es brauchte keine mahnenden Worte. Lili, Kelwyn und Ardric blieben wie abgesprochen in der Mitte der Gruppe. Bogenschützen, Schwert- und Speerkämpfer sicherten sie ab. Bolko blieb immer in ihrer Nähe. Er überließ es Owe, die Gruppe vorne anzuführen. Barb flog wie erwartet voraus, und solange er nicht kreischend zurückkam, bestand keine Gefahr. Lili fühlte sich deshalb im Augenblick sicher. Sie genoss das Grün um sie herum und die Sonnenstrahlen, die den Weg beschienen, auch wenn diese der Jahreszeit entsprechend kaum noch Wärme aussandten.

Bald führte der Weg bergauf. Immer wieder musste Lili aus dem Erdreich herausragende Felsbrocken überwinden. Sie versuchte, sich die Anstrengung nicht anmerken zu lassen und hielt mit den Soldaten Schritt. Auch Kelwyn kämpfte mit der Steigung, wenn auch längst nicht so schwer wie sie, aber sie hörte sein Atmen. Bolko, dem die Kletterei nichts auszumachen schien, ging nach vorne zu Owe. Kurz darauf wurde das Tempo langsamer. Lili war ihm dankbar für sein diskretes Handeln. Als er wieder auf ihrer Weghöhe lief und sein Blick den ihren traf, lächelte sie ihn an und er nickte ihr zu.

Als sie die Lilienwiese endlich erreichten, dämmerte es schon. Barb flog von vorne auf Lili zu. Der Rabe setzte sich auf ihre Schulter, um sie bei ihren letzten Schritten zum Ziel zu begleiten.

Um das Lager noch vor Einbruch der Dunkelheit herzurichten, blieb wenig Zeit. Mehrere Soldaten zogen einen Schutzkreis. An der Art, wie sie das machten, erkannte Lili die Routine. Sie arbeiteten ausgehend von den Himmelsrichtungen, sodass jeder für ein Achtel des Kreises verantwortlich war. Es durfte kein Loch dazwischen entstehen, deshalb verstärkten sie den Schutz doppelt.

Nach Bolkos Anweisungen wurden danach die Zelte aufgebaut. Er achtete darauf, dass Ardric, Lili und Kelwyn für sich in der Mitte reichlich Platz bekamen. Zwei Männer brachten Ardrics Zelt. Sie wollten es vor dem von verblühten Lilien eingerahmten Bach aufbauen, der mitten durch das Lager plätscherte. In dem kalten Wasser wateten bereits ein paar Männer, um sich zu waschen. Lili fröstelte es bei dem Anblick. Sie sehnte sich nach ein bisschen Bequemlichkeit und vor allen Dingen nach einem heißen Bad. Das Baumhaus fiel ihr ein. Sie nahm den kleinen Holzstab aus ihrer Tasche und ging damit zu Bolko.

Er betrachtete die Miniaturausgabe eines Baumstamms voll Misstrauen. »Das soll was werden?«

Lili kramte die Beschreibung aus ihrer Tasche heraus und las in der Anleitung. Dann steckte sie den Stecken mit seinen feinen Wurzeln sorgfältig in die Erde. Ein paar neugierige Soldaten kamen hinzu, stellten sich im Kreis um sie herum. »Geht bitte ein Stück beiseite«, bat sie. Schnell traten die Männer zurück. Lili beugte sich über den Stecken, hielt ihre Hände darüber und führte sie in einer fließenden Bewegung aufwärts. »Aufbau … deaa epedaa!« Während sie rückwärts auf Abstand ging, wuchs das Baumhaus zu voller Größe. »Es hat geklappt!« Lili trat auf die Baumtür zu und zog an der knorrigen Ausbuchtung.

Plötzlich hörte sie entsetzte Schreie. Die Männer rannten aufgeregt um sie herum. Kelwyn flippte fast aus. »Lili, um Himmels Willen … wo bist du? Nun sag doch was!«

Lili starrte ihn an. Sie war doch hier, nur wenige Schritte von ihm entfernt. »Was soll das? Spring doch nicht so wild herum!«

Sie ergriff einen der Soldaten am Ärmel. Erschreckt schrie dieser auf, riss sich los und rief weiter ihren Namen. Erst als Lili sah, wie die Männer durch das Baumhaus liefen, als sei es gar nicht vorhanden, begriff sie. Sie trat rasch von ihrem Haus weg und tatsächlich, die Männer konnten sie wieder sehen. Sofort wurde sie mit Vorwürfen überschüttet. Kelwyn und Ardric griffen gleichzeitig nach ihrem Arm. Sie sahen sehr blass aus. Bolko, der vor Schreck auch ein wenig käsig geworden war, schrie sie an: »Mach das nie wieder!«

Lili befreite sich aus dem Griff ihrer beiden Gefährten und schnaufte durch. »Ich wusste das nicht! Das Baumhaus hab ich erst vorgestern gekauft. Ich erkläre es euch.«

»Was gibt's da zu erklären. Das angebliche Baumhaus ist nicht da. Dafür wahrscheinlich ein riesiges Sicherheitsloch im Boden.« Bolko regte sich furchtbar auf.

Ardric brachte ihn zum Schweigen. »Hör ihr zu!«

Lili erzählte von dem magischen Schutz des Baumhauses und dass sie eben erst begriffen hatte, wie das funktionierte. »Ihr seid da durchgelaufen, als ob es aus Nebel bestünde. Das ist gut, ein zusätzlicher Schutz für uns drei und auch für euch, weil das noch ein paar Schritte um das Baumhaus herum wirksam ist. Wenn ich jetzt jeden Einzelnen von euch an die Hand nehme und in das Haus hineinführe, dann seht ihr es sicher auch. Ich muss dem Baumhaus nur klar machen, wem ich vertraue.«

Bolko sah sie zweifelnd an, winkte aber einen seiner Soldaten her. »Du gehst mit ihr und dann sagst du uns, ob du was siehst!«

Der Soldat, der das Versuchskaninchen abgeben sollte, sah nicht gerade glücklich aus. Lili nahm seine Hand.

»Ich bin kein Monster, vertrau mir!« Sie zog den Soldaten in den Schutzbereich des Hauses.

»Hast du sie noch an der Hand?«, schrie Bolko.

»Ja«, rief der unsichtbare Soldat zurück.

Lili ließ ihn ins Baumhaus eintreten, und als sie wieder draußen waren und aus dem Schutzbereich heraustraten, wurden sie beide von den ungeduldig Wartenden wieder gesehen.

Der Soldat erstattete Bericht. »Ich sehe das Haus jetzt tatsächlich. Sieht von außen wie ein gewöhnlicher Baum aus, aber von innen ist es ein richtiges Heim.« Seine Augen leuchteten und seine Stimme klang begeistert. »Dort, im Winkel der zwei hohen Fichten steht es, nicht weit von uns weg. Hätte nicht gedacht, dass es so was gibt.«

»Na gut«, brummte Bolko. »Dann geh ich jetzt mit dir.«

Er überließ ihr seine Hand, und nachdem er alles mit eigenen Augen gesehen hatte, erkannte er recht schnell die Vorteile. »Tut mir leid, dass ich dich vorhin so angeschrien habe.«

Lili lächelte. »Ich trage es dir nicht nach. Du musstest ja denken, dass ich was Dummes angestellt habe.«

Als Nächstes brachte sie Kelwyn und Ardric zum Baumhaus. Beide wären am liebsten gleich drinnen geblieben, aber sie gingen dann doch wieder mit hinaus, um neue Unruhe zu vermeiden. Danach führte Lili einen nach dem anderen aus Ardrics Truppe in ihr Reisedomizil hinein. Am Ende spürte sie kaum noch ihre Beine. Sie war froh, als sie endlich mit Kelwyn und Ardric im Inneren ihres mobilen Hauses verschwinden konnte. Aber sie hatten sich noch nicht einmal richtig umgesehen, da klopfte es bereits an der Tür. Owe stand draußen, um ihnen zu sagen, dass es bald etwas zu essen geben würde.

»Was denn?«, fragte Lili.

»Eintopf wie jeden Tag.«

Das erinnerte sie an die Dauerlebensmittel. »Wir müssen auch von unseren Brot und der Wurst essen, sonst verdirbt das.«

»Nehmen wir nachher mit.« Kelwyn machte es sich neben Ardric auf der Couch bequem und schloss die Augen.

Lili ließ sie ruhen und suchte das Bad auf. Es stand tatsächlich warmes Wasser zur Verfügung. Dampfend floss es aus dem geschwungenen Wasserhahn. Sie ließ es in die Wanne und ging zu dem ersten, schmalen Kleiderschrank neben dem Badeingang. Lili bezeichnete ihn mit ihrem Namen und öffnete die Tür. Wunderbar frische Wäsche lag darin gestapelt, gerade so, als ob sie diese von zu Hause mitgebracht hätte.

Kurz bevor die Glocke am Verpflegungszelt zum Essen rief, weckte sie die Männer, die auf der Couch eingeschlafen waren.

»Hm, du riechst so gut!« Kelwyn richtete sich auf.

Sie wies zum Bad. »Kannst du nachher auch haben. Ich glaube, das habt ihr beide nötig.«

Im Verpflegungszelt standen die Soldaten bereits für ihren Teller mit Eintopf Schlange. Höflich wollten sie den Dreien den Vortritt lassen. Aber sie lehnten dankend ab. Sie wollten keine Sonderrechte. Als sie dann eine Weile später am Tisch saßen und ihre Suppe löffelten, holte Kelwyn die Dauerwurst hervor. Ein paar Soldaten blickten begehrlich zu ihm herüber.

Er stand auf. »Wer ein Stück von unserer Wurst haben will, soll zu uns kommen.«

Das ließen sich die Männer nicht zweimal sagen und alle waren dankbar über das Wunder der Magie, welche die Wurst nicht enden ließ, so viel Kelwyn auch davon abschnitt.

Später im Baumhaus schlüpfte Lili gleich in ihr Bett auf der oberen Etage. Den beiden Männern wies sie die Schlafplätze unten zu. Während die beiden sich frisch machten, schaute sie zu dem runden Fenster hinaus, das durch den hohlen Ast hindurch den Sternenhimmel sehen ließ. Heute Nacht würde sie ruhig schlafen. Lili nahm sich fest vor, die Schwierigkeiten, in denen sie sich befand, zu vergessen, wenigstens für ein paar Stunden.

Am nächsten Morgen hatte Lili zwar ausgeschlafen, aber in Armen, Beinen und Rücken machte sich ein heftiger Muskelkater bemerkbar. Kelwyn erging es nicht viel besser.

Er band sich die Schuhe zu und brauchte die Stütze der Möbel, um sich daran wieder hochzuziehen. »Also ich weiß nicht, wie es euch geht. Aber ich spüre jeden Knochen einzeln.«

Ardric grinste. »Das kommt von unserem Horrorflug, aber im Lauf der nächsten Wochen gewöhnst du dich an sowas. Wir haben nämlich jede Menge anstrengender Kletterei vor uns.«

Lili verzog das Gesicht. »Großartig! Ich kann es kaum erwarten, dein Land zu erkunden.«

»Es ist schön, wirklich, wenn auch ein wenig wild.«

Lili ließ sich stöhnend auf die Couch fallen. Die Aussicht, bald wieder durch unwegsames Gelände steigen zu müssen, behagte ihr gar nicht und sie haderte damit, dass sie zwar Wunden heilen konnte, aber gegen Muskelkater machtlos war.

Owe und Bolko lehnten es rigoros ab, die Reise mithilfe der magischen Tore zu bewältigen. Sie meinten, es sei zu gefährlich, sogar dann, wenn sie selbst eines schufen. Niemand wusste bislang, mit welchen Mitteln der Feind arbeitete. Es machte Lili mehr zu schaffen, als sie zugab, dass die beiden Berater diese Form der Fortbewegung nicht mehr für sicher genug hielten.

Mühsam quälte sie sich aus der Couch hoch und ging zu der Scheibe mit dem magischen Auge, um das Treiben draußen zu beobachten. Ardrics Krieger wuselten auf der Wiese herum und sammelten etwas in ihre Körbe ein.

»Warum sind die alle so fit?«, fragte sie, frustriert über ihre eigenen schmerzenden Glieder.

»Die Tiefflug-Übung war nur für uns drei angesetzt.« Kelwyn schaute Lili und Ardric an. »Hunger! Gehen wir?«

Sie marschierten zusammen zum Verpflegungszelt, und während des Frühstücks wurde Lili dann klar, was die Soldaten gesammelt hatten: Es gab frischen Kräutertee.

Sie verbrachten jetzt bereits den dritten Tag auf der Lilienwiese. Zwar hatte Lili immer wieder mal eine gewisse Anspannung im Lager verspürt, vor allem dann, wenn ein Spähtrupp außerhalb des geschützten Platzes unterwegs gewesen war, aber im großen Ganzen ging es ruhig zu. Das half ihr, sich allmählich von den Strapazen ihrer Flucht zu erholen.

Mit Kelwyn und Ardric fühlte sich Lili mittlerweile eng verbunden. Sie vermutete, dass das mit den Amuletten zusammenhing, die ja schon im Grenzwald ihre Wirkung entfaltet hatten. Ob darüber hinaus noch persönliche Anziehungskraft im Spiel war — vor allem in Bezug auf Kelwyn — mochte sie sich lieber nicht fragen. Schließlich waren sie nicht zu ihrem Vergnügen hier, auch wenn man derzeit fast den Eindruck bekommen konnte. Der Vormittag verlief bis jetzt jedenfalls genauso friedlich wie die letzen zwei Tage.

Vor der Schutzwand, wo immer vier Soldaten entlang patrouillierten, fand jetzt gerade der Wachwechsel statt. Lili hörte die Kommandos, untermalt von dumpf ploppenden Geräuschen. Die Bogenschützen nutzten heute die Zeit für Übungen. Sie ging zu Kelwyn, der ihnen zuschaute und sich total begeistert zeigte über die Treffsicherheit. Einer der Schützen lieh ihm seinen Bogen, aber als Kelwyn damit einen Pfeil abschoss, traf er die Scheibe nur ganz außen.

»Mach dir nichts daraus«, sagte Lili, als sie seine Enttäuschung bemerkte. »Ich hätte es nicht einmal fertiggebracht, den Bogen richtig zu spannen. Immerhin hast du die Scheibe getroffen.«

»Ich will das lernen. Ardric kann es auch. Wenn es hart auf hart kommt, will ich dich verteidigen können.«

Lili schaute ihn überrascht an. »Du hast deine Magie und im Übrigen fühle ich mich mit dir sicher.«

Kelwyn schwieg.

Lili beobachtete noch eine Weile, wie er voller Konzentration immer wieder den geliehenen Bogen spannte und auf die Scheibe schoss. Dann setzte sie sich in einigem Abstand zu ihm vor einem kleinen Felsen auf den Boden, schlang die Arme um ihre angewinkelten Beine und lehnte sich mit dem Rücken an den Stein. Wenn sie die Augen schloss, fühlte sie sich fast so wie zu Hause auf der Waldlichtung in Megara. Ein paar Käfer krabbelten um ihre Füße herum und kitzelten sie. In der Luft vibrierte ab und zu das Summen verspäteter Hummeln, die den letzten Nektar des Jahres einsammelten. Der Wind rauschte in den Fichten und wehte deren würzigen Duft zu ihr her. Vögel zwitscherten und ein Specht hämmerte irgendwo in rasend schneller Folge gegen einen Baumstamm. Die übrigen Geräusche waren weniger vertraut. Von der rechten Seite erklang regelmäßig das ploppende Geräusch, wenn Kelwyns Pfeil auf die Scheibe prallte. Wenn er nicht so traf wie erwartet, schimpfte er. Aber Kelwyn war unendlich ausdauernd, probierte es immer wieder.

Ardrics Soldaten verrichteten in Gruppen ihre Routinearbeiten. Sie polierten ihre Waffen, bis sie glänzten. Sie ließen sich Zeit dabei. Es hatte schließlich heute keine Eile. Von ihren Unterhaltungen drangen undeutliche Wortfetzen zu Lili herüber und ab und zu hörte sie lautes Lachen, wenn einer von ihnen einen derben Witz machte.

Barb hatte über Nacht wieder in den Ästen des Baumhauses geschlafen. Lili hielt zwar das runde Fenster neben ihrem Bett für ihn stets offen, damit er jederzeit hereinschlüpfen konnte, aber der Rabe hielt lieber draußen Wache. Ihr war das recht. Es beruhigte sie. Auf Barbs Instinkt konnte sie sich verlassen. Auch jetzt flog er im Lager herum, als wenn er alles kontrollieren wollte. Als Lili leise nach ihm rief, flog der Rabe heran und setzte sich hinter sie auf den Felsbrocken.

Ardric stand mit Bolko in Sichtweite von Lilis Ruheplatz. Sie sprachen über König Silvius und die Zeit, die sie brauchen würden, um zurück in die Gryphusburg zu kommen. Beide sahen zwischendurch immer wieder zu Lili hinüber, die entspannt am Boden saß, mit geschlossenen Augen und anmutig über die Schultern fallenden Haaren.

»Die gefällt dir«, sagte Bolko unvermittelt.

»Wie meinst du das?«

»Nun tu nicht so. Sie ist eine Frau und du bist ein Mann.«

»Herrje, willst du mich wieder mal verkuppeln?«

»Gibt wirklich Hässlichere als die …«

»Sie ist zu jung.«

»Seit wann spielt der Altersunterschied …«

»Mein Interesse an ihr ist ausschließlich freundschaftlicher Natur.«

»Der dort will nicht nur Freundschaft.« Bolko deutete auf Kelwyn. »Bist selbst schuld, wenn er sie dir wegschnappt.«

»Sie passen zusammen.«

Bolko schüttelte den Kopf. »Dir ist nicht zu helfen.«

Vor sich hinbrummelnd, ging Bolko weg. Ardric sah ihm nach und schlenderte dann langsam zu Kelwyn hinüber. Schweigend beobachtete er, wie der junge Mann immer wieder den Bogen spannte und mit angestrengtem Gesichtsausdruck seine Pfeile auf die Übungsscheibe abfeuerte.

»Du bist zu verkrampft«, sagte er ruhig. »Ich zeige es dir.« Ardric korrigierte Kelwyns Haltung. Er griff in seine Arme, erklärte ihm, wie man den Bogen richtig hielt und spannte. Der nächste Pfeil traf genau in die Mitte der Scheibe. Kelwyn probierte es noch einmal alleine und siehe da, wieder traf er die Mitte. Ardric klopfte ihm anerkennend auf die Schulter. »Und das mit einem Bogen, der nicht auf dich eingestimmt ist ... Du hast Talent. Mit etwas Übung kannst du es mit unseren besten Schützen aufnehmen.«

Kelwyn ließ den Bogen sinken und schaute zu Lili hinüber. Sie hatte nichts von seinem Erfolg mitbekommen.

Ardric beobachtete ihn. »Du magst sie, nicht wahr?«

»Du auch, oder?«

»Ich will der Freund sein, deiner wie ihrer.«

Kelwyn lächelte gequält. »Hm ...«

»Für mich gibt es nur *eine* Frau. Niemand kann sie von ihrem Platz verdrängen.« Ardrics Stimme klang traurig und seine Hand wanderte über die Brust zur Stelle seines Herzens, als wenn er dort etwas bewahren und schützen wollte.

Kelwyn schaute ihn betroffen an. »Das hört sich nicht so an, als ob du auf ein baldiges Wiedersehen hoffst?«

»Sie ist tot, aber in meinem Herzen lebt sie.« Ardrics Blick schweifte in die Ferne — ein roter Mund ... Haare, in denen der Wind spielte ...

Kelwyn nickte. »Dann scheint uns nicht nur das Amulett mit dem Feenhaar zu verbinden, sondern auch ...«

»Das Amulett mit was?«

Kelwyn griff an sein Amulett und hielt es hoch. »Feenhaar. Wusstest du nicht, dass der Stoff aus gewebtem Feenhaar ist?«

»Nein, für uns ist es das Zeichen des Adlers.«

»Jetzt bin *ich* überrascht«, sagte Kelwyn.

»Die Muster im Stoff gleichen einem Adlerkopf.«

Kelwyn nahm sein Amulett und drehte es in alle Richtungen. »Tatsächlich, ich erkenne es.« Er lächelte. »Wie passend ... die

Stoffstücke stammen aus dem Flugumhang von Lilis Mutter und sie glich darin einem Adler. Sie starb kurz nach Lilis Geburt.« Über Kelwyns Augen legte sich ein melancholischer Schatten. »Der Tod scheint unsere Gesellschaft zu mögen. Auch mein Onkel, von dem ich dieses Amulett bekommen habe, starb. Er liebte Lilis Mutter, aber sie gehörte einem anderen, dessen Name sie nie preisgab. Sie konnte meinen Onkel nur als guten Freund betrachten.« Er zögerte, dann zuckte er mit den Schultern. »Vielleicht habe ich nicht nur das Amulett von ihm geerbt, sondern auch seine Neigung, unglücklich zu lieben.«

Ardric schüttelte den Kopf. »Jeder hat sein eigenes Leben und kann es gestalten, und was die Liebe betrifft, die kommt, wenn die Zeit dafür reif ist.«

Kelwyn seufzte. »Ich weiß nicht. Lili und ich sind als Kinder eine Zeit lang auf die gleiche Schule gegangen. Ich habe mich damals schon in sie verliebt, aber sie hat es nicht gemerkt.«

»Wie hast du es ihr denn gezeigt?«

»Ich habe sie an den Haaren geziept.«

Ardric fing an zu lachen und Kelwyn konnte nicht anders, er musste mitlachen. Wenig später gingen beide auf Lili zu und hockten sich vor ihr nieder.

»Wovon träumst du?«, fragte Ardric.

»Von Megara. Von freundlichen Wesen, friedlichen Völkern und heilen Welten«, erwiderte sie.

»Es liegt in unserer Hand.«

»Das macht mir Sorgen.«

Lili ließ sich vom Boden hochziehen. Es war Mittag. Ein Soldat läutete bereits die Glocke vor dem Verpflegungszelt. Rundherum liefen die Männer zusammen, gespannt darauf, ob sie in der üblichen Gemüsesuppe ein paar von den heute früh gesammelten Pilzen wiederfinden würden. Ardric, Lili und Kelwyn schlossen sich ihnen an. Barb flog jedoch lieber zu den Ästen des magischen Baumhauses, um von dort aus die Umgebung im Auge zu behalten.

Am Nachmittag wehte ein kalter Wind und Lili zog sich in ihr magisches Haus zurück. Die beiden Männer begaben sich zu Bolko und Owe, um mit ihnen die Einzelheiten der Reise zur Hauptstadt der Inominati zu planen. Vier Wochen oder mehr würden sie für den Weg brauchen. Die Route musste festgelegt werden, damit sie ihre Sicherheitsvorkehrungen treffen konnten. Das war nicht einfach. Es gab Wegstrecken, die zu viele Gefahren bargen, um über Nacht dort zu lagern. Außerdem war Lili die Berge nicht gewohnt, was die Planung der Tagesabschnitte nicht gerade erleichterte. Lili drückte sich davor, der Debatte beizuwohnen. Sie kannte das Land nicht, konnte daher nichts dazu beitragen und hoffte nur, dass sie mit der Kletterei, die ihr bevorstand, irgendwie klarkommen würde. Bei Kelwyn sah sie das anders. Er war erst kürzlich auf dem unwegsamen Horgarthweg gewandert und konnte besser einschätzen, was er sich und vor allem ihr zumuten konnte.

Lili machte es sich deshalb lieber auf dem Sofa gemütlich. Ihre Glieder schmerzten nicht mehr so sehr wie bei ihrer Ankunft hier und ein weiterer Tag des Ausruhens — den Bolko ihnen zugebilligt hatte — ließ sie bestimmt fit genug werden für die nächsten Anstrengungen. Trotzdem machte sie sich Gedanken. Den mörderischen Schattenrosswandlern waren sie entkommen. Aber sie standen noch ganz am Anfang ihrer Reise. Die eigentliche Aufgabe kam erst noch und es war ungewiss, wie alles ausging. Ardrics Krieger hatten Kelwyn und sie akzeptiert. Sie begegneten ihnen freundlich. Doch wie würde es in Terramo sein, wenn sie dem König gegenüberstanden? Wie würde sein Volk auf sie reagieren? Kelwyn und sie waren Olims. Würden sie ihnen glauben, dass ihr Volk genauso wenig Schuld auf sich geladen hatte wie die Inominati? Hoffentlich erkannten sie, dass wenigstens jetzt alle an einem Strang ziehen mussten. Lili dachte an den Wächter der Schlange, der nach Ardrics Ansicht irgendwo im Wolfsgrund gefangen war. Sie mussten ihn finden und befreien, bevor es für alle zu spät war. Die Große Schlange musste wieder zur Ruhe kommen. Aber das würde nur gelingen, wenn sie den Wächter aus seinem Bann lösten. Dies war lebensgefährlich, da machte sich Lili nichts vor, denn es gab jemanden, der sie hindern wollte. Sie brauchten jede Hilfe, die sie bekommen konnten. Lili erinnerte sich daran, dass Ardric in der Höhle eine Vermutung geäußert hatte, über ihren eigentlichen Widersacher. Ein uraltes Wesen, hatte er gesagt, das alles riskierte, nur um seinen Hass auszuleben. Aber sie hatten keine Beweise. Der Feind war ein Schatten, kaum greifbar und sie alle drei waren in irgendeiner Form Teil seines Vernichtungsplans. Wie konnten sie gegen einen Widersacher kämpfen, wenn er sich nicht einmal zeigte? Lili richtete sich plötzlich auf und setzte sich kerzengerade hin. Natürlich! Sie mussten ihn aus seinem Versteck locken. Lili nahm sich vor, nachher mit Kelwyn und Ardric über diese Sache zu reden.

»Lili, Lili! Kann sie sehen. Oh, hat so schönes Haus.«

Ein Freudenschock kitzelte Lilis Adern, als sie Goswins vertraute Stimme hörte. Es machte nichts, dass sie ihn nicht sehen konnte. Seine raue Stimme allein machte sie glücklich. Sie drehte sich in die Richtung, aus der sie ihn gehört hatte, winkte und rief. Doch Goswin konnte ihre Worte offenbar nicht hören. Er schilderte nur, was er sah: »Lili geht's gut. Aber seh Kelwyn nicht.«

Sie hörte Besorgnis in seiner Stimme. Treuer Goswin, dachte sie. Wie konnte sie ihm nur klarmachen, dass es Kelwyn auch gut ging? Eine Idee blitzte in ihrem Kopf auf. Lili ging zu Kelwyns Schrank und ließ sich eines seiner weißen Hemden geben. Sie tat so, als ob das Hemd laufen könne, marschierte damit zur Tür hinaus und kam ohne es wieder herein.

Stille. Lilis Herz wurde schwer. Sah Goswin nicht mehr in seinen Spiegel? Aber dann erklang seine raue Stimme doch wieder.

»Ah, Kelwyn ist weggegangen?«

Lili nickte heftig mit dem Kopf.

»Soll Lili nicht allein lassen«, rügte der Kobold. »Au, stups mich nicht! … Lili? Sonja will reden, stupst mich schon wieder. Meister Bertram will auch reden. Sagt, du sollst deinen Mantel nehmen, weiße Seite ist *Ja* und schwarze Seite ist *Nein*. Kann dich doch nicht hören, weißt du?«

Lili nickte so heftig mit dem Kopf, dass ihre Haare flogen. Dann hob sie den Finger in die Luft, um ihm zu zeigen, dass sie eine bessere Idee hatte.

»Ah«, übersetzte Goswin »Lili hat Idee.«

Sie ging zu ihrem Schrank, konzentrierte sich auf ein paar weiße und ein paar schwarze Socken. Kurz darauf lagen sie vor ihr. Sie setzte sich damit auf das Sofa und hielt der Stimme mit der linken Hand einen der weißen Socken und mit der rechten Hand einen der schwarzen hin.

»Oh, Lili hat so schöne Socken, weiß und schwarz. Ist viel besser als Mantel. Will auch solche Socken haben, Sonja.«

Lili konnte Sonjas Antwort nicht hören, aber sie vermutete, dass sie Goswin jetzt fast alles versprach.

»Also Lili … Sonja will wissen, ob es dir gut geht.«

Lili hob den weißen Socken hoch.

»Sagt ja«, übersetzte Goswin. »Geht es Kelwyn auch gut?«

Lili hob wieder die weiße Socke.

»Sagt ja«, übersetzte Goswin wieder. »Ach, bin so froh. Sonja … Lili kann nicht sagen, wo sie jetzt ist. Ist keine Frage für Ja oder Nein. Lili? Meister Bertram fragt, ob es dritten Feenhaarträger gibt.«

Wieder hob Lili die weiße Socke.

»Soll fragen, ob er Inominati ist.«

»Ja, ja«, rief Lili und schwenkte die weiße Socke. Sie spürte ganz deutlich, dass die Freunde etwas herausgefunden hatten.

»Lili? Will nicht fragen, aber Meister Bertram sagt, ich muss. Seid ihr verfolgt worden? Will jemand euch wehtun?«

Lili schwenkte die weiße Socke wie verrückt.

»Oh je, ist wahr«, hörte sie Goswin übersetzen.

»Lili, was hab ich dir getan? Willst du mich aus dem Haus schmeißen?« Kelwyn kam mit dem Hemd zur Tür herein. Hinter ihm folgten Ardric, Owe und Bolko, die herzlich über seine Entrüstung lachten. Als sie sahen, wie Lili aufgeregt Socken in der Luft schwenkte, hörten sie abrupt damit auf.

Lili sprang vom Sofa auf und zog Kelwyn und Ardric zu sich. »Pst, ich rede mit Goswin. Das Hemd sollte ihm sagen, dass du weg bist. Bitte Ardric, zeig dein Amulett, in die Richtung.«

»Oh, freu mich! Kelwyn ist gekommen und noch drei Leute. Einer zeigt sein Amulett. Lili, sind Inominati gut zu dir?«

Sie schwenkte schnell die weiße Socke, weil Goswins Stimme ungewohnt streng klang.

Kelwyn hörte Goswin jetzt auch und freute sich riesig. »Hallo Goswin, wie schön, dass wir dich wieder einmal hören können. Wie geht's euch, was machen Derrim und die anderen?«

Lili erklärte ihm, dass Goswin sie nicht hören konnte und dass sie die Socken brauchte, um ihm mit Ja oder Nein antworten zu können. Dann packte sie ihn aufgeregt am Arm. »Er weiß etwas, unsere Freunde haben etwas herausgefunden. Ich bin davon überzeugt!« Lili zog Kelwyn zu sich auf das Sofa und gab ihm das restliche ungleiche paar Socken. Dann bat sie die anderen, sich in die Sessel zu setzen und still zu sein.

Goswins redete weiter. »Lili? Kelwyn? Muss euch was sagen. Ist ganz wichtig, müsst gut zuhören jetzt. Kela, Ferdan, Derrim und Camilla haben es herausgefunden. Sind so kluge Freunde!«

Lili lächelte, weil sie die Bewunderung aus seiner Stimme heraushörte. Ab und zu flüsterte ihm wohl jemand etwas ein. Sie konnte sich lebhaft vorstellen, wie er umringt wurde von all denen, die sie jetzt liebend gerne bei sich gehabt hätte. Ardric, Bolko und Owe beobachteten mit undefinierbarem Gesichtsausdruck, wie Lili und Kelwyn in die Luft horchten. Aber als sie die Worte hörten, die im Verlauf von Goswins Bericht fielen, spannte sich ihre Haltung an.

»Thamar«, flüsterte Lili. »Nie gehört.«

»Doch schon, aber …«

»Wie lange hat er gesagt?«

»Sechstausend Jahre.«

Eine Zeit lang blieben Lili und Kelwyn still.

Ardric wurde ungeduldig. »Was sagt er?«

Beide winkten ab, weil sie sich auf Goswins Bericht konzentrierten. Dann konnte Lili ihren Mund doch nicht mehr halten.

Sie entrüstete sich. »So ein böser Mann, wie entsetzlich!«

»Aber wie kann der …« Kelwyn schaute bestürzt.

»Hast du gehört? Jemand hat eine goldene Feder gefunden.«

»Pst, lass ihn reden, Lili.«

Eine Weile verkniff sich Lili jeden Kommentar und sie hörten Goswin schweigend zu. Als der Kobold fragte, ob sie alles verstanden hätten, lüpften sie beide ihren weißen Socken. Goswin hatte aber noch mehr zu sagen. Sie lauschten wieder und dann zerrte Lili jubelnd an Kelwyns Arm. »Sie wissen, wie sie die Mauer überwinden können!«

Ardric, Bolko und Owe standen die Fragezeichen auf der Stirn geschrieben. Aber sie hielten sich zurück.

Lilis Freude wich jäh der Sorge. »Oje, ob das klappt?«

»Jetzt warte doch, was er vorschlägt«, erwiderte Kelwyn. Kurz darauf wackelten sie beide mit den weißen und schwarzen Socken gleichzeitig, um Goswin zu zeigen, dass sie seine Frage nicht beantworten konnten.

Lili seufzte. »Wie sollen wir Goswin begreiflich machen, dass wir erst zu König Silvius gehen müssen, um ihm die Lage zu erklären. Keine Ahnung, bis wann er dann an der Mauer sein kann und vielleicht lehnt er ja auch ab.«

Kelwyn machte in die Richtung von Goswins Stimme ein Zeichen, das andeutete, dass er warten sollte.

»Kelwyn muss erst besprechen mit den anderen«, übersetzte Goswin. »Kann warten«, hörte Lili ihn rufen.

»Also im Schnelldurchlauf.« Kelwyn erklärte den drei Inominati, was ihre Freunde herausgefunden hatten. Er sprach von Thamar und von der Mauer und dass diese nur durch den gemeinsamen Versöhnungswillen von Olims und Inominati fallen könne. »Liebe ist stärker als Hass, meint Meister Bertram. Das ist unser Präfekt. Er sagt, dass unsere Völker Seite an Seite gegen das Ungeheuer kämpfen müssen. König Silvius soll mit den stärksten Magiern seines Volkes am gleichen Tag zur Mauer kommen wie Bertram. Er glaubt, wenn jeder die andere Seite wieder als Freund betrachtet, dann bricht die unglückselige Mauer in sich zusammen.«

»Das bestätigt meine Vermutung«, sagte Ardric und schaute zu Bolko und Owe.

»König Silvius wird den Beweis fordern«, meinte Owe.

»Das glaube ich nicht. Er weiß, dass wir wieder zusammenkommen müssen«, erwiderte Ardric.

Lili wurde unruhig. »Wir haben nicht viel Zeit zum Diskutieren. Goswin strengt das Ganze sicher sehr an. Wann glaubt ihr, kann euer König an der Mauer sein?«

»Schwer zu sagen.« Bolko zuckte die Schultern. »Allein bis wir in der Gryphusburg sind, brauchen wir etwa vier bis fünf Wochen.«

»Wie sollen wir das Goswin klarmachen, wenn er uns nicht hören kann«, seufzte Lili.

Kelwyn hatte eine Idee. Er ging zu seinem magischen Schrank und holte einen Rucksack heraus sowie eine bunte Papierkrone, die er wohl irgendwann einmal bei einem Verkleidungsfest benutzt hatte. Er setzte sich den Rucksack auf, marschierte mit der Krone in der Hand übertrieben im Zimmer herum und tat so, als ob er immer müder wurde. Lili hörte Goswin kichern. Er sah es also. Kelwyn ging zu Ardric, setzte ihm die Papierkrone auf und machte eine Verbeugung vor ihm. Gespannt schaute er danach in die Richtung, aus der die ganze Zeit Goswins Stimme gekommen war.

Es dauerte eine Weile, ehe der Kobold verstand. »Kelwyn zeigt was, ist im Zimmer herumgelaufen, ganz müde. Hat dem

Mann mit Amulett Krone aufgesetzt. Ich weiß jetzt! Die müssen erst zum König gehen und sagen, dauert bestimmt lange.«

Kelwyn als auch Lili schwenkten eifrig ihre weißen Socken.

»Ha, wedeln mit weißen Socken«, sagte der Kobold, »Goswin hat richtig gesehen. Nein, Derrim. Können nicht sagen wie lange, geht nicht mit Socken. Lili? Kelwyn? Meister Bertram fragt, ob mehr als eine Woche.« Lili und Kelwyn hoben den weißen Socken insgesamt viermal, und als Goswin fragte, ob es mehr als fünf Wochen dauern würde, bewegte sie weiß und schwarz abwechselnd. »Wissen nicht, ob mehr als fünf Wochen«, übersetzte er und fragte sicherheitshalber den nächsten Zeitabschnitt ab. »Mehr als sechs Wochen?« Lili und Kelwyn zeigen den schwarzen Socken. »Meister Bertram sagt, dass wir noch mal sprechen am ersten Dezembertag, wenn ihr bei König von Inominati wart. Aber müsst ihm sagen, dass er kommen muss!« Noch einmal hoben Lili und Kelwyn den weißen Socken zum Zeichen, dass sie verstanden hatten. »Goswin ist jetzt so müde. Kann nicht mehr, Sonja. Ach, Lili, Kelwyn …« Seine Stimme wurde schwächer und dann blieb es still.

Lili sah Kelwyn an. »Hoffentlich war das nicht zu viel für ihn.«

»Ich verstehe nicht, dass jemand euch von dort drüben durch die verhexte Mauer sehen kann, das ist fast unmöglich«, sagte Owe.

»Wenn ihr Goswin kennenlernt, dann werdet ihr es verstehen.«

Lili und Kelwyn diskutierten noch eine ganze Weile mit Ardric und seinen Beratern über das, was Goswin ihnen gesagt hatte. Endlich wussten sie, wer sie verfolgte. Es gab Beweise, die goldene Feder, und sie kannten zumindest einen Teil des dunklen Planes. Auch wenn noch viele Fragen offenblieben, so hatten sie wenigstens einen Namen: Thamar, und der Tag war hoffentlich nicht mehr fern, an dem die Völker zusammenfinden konnten, um gemeinsam gegen ihn anzutreten.

Lili und ihre Begleiter beschlossen, nun doch bereits am nächsten Tag nach Terramo aufzubrechen. Je eher sie vor den Herrscher der Inominati treten konnten, desto besser. Falls Ardric Bedenken hatte, ob König Silvius das Wagnis an der Mauer vor dem Grenzwald eingehen würde, so ließ er sich nichts davon anmerken. Er schwärmte von der Felsenstadt, die sie bald zum ersten Mal sehen würden.

Am nächsten Vormittag, nach dem Frühstück, bereitete sich Lili im Baumhaus für die Reise vor. Ein drückendes Gefühl machte sich in ihrer Magengrube breit.

Sie sah Ardric an. »Warum können wir uns kein magisches Tor schaffen, da kämen wir doch in wenigen Augenblicken an?«

Lili stellte die Frage nicht zum ersten Mal. Ardric antwortete ihr trotzdem geduldig: »Bolko und Owe sind der Meinung, dass es zu riskant ist. Wir dürfen unseren Feind nicht unterschätzen. Thamar macht bestimmt vor nichts halt. So wie er die Bäume im Grenzwald zugerichtet hat, können wir nicht ausschließen, dass er auch andere magische Tore manipuliert. Er lässt uns von Spähern beobachten, da bin ich mir sicher. Allerdings glaube ich, dass er erst im Wolfsgrund zuschlagen wird. In der Gegend kann er sich gut verstecken und dort ist der Wächter gefangen.«

Lili bekam Gänsehaut. Die Erwähnung von Thamar und dem Wolfsgrund hätte sie lieber überhört. Sie drehte sich von Ardric weg und machte sich an ihrem Schrank zu schaffen. Durchatmen! Sie durfte sich nicht in Ängsten verfangen, das war nicht gut. Es lähmte ihren Verstand. Zitternd holte sie Luft. Himmel, sie musste sich unbedingt wieder fassen!

Kelwyn, der sich von seinem Schrank gerade einen dicken Pullover geben ließ, bemerkte ihren Zustand. Er ging zu ihr hin, fasste sie an den Schultern und drehte sie sanft zu sich herum. »Wir sind zu dritt und wir haben Freunde, die uns helfen. Wir schaffen das!«

Lili ließ den Kopf gegen seine Brust sinken und legte ihre Arme um seine Hüften. Sie spürte sein Herz pochen, ruhig und gleichmäßig. Es half ihr und sie atmete tief aus. »Ich weiß.«

Ardric zog seinen Mantel an und sah durch die Scheibe des Auges nach draußen. »Beeilt euch«, sagte er. »Bolko ist schon auf dem Weg, uns abzuholen. Seid ihr warm genug angezogen? Heute Nachmittag wird es wohl kalt werden. Vergesst die Handschuhe nicht, und Lili, du brauchst feste Schuhe!«

Lili streckte ihre Füße vor, sie hatte bereits Wanderschuhe an. Von ihrem Schrank ließ sie sich noch schnell den traditionellen Kapuzenmantel geben, den sie über ihre wärmende Alltagskleidung zog. Gerade rechtzeitig, bevor Bolko zur Tür herein kam, war sie reisefertig.

»Gut«, sagte er, nachdem er Lilis Schuhe inspiziert hatte.

Lili las noch einmal in der Anleitung, wie das Baumhaus abzubauen war. Ihre Tasche hatte sie bereits um die Taille geschnallt. Als jeder alle Nötige für die Wanderung bei sich hatte, gingen sie nach draußen. Lili schloss die Tür und behielt den knorrigen Knauf in der linken Hand. »Abbau … essaa dauuu«, befahl sie und bewegte ihre rechte Hand nach unten. Dann ließ sie den Türknauf los. Das Baumhaus schrumpfte und verwandelte sich in den winzigen Stecken mit den unscheinbaren Wurzeln. Sie nahm ihn auf, blies die Erde davon ab und steckte ihn in ihre Tasche.

»Gehen wir!« Bolko führte sie zu der wartenden Truppe.

Lili, Kelwyn und Ardric wurden wieder in die Mitte genommen. Schon nach kurzer Strecke wurde der Waldweg schmäler. Zeitweise konnten sie nicht einmal zu zweit nebeneinander gehen, sondern mussten einzeln hintereinander herlaufen. Lili schnaufte heftig von der Anstrengung. Nein, das war keineswegs ein Spaziergang. Es ging steil bergauf. Zum Glück war der Boden unter ihren Füßen fest und ab und zu konnte sie sich an einem seitlich zum Pfad hin herausragenden Felsen abstützen. Links wurde der gewundene Weg von hochgewachsenen Fichten gesäumt, die sich mit ihren dicken Wurzeln an das Erdreich zwischen den Felsbrocken klammerten. Falls sie von Thamars Spitzeln beobachtet wurden, dann konnten diese sich nur auf dieser Seite des Gebirges verstecken. Die Blicke aller gingen in regelmäßigen Abständen prüfend dorthin. Rechts ging es dagegen einen Abhang hinunter. Die Fichten standen hier nicht so dicht wie auf der anderen Seite und Lili sah ein Stück weiter unten den Wildbach, der kraftvoll zwischen steinernen Hindernissen durch das Flussbett rauschte. Das gurgelnde Wasser bildete die Hintergrundmusik für die Stimmen der Vögel.

Barb flog diesmal nicht wie üblich voraus, sondern hielt sich in der Nähe der Gruppe. Lili bekam den Eindruck, als ob er sie damit beruhigen wollte. Solange sie ihn sah und fühlte, wollte sie sich nicht beklagen, trotz der ungewohnten körperlichen Anstrengung, die ihr alle Kraft abverlangte. Kelwyn und Ardric halfen ihr, wo es ging, und streckten ihr die Hände entgegen, wenn es besonders unwegsam wurde. Bolko blieb wie ein Wachhund in ihrer Nähe und behielt alles im Auge.

Am Nachmittag wurde das Rauschen des Wassers lauter und bald schwoll es zu einem mächtigen Donnern an. Ardric wies halb rechts nach vorne. »Der Eremiten-Wasserfall. Dort werden wir rasten.«

Der Bergpfad führte jetzt nach links und dann in einem weiten Bogen nach rechts, bis zu einem kleinen Platz direkt neben dem Wasserfall. Lili ließ sich auf den erstbesten Felsblock fallen, der ihr eine Sitzgelegenheit bot. Kelwyn fand neben ihr auch noch Platz und Ardric setzte sich neben ihnen auf den Boden.

Bolko berührte Lili am Arm. »Hast gut durchgehalten bis jetzt«, schrie er, um das Wasser zu übertönen, das neben ihnen in die Tiefe rauschte.

Lili erwiderte nichts, sie war viel zu erschöpft. Aber es blieb nicht viel Zeit zum Ausruhen. Der Verpflegungsmeister verteilte Brot und Käse. Kelwyn gab jedem von Lilis Dauerwurst und kurze Zeit später befanden sie sich wieder auf ihrer Wanderung.

Als sie endlich das Etappenziel des Tages erreichten und die Zelte sowie das Baumhaus für die Nacht aufbauten, begann es schon zu dämmern. Lili war so müde, dass sie die Schönheit der Landschaft mit ihren erhabenen Bergen und den von Wäldern umschlossenen Tälern kaum würdigen konnte. Nach der obligatorischen Gemüsesuppe wollte sie nur noch eines: schlafen.

Am fünfundzwanzigsten Tag ihrer Reise erreichten sie den Plutosberg, wo aufgrund der Höhenlage bereits winterliche Temperaturen herrschten. Obwohl sie während der Reise immer wieder einmal von einzelnen Schattenrosswandlern beobachtet worden waren, hatte es bislang keinen Angriff gegeben. Aber die Taktik der Feinde, die alle zu jeder Zeit zu höchster Aufmerksamkeit zwang, zehrte allmählich an Lilis Nerven, wenn auch ihre körperlichen Kräfte mit den Herausforderungen gewachsen waren. Zügig wie die anderen schritt sie voran. Als sie dann allerdings begriff, dass der weitere Weg in den Berg hineinführte und sie durch Höhlengänge gehen sollte, verlor sie die Fassung. Sie ging da nicht mit! Nie im Leben! Barbarossa flog bereits oben über den Berg hinüber und Lili machte Anstalten, hinterherzufliegen, was natürlich für die anderen nicht infrage kam.

Kelwyn hielt sie fest. »Das ist viel zu gefährlich! Wir müssen zusammenbleiben und für die ganze Gruppe gibt es nun mal hinter dem Berg keinen sicheren Landeplatz.«

Ardric konnte Lilis Panik nicht nachvollziehen. »Die Höhlenwege sind gut ausgebaut und es gibt Lichtfackeln.«

Sie schrie ihn an. »Ich bekomme da drinnen keine Luft.«

Ardric hob hilflos die Hände und Kelwyn versuchte, Lili zu beruhigen, aber Bolko brach die Debatte ab und trug sie in den Höhlengang hinein. »Du schaffst das! Im Notfall macht Kelwyn Mund zu Mundbeatmung.«

Als Bolko Lili wieder auf die Füße stellte, riss sie sich mit einer heftigen Bewegung von ihm los. Sein leises Lachen, das hinter ihr von den Wänden widerhallte, fachte ihren Groll noch mehr an. Dennoch fügte sie sich. Lili vermied es allerdings, die Umgebung näher in Augenschein zu nehmen. Sie sah auf ihre Füße. Ein Schritt. Noch ein Schritt. Noch ein Schritt. Verdammt noch mal, wann nahm das ein Ende?

Kelwyn wartete, bis Lili ruhiger wurde, und nahm sie dann bei der Hand. Lili ließ es zu, weil sie sich dadurch ein bisschen sicherer fühlte. Als sie die Höhlengänge endlich hinter sich hatte, atmete sie hörbar auf. Die Gruppe sammelte sich vor dem dichten Wald am Ausgang und Owe gab das Zeichen dafür, dass sie Pause machen konnten.

Bolko ging auf Lili zu und grinste sie an. »Na also, ging doch, und wie ich sehe, atmest du noch.« Lili erwiderte nichts, sah ihn nur mit zusammengekniffenem Mund an. »Oh, die junge Olim ist böse auf mich. Da muss ich mich wohl anstrengen, um dich wieder zu versöhnen.«

Bolko ging weg und Lili beobachtete ihn, wie er auf der Erde suchte. Er hob hie und da ein Stück Wurzelholz auf, bis er eines fand, das ihn zufriedenstellte. Mit seinem Dolch fing er an zu schnitzen. Nach einer Weile kam er zu Lili zurück, hockte sich vor ihr nieder und hielt ihr etwas hin. »Für dich. Sind wir wieder Freunde?«

Lili betrachtete das kleine Kunstwerk von allen Seiten. Überrascht schaute sie ihn an. »Der ist wunderschön, sieht genauso aus wie mein Barb, sogar den Blick seiner Augen hast du getroffen. Vielen Dank!« Sie sah Bolko an und seufzte. »Ich hab wohl ein wenig überreagiert, aber vor Höhlen hatte ich schon immer panische Angst … Ja, wir sind wieder Freunde und es ist mir sogar klar, dass du mich nur ein ganz klein bisschen ärgern wolltest.«

»Das beruhigt mich.« Bolko klopfte ihr auf die Schulter und erhob sich. Er wechselte einen Blick mit Owe und klatschte in die Hände. »Genug ausgeruht, es geht weiter. In ein paar Tagen sind wir in der Rabenschlucht, dann haben wir es fast geschafft.«

Sechs Tage später erreichten sie den Klamm. Das Ziel, die Felsenstadt Terramo, lag nun fast greifbar nahe. Die Rabenschlucht gehörte schon in ihren Schutzbereich und ab hier konnten sie gefahrlos ein magisches Tor für den Rest ihrer Reise benutzen.

Lili ging inmitten der Truppe von einem Waldweg aus in die Schlucht hinein, wo sie zum letzten Male Rast machen sollten. Hoch ragten rechts und links die Sandsteinfelsen auf, und sie kam sich ganz klein dagegen vor. In den Ritzen der roten Wände wuchsen Sträucher. Sogar Bäume fanden hier noch vereinzelt Halt. Aber die meisten Pflanzen hatten ihr Laub bereits verloren und der Wind pflückte jetzt die letzten braunen Blätter, ließ sie in der Luft schweben, bis sie auf den Boden oder zwischen den Felsen niedersanken.

Etwas Feuchtes traf Lilis Nase. Es begann zu schneien und sie hüllte sich fester in ihren Mantel. Ihr Blick wanderte an den schwarz gesäumten Felsvorsprüngen entlang. Raben! So viele Raben! Barb flog mit lautem Krächzen auf sie zu. Die schwarze Masse erhob sich schreiend in die Luft, um sich in neuer Formation wieder einen Ruheplatz zu suchen.

Kelwyn grinste. »Barb hat wohl Verwandte getroffen.«

Lili nickte. »Er ist glücklich.«

Am linken Rand des Weges fiel etwas aus weiter Höhe herunter. Lili schaute an der Felswand entlang nach oben und erkannte eine Fichte, die sich ihr im Wind zuneigte. Sie sah an dem Platz nach, wo es vor Kurzem geprasselt hatte. Ein paar Fichtenzapfen lagen dort und sie sammelte die drei schönsten in ihre Gürteltasche. Goswin würde sich darüber freuen, wenn sie wieder zu Hause war.

Auch diese letzte Rast dauerte nur kurz. Doch diesmal seufzte keiner. Die Aussicht auf die Wärme der Unterkünfte in der Gryphusburg trieb sie an. Ardric hatte gesagt, dass normalerweise er das magische Tor öffnete, um die Truppe ohne Umwege nach Hause zu führen. Doch diesmal gingen Bolko und Owe voran. Geleit für die Auserwählten, denn sie wollten nicht auf dem Vorplatz der Gryphusburg ankommen, sondern vor dem großen Portal der Felsenstadt und von da aus zur Burg hochsteigen. Drei Hoffnungsträger schickten sich an, dem König ihre Aufwartung zu machen und das Volk sollte sehen, dass dies ein besonderer Augenblick war. Ardric stellte sich hinter den königlichen Beratern auf, Kelwyn zu seiner Rechten und Lili an seiner linken Seite. Danach kamen die Reihen der Soldaten. Während Barb schnell auf Lilis Schulter flog, zeichnete Owe das magische Tor in die Luft.

»Zum Hauptportal von Terramo! Ka kaaaa esch!«, befahl er. Ein Lichtstrahl glomm auf und vergrößerte sich zu einem hell vibrierenden Leuchten. Lili, Ardric und Kelwyn fassten sich an den Händen. Kurz darauf wurden sie nach vorne und in die Dunkelheit gezogen. Kaum dass es wieder heller wurde, standen sie auch schon vor der hoch aufragenden Felsenstadt Terramo. Owe und Bolko waren allerdings doch nicht die Ersten, die aus dem magischen Tor herauskamen. Barb hatte sie überholt und flog mit lautem Krächzen vor den beiden heraus. Es war, als ob er allen Einwohnern ihre Ankunft lauthals ankündigen wollte. Aufmerksamkeit heischend kreiste er ein paar Mal über den Köpfen der Truppe, ehe er sich wieder auf Lilis Schulter setzte.

Sein Geschrei zeigte Erfolg.

»Ardric und seine Männer sind wieder da!« Wie ein Lauffeuer schien sich die Nachricht unter den Inominati zu verbreiten. Überall auf den felsigen Balustraden liefen die Leute zusammen. Doch kein Jubel brach sich Bahn. Sie blieben ungewöhnlich still, beobachten nur jede Bewegung der Ankömmlinge. Lili spürte ihre Blicke fast körperlich. Misstrauen lag darin, Ablehnung und verhaltene Aufregung. Energisch schob sie das belastende Gefühl beiseite.

»Wie gefällt euch unsere Felsenstadt?«, fragte Ardric.

»Grandios!«, erwiderte Kelwyn.

Lili nickte. »Ja.«

Wie aus dem Felsmassiv herausgewachsen, ragte vor ihr ein Meisterwerk der natürlichen Baukunst auf, die rote Felsenstadt Terramo. Sie gingen in Richtung des Haupteingangs, über dem sich unzählige Etagen mit breiten, halbrunden Terrassen befanden. Lange Gänge verbanden sich damit und führten an der Steilwand entlang. Die Form der Stadt erinnerte fast ein wenig an die geöffneten Fichtenzapfen, die Goswin immer mit sich führte. Oben auf dem Gipfel des Felsens thronte die Gryphusburg mit dem weithin sichtbaren Wappen der Inominati auf der höchsten Turmspitze: dem geflügelten Greif.

Langsam bewegte sich der ganze Zug auf die Stufen des Hauptportals zu. Rechts und links wurde der Eingang von je einem riesigen Drachen aus schwarzem Marmor bewacht.. Bei näherer Betrachtung zeigten sich im Marmor feine rote Adern, die einen weichen Übergang zum roten Gestein schufen. Sie stiegen die Treppe hoch, die in einem freien Halbrund endete. Dahinter höhlte sich der Felsen zu einer Art Passage aus, die den Kreis schloss. Händler boten hier in den Läden ihre Waren feil. In der Mitte befand sich ein magisches Tor, das vom Boden bis zur Decke flimmerte und in jede gewünschte Etage führte, bis hoch zum Vorplatz der Gryphusburg. Zu beiden Seiten neben und über der Haupttreppe zogen sich Gänge an der Felswand entlang, die zu den Wohnungen der Inominati führten. Breite Treppen, rechts und links des Haupteingangs, schufen die Verbindung zu den höheren Etagen. Bolko und Owe führten die Gruppe nach rechts und sie stiegen hinauf.

»Im Prinzip ist jede Etage ähnlich gestaltet, nur die Details sind anders«, erklärte Ardric, während sie zum ersten Stock hochstiegen. »Wir haben viele Künstler hier und an den Felsen können sie ihrer Kreativität freien Lauf lassen. Hier zum Beispiel …« Er wies auf einen Geländerabschnitt. »Dieses mit Putten verzierte steinerne Gitter stammt von Meister Ansfried. Er arbeitet immer wieder einmal daran.«

Sie stiegen immer weiter hoch, nahmen abwechselnd die rechte und die linke Treppe. Die Inominati, an denen sie vorbeizogen, starrten auf die Amulette von Kelwyn und Lili, aber kein Lächeln erhellte ihre Gesichter.

»Die freuen sich nicht sehr, dass wir da sind«, sagte Kelwyn.

»Die Stimmung wird sich ändern«, gab sich Ardric überzeugt.

Die Felsenstadt hatte einhundertfünfzig Etagen. In der fünfzehnten begaben sie sich zu einem magischen Tor, um ohne weiteren Zeitverlust zur Gryphusburg zu gelangen. Nacheinander traten sie hindurch. Kurz darauf versammelten sie sich auf dem durch dicke Mauern windgeschützten Vorplatz der Burg.

Dort wurden sie bereits erwartet. Der königliche Hofmeister führte den ganzen Zug in die große Halle vor dem Audienzsaal, wo König Silvius die Ankömmlinge empfing.

Nachdem die Soldaten abgetreten waren, bat Silvius seinen Neffen Ardric sowie Lili, Kelwyn und die zwei königlichen Berater Bolko und Owe in den Audienzsaal hinein.

Sivius ging auf Ardric zu und umarmte ihn. »Ich bin froh, dass du heil und gesund wiedergekommen bist«, sagte er und wandte sich dann an Lili und Kelwyn. »Ihr seid also die zwei anderen mit dem Zeichen des Adlers.« Sein Blick streifte die Kleidung, die sie als Olims auswies. Seine Augen blitzten hart auf. »Hoffentlich ist sich euer Volk im Klaren darüber, dass wir nicht mehr gegeneinander kämpfen dürfen.«

Lili schaute ihn geradeheraus an. »Wir haben auch in der Vergangenheit nicht gegen euch gekämpft, König Silvius. Vor vierundzwanzig Jahren wurde unser Volk von einem gemeinsamen Feind genauso getäuscht wie eures.«

Kelwyn fiel ihr ins Wort. »Wir wollen dasselbe wie ihr: Die Vergangenheit bereinigen und die Zukunft ermöglichen.«

»Lasst mich reden«, bat Ardric. Er erzählte vom Grenzwald, den Schattenrosswandlern, der Flucht, und wie Lili und Kelwyn ihn gerettet hatten. Ohne Umschweife kam er dann auf die Überfälle von vor fast vierundzwanzig Jahren zu sprechen. Er erklärte Silvius, dass Olims als auch Inominati von ihrem alten Feind Thamar hereingelegt worden waren, vermutlich mit Hilfe von Körpertäuschern.

»Alles mit dem Ziel, unsere Völker gegeneinander aufzuhetzen«, warf Kelwyn ein.

König Silvius hörte mit regloser Mine zu. Selbst als die Rede auf die goldene Feder kam, dem Beweis dafür, dass Thamar tatsächlich noch lebte und der Urheber des ganzen Unglücks war, zuckte in seinem Gesicht kein Muskel. Ardric irritierte das nicht. Auch Bolko und Owe schienen nicht sehr beunruhigt. Aber Lili und Kelwyn hatten gehofft, dass es einfacher werden würde.

Am Ende von Ardrics Bericht winkte Silvius alle zu sich her. »Besprechen wir das weitere Vorgehen bei einer kleinen Erfrischung im Salon.«

Während sie dem König hinterherliefen, nahm Lili hinter einer halb offenen Tür eine Bewegung wahr. Ein kleines Wesen mit strubbeligen roten Haaren lugte dahinter hervor und versteckte sich wieder. Wenig später betrat sie mit ihren Begleitern den Salon, in dem bereits der Tisch gedeckt war. Lilis Blick flog über die verlockenden kleinen Kuchen und die Kanne mit frischer Milch, welche die Mitte der Tafel zierte. Es schien ihr bereits eine Ewigkeit vergangen zu sein, seit sie das letzte Mal solche Köstlichkeiten gegessen hatte.

Als Lili Platz nahm, betrachtete sie jedoch erst einmal unauffällig die Einrichtung. Die Wände bestanden aus Naturfels mit gemauerten Zwischenräumen. Ein leise plätschernder Wasserfall, der wohl irgendwo aus der Tiefe des roten Felsens kam, war geschickt in den Raum integriert. Er wurde eingerahmt von Trögen mit Blüh- und Grünpflanzen. Im Kamin prasselte das Feuer und verbreitete eine behagliche Wärme. Wenn nicht die riesige Bücherwand gewesen wäre, dann hätte der Raum zumindest ein wenig an den Saal der tanzenden Wasserfälle auf der Ratsburg in Astral erinnert. Doch dieser Raum hier hatte eine persönlichere Note und Lili vermutete, dass es das private Refugium von König Silvius war.

Der königliche Hofmeister hielt sich dezent im Hintergrund des Raumes, in der Nähe seines Herrschers. Als alle auf ihren Stühlen saßen, klatschte er in die Hände und gleich darauf schwebten in Spitzenpapier gekleidete Kuchenstücke reihum zu den Gästen. Lili tippte an ein Stück Birnenkuchen, das daraufhin elegant auf ihren Teller glitt. Bald waren alle mit dem Verspeisen der lang entbehrten süßen Stücke beschäftigt. Nebenbei erzählten Bolko und Owe die Reise aus ihrer Sicht. Kelwyn und Ardric warfen nur ab und zu eine kleine Ergänzung ein. Das Gespräch plätscherte dahin wie eine lockere Unterhaltung. Aber Lili gewann den Eindruck, als ob Silvius sie und Kelwyn beobachten würde. Es war ihr ähnlich unangenehm wie damals bei Meister Bertram. Der süße Kuchen in ihrem Mund bekam auf einmal einen bitteren Beigeschmack. Lili wurde das Gefühl nicht los, dass der König ihnen, nur weil sie Olims waren, vollkommen misstraute. Sie straffte ihren Rücken und sah ihn offen an. Als ihre Blicke sich trafen, verzog sich sein Mund zu einem flüchtigen Lächeln. Lässig winkte er der Milchkanne, ließ sich einschenken, und wechselte dann das Thema. »Seit Neuestem müssen wir unsere Milch immer gut einschließen. Wir haben hier auf der Burg nämlich seit Kurzem einen Kobold, der sich allzu gern daran bedient.«

Lili runzelte die Stirn. »Aber ihr gebt ihm doch davon?«

»Weshalb sollten wir?«, antwortete Silvius leichthin.

Ardric, Bolko und Owe schauten ihren Herrscher überrascht an. Aber in Lili entfachte sich ein Sturm der Entrüstung. So einer war der König also! Schämen sollte er sich! Wies diesen armen, kleinen Kobold da draußen ab, der doch nur eine Familie suchte, der er sich anschließen konnte, die sich seiner annahm und die er lieben durfte. Tiefes Mitleid für das kleine Wesen, das hier nicht willkommen war, erfasste Lilis Herz. Sie sprang von ihrem Platz auf. »Ich bezahle die Milch.« Lili nestelte an ihrer Gürteltasche und warf eine Goldmünze auf den Tisch. Dann griff sie nach ihrer mit Milch gefüllten Tasse, drehte sich um und eilte zur Tür hinaus.

Kelwyn lief ihr hinterher, mit seiner eigenen Tasse. Er bedeckte diese mit einer Hand, um zu verhindern, dass die Milch überschwappte und auf den Boden tropfte.

Ardric sprang auch auf. »Lili, Kelwyn, das ist ein Missverständnis.« Heftig fuhr er Silvius an. »Onkel, wie konntest du!«

Lili bekam es kaum noch mit. Wie Kelwyn ging auch sie draußen im Flur in die Hocke. Sie rief nach dem Wesen mit den roten Haaren. »Wenn es hier einen kleinen Kobold gibt, dann möchten wir ihm eine Tasse Milch schenken.«

Es vergingen nur wenige Wimpernschläge, ehe er auftauchte. Kelwyn und Lili hielten ihm ihre Tassen entgegen.

»Wirklich? … Milch für Remo?« Die Stimme des Kobolds klang warm und samtig. Begehrlich streckte er die Hände aus und ruckzuck war die erste Tasse leer getrunken. Er reichte sie Kelwyn zurück und griff nach der Tasse von Lili.

Als Lili kurz darauf die leere Tasse zurücknahm, lächelte sie das kleine Wesem an. »Ich bin Lili und das da ist Kelwyn.«

»Remos Freunde! Haben Milch geschenkt!«

Lili war aufgefallen, dass Remo die Tasse beim Trinken seltsam gehalten hatte. »Was ist mit deinen Händen passiert?«

Das Gesicht des Kobolds verzog sich schmerzvoll. Er zeigte seine Handflächen, die mit Brandnarben übersät waren. »Körpertäuscher, haben Remo gefangen und Hände verbrannt. Kann nicht mehr zaubern. Befehl klappt nicht gut mit verbrannten Händen.« Der Kobold ließ die Schultern hängen und seine Augen wurden wässrig. »Haben auch meine Fichtenzapfen verbrannt. «

Lili erinnerte sich an die Fichtenzapfen in ihrer Gürtelltasche. Sie holte sie heraus. Goswin hatte ganz sicher nichts dagegen, wenn sie diese jetzt Remo schenkte. »Hier, ein Kobold muss spielen können.«

Remo strahlte, obwohl seine geschundenen Hände sicher schmerzten, als er die Zapfen hielt. Kelwyn erklärte ihm, dass er ihn heilen könne und vertrauensvoll streckte ihm der Kobold eine Hand nach der anderen hin. Die Heilungsstrahlen zeigten schnell Wirkung.

»Oh … Kelwyn ist großer Magier! Kann Remo heilen«, sagte er und bewegte seine Hände. »Bin so froh über gute Freunde Kelwyn und Lili!« Der Kobold ging ganz nah an Kelwyn heran und wisperte ihm ins Ohr. »Remo weiß, dass ihr die Wächter suchen sollt. Müsst vorsichtig sein. Körpertäuscher stellen Falle, hab es selbst gehört.«

»Danke Remo, dass du uns das sagst.«

»Hab auch König Silvius gesagt, ist jetzt meine Familie!« Der Kobold erzählte das voll Stolz. Dann warf er die Fichtenzapfen in die Luft, fing sie geschickt wieder auf und sprang davon.

»Wie?«, fragte Lili, nachdem der Kobold fort war.

»Ein Test!« Kelwyn sog den Atem ein. »Bei uns sagen sie ja auch, dass bei den Inominati die Kobolde verjagt werden.«

Lili ging ein Licht auf. Aber sie war nicht froh darüber, sondern im Gegenteil ziemlich sauer. »Was sind wir dumm. Wir gehen auf diesen König zu, geben ihm vorweg einen Vertrauensvorschuss, ohne dass er uns erst beweisen muss, dass er dessen würdig ist und was macht er? Er legt uns herein, damit wir uns so richtig schön zum Narren machen. Das ist nicht fair! Der sollte froh sein, dass wir da sind. Es ist schließlich auch seine Welt, die wir retten wollen.«

Hinter ihr erklang plötzlich des Königs Stimme. »Ich bin froh, dass ihr da seid. Dennoch muss ich wissen, mit wem ich es zu tun habe.«

Bolko und Owe standen hinter ihm und machten ein betretenes Gesicht und Ardric trat vor, um sich zu entschuldigen.

Kelwyn wehrte ab. »Nicht du musst dich entschuldigen, sondern dein König. Sein seltsamer Test trägt wohl kaum zur Völkerverständigung bei.«

»Aber er lässt mich erkennen, ob ich euch vertrauen kann.«

»Nun, dafür ist mein Vertrauen soeben verschwunden«, erwiderte Lili bitter.

Die Mine von Silvius blieb unbewegt. »Bei uns gibt es das Gerücht, dass Olims anderen Wesen ihren Schutz verweigern. Ich muss wissen, ob das wahr ist. Immerhin liegt die Zukunft meines gesamten Volkes in euren Händen.«

Kelwyn atmete durch und straffte seine Haltung. »Bei uns gibt es ähnliche Gerüchte über euch Inominati. Aber das beeinflusst uns nicht. Wir haben Ardric und seine Truppe als Freunde erkannt. Das ist es, was zählt.« Er sah Silvius ernst an. »Wenn ein Einzelner und sei es der König selbst, uns glauben machen will, dass er einen armen, verletzten Kobold verjagt, so hätten wir dieses Fehlverhalten niemals automatisch auf sein ganzes Volk übertragen. Man kann miteinander reden, sich kennenlernen. Wir hatten auf deine Hilfe gehofft, aber sie ist nichts wert, wenn du uns misstraust. Thamar würde dich gegen uns benutzen. Das können wir nicht zulassen. Wir versuchen es alleine. Ein paar ehrliche Freunde aus deinem Volk haben wir ja gefunden.«

Ardric, Bolko und Owe traten zu Lili und Kelwyn. Silvius hielt sie nicht zurück. Aber er ließ sich davon auch nicht beirren.

»Als König bin ich für mein Volk verantwortlich. Wenn ich es schützen will, dann muss ich auch Gerüchten nachgehen, unabhängig davon, ob ich selbst gewillt bin, daran zu glauben oder nicht. Ich hoffe, ihr versteht das. Verzeiht mir also diesen kleinen Test und ziehen wir alle unsere Lehren daraus. Ich misstraue euch nicht mehr und ich werde zur Mauer gehen, weil auch ich denke, dass die Vermutung von eurem Meister Bertram richtig ist. Wenn die Mauer fällt, wird sich mein Volk mit dem euren vereinen und wir gehen gemeinsam mit unseren Heeren zum Wolfsgrund, wo nach unseren Informationen die Wächter gefangen sind. Dort werden wir euch unterstützen.«

Obwohl das eine gute Nachricht war, blieb die Stimmung gedrückt. Lili wäre am liebsten auf den Platz vor der Felsenstadt zurückgegangen, um dort ihr Baumhaus aufzubauen. Aber Kelwyn überredete sie, die angebotenen Zimmer zu nehmen.

»Er soll nicht denken, dass wir nachtragend sind«, meinte er.

»Ich fühle mich verletzt und ich trage ihm das nach«, erwiderte Lili. Aber sie sah ein, dass das nichts brachte. Sie beide waren seit dem Überfall die ersten Olims, die wieder in die Felsenstadt kamen. Das über Jahre angehäufte Misstrauen wurde auf sie beide abgeladen und wer wusste es schon: Im umgekehrten Fall hätte sich Meister Bertram vielleicht nicht anders verhalten. Die Annäherung aneinander brauchte Zeit. Zu dumm, dass sie davon nicht allzu viel zur Verfügung hatten.

Ardric ging mit, als der königliche Hofmeister Lili und Kelwyn in ihre Zimmer führte. »Gut! Wie ich sehe, sind das die besten Zimmer in der Burg«, sagte er und seufzte. »Bitte lasst euch von Silvius nicht provozieren. Er ist nicht so negativ eingestellt, wie er sich heute den Anschein gegeben hat.«

»Dir zuliebe bekommt er noch eine Chance«, grinste Kelwyn.

Die Räume waren nett eingerichtet. Im Kamin knisterte ein Feuer und vom Fenster aus sah man weit über die mit Schnee bestäubte Gebirgslandschaft hinaus. Zwischen den beiden Zimmern gab es eine Verbindungstür und sie ließen diese offen stehen. So kam Lili sich wenigstens nicht ganz so verlassen vor.

In der Nacht schlief Lili sehr unruhig Sie träumte wirres Zeug von Kuchen, die sich weigerten, sich von ihr essen zu lassen, weil sie Lili nicht als würdig für diesen Genuss betrachteten. Als sie dann plötzlich ihren Namen rufen hörte, verschwanden die Traumbilder. Lili wachte auf und lauschte. Kelwyn war es nicht, der rief. Es war eine weibliche Stimme, sanft und weich. Der Klang weckte in ihr eine vergessen geglaubte Erinnerung. Lili hielt den Atem an. Der Mond leuchtete ins Zimmer herein und sie sah Bewegung. Eine hellgrau durchscheinende Gestalt schritt auf ihr Bett zu. Das Gesicht hatte große Ähnlichkeit mit einem

Foto, das zu Hause auf dem Kaminsims im Wohnzimmer stand. Das war doch nicht möglich! »Mutter?«

»Ich bin hier.« Die Stimme wehte wie aus weiter Ferne.

Violas Schatten setzte sich aufs Bett und griff nach Lilis Hand. Es fühlte sich an wie ein sanfter Windhauch. Die Berührung löste den Druck, der seit der Begegnung mit König Silvius auf Lili lastete. Tränen sammelten sich in ihren Augen und sie flüsterte: »Warum bist du nur so früh von uns gegangen?« Lili schwieg und auch der Ahnengeist sagte nichts. Nach einer Weile seufzte Lili tief auf. »Wir mühen uns hier umsonst!«

»Eure Mühe ist nicht vergebens. Die Völker sind schon dabei, sich einander anzunähern.«

»Was, wenn uns die Befreiung der Wächter trotzdem nicht gelingt?«

»Die Zukunft ist nicht festgelegt. Also glaube an dich und lass dich von der Hoffnung führen«, hauchte der Ahnengeist.

Lili legte sich in die Kissen zurück und atmete durch. Sie versuchte, den Geist ihrer Mutter zu berühren, aber ihre Hand ging durch die Gestalt hindurch. Also nickte sie nur und dann rutschte ihr eine Frage über die Lippen, welche sie seit der Kindheit beschäftigte. »Warum hast du den Namen meines Vater verschwiegen, Viola?«

»Eines Tages wirst du den Grund erkennen.« Die Schattengestalt lächelte. Dann richtete sie sich plötzlich auf, als ob sie einem fernen Ruf lauschen würde. »Ich muss gehen, Liebes …«

Nur wenig später verschwamm Violas Gestalt, löste sich auf und verschwand. Bald darauf fielen Lili die Augen zu.

Am Morgen darauf kam Ardric zu Lili und Kelwyn ins Zimmer, um sie beide zum Frühstück abzuholen. »Ich hoffe, ihr habt den gestrigen Empfang mittlerweile verdaut.«

»Halbwegs«, erwiderte Kelwyn und stopfte sich das Hemd in die Jeans. »Ich bin jedenfalls gespannt, was dein König heute auf

Lager hat.« Er griff nach seinem traditionellen, hellen Kleid, um es auch überzustreifen. Als Lili aus dem Bad kam, hielt er inne und sah sie prüfend an. »Ist alles in Ordnung mit dir? Ich hatte heute Nacht den Eindruck, als ob du im Schlaf reden würdest.«

»Der Geist meiner Mutter hat mich besucht.« Lili schnallte sich die Gürteltasche um, so wie sie es jeden Morgen tat. Auf einmal hielt sie inne. »Ich habe mir immer gewünscht, wenigstens ein Mal mit ihr sprechen zu können und ausgerechnet jetzt und hier …«

Ardric nickte. »Ich habe sie zu dir geschickt, weil ich ahnte, dass es dir gut tut.« Er lachte, weil Lili und Kelwyn ihn überrascht ansahen. »Ihr könnt heilen, ich kann die Ahnen rufen.«

»Danke Ardric, der Zeitpunkt hätte nicht besser gewählt werden können.« Lili hängte sich bei den beiden Männern ein.

Sie gingen den Felsengang entlang, dessen bunt verglaste Fenster im Schein der Morgensonne geheimnisvoll leuchteten. Nach wenigen Schrittn bogen sie rechts ab, nahmen kurz darauf den Gang nach links und erreichten die Tür zum Salon des Königs. Als auf dem steinernen Gang schwere Schritte hallten, schauten sie sich um. Bolko und Owe bogen um die Ecke.

»Guten Morgen. Hoffentlich!« Bolko nahm den Türknauf in die Hand. »Auf in die Schlacht am Frühstückstisch.«

»He«, dämpfte Owe.

»Ach was, die verstehen schon, wie ich es meine.« Schwungvoll öffnete Bolko die Tür.

Silvius saß bereits an der reich gedeckten Frühstückstafel. Neben ihm hockte Remo, der eifrig seinen Haferbrei löffelte. Der Kobold schaute nur kurz zu den Eintretenden hin, dann aß er weiter. Lili fiel auf, wie mager er war im Vergleich zu Goswin. Er hatte wohl viele schlimme Tage in seinem Leben gesehen. Aber die Fichtenzapfen, die sie ihm geschenkt hatte, lagen neben ihm auf dem Tisch, und er sah zufrieden aus.

Sie wünschten dem König einen guten Morgen, wobei Lili und Kelwyn sich mit einer höflichen Verbeugung begnügten.

Vielleicht verhielt sich Silvius deshalb besonders freundlich. Aber es war dann Remos Verdienst, dass die Atmoshäre am Tisch nach einiger Zeit lockerer wurde. Er hatte seine Schüssel mit Haferbrei leer gegessen, schnappte sich die Fichtenzapfen und rutschte von seinem Stuhl. Fordernd stellte er sich vor Silvius hin und zerrte an dessen Kleid, ganz so, wie Goswin immer an Sonjas Schürze zog. »Remo will jetzt Milch, hat Schüssel leer gegessen.«

Silvius streichelte über seinen struppigen Haarschopf. »Wie willst du die Tasse halten, wenn du deine Zapfen nicht loslässt?«

Der Kobold schaute von seinen Fichtenzapfen in der Hand zu der Tasse, die Silvius ihm hinhielt. Er wollte sein Spielzeug nicht hergeben, aber die Milch wollte er auch haben. Beides gleichzeitig ging aber nicht und er wurde deswegen ganz zappelig. »Zapfen sind Geschenk von Lili, geb sie nicht her. Nein, nein! Will aber auch Milch haben, gute Milch …«

Als Lili ihm vorschlug, die Zapfen so lange in seine Socken zu stecken, strahlte Remo auf. Er folgte ihrem Rat und kicherte über seine durch die Fichtenzapfen ausgebeulten Socken. Zwei kleine Tassen Milch schaffte er, dann rieb er sich schmatzend den Bauch. Gleich darauf schaute an sich herunter, kicherte über die Socken und rannte davon.

»Goswin hätte sich rücklings auf den Boden fallen lassen und darauf gewartet, dass Sonja ihn auf die Couch bettet«, lachte Lili.

Ab da war das Eis gebrochen. Ardrics Augen strahlten, als sich die Stimmung immer mehr besserte. Lili wurde klar, dass er und sein Onkel sich sehr nahe standen und dass Ardric der gestrige Auftritt mehr zu schaffen gemacht hatte, als er zeigen wollte.

Nach dem Frühstück bat der König sie, noch hier zu bleiben, damit sie weitere Schritte besprechen konnten. »Ardric sagte, dass Meister Bertram Anfang Dezember mit euch Kontakt aufnehmen will. Bis dahin muss unser Plan stehen.«

»Ja«, erwiderte Lili, »durch unseren Kobold Goswin.«

»Ach so ist das! Ich hatte mich schon gefragt, wie es Bertram gelungen ist, trotz der Mauer Kontakt aufzunehmen. Ein Kobold lässt nur sein Herz sprechen, deshalb hat es geklappt.«

Falls Silvius noch Bedenken gehabt hatte, dann waren sie jetzt wohl ausgeräumt. Voller Elan ging er an die Planung. Die Inominati mussten über den tatsächlichen Urheber des Grauens von vor vierundzwanzig Jahren informiert und zur Versöhnung aufgerufen werden. Er wollte Flugzettel verteilen lassen und die Bevölkerung um Mithilfe bitten. Am zweiten Dezember sollten sich alle Bürger, die mit zum Grenzwald gehen wollten, auf dem Vorhof zur Burg einfinden. Aber allein auf die Lebenden wollte Silvius sich nicht verlassen.

»Unter unseren Ahnen befinden sich viele, die gute Verbindungen zu euch Olims hatten. Deren Liebe ist hoffentlich nicht getrübt und wir werden sie zur Mauer rufen, damit sie uns helfen.«

»Könnt ihr auch unsere Ahnen zur Mauer rufen? Auf der Olimseite gibt es doch sicher auch viele mit freundschaftlichen Verbindungen zu eurem Volk«, fragte Kelwyn.

»Wir können es versuchen, aber wir haben keine Kontrolle, weil wir sie auf der anderen Seite ja nicht sehen.«

»Ich kann mir nicht vorstellen, dass sie sich verweigern. Für einen Ahnengeist gibt es keine Grenzen.« Lili dachte an ihre tote Mutter, die heute Nacht hierher gekommen war.

Silvius sah sie forschend an, dann nickte er. »Wir rufen eure Ahnen. Wenn die Mauer fällt, sehen wir ja, ob es geklappt hat.«

Silvius wollte, dass Ardric, Lili und Kelwyn seine Rückkehr aus dem Grenzwald hier in der Burg abwarteten.

Aber Ardric schüttelte den Kopf. »So lange können wir nicht warten. «, sagte er. »Am selben Tag,, an dem ihr zur Mauer aufbrecht, werden wir uns auf den Weg zum Wolfgrund machen. Bolko und Owe begleiten uns und ihr könnt nachkommen.«

Nur widerstrebend gab Silvius nach. Er erzählte dann, was er während Ardrics Abwesenheit herausgefunden hatte: Selbst geschaffene magische Tore funktionierten nur bis zum Sonnenpfad westlich vom Wolfsgrund. In entgegengesetzter Richtung ab der Rabenschlucht hatte der magische Rat aber vor Kurzem wenigstens noch eine sichere Öffnung zur Lilienwiese schaffen können. Die geplante Falle der Körpertäuscher betrachtete er als das größte Problem. Obwohl Silvius Kundschafter ausgeschickt hatte, war nicht mehr bekannt geworden als das, was Remo gesagt hatte. Er befürchtete auch, dass die Schattenrosswandler weiterhin eine Gefahr bildeten. Aber zumindest über den Aufenthaltsort der Wächter hatte Silvius gute Neuigkeiten. »Einer von ihnen befindet sich an einem magischen Ort innerhalb vom Wolfsgrund, den man durch eine Höhle erreichen kann. Diese Höhle zu finden dürfte nicht allzu schwer sein. Sie soll mit dem Bild einer Schlange markiert sein. Im Inneren dieser Höhle müsst ihr dann den Zugang zum Gefängnis des Wächters finden. Vermutlich ist dieser irgendwo in den Höhlenwänden. Was ist mit dir, Lili?«

»Nichts.« Lili schüttelte den Kopf. Aber ihr Herz klopfte wild. Schon wieder eine Höhle! Seit ihrer Kindheit mied sie solche Orte. Die dunklen Felslöcher weckten ihre Angst. Aber seit sie unfreiwillig durch die Mauer gefallen war, schien es nichts als Höhlen zu geben, in die sie gezwungen war, hineinzugehen. Glücklicherweise wurde Lili bald von dem Thema abgelenkt. König Silvius ging zum nächsten Punkt der Besprechung über und schlug vor, dass sich Lili und Kelwyn in den nächsten Tagen unter das Volk mischen sollten.

»Schaut euch unsere Felsenstadt an. Wenn die Leute euch sehen und ihr mit dem ein oder anderen sprecht, werden sie schnell Vertrauen zu euch fassen«, sagte er.

Das bezweifelte Lili, aber sie nickte. Silvius winkte seinen Hofmeister her, damit er die Beschlüsse des Tages gleich an die entsprechende Stelle weiterleitete. Dann wandte er sich dem wichtigsten Thema zu, der Absprache mit Meister Bertram für das Zusammentreffen an der Mauer. Als er begriff, dass sie nur über Zeichensprache kommunizieren konnten, seufzte er. Aber Lili gab sich zuversichtlich, dass die Übermittlung von Datum und Uhrzeit mithilfe der schwarzen und weißen Socken klappen würde. Was sonst hätte sie auch sagen sollen.

Barb, dessen wahre Identität als Rabenfürst allen verborgen blieb, nahm sich frei. Er wusste, dass Lili bei Silvius sicher war und wollte die Gelegenheit nutzen, um in seiner Steinwelt Junctares nach dem Rechten zu sehen und Lena seine bisherigen Erkenntnisse mitzuteilen. Er flog in die Rabenschlucht und dort auf einen Felsen zu, in dem ein winziges Licht schimmerte. Wenig später landete er auf dem Fußboden des Fürstenpalastes. Fein glitzernde dunkle Schwaden stiegen um ihn herum auf, dann erhob er sich als Mann. Er reckte und streckte sich. Ah, tat das gut …

»Niven!« Lena lief auf ihn zu und umarmte ihn.

Auch die Männer und Frauen, die sich in der großen Halle aufhielten, kamen her. Einige von ihnen sahen nicht stofflich aus, sondern glichen eher Schemen.

»Das ist der Rest unseres Volkes«, flüsterte Lena gegen seine Schulter gepresst. »Ich habe ihnen im oberen Stock Zimmer herrichten lassen, damit sie bei mir sein können. «

Niven nickte und ließ seinen Blick über die Juncta schweifen. Vielleicht sechzig oder siebzig Personen waren es noch — von ehemals hunderttausend — und alle bereits vom Alter gezeichnet. Hände streckten sich ihm entgegen, suchten ihn zu berühren, vielleicht zum letzten Mal. Einer der Juncta, ein Mann, sah Niven mit klarem Blick an. »Bringst du uns Hoffnung, Niven Rabenfürst?«, fragte er.

Lena schaute zu Niven auf. »Hast du etwas erfahren?«

»Ja, deine Vermutung hat sich bestätigt, Lena.« Niven wandte sich an sein Volk. »Es steht jetzt fest, dass Thamar vor sechstausend Jahren die Unsterblichkeit eurer Fürstin auf sich gezogen hat, denn er lebt immer noch. Dies ist die Ursache all unserer Probleme, und leider hat sich der Mann auch nicht geändert. Derzeit versucht er wieder, die Inominati und Olims zu vernichten, aber seine Absichten sind erkannt worden. Der Kampf gegen ihn hat schon begonnen …«

»Das mag so sein, aber nur Thamars Tod wird den Fluch brechen können, unter dem wir stehen und er kann nicht auf dieselbe Weise getötet werden wie unsere Rabenfürstin damals. Dem *Stein der Ewigkeit* wurde diese Macht genommen.«

Der Einwand kam aus der hinteren Reihe der Juncta, und Nivens Herz zog sich schmerzhaft zusammen. Denn es war nur allzu wahr. Selbst wenn Lili und ihre Mitstreiter die Wächter befreien konnten — Thamar war damit noch nicht besiegt. Ob es überhaupt ein Mittel gab, um ihn endgültig auszuschalten?

Nach der Besprechung mit König Silvius hatte Ardric angeboten, für Lili und Kewyn den Fremdenführer zu spielen und so erkundeten sie am nächsten Tag gemeinsam die Felsenstadt.

Die Häuser der Wohnanlagen sahen von außen aus, als ob sie wie ein buntes Bild in den Fels gemeißelt wären. Sie bewegten sich, einmal sah man die Rückseite eines Hauses, ein anderes Mal die Vorderseite. Eine junge Inominatifrau erlaubte ihnen, ihre Wohnung von innen zu besichtigen. Sobald sie eines der Zimmer betraten, drehte es sich auf magische Weise nach vorne auf den Felsengang zu, sodass überall die Fenster in die gleiche Richtung zeigten. Sogar ein schöner Garten war dabei, der sich auch vom Felsen wegdrehte, sobald man ihn betrat. Zwischen den Wohnhäusern gab es in regelmäßigen Abständen gesicherte freie, halbrunde Flächen im Felsen mit öffentlichen Parkanlagen oder Spielplätzen für die Kinder.

Die Inominati, denen sie begegneten, blieben zurückhaltend, aber sie grüßten höflich. Manche hielten bereits die Flugzettel in der Hand.

Es fing wieder an, zu schneien. Lili fror und Ardric schlug vor, in seine Lieblingskneipe »Zum Silberpfeil« zu gehen. Dort konnten sie sich bei einem Glas Punsch aufwärmen.

Sie ließen sich durch das magische Tor des Hauptrunds in die dritte Etage hinunterbringen. Die Kneipe lag dort im linken Viertel der Geschäftspassage. Auf dem Weg dahin kamen sie am Laden eines Bogenbauers vorbei. Kelwyn blieb vor dem Schaufenster stehen und staunte über die kunstvoll gearbeiteten Waffen. Seit er sich unterwegs auf den Plätzen ihrer Nachtlager immer wieder im Bogenschießen geübt hatte, wollte er unbedingt einen eigenen haben.

Ardric zog ihn weiter. »Wir gehen auf dem Rückweg hinein.«

Kurz darauf gelangten sie zur Gaststätte. Als der Kneipenwirt Ardric erkannte, eilte er ihnen entgegen. »Hab den Flugzettel schon bekommen. Nicht zu fassen, dass wir uns tatsächlich so haben täuschen lassen. Ich gehe mit zur Mauer und rühre fleißig die Trommel, damit sich möglichst viele anschließen.«

Die Worte des Wirts machten Lili Mut. Vielleicht war die Versöhnung der Völker doch möglich. Das deuteten auch die Blicke von Gästen an, die nun schon viel freundlicher schauten.

Auf dem Rückweg zur Burg ging Ardric wie versprochen mit Kelwyn zum Bogenbauer. Lili begleitete sie. Ardric bat Meister Gernot für Kelwyn ein passendes Bogenset auszusuchen. Bereits das dritte Modell schien wie für ihn gemacht, und bei den Probeschüssen im Hofraum des Geschäfts traf Kelwyn stets genau in die Mitte der Scheibe. Er war begeistert, wie leicht das Teil in seiner Hand lag und wie die Pfeile seinem Willen folgten. Die Überraschung kam zum Schluss, denn Ardric machte ihm das Bogenset zum Geschenk.

Am darauffolgenden Tag besichtigten sie die Ahnenstätte, das war ein Platz außerhalb der Stadt, der von den Inominati für Feierlichkeiten und gemeinsame Anrufungen der Ahnengeister benutzt wurde. Er lag in einem Birkenwäldchen. Eine lange Allee führte auf bequemem Weg dorthin Die Bäume trugen allerdings kaum noch Laub. Auf den nackten Zweigen lag Schnee.

Als sie den kreisrunden Platz der Ahnenstätte erreichten, staunte Lili über die heitere und lichte Atmosphäre, die hier herrschte. Eigentlich hätte sie eher die Empfindung von Traurigkeit erwartet oder zumindest die Art von Totenstille, die sie immer auf der Friedenswiese empfand, wenn sie für ihre Mutter Blumen niederlegte. Hier fühlte sie nichts dergleichen, im Gegenteil. Alles zeugte von Lebendigkeit: die zwitschernden Vögel, die knospenden Sträucher von Zaubernuss und Winterjasmin, und sogar die von den Inominati geschaffenen Kunstwerke.

Ardric erklärte, dass die Ahnenstätte im Fadenkreuz der Himmelsrichtungen angelegt war. Im Norden, Osten, Süden und Westen standen Götterfiguren, welche die vier Eingänge zum Kreis bewachten. Dazwischen reihten sich Statuen von früheren Königen und verdienten Magiern. Alle trugen Fackeln in der Hand, die bei Feierlichkeiten brannten. Die Anrufung der Ahnen geschah von dem Platz im Norden aus, wo es ein reich geschmücktes Podest gab. Dahinter stand eine ganze Statuengruppe. Ardric erzählte, dass dies die Szene von vor sechstausend Jahren darstellte, als die Liebenden Asla und Gavin über das Feuer springen wollten.

Hinter der Ahnenstätte entdeckte Lili ein Häuschen. Ein gewundener Pfad führte zwischen Birken hindurch dorthin. An den Zweigen hingen Windorgeln aus Holz und Knochen, die eigenartige Klänge verursachten. »Was ist das da hinten?«

»Dort wohnt die Seherin Kalliopi. Sie sorgt dafür, dass dieser Platz immer in Ordnung ist«, erwiderte Ardric.

»Eine Seherin? Die würde ich gerne kennenlernen.«

»Silvius ruft sie bei wichtigen Entscheidungen. Aber die meisten Inominati fürchten ihre Gabe. Kalliopi hat einen durchdringenden Blick und kann hart mit der Wahrheit sein.«

»Meinst du, sie empfängt mich?«

Kelwyn entsetzte sich. »Du willst dir doch nicht die paar friedlichen Tage mit irgendwelchen Visionen verderben?«

»Ich will zu ihr«, beharrte Lili. Sie konnte nicht sagen, warum sie so ein drängendes Bedürfnis danach verspürte. Sie wusste nur, dass sie die Gelegenheit nicht verstreichen lassen sollte. Ardric warnte Lili, weil die Seherin auch Dinge ansprach, die man nicht hören wollte, ohne Erfolg. Den beiden Männern blieb nichts anderes übrig, als sie zum Haus von Kalliopi zu begleiten.

Als sie klopften, öffnete Kalliopi die knarrende Haustür. Die Seherin blickte ihre drei Besucher intensiv an und verzog spöttisch das Gesicht. »Die Männer können draußen warten.«

Kalliopi zog Lili zu sich herein und schloss die Tür. Sie trug das schwarze Kleid der Inominati mit der silbernen Stickerei des Greifwappens auf der Brust. Mit ihrem aufrechten Gang und ihrem ebenmäßigen Gesicht, das von rötlich-blonden Haaren eingerahmt wurde, wirkte sie wie das Abbild einer Göttin. Sie führte Lili in ein Zimmer, in dem kreuz und quer duftige Vorhänge hingen, die von der Decke bis zum Boden reichten. An den Wänden strahlte das warme Licht farbiger Ziegenlederlampen und reflektierte sich in den schmiedeeisernen Spiegeln. Kerzen brannten in Schalen und Leuchtern, die rings um eine niedrige Tischgruppe in der Mitte des Raumes angeordnet waren. Kalliopi lud Lili mit einer Handbewegung ein, auf einem der Bodenkissen Platz zu nehmen. Anmutig schenkte sie Tee ein und reichte Lili die gefüllte Tasse. »Was willst du von mir?«

»Ich weiß nicht genau. Einen Hinweis für die Befreiung der Wächter. Mir ist schon klar, dass die Zukunft nicht festgelegt ist, aber wenn wir versagen, dann gibt es keine mehr.«

»Du bangst um dein Leben!«

Lili dachte nach. »Ja, vermutlich. Aber vielleicht habe ich noch mehr Angst davor, Kelwyn und Ardric zu verlieren und dann alleine vor einer unlösbaren Aufgabe zu stehen.«

Kalliopi nickte und forderte Lili auf, ihre Hände zu zeigen. Aufmerksam betrachtete sie die feinen Linien in den Handflächen. »Du bist stärker, als du glaubst.«

Lili trank noch einen Schluck Tee. Den süßlichen Geschmack kannte sie nicht. Was das wohl für ein Kraut war? Sie driftete weg in die Erinnerung an Sonja und ihre Kräuterstube.

»Entspanne dich. Lehne dich in das Kissen zurück.«

Lili hörte Kalliopis Aufforderung wie durch Watte. So schläfrig … Ihre Gedanken wehten fort. Stattdessen sah sie Bilder wie in einem Traum.

»Geh auf die Suche nach dem Wächter! Keine Angst, ich begleite dich.«

Die Bilder in Lilis Kopf ordneten sich. Sie sah sich mit Kelwyn, Ardric und seinen Männern durch einen Eichenwald laufen. Von überallher schien Gefahr zu drohen. Die ganze Gruppe bewegte sich in angespannter Unruhe vorwärts, sicherte sich nach allen Seiten ab. Lili hatte das Gefühl, als ob ihr etwas den Hals zuschnürte. Jemand ergriff beruhigend ihre Hand und verwundert stellte sie fest, dass Kalliopi neben ihr ging. Lilis Panik legte sich. Sie sah sich um. Ein einzelner Baum fiel ihr auf. Er hatte einen besonders dicken Stamm und war von vier jungen Eichen im Quadrat umgeben. Ihr Blick wanderte von der Baumgruppe schräg nach links und erfasste einen mannshohen Felsbrocken. Eine weiße Schlange reckte plötzlich ihren Kopf, sodass Lili erschrak. Dann verschwand das Bild und sie sah sich in einer Höhle. Irgendetwas traf ihren Bauch. Es tat furchtbar weh und sie schrie auf.

Kalliopi nahm ihre Hand. »Ich bin bei dir. Sieh dich um!«

In der Felswand entzündete sich ein Feuer. Lili drückte eine Hand auf ihren schmerzenden Bauch und schleppte sich dorthin. Sie griff ins Feuer hinein und hielt plötzlich eine Feder in der Hand. Gleich darauf erschienen im Felsen die Umrisse einer Tür. Doch Lili konnte nicht mehr. Sie krümmte sich, sank zu Boden. Dieser rasende Schmerz in ihrem Bauch, diese Übelkeit. Blutete sie? Lili traute sich nicht, hinzusehen. Mit äußerster Willenskraft richtete sie sich wieder auf. Luft! Sie brauchte Luft. Hier konnte sie ja kaum atmen. Sie musste heraus aus dieser Höhle, auch wenn sie nur eine Vision war.

Kalliopi hielt sie eisern zurück. »Der Wächter! Richte deine Gedanken auf den Wächter.«

In der Dunkelheit, die Lili umgab, leuchtete eine Schriftrolle auf. Lili atmete schwer, konnte sich kaum auf den Beinen halten. Aber Kalliopi gab nicht nach, drängte sie zu schauen und zu lesen. Auf ihr Geheiß gab Lili den Text wieder:

> *Leben trägt sich weiter,*
> *das endlose Rad zu bewegen.*
> *Treue bezwingt verzehrendes Feuer.*
> *Nie erlöschende Liebe*
> *lässt das Herz für die Ewigkeit schlagen.*

Jetzt endlich führte die Seherin Lili zurück in die Wirklichkeit. Sie hielt ihr ein Glas hin. »Das hast du gut gemacht. Trink das Wasser in kleinen Schlucken. Gleich geht es dir besser.«

Lili ergriff das Glas und trank. Das gedämpfte farbige Licht und der Duft der Räucherstäbchen im Raum erschienen ihr längst nicht mehr so angenehm wie zu Anfang. Der feine Rauch legte sich um ihren Kopf und sie spürte ein leises Pochen in Stirn und Schläfen. Dazu war ihr speiübel. Kalliopi öffnete das Fenster. Die kalte Luft von draußen brachte die Kerzen im Raum zum Flackern, aber Lili fühlte sich jetzt ein wenig besser.

Sie schaute Kalliopi an. »Was hast du mir da bloß für einen Tee gemischt?«, fragte sie mit Abscheu in der Stimme.

Kalliopi lachte, leise und perlend. »Das ist mein Geheimrezept. Es hat wie immer gut gewirkt. Hier …« Sie hielt Lili ein zusammengerolltes Blatt Papier entgegen. »Das ist der Text, den du gesehen hast. Der Hinweis, wie ihr den Wächter befreien könnt. Den Schlüssel, um den Text zu interpretieren, musst du allerdings alleine finden. Da kann ich dir nicht helfen.« Kalliopis Gesichtsausdruck wurde sehr ernst. »Du weißt, worauf du in der Höhle achten musst?«

Lili nickte. »Ich hasse Höhlen!«

»Das kann ich verstehen.« Die Seherin nahm Lilis Hände und drückte sie sanft. »Ich glaube, wir sollten deine Begleiter nicht länger warten lassen.« Sie führte Lili nach draußen, wo die beiden Männer unruhig auf und ab wanderten.

Als Kelwyn Lilis blasses Gesicht sah, erschrak er. »Was ist mit dir?«

Ardric wirbelte zu der Seherin herum. »Kalliopi, du hast ihr doch nicht etwa von deinem abscheulichen Gebräu eingeflößt?«

»Bringt sie nach Hause, sie soll sich ausruhen.« Kalliopi verschwand in ihrem Haus.

Ardric starrte auf die geschlossene Eingangstür. Er seufzte, drehte sich zu Lili herum und nach einem Blick in ihr Gesicht zeichnete er ein magisches Tor in die Luft, um sie auf schnellstem Weg in die Burg zu bringen. Aber Lili wollte lieber laufen. Sie lechtzte nach frischer Luft, um den Kopf klar zu bekommen.

Als sie sich dann zu Fuß auf den Rückweg machten, war sie jedoch froh, dass Kelwyn und Ardric sie stützten. Sie war wackliger auf den Beinen, als sie gedacht hatte. Vielleicht verkniff sich Kelwyn deshalb die Vorwürfe, die ihm sichtlich auf der Zunge lagen. Besorgt beobachtete er, wie sie um Haltung kämpfte und dann warf er Ardric eine ärgerlichen Blick zu, weil dieser grinste. Er fauchte ihn an. »He, ihr geht es nicht gut!«

Ardric grinste immer noch, aber er nickte. »Kalliopi belohnt Mut auf ihre eigene Art. Glaub mir, ich weiß aus Erfahrung, wie Lili sich fühlt. Es geht vorbei.«

»Mir geht es gut«, erklärte Lili dumpf.

Keiner glaubte ihr. Kelwyn konnte irgendwann nicht mehr mit ansehen, wie sie vorsichtig einen Schritt vor den anderen setzte. Er nahm sie kurzerhand auf die Arme und trug sie. Lili lehnte den Kopf an seine Schulter und schloss die Augen.

»War das Ganze den Kater wenigstens wert?«, frage er sie.

»Ja, mein Schutzherr.« Mehr erwiderte Lili nicht. Wenn sie sich ausgeruht hatte, wollte sie ausführlich berichten. Eine lange Strecke des Alleewegs wurde Lili abwechselnd von Kelwyn und Ardric getragen. Es gefiel ihr. Doch als es ihr besser ging, regte sich ihr Gewissen. »Es geht mir wieder gut. Lass mich runter, Kelwyn.«

Er sah sie zweifelnd an. »Bist du sicher?«

»Ja, ehrlich.« Nach einem Blick in ihr Gesicht, in das die Farbe zurückkehrte, stellte Kelwyn sie auf die Füße. Lili gab sich überzeugt, dass sie für den Rest des Weges keine Probleme mehr haben würde. Doch nach wenigen Schritten blieb sie stehen. »Ich verstehe das nicht«, sagte sie verzweifelt.

»Nicht du sondern der Boden schwankt«, antwortete Ardric.

Wie gebannt schauten sie alle auf den Weg, der sich in Wellen auf und nieder bewegte.

»Die Schlange regt sich«, stöhnte Kelwyn.

Die Erdbewegungen dauerten nur wenige Augenblicke, aber Lili wurde klar, dass die Große Schlange allmählich das Fehlen ihrer Wächter bemerkte. Sie begriff auch, dass deren Bewegungen heftiger werden würden, je weiter die Zeit fortschritt. Sie mussten also die Wächter möglichst schnell finden.

Lili schaute die Männer an. »Es wird nicht einfach werden, aber wir haben eine Chance. Nach dem Abendessen reden wir über die Hinweise, die ich bekommen habe.«

Sie näherten sich dem Haupteingang zur Felsenstadt und entschlossen sich nun doch, ein magisches Tor zu benutzen. So vermieden sie neugierige Blicke. Ardric zeichnete es in die Luft und wenig später befanden sie sich in Lilis Zimmer auf der

Gryphusburg. Sie ließ sich auf ihr Bett fallen, rollte sich zur Seite und schlief kurz darauf ein.

Als die Zeit für das Abendessen kam, brachten Ardric und Kelwyn es fast nicht übers Herz, sie zu wecken. Entsprechend spät gingen sie zu Tisch. Remo, der Kobold, war bereits wieder in sein Versteck verschwunden. An seinem Platz befand sich nur die leer gegessene Schüssel. Der König saß noch da, zusammen mit Bolko und Owe.

»Habt ihr einen guten Tag gehabt?«, fragte er.

»Auf alle Fälle war es mal was anderes«, sagte Lili.

Ardric fing bei ihrer Antwort an zu grinsen, und sogar Kelwyn konnte jetzt der Begegnung mit der Seherin die heitere Seite abgewinnen. Er schaute zu Lili. »Darf ich?« Als sie nickte, erzählte er. »Sie wollte unbedingt Kalliopi kennenlernen.«

Silvius, der gerade seine Teetasse zum Mund führte, hielt inne und betrachtete Lili. »Es scheint dir gut zu gehen.«

»Jetzt ja.« Ardric nickte. »Du hättest sie vor ein paar Stunden sehen sollen.«

»He, hab nicht darum gebettelt, dass ihr mich tragt«, erwiderte Lili. »Entschuldige Silvius, aber ich kann eine Weile keinen Tee mehr sehen, gibt es auch etwas anderes zu trinken?«

»Natürlich.« Silvius bat den Hofmeister um einen Krug Saft.

Owe wurde neugierig. »Würdest du es wieder tun?«

»Ich denke, es hat mich weitergebracht oder vielmehr uns. Ich möchte es aber nicht unbedingt so schnell wiederholen.«

Silvius, Ardric und Bolko nickten verständnisvoll.

Kelwyn wunderte sich, dass alle hier wussten, was Lili von Kalliopi eingeflößt worden war und welche Wirkung das hatte. »Habt ihr etwa alle schon einmal von dem Gebräu getrunken, das Kalliopi ihren Besuchern serviert?«

»Alle außer mir«, erwiderte Owe. »Ich mag es nicht, wenn man mir mein Gehirn vernebelt.«

»Kann ich nachvollziehen«, sagte Lili. »Dennoch ist sie eine großartige Frau. Sie hat mich auf meiner Visionsreise begleitet.«

»Willst du uns erzählen, was du gesehen hast?«, fragte Silvius.

Lili zögerte nicht und es war ihr auch egal, dass der Hofmeister, der seitlich hinter dem König stand und seine Befehle abwartete, mithörte. Wenn Silvius ihm vertraute, konnte sie es wohl auch. »Ich wollte von Kalliopi einen Hinweis haben, wie wir den Wächter befreien können«, sagte sie. »Was wir bisher wissen, erschien mir zu wenig.«

Bolko reagierte schnell. »Hast du Körpertäuscher gesehen?«

»Nein, ich habe außer uns niemanden gesehen, aber beobachtet wurden wir auf jeden Fall.«

Bolko war enttäuscht. »Ich muss mir den Brechreiz erzeugenden Tee am Ende noch selber antun.«

»Nur Mut«, frotzelte Lili. »Ich lass dir auch ein bisschen Saft gegen den schlechten Nachgeschmack übrig.« Sie wurde wieder ernst. »Die gute Nachricht ist, dass ich die Höhle gesehen habe, zu der wir hin müssen, es gibt eine markante Baumgruppe dort.«

»In den Dörfern des Wolfsgrunds leben die Werwölfe. Die helfen uns vielleicht, sie zu finden«, warf Ardric ein.

»Du willst Werwölfe einspannen?« Kelwyn schaute ihn bestürzt an. »Das könnte Probleme geben.«

»Wir müssen nur darauf achten, dass wir nicht gerade zur Vollmondzeit in ihre Nähe kommen.«

Bolko winkte ab. »Darüber können wir später diskutieren. Hast du sonst noch etwas gesehen, Lili?«

»Ja, in der Höhle müssen wir aufpassen. Ich hatte das Gefühl, dass man uns dort drinnen auflauert, vielleicht die Schattenrosswandler. Körpertäuscher sind es wohl nicht, obwohl, ich habe noch keinen getroffen. Die grobe Richtung, in der wir die geheime Tür zu dem magischen Gefängnis der Wächter suchen müssen, weiß ich jetzt auch. Das ist noch einmal eine gute Nachricht. Aber die Tür kann nur mit einer goldenen Feder geöffnet werden, und weil wir die nicht haben, sieht es erst einmal schlecht aus. Wir müssen die Augen offen halten und Federn suchen.«

König Silvius hob mahnend den Finger. »Euer Präfekt bringt die gefundene Feder mit. Ihr solltet auf uns warten.«

Ardric widersprach. »Nein, Silvius. Die Feder könnte unterwegs verloren gehen. Wir werden eine andere suchen. Es gibt sicher mehr davon. Bestimmt hast du mitbekommen, dass sich die Große Schlange heute bewegt hat. Es ist Eile geboten.«

Silvius seufzte. »Lili, hast du noch mehr gesehen?«

»Nur noch eines, aber ich kann nichts damit anfangen. Es ist ein Text. Ich erhielt ihn, als ich mich auf die Wächter konzentriert habe. Kalliopi hat gesagt, ich muss selbst den Schlüssel finden, um ihn zu deuten. Ich will ihn nachher Kelwyn und Ardric zeigen.«

Einige Zeit später hob der König die Tafel auf, und Lili ging mit Kelwyn und Ardric in ihr Zimmer. Dort brüteten sie gemeinsam über dem mysteriösen Text. Ohne Erfolg.

Lili seufzte. »Liest sich wie ein Gedicht. Es hat was, aber was es für uns hat, erschließt sich mir nicht.«

»Die Antwort lässt sich nicht erzwingen«, antwortete Ardric.

Kelwyn nickte. »Dafür kennen wir den Text jetzt auswendig.«

Lili schwieg, aber in ihrem Bauch bildete sich ein Knoten. Hoffentlich war in diesen Zeilen keine Warnung versteckt!

Während der folgenden Tage verbrachten Kelwyn und Ardric viel Zeit damit, an den Bogenschießübungen der Truppe teilzunehmen. Lili schaute selten dabei zu und beschäftigte sich lieber mit dem Text, den sie von Kalliopi erhalten hatte, auch wenn es ihr keine neuen Erkenntnisse brachte. Aber König Silvius wohnte den Truppenübungen oft bei und eines Nachmittags nahm er Lili beiseite. »Wo hat Kelwyn so gut Bogenschießen gelernt?«

»Unterwegs. Ardric hat es ihm beigebracht.«

Der König schüttelte ungläubig den Kopf. »Nicht zu fassen, er ist mindestens so gut wie Ardric, der als Meisterbogenschütze bisher stets unerreicht blieb.«

Lili hatte zwar auch erkannt, wie sicher Kelwyn mittlerweile mit Pfeil und Bogen umging, aber die Äußerung von Silvius machte sie nun doch sehr stolz auf ihn. Kelwyns Fähigkeiten sprachen sich auch in der Bevölkerung herum und trugen dazu bei, dass die Zuversicht der Inominati wuchs. Lili empfand das mit Erleichterung und doch erzeugte es auch wieder einen gewissen Druck. Was, wenn sie die Wächter trotz aller Unterstützung nicht befreien konnten?

Der letzte Novembertag wurde bei den Inominati als »Tag des unvergänglichen Geistes« gefeiert. Es war der höchste Festtag im Jahr, bei dem traditionell eine öffentliche Ahnenanrufung stattfand. Lili war sehr gespannt auf dieses Ritual. Als sie mit Kelwyn morgens in den Salon trat, stellte sie fest, dass sechs zusätzliche Gedecke auflagen, alle in der Farbe rot.

Ardric erklärte es. »Das Geschirr ist für unsere verstorbenen Familienangehörigen. Wir zeigen damit, dass uns ihr Geist willkommen ist. Zwei der Gedecke sind für meine Eltern, drei weitere für die Frau von Silvius und seine beiden Kinder. Sie sind damals alle zusammen bei dem Überfall umgekommen. Uns beide hat es nur deshalb nicht erwischt, weil wir zu einer wichtigen Besprechung gerufen worden waren.« Ardric machte eine winzige Pause und sprach dann weiter. »Das sechste Gedeck steht symbolisch für unsere gesamte Ahnenreihe auf dem Tisch.«

Silvius nickte. »Der Tod ist nicht das Ende. Keiner, der je gelebt hat, verschwindet spurlos. Wir können ihren Geist rufen, an ihren Erkenntnissen teilhaben, um zu verstehen.«

Kelwyn sah Silvius an. »Wie funktioniert das? Bei uns heißt es, dass die Seele im Schattenreich das Vergessen sucht, damit sie weiterziehen kann …«

Silvius nickte wieder. »Das stimmt auch. Aber die geistige Aura eines Wesens mit ihrem Fühlen und Denken bleibt erhalten und verbindet sich dann mit dem Großen Geist. Von dort können wir jeden Einzelnen mit Namen rufen oder auch ganze Gruppen. Du wirst es nachher erleben.«

Ah, so ist das …, dachte Lili, die still zugehört hatte. Deshalb hatte ihre Mutter zu ihr kommen können. Wenn sie je wieder nach Megara zurückkehren würde, dann würde auch sie den Tag des unvergänglichen Geistes zu einem Feiertag machen.

Nach dem Frühstück ging Ardric mit Silvius zur Ahnenstätte, um die feierliche Anrufung vorzubereiten. Bolko und Owe arbeiteten schon seit dem Tagesanbruch dort, weil ihnen die Sorge für die Sicherheit und Ordnung während des Festes oblag. Lili und Kelwyn dagegen hatten noch Zeit. Ihre Plätze auf der Zuschauertribüne waren reserviert und die Feier begann erst am frühen Nachmittag.

Nach dem Mittagessen, das sie diesmal allein auf ihren Zimmern einnahmen, machten sie sich auf den Weg, um Kalliopi zu treffen, die sie unter ihre Fittiche nehmen wollte.

Die Seherin wartete bereits am Südeingang. Von hier aus betrat das Volk die Ahnenstätte. Kalliopi lächelte Lili herzlich zu. Als sie Kelwyn begrüßte, behielt sie dessen Hand länger als üblich in der ihren. »Möchtest du mich auch besuchen? Ein paar deiner Fragen könnte ich schon beantworten.«

»Danke für das Angebot. Vielleicht komme ich darauf zurück … wenn Thamar ausgeschaltet ist!«, erwiderte Kelwyn.

Kalliopi lachte und führte sie beide zu ihren Plätzen.

Bald ging es in der Ahnenstätte ziemlich lebhaft zu. Die Zuschauerreihen auf der Tribüne füllten sich mehr und mehr. Lili war froh, dass für sie Sitze in der ersten Reihe reserviert waren. Von hier aus hatte sie einen guten Überblick über die gesamte Ahnenstätte.

Die Seherin Kalliopi berührte Lili am Arm. »Die öffentliche Ahnenanrufung hat immer ein spezielles Thema. Heue werden diejenigen der Ahnen gerufen, die für den bevorstehenden Kampf und zur Beseitigung der Mauer hilfreich sein können. Erst am Abend wird dann jede Familie ihre persönlichen Ahnen einladen, um ihnen für ihr Erbe zu danken und dafür, dass sie ihnen durch ihre Erfahrungen den Rücken stärken.«

Der Südeingang wurde geschlossen. Ein Trommelwirbel brauste durch die Stätte, geschlagen auf unzähligen Instrumenten, und ging in einen langsamen, gleichmäßigen Takt über. Das Gemurmel der Leute verstummte. Silvius und Ardric traten durch den Nordeingang auf die festlich dekorierte Bühne. Beide sahen großartig aus in ihren schwarzen Kleidern mit den silbernen Stickereien und dem locker darüber geworfenen Mantel.

Die Trommeln verstummten. Der König sprach einleitende Worte. Danach ging Ardric nach rechts und Silvius nach links, um Reihen mit Kerzen zu entzünden. Als sie sich danach in der Mitte trafen, fiel ein Sonnenstrahl auf die beiden und tauchte sie in strahlendes Licht. Lili kam es so vor, als wenn der Himmel damit seine Zustimmung zu dem Vorhaben bekunden wollte. Beide Männer breiteten ihre Arme aus, kehrten die Handflächen nach oben und sprachen das Ritual. »Ahnen der Inominati und Ahnen der Olims, wir rufen euch. Kommt in unsere Mitte! Wir brauchen euch für den Kampf gegen Thamar. Wir brauchen eure Liebe und euren Mut. Die Mauer des Hasses muss durchbrochen werden, damit sich unsere Völker vereinen können. Helft uns, unterstützt uns … dehadee udee!«

Lili fühlte sich seltsam berührt, und die Hände auf ihrem Schoß kehrten sich automatisch empfangsbereit nach oben.

Kelwyn sah überrascht zu Kalliopi. »Sie rufen ja auch die Olims.«

Die Seherin beugte sich zu ihm hin. »Es ist nicht sicher, ob die Ahnen von euch Olims kommen. Wir hoffen es. Ardric und Silvius beweisen Mut, dass sie das öffentlich ausprobieren.«

Lili lächelte, wollte etwas sagen, aber Kalliopi legte den Finger an den Mund. Sie wies zum Osteingang. Wind wehte von dort aus durch die Ahnenstätte und wirbelte die Blätter am Boden auf. Die Zweige der umstehenden Birken bewegten sich, als wenn sie grüßen wollten. Die verdorrten Grasbüschel neigten sich zur Erde und die Windorgeln, welche zu Kalliopis Haus führten, schlugen klingend aneinander. Nebel bildete sich, der in den Platz hereinströmte. Lili sah darin schemenartige Wesen mit deutlich erkennbaren Gesichtern. Dicht gedrängt teilten sie sich den Platz mit den Lebenden. Silvius dankte den Geistern für ihr Kommen und erklärte die Sachlage.

»Dürfen wir mit eurer Hilfe rechnen?« fragte er zum Schluss.

Zwei männliche Gestalten lösten sich aus der Ahnengruppe, um zu sprechen. Lili hörte sie flüstern und sah, wie Ardric und Silvius erfreut lächelten.

Neben ihr seufzte Kalliopi erleichtert auf. »Das ist gut. Der eine war einst König der Inominati. Er heißt Collum. Der andere ist Thuan. Er war vor langer Zeit Präfekt der Olims.«

Ehe Lili fragen konnte, woran sie die zwei erkannte, erklang die kräftige Stimme von Silvius. »Die Ahnen der Inominati und der Olims werden zur rechten Zeit an der Mauer sein.«

Bald darauf sprach er mit Ardric das Schlussritual. Die Zuschauer standen auf, verneigten sich vor den Ahnen und murmelten Dankesworte. Lili und Kelwyn taten es ihnen nach. Wenig später wandten sich die durchsichtigen Gestalten dem Westausgang zu, um in ihr geistiges Reich zurückzukehren.

Einer von ihnen ging vorher auf Kelwyn zu und legte seine duchsichtigen Finger auf dessen Amulett. »Jetzt weiß ich, dass alles Geschehen einen Sinn hat, auch meine unerfüllte Liebe.« Kelwyns streckte die Hand aus, als wenn er den Ahnengeist seines Onkels an sich ziehen wollte. Er griff durch ihn hindurch, und als er das merkte, machte er nur eine tiefe Verbeugung vor ihm. Auch sein Ahn verneigte sich und schwebte dann mit den anderen Geistern zum westlichen Ausgang hinaus, wo sich die Ahnengruppe allmählich auflöste.

»Mein Onkel. Er hat Lilis Mutter geliebt«, erklärte Kelwyn.

»Was passt, findet zueinander, also mach dich nicht selbst zum Märtyrer«, erwiderte Kalliopi leise, aber streng. »Kommt«, sagte sie dann lauter, »gehen wir.«

Das Ritual der Ahnenanrufung wirkte in Lili noch immer nach. Ihr war, als ob sie etwas Wichtiges erfahren hätte, wenn sie auch nicht wusste, was. Stumm schob sie sich mit den anderen Inominati dem Ausgang zu. Ardric wartete bereits.

»Das war beeindruckend«, sagte Kelwyn zu ihm.

Ardric nickte. »Fast die Hälfte der Ahnengeister waren Olims.«

»Woran erkennt ihr, ob das Inominati oder Olims sind?« Für Lili hatten die Geister alle gleich ausgesehen.

»Die Gewänder der Olims haben ein helleres Grau als die der Inominati«, sagte Kalliopi und verabschiedete sich. »Wenn ihr Lust auf eine Tasse Tee verspürt ... ihr wisst ja, wo ihr mich findet.«

Der weiche Ausdruck in den Augen der Seherin stand im Widerspruch zu dem Spott in ihrer Stimme. Weder Lili, noch Ardric oder Kelwyn irritierte das. Kalliopis Hilfsbereitschaft stand außer Frage. Ohne weitere Worte drehte die Seherin sich um und ging mit wiegendem Gang den Pfad hoch zu ihrem Haus. Auch Lili machte sich mit Kelwyn und Ardric bald darauf auf den Rückweg zur Burg.

Obwohl König Silvius sie für den Abend zur privaten Feier mit den Ahnen der Familie Kiupas einlud, lehnten sie dankend ab. Sie fanden, dass diese Anrufung eine sehr persönliche Angelegenheit von Ardric und seinem Onkel war, und sie wären sich dabei wie Eindringlinge vorgekommen. Ihre Feinfühligkeit wurde mit einem besonders üppigen Abendessen belohnt, das ihnen der Hofmeister auf ihr Zimmer brachte.

Am Tag nach der Ahnenanrufung wartete Lili ungeduldig auf den Klang von Goswins Stimme. Der Vormittag verging, der Mittag, und nun stand die Wintersonne schon tief am Horizont. Sie saß mit Kelwyn und Ardric in ihrem Zimmer auf dem Bett und knüllte die schwarzen und weißen Socken, mit denen sie Antwort auf Goswins Fragen geben wollte. Was, wenn er sich nicht meldete? Vielleicht hatte er sich beim letzten Mal zu sehr verausgabt. Auch die beiden Männer waren nervös. Sie versuchten, sich mit einem Brettspiel abzulenken, konnten sich aber nicht darauf konzentrieren. Neben Ardric schwebten ein Briefstab und ein Blatt Papier in der Luft, denn er wollte seinen König, sowie Owe und Bolko informieren, sobald Goswin zu hören war. Den Text hatte er schon diktiert: beeilt euch!

Sie warteten und warteten, und fast wollten sie schon aufgeben. Doch dann meldete sich Goswins doch noch. »Lili? Kelwyn?«

»Schick die Briefe ab.« Lili sprang auf und hob dabei den weißen Socken hoch, um Goswins Frage, ob es ihnen gut ginge, mit Ja zu beantworten.

»Absenden! Hadee adadee Silvius, Bolko, Owe«, befahl Ardric seinem Briefstab. Das Blatt Papier rollte sich zusammen. Der Mund am oberen Ende des Briefstabs holte tief Luft, saugte es ein und rülpste. Als Ardric seine rechte Hand hob, drehte sich der magische Helfer ein paar Mal um die eigene Achse und ließ sich hineinfallen.

Währenddessen erzählte Goswin, dass Meister Bertram und Sonja neben ihm saßen, dass Kela, Ferdan und Derrim auch bei ihm waren, und dass es allen gut ging. Dann fragte er, ob Lili und Kelwyn mit König Silvius gesprochen hatten. Schnell schwenkten sie beide die weißen Socken. Draußen auf dem Gang klangen plötzlich Schritte und gleich darauf wurde die Tür zu Lilis Zimmer aufgerissen. Silvius, Bolko und Owe kamen herein. Remo, der Kobold von König Silvius, den die gespannte Stimmung in der Burg wohl neugierig gemacht hatte, schlüpfte auch noch durch die Tür.

»Sind drei Männer gekommen.« Goswin gab weiter, was er sah, und juchzte plötzlich. »Da ist einer wie ich! Hallo, hallo, wie heißt du denn?«

Remo rannte aufgeregt im Zimmer umher und suchte in Schränken, Schubladen und unter dem Bett nach der Stimme, die er offensichtlich hören konnte.

Goswin kicherte. »Kannst mich nicht finden. Bin ganz weit weg. Sehe dich im Spiegel. Au, Sonja, nicht stupsen. Ist Kobold dort wie ich. Hallo Kobold, ich bin Goswin und du?«

»Heiße Remo«, antwortete der Kobold von König Silvius und legte einen Finger an die Nase, um nachzudenken.

»Sagt, er heißt Remo«, gab Goswin an seine Freunde weiter.

Lili sprang wie elektrisiert auf. »Remo, du kannst ja mit Goswin reden!« Sie wurde ganz aufgeregt.

»Höre Goswin, aber sehe ihn nicht!« Remo runzelte die Stirn.

Lili ging vor dem Kobold in die Hocke. »Goswin ist sehr weit weg. Er sieht uns in einem Spiegel. Bitte, willst du uns helfen? Wir müssen ihm wichtige Nachrichten geben, aber er hört uns nicht, nur dich.«

»Schenkst du mir dann die Socken?« Remo blinzelte sie an.

»Sobald Goswin alles weiß, was er wissen muss.«

»Will aber auch noch Milch«, forderte der Kobold.

»Remo, wenn du Goswin unsere Antworten sagst, dann gehe ich selbst in die Speisekammer und hole dir Milch«, versprach Silvius.

Remo zögerte nicht. »Goswin, ich sag dir, was du wissen musst. Bekomme dafür Socken von Lili und Milch von König Silvius.«

»Will auch Socken, Sonja und auch Mich wie Remo. Hmpf … immer erst später«, maulte Goswin, dem Sonja wohl eine entsprechende Antwort gegeben hatte.

»Remo, bitte sag Goswin, dass wir zwei paar Socken haben und dass ein Paar für dich ist und ein Paar für ihn. Die bekommt er, sobald wir wieder zusammen sind«, sagte Lili.

Remo gab die Information weiter und endlich waren die beiden Kobolde zufrieden und die Besprechung konnte beginnen. Kelwyn bat Remo, zuerst den König vorzustellen. Der Kobold zog an dem traditionellen schwarzen Kleid, das Silvius trug, um ihn besser in die Mitte des Zimmers zu bugsieren. Stolz schwellte er die Brust. »Guck, König Silvius. Ist meine Familie, hat mich vor Körpertäuschern gerettet.«

»Oh, hast wohl gute Familie. Ich auch! Sonja ist meine Familie und Lili, die jetzt bei dir ist«, erwiderte Goswin. Seine Stimme wurde leise. »Hab Sehnsucht nach Lili, und nach Kelwyn. Hat Spiegel geschenkt, ist mein Freund.«

»Oh, verstehe das«, murmelte Remo.

Bevor die beiden Kobolde weiter in Privatgesprächen versinken konnten, erinnerte Silvius wieder an den Zweck des Gesprächs. Der Kontakt klappte dann sehr gut. Lili und Kelwyn konnten sich darauf konzentrieren, einfach nur aufmerksam zuzuhören. Bald waren alle offenen Fragen geklärt und der Termin an der Mauer stand fest. Aber beinahe hätten sie etwas Wichtiges vergessen. Silvius fiel es gerade noch rechtzeitig ein.

Er berührte Remo an der Schulter. »Bitte sag noch, dass Meister Bertram die goldene Feder mitbringen muss. Die brauchen wir zur Befreiung der Wächter!«

Das Gespräch ging zu Ende.

»Goswin müde. Sagt, Spiegelgucken strengt an. Ist jetzt weg.« Remo zupfte an Silvius' Kleid und blinzelte zu Lili hinüber.

Sie schichtete den weißen und den schwarzen Socken ineinander. »Hier, deine Socken. Danke für deine Hilfe, Remo.«

Der Kobold nahm die Socken freudestrahlend an und zerrte dann an Silvius, um ihn an die versprochene Milch zu erinnern.

Der König setzte ihn auf seine Schultern. »Ich muss mein Versprechen einlösen und danach die restlichen Vorbereitungen für morgen treffen. Ihr habt sicher auch noch zu tun. Wir sehen uns beim Abendessen.«

Bolko und Owe, die sich während des Gesprächs der Kobolde dezent im Hintergrund gehalten hatten, blieben auch nicht mehr lange. Sie wollten noch einmal mit ihrer Truppe den Marsch zum Wolfsgrund besprechen.

Als die beiden gegangen waren, holte Lili den Text hervor, den sie von Kalliopi bekommen hatte. Aber auch jetzt brachte das keine neuen Erkenntnisse. Es ging um das Leben, die Treue und die Liebe. Das war alles, was ihr dazu einfiel. Sie steckte den Zettel in ihre Gürteltasche, die sie wie immer um die Taille trug und hoffte, dass zur rechten Zeit die Erleuchtung kommen würde. Der Gedanke an die Höhle im Wolfsgrund blitzte in ihrem Kopf auf. Dort, das wusste sie ganz sicher, lauerte eine Gefahr auf sie. Sie fühlte wieder den Schmerz in ihrem Bauch, wo sie etwas getroffen hatte, als sie mit Kalliopi einen Blick in die Zukunft getan hatte. Unwillkürlich glitt ihre Hand an diese Stelle. Ardric, der ihre Geste beobachtete, fragte, was mit ihr sei. Aber um nichts in den Welten wollte Lili erzählen, dass ihr die Höhle womöglich zum Grab werden würde.

Am Abend, dem letzten auf der Gryphusburg, gab es ein Festessen mit Köstlichkeiten aus der regionalen Küche von Terramo. Die Tischgespräche drehten sich um die erfolgreiche Rückkehr in die Felsenstadt und die große Feier, die es dann geben würde. Nur einmal kam die Rede auf die vor ihnen liegenden Herausforderungen, weil Remo mit Silvius mitgehen wollte.

»Das ist zu gefährlich. Ich will nicht, dass du noch einmal den Körpertäuschern in die Hände fällst.« König Silvius deutete auf seinen Hofmeister, der seitlich hinter ihm wartete. »Bevin kümmert sich um dich. Du kannst ihm helfen, damit hier während meiner Abwesenheit alles klappt.«

Remo gab nach, weil er das als Auftrag auffasste. Sein Gesicht glühte vor Stolz. Aber bis zur Abreise wollte er bei Silvius bleiben. Als der Kobold seine Schüssel leer gegessen hatte, rannte er deshalb nicht wie üblich davon, sondern hielt sich eng an des Königs Seite.

Als Lili abends im Bett lag, konnte sie nur schwer einschlafen. Ihre Gedanken kreisten um die Höhle im Wolfsgrund. Sie versuchte es zu unterdrücken, vergebens. Kelwyn, der noch in einem Buch über die Magie des Bogenschießens las, hörte durch die offene Verbindungstür, wie sie sich hin und her wälzte. Er kam herüber, setzte sich auf die Bettkante und griff nach ihrer Hand. »Was ist los?«

»Den Tag über war alles gut und jetzt bin ich nervös«, klagte sie.

»Komm her.« Kelwyn legte sich neben sie.

Lili schmiegte sich in seinen Arm. Die Wärme seines Körpers tat ihr gut und eine Weile überließ sie sich diesem wundervollen Gefühl. Ihre Hand machte sich auf einmal selbstständig, berührte Kelwyns nackten Oberkörper, streichelte tastend über seine Brust und an seinem Rücken entlang. Dann hielt sie plötzlich inne. Nein, das gab nur Komplikationen … Schnell schuf sie wieder ein wenig Abstand.

Kelwyn lächelte und strich ihr eine Haarsträhne zurück, die über ihr Gesicht gefallen war. Seine Lippen streiften über ihre Schläfe. »Ich halte dich nur«, flüsterte er in ihr Ohr.

Lili schloss die Augen und in einem tiefen Gefühl der Geborgenheit schlief sie an seiner Seite ein. Als sie am nächsten Morgen erwachte, lag er immer noch neben ihr.

Kelwyn streckte die Hand zu Lili hinüber und kringelte sich eine ihrer Locken um den Finger. Es war die einzige zärtliche Geste, die er sich erlaubte. Er hätte ihr gerne gesagt, dass er sie schon seit ihrer Schulzeit liebte und dass er sich wünschte, jeden Morgen neben ihr aufzuwachen. Aber es war der falsche Zeitpunkt. Sie durften sich nicht von ihrer Aufgabe ablenken lassen, auch nicht von der Liebe. Selbst wenn Lili allmählich nicht nur den Freund, sondern auch den Mann in ihm sah, so würde sie ihre Gefühle nicht zulassen. Aber Kalliopi hatte gesagt, dass das, was passt, zueinanderfindet. Das gab ihm Zuversicht. Die Zeit für die Liebe würde kommen, aber vorher war die Reise zum Wolfsgrund angesagt.

Das letzte Frühstück im Salon des Königs verlief schweigsam. Jeder war mit eigenen Gedanken beschäftigt. Die Verabschiedung begann, als sie vom Tisch aufstanden, denn Silvius wollte von hier aus direkt zu seinem Heer gehen. Er umarmte Lili und Kelwyn genauso herzlich wie Ardric. Für Remo hatte der König zum Abschied sogar irgendwo ein paar glänzende Eicheln aufgetrieben. Er steckte sie dem Kobold in die Hosentasche, als er ihn zu seinem Hofmeister führte. Dann nahm er seinen Kapuzenmantel und zog ihn über sein traditionelles, schwarzes Kleid. »Wünschen wir uns also gegenseitig Glück und Erfolg! Wir treffen uns im Wolfsgrund.«

Bolko hatte eine Überraschung parat. Er gab Lili und Kelwyn ein Paket. »Ihr beide werdet als Inominati reisen. Das Amulett mit dem Zeichen des Adlers versteckt ihr unter dem Kleid.« Er scheuchte sie zur Tür hinaus. »Beeilt euch.« Als sie in ihrer neuen Tracht wieder in den Salon traten, nickte er anerkennend. »Ich muss sagen, Schwarz-Silber steht euch gut.«

Ardric nickte. »Es ist soweit.«

Wie Kelwyn griff er nach seinem Bogen. Lili tastete an ihre Gürteltasche und dann marschierten sie alle auf den großen Vorplatz der Burg.

Lili gewann den Eindruck, als ob sich ganz Terramo auf dem Platz versammelt hätte. Selbst auf den Dächern der Burg saßen die Zuschauer dicht gedrängt. Silvius stand bereits an der Spitze seines Heeres. Die Soldaten bildeten eine lange Schlange hinter ihm. In ihrer Mitte führten sie die Zivilisten, welche mithelfen wollten, dass die Mauer brach. Lili war überrascht, wie viele es waren.

Links vom Heer des Königs hatte man freien Platz für eine weitere Reihe gelassen. Auf dieser Seite zogen sie jetzt ein. Bolko und Owe gingen an der Spitze. Gleich danach folgten Ardric und Kelwyn mit Lili in der Mitte. Ihre kleine Truppe Soldaten, die sie zum Wolfsgrund begleitete, marschierte geordnet hinter ihnen. Die schweren Stiefel hallten rhythmisch auf dem Boden. Lili sah nach oben in den Himmel. Während sie sich noch fragte, wo ihr Rabe blieb, ertönte in der Luft auf einmal das vertraute Krächzen. Barb flog auf ihre Schulter. Die kleine Szene wurde von der Menge mit Beifall quittiert.

Als Bolko und Owe auf Höhe des Königs stehen blieben, drehten sich die beiden Gruppen einander zu und verneigten sich. Dann gab Silvius das Zeichen. Er öffnete das magische Tor auf seiner Seite, gab den Befehl, sie zur Lilienwiese zu bringen und seine Truppe setzte sich in Bewegung. Bolko zeichnete für seine Gruppe ebenfalls ein magisches Tor in die Luft, das sie zum Sonnenpfad westlich vom Wolfsgrund bringen sollte. Zügig gingen sie hintereinander in das helle Licht hinein. Die Zuschauer begleiteten die Abreise mit vielen guten Wünschen und Siegesrufen. Während Lili auf das magische Tor zuschritt, entdeckte sie Kalliopi. Die Seherin stand auf der linken Seite, lächelte ihr zu und hob eine Teetasse hoch. Lili ahnte, was diese Geste bedeuten sollte. Kalliopi würde im Geiste bei ihnen sein und sie aus der Ferne unterstützen.

6. Kapitel

Mithilfe der Ahnen ...

In Megara atmeten alle erst einmal auf. Sonja schaute Meister Bertram nach, der durch ihren Wohnzimmerspiegel nach Astral zurückging und dem die Erleichterung über den guten Verlauf von Goswins Spiegelkontakt noch im Gesicht geschrieben stand. Nicht nur das machte Mut. Phelan war es in der Zwischenzeit gelungen, auf der Grenzwiese einen Platz zu schaffen, wo sich gefahrlos ein magisches Tor öffnen ließ. Wenn sie in drei Tagen zu dem Treffen mit Silvius aufbrachen, sparte das den anstrengenden Flug über den Merkurberg.

Mit Kela, Ferdan und Derrim besprach Sonja nun die nächsten Schritte. Als Erstes schickten sie Sira eine Nachricht. Sie teilten ihr mit, dass sie ins Dunkle Land reisen würden — vorausgesetzt, dass der Plan mit der Mauer aufging. Sonjas Schwester Adela hatte vor, an dem Tag nach Astral zurückzukehren. Bis dahin wollte sie helfen, Sonjas Haus vor den schwarzen Kreuzottern zu schützen, welche sich einfach nicht in die Winterstarre zurückzogen. Die Tiere schienen wie entfesselt und bedrohten das ganze Dorf. Ständig lag irgendwo ihr Zischen in der Luft und sie schnellten nach vorne, sobald jemand in ihre Nähe kam.

Sonjas Nachbarin und Freundin Aylin kam am Abend herüber und versprach, während Sonjas Abwesenheit den Schutz um das Haus regelmäßig zu erneuern. Sie erinnerte auch an den Bauern Friedhelm, der immer die Milch brachte. Sein Hof war in den letzten Tagen zu einem bevorzugten Angriffsziel der Kreuzottern geworden. Sonjas Schutzkräuter hatten bis jetzt das Schlimmste verhindert, aber dafür wuchsen die giftigen Kräuter auf der Weide immer zahlreicher. Sein Vieh war in größter Gefahr. Sonja stellte eine Notfallapotheke zusammen und Aylin ging damit durch den Spiegel im Wohnzimmer gleich zu ihm.

Nicht lange darauf kündigte ein leises *Pling* eine Nachricht von Sira an. Die Heilerhexe gab ihr frei, damit sie an der Reise teilnehmen konnte. Als Goswin das hörte, sauste er nach oben auf den Speicher und kramte nach dem kleinen Kinderrucksack. Er tat ein paar seiner Fichtenzapfen hinein und verstaute seinen Spiegel sorgfältig in einer Seitentasche davon. Dann rannte er wieder hinunter zu den anderen in die Küche.

»Hab schon gepackt«, sagte er und schmiegte sich an Sonja.

Der Mond stand hoch am Himmel, als Kela, Ferdan und Derrim sich endlich aufmachten, um durch Sonjas magischen Spiegel zurück nach Astral zu gehen. Meister Serenus, die hölzerne Figur auf dem Klavier, sah ihnen zu, wie sie das Tor öffneten und hineintraten. Er war nicht griesgrämig wie sonst sondern im Gegenteil fast fröhlich.

»Grüßt mir Lili. Sie soll ihre Sache gut machen und wenn ihr alle wieder zurück seid, dürft ihr ausnahmsweise meine Ohren strapazieren mit eurem kläglichen Klavierspiel«, tönte er und klapperte dabei in Vorfreude mit seinem Taktstock.

Wenige Augenblicke, nachdem Kela mit Ferdan und Derrim in den Spiegel eingetreten waren, tauchten sie vor dem Südtor von Astral wieder auf. Am Strand hörte Kela Stimmen, die durch das Rauschen der Meereswellen verzerrt wurden. Als sie in die Richtung schaute, entdeckte sie eine Familie, die Laternen steigen ließ. Ein etwa vierjähriges Mädchen sprang aus dem Sand hoch.

Es rannte heran und packte Kela an der Hand, um sie mit sich zu ziehen. »Kommt! Wir lassen Laternen steigen.«
Kela und den beiden Männern blieb nichts anderes übrig, als mitzukommen. Als die Eltern des Kinds das sahen, lächelten sie entschuldigend. »Anina, du kannst die Leute nicht einfach hinter dir herziehen«, rügte die Mutter.

Kela beschwichtigte sie. Heute Abend hatte es keine Eile. Sie bewunderte die Laterne, die Anina ihr zeigte, und las laut den

Text, mit dem sie beschriftet worden war: *Glück gleich doppelt für meinen unbekannten Retter. Möge er immer von Freunden umgeben sein.*

Aninas Vater sah sich genötigt, zu erklären. Er erzählte, dass er zur ersten Bogenschützeneinheit gehörte, die bereits vor Wochen versucht hatte, durch die Mauer zu kommen. Ihr Lager hatten sie auf der Grenzwiese. Am Geburtstag seiner Frau war er über die Mittagszeit fortgegangen, um sie zu überraschen, aber dann im magischen Tor eines Baumes steckengeblieben.

»Solche Höllenschmerzen hatte ich mein Leben lang noch nicht. Das hier ist mir von dem Abenteuer geblieben.« Er zeigte den Freunden seinen Oberarm, an dem die Haut aussah wie Baumrinde und sich auch genauso anfühlte. »Meine Kameraden haben natürlich versucht, mir zu helfen, aber sie mussten aufgeben und ich dachte, es ist aus. Aber am nächsten Tag hörte ich doch noch einmal etwas. Ein Mann und eine Frau, den Stimmen nach. Mehr weiß ich nicht. Der erste Versuch mich zu befreien schlug genauso fehl, wie die Versuche meiner Kameraden am Vortag«, sagte er und seine Augen begannen zu leuchten. »Aber der zweite Versuch katapultierte mich aus dem Baum heraus, direkt in die Arme meiner Frau! Ich weiß nicht, welcher Zauber das bewirkt hat, und ich würde meinem Retter so gerne persönlich danken. Aber ich weiß nicht, wer es ist. Deshalb die Laternen, sie sollen unseren Dank weitertragen.«

Die Geschichte des Mannes weckte eine Erinnerung in Kela. »War das im Oktober, vor der Mauer auf einem kleinen Hügel?«

»Ja.« Der Mann schaute fragend.

»Ich glaube, wir wissen wer dich gerettet hat. Erinnert ihr euch?« Kela sah zu Ferdan und Derrim. »Als wir schon an der Mauer waren, standen Lili und Kelwyn noch an einem Baum weiter oben. Es können nur die beiden gewesen sein.«

Die Männer bestätigten das. Nur Lili oder Kelwyn konnten dieses Wunder vollbracht haben. Kela erklärte Aninas Vater, dass er mit allerhöchster Wahrscheinlichkeit von den beiden Trägern des gewebten Feenhaars gerettet worden sei.

Der Mann schüttelte ihnen überschwänglich die Hände. »Jetzt kann ich mich sicher revanchieren. Wenn die Mauer fällt, gehe ich nämlich mit ins Dunkle Land, und das soll ja bald sein.«

»Ja, wir kommen dann auch mit«, sagte Kela.

» Ihr könnt auf meinen Schutz zählen«, sagte der Mann. »Übrigens, ich bin Mikan.«

Er ließ die Laternen in den Himmel steigen und alle sahen zu, wie sie sich als leuchtende Punkte am Firmament entfernten. Dann verabschiedeten sie sich so herzlich voneinander, als wären sie bereits Freunde.

Am Abend vor der Abreise zur Mauer bildete sich in Kelas Wohnzimmer eine Wolke aus Licht und da heraus trat ihre Schwester Sira. Sie hatten sich viel zu erzählen, sodass die Nachtruhe entsprechend kurz ausfiel.

Am Morgen gingen sie dann müde, aber wie vereinbart in aller Frühe zur Ratsburg, um sich mit den anderen zum Frühstück im Saal der tanzenden Wasserfälle zu treffen. Kela trug genauso wie Sira das traditionelle elfenbeinfarbene Kleid mit der goldenen Stickerei und darüber den schwarzen Kapuzenmantel mit dem hellen Futter. Meister Bertram hatte diese Bekleidung vorgeschrieben, damit das Treffen mit den Inominati einen feierlichen Anstrich bekam.

Sonja und Goswin waren bereits da. Wenig später traf der Waldelf Phelan ein und kurz danach kam auch Kelas Freund Ferdan, zusammen mit Derrim.

Ferdan deutete grinsend auf den prall gefüllten Beutel, den er am Schulterriemen trug. »Camilla hatte Angst, dass wir unterwegs verhungern.«

»Unterwegs? Ich bin jetzt schon nahe daran!« Derrim schaute sehnsüchtig zum Teetisch mit den Bergen von Frühstücksleckereien und er zählte die Gedecke. »Hm … wird hier noch jemand erwartet?«

Als der Präfekt, Meister Bertram, eintrat, klärte sich das. Hinter ihm ging Nestor, einer der Ratsherren. Wie sich herausstellte, ging auch er mit ins Dunkle Land. Es schien ihm wichtig zu sein, vielleicht, weil er die Inominati so falsch beurteilt hatte. Die anderen vom Neuner-Rat blieben aber wie vereinbart in der Stadt, um diese während Meister Bertrams Abwesenheit zu leiten und Neuigkeiten an das Volk weiterzugeben.

Während des gemeinsamen Frühstücks wurden alle Themen vermieden, die mit der Mauer und Thamar zusammenhingen. Erst als die Tafel aufgehoben wurde, hob Meister Bertram die Arme und bat die Sternengöttin Liora in bewegenden Worten um Beistand und Erfolg für ihre Mission.

Dann war es soweit. Kela ging mit den anderen in den Vorhof der Burg, wo sich die Einwohner von Astral schon versammelt hatten. Es gab kaum genug Platz für alle. Viele saßen auf den Dächern der Burg oder standen auf der Treppe der Tausend Stufen bis unten zu beiden Seiten der Delfinusstraße. Die Truppen von Pfeilschützen und Schwertkämpfern stellten sich im Innenhof der Burg auf. Neben ihnen trafen die Olims zusammen, welche das Unternehmen an der Mauer unterstützen wollten. Kela staunte, wie viele es waren.

»Ruhe bitte!« Der Präfekt räusperte sich und dankte dann den Männern und Frauen für ihr Kommen. Er sprach davon, dass heute ein großer Tag in der Geschichte von Olims und Inominati anbrach, der sie im gemeinsamen Kampf gegen das Böse vereinte und die frühere Freundschaft wieder herstellen würde.

Kurz danach formierte sich der Zug mit ihm an der Spitze. Hinter Bertram gingen Phelan und Nestor, die sich nach ihrer Aussprache im Sitzungssaal immer besser verstanden. Kela und ihre Schwester Sira folgten ihnen mit Sonja, Goswin und den Freunden. Dahinter schloss sich das Heer der Kämpfer mit den Zivilisten an. Von überallher regneten orangefarbene Rosen auf sie herab. Das Volk warf sie zum Zeichen der Hoffnung und als Symbol des Glücks, das die Reisenden begleiten sollte. Meister

Bertram zeichnete das Tor in die Luft, und als das Licht aufstrahlte, bewegte sich der Zug gemessenen Schrittes hinein.

Hinter dem Merkurberg kamen sie nacheinander wieder heraus, gingen ohne Unterbrechung weiter bis zu der Stelle an der Mauer, die Bertram dem König der Inominati beschrieben hatte. Der Gipfel des Merkurbergs, der früher bis weit hinter dem Grenzwald des Dunklen Landes zu sehen war, diente als Orientierung.

Vor der Mauer musste sich Kela mit ihren Freunden in der ersten Reihe aufstellen, wobei einige Soldaten streng auf einen Sicherheitsabstand achteten. Unruhig beobachtete sie, wie sich hinter ihr unzählige weitere Reihen bildeten. Als auch der Letzte an seinem Platz stand, wurde es still.

»Hört her!«, rief der Präfekt, »wenn König Silvius auf der anderen Seite der Mauer eintrifft, wird er unsere Ahnen rufen. Erschreckt nicht, wenn die Geister kommen. Ehrt sie, wie es ihnen gebührt. Sobald sie da sind, werden wir uns mit liebevollen Gedanken den Inominati zuwenden und sie in unserer Mitte willkommen heißen. Die Inominati werden dasselbe tun, und dann wird die trennende Mauer zwischen uns hoffentlich bald aufgelöst sein.«

Kelas Herz begann schneller zu klopfen. »Wie Totengeister wohl aussehen?«

»Bald werden wir es wissen«, antwortete Ferdan.

Die Zeit verging und nichts geschah. In den Reihen der Wartenden entstand Unruhe. Kela trat immer wieder von einem Fuß auf den anderen. Ihr Blick streifte die Mauer, die wie eine schmutzige Eiswand vor ihr aufragte. Wurde sie dunkler? Kela fröstelte und rieb sich über die Arme. Was, wenn König Silvius dem Feind in die Hände gefallen war? Vielleicht schaffte er es gar nicht bis zur Mauer. Nein, an so etwas durfte sie nicht einmal denken!

Kurz vor Mittag änderte sich die Situation. Ein eigenartiger, für die Jahreszeit viel zu warmer Wind wehte. In der Luft erklang ein Raunen. Kela griff nach Ferdans Hand. Er zog sie an sich. Auch Sira, die zwischen Kela und Derrim stand, suchte nach Halt und fand sie in den Armen von Derrim. Alle Blicke wandten sich der hügeligen Wiese hinter ihnen zu. Dort bildeten sich zwischen den verkrüppelten Bäumen feine Nebel, die sich auf die Wartenden zubewegten. Je näher die Gebilde herankamen, desto deutlicher zeigten sich darin Personen mit klar erkennbaren Gesichtern. Aus den Reihen der wartenden Olims klangen gemurmelte Dankesworte und viele verneigten sich ehrerbietig. Die Geister der Ahnen waren tatsächlich gekommen, um ihnen beizustehen. Es glich einem Wunder. Bertrams Gesicht strahlte, denn das bedeutete auch, dass König Silvius jetzt auf der anderen Seite der Mauer bereitstand.

Die Totengeister mischten sich unter die Lebenden und hie und da fanden Verwandte zueinander. Die flüsternden Stimmen der Ahnen schwebten wie ein Hauch über der Wiese. Kela bemerkte auch neben Lilis Großmutter einen der Geister. Ihr wurde schnell klar, dass das Lilis Mutter Viola sein musste, denn Sonja weinte fast vor Glück.

Der Präfekt erhob die Stimme. »Möge die Mauer des Hasses brechen!« Sein Arm richtete sich befehlend nach vorne. »Jou haweha degee eka!«

Auch Kela hob den Arm nach vorne und deutete mit ausgestrecktem Zeigefinger auf das magische Gebilde. Sie stellte sich vor, wie die Wand durchsichtig wurde und konzentrierte sich auf die dahinter stehenden Inominati. Immer wieder murmelte sie im Chor mit den anderen die beschwörende Formel. »Inominati und Olims sind ein Volk. Hass weicht Liebe. Trennung ist aufgehoben … Jou haweha degee eka!«

Eine sanfte Woge aus Licht bildete sich über den Köpfen der Olims. Kela hob ihre Stimme an. Sie klang immer machtvoller und verband sich in vollkommener Weise mit der Magie des vielstimmigen Chors. Der Boden unter ihren Füßen begann zu vibrieren. Die Wand wehrte sich. Sie pulsierte, glühte auf, als ob es in ihrem Inneren brennen würde. Der Himmel wurde dunkel. Sturm peitschte über den Platz. Unnatürliche Blitze zuckten durch die Luft. Doch je mehr es um Kela herum tobte, umso inbrünstiger konzentrierte sie sich auf die Inominati, schloss sie in ihr Herz, so wie es alle anderen auch taten. Eine rosafarbene Wolke löste sich von der Gruppe und schwebte auf die Mauer zu. Im selben Moment dröhnte über ihnen ein wahnsinniger, wütender Schrei. Die Wand ächzte, knirschte. Feuer züngelte aus ihr heraus, griff um sich. Dunkler Rauch stieg zum Himmel, berührte Wolken, die sich öffneten. Ein heftiger Regenguss prasselte nieder. Noch einmal, in hilflosem Zorn, bäumte sich die Mauer auf, spuckte Feuer und Eis. Dann glühte sie aus und zerfiel zu Asche, die sich in alle Winde zerstreute. Es war geschafft! Olims und Inominati standen sich gegenüber.

Silvius und Bertram gingen aufeinander zu. An der Stelle, wo zuvor die Mauer gewesen war, blieben sie stehen. Sie umarmten sich, schauten dann ringsum auf die Olims und Inominati, die miteinander redeten und lachten. Über allen schwebte das Raunen der Ahnen. Diese führten Verwandte zusammen, die lange getrennt waren, und nahmen überall an der Freude teil.

Silvius drückte die Hand des Präfekten. »Es ist ein Wunder, Bertram. Noch vor wenigen Wochen hätte ich nicht daran geglaubt, dass unsere Völker sich je wieder in Freundschaft begegnen.«

»Ich auch nicht, Silvius. Thamar hat uns auseinandergebracht, uns alle leiden lassen, aber endlich haben wir ihn durchschaut. Komm, ich will dir diejenigen vorstellen, denen wir das zu verdanken haben.«

Der Präfekt ging mit ihm zu Sonja und den Freunden, die sich abseits des Trubels mit Phelan und einer Gruppe Inominati unterhielten. Goswin stand daneben. Er spielte mit dem Ahnengeist Viola. Immer wieder grapschte er in sie hinein und Viola tat so, als ob es kitzeln würde. Sonja betrachtete die beiden in stiller Freude. Als Silvius den Kobold sah, leuchteten seine Augen auf. »Das muss Goswin sein!«

Der Kobold schaute zu ihm hoch. »Hab dich im Spiegel gesehen.« Goswin wurde abgelenkt, als ein Geist durch ihn hindurchging. Er kicherte, aber dann sah er Silvius wieder an und hob bedauernd die Schultern. »Kein Ahn von mir gekommen.«

Silvius ging vor ihm in die Hocke. »Nein. Aber schau, die neben dir ist sicher ein Ahn von deiner Familie.«

Goswin strahlte ihn an. »Ja, ist Sonjas Ahn, meine Familie.«

Silvius erhob sich und Bertram stellte ihm Kela, Ferdan und Derrim vor. Er erzählte, wie sie das Rätsel um Thamars Plan gelöst hatten.

Silvius deutete eine Verbeugung an. »Eure Namen werden mit diesem Tag in die Geschichte eingehen.« Dann hob er den Arm und bat um Aufmerksamkeit. »Lasst uns den Ahnen für ihren Beistand danken. Mögen sie in Frieden in ihr geistiges Reich zurückkehren.«

Der Ahnengeist Viola streichelte über das Gesicht von Sonja und trat zu den anderen Geistern, die sich auf der Wiese sammelten. Die Lebenden verneigten sich, und die Ahnen gingen fort. Wie Nebel lösten sie sich auf.

Eine kurze Zeit blieb es still. Dann sah Silvius den Präfekten an. »Thamar ist mit Sicherheit wütend, weil wir wieder zusammen sind. Er wird alles daran setzen, um sich an den Dreien mit dem Zeichen des Adlers zu rächen. Wir müssen aufbrechen, Bertram. Hast du die goldene Feder dabei?«

»Ja.« Meister Bertram griff an den Beutel, der um seinen Hals hing. Plötzlich stutzte er. »Zeichen des Adlers?«

»Ach ja, ihr sagt anders dazu: Träger des gewebten Feenhaars. Wie auch immer, es ist dasselbe. Der Beutel schützt vor der Schwarzen Magie der Feder, soweit ich das spüre?«

»Vollkommen abgeschirmt«, bestätigte Bertram. Er rief die Stadttruppe, welche die Zivilisten zurück nach Astral begleiten sollte. Auch die Einwohner von Terramo würden sich später vom Heer des Königs trennen und nach Hause gehen. Weder Bertram noch Silvius wollten das Risiko eingehen, dass unerfahrene Bürger in die Hände von Thamars Schergen fielen.

Silvius schaute zu den Freunden. »Beeilt euch, die marschieren schon los.«

»Wir gehören zur anderen Truppe.« Derrim grinste.

Bertram nickte. »Zwecklos, sie zurückschicken zu wollen.«

Nachdem Ferdan Goswin auf seine Schultern gesetzt hatte, ging Kela mit ihm und den anderen hinter Silvius und Bertram in den Grenzwald hinein. Das Gelände sah winterlich, aber nicht bedrohlich aus. Nur die Umrisse der steckengebliebenen Personen in den grenznahen Bäumen jagten ihr Schauer über den Rücken. »Wie schrecklich«, flüsterte sie Ferdan zu.

König Silvius drehte sich im Laufen zu ihr um. »Ja, Thamars Opfer. Tot, allesamt, und ihre Seelen sind in den Bäumen gefangen.« Er seufzte. »Ihr hättet den Wald heute Morgen sehen sollen. Als wir davor standen, blies er uns den Atem unsers Feindes ins Gesicht. Der Gestank raubte uns fast die Sinne und die Dunkelheit griff nach uns. Ohne Lilis Hinweis auf die richtige Magie hätten wir es nicht geschafft, durchzukommen.« Silvius blickte zu Meister Bertram. »Thamars Macht in diesem Wald konnten wir brechen. Hoffen wir nun auf ein Mittel, das auch diesen armen Seelen Hilfe bringt.«

Das Lauftempo pendelte sich auf zügige Schritte ein. Kela schaute immer wieder besorgt zu Sonja, für die solch stramme Fußmärsche sicher noch schwerer zu bewältigen waren als für sie selbst. Doch Sonja hielt sich gut.

Sie marschierten auf dem gleichen Waldweg, über dem Lili mit den beiden Männern vor Wochen im Niedrigflug die Flucht gelungen war. Silvius erzählte, was er darüber erfahren hatte. Er schilderte die beschwerliche Route zur Felsenstadt und erläuterte auch gleich den Marsch zum Wolfsgrund. Kela schluckte bei dem Bericht. Sie spürte schon jetzt ihre Beine. Aber immer noch besser, als in so einer großen Gruppe zu fliegen. Da wären Unfälle sicher vorprogrammiert gewesen.

Auf der Lilienwiese trennte sich die Gruppe. Die Einwohner von Terramo kehrten durch ein magisches Tor in die Felsenstadt zurück. Die anderen gruppierten sich neu, um durch ein weiteres magisches Tor direkt zum Sonnenpfad westlich vom Wolfsgrund zu gelangen. Als nach langem Marsch am Abend endlich das Lager aufgebaut wurde, spürte Kela jeden Knochen. Sonja ließ sich auf den erstbesten Stein nieder, den sie in Sitzhöhe fand. Sie sah erschöpft aus.

Kela kniete vor ihr nieder. »Wie geht es dir, Sonja?«

»Weiß nicht. Müde.« Sonjas Stimme klang schwach. Sira kam auch her. Nach einem Blick in Sonjas Gesicht begann sie sofort, Heilenergie zu spenden. Mit ihren Händen steuerte sie die Intensität der Strahlen, gab hier ein wenig zu und schwächte dort ein wenig ab. Sonja ging es zusehends besser. Sie staunte. »So gut wie du habe ich das nie gekonnt.«

Sira lächelte. »Dann war meine Zeit bei der Heilerhexe nicht vergebens.«

Jeder, der es nötig hatte, bekam nun von Sira Heilenergie. Die Freunde und Meister Bertram unterstützten sie dabei. Zum Schluss ließ Sira noch einen stärkenden Lichtkegel aus ihren Händen wachsen und dirigierte ihn in die Mitte über das Lager. Nicht nur die Inominati staunten. Von allen Seiten klang wohliges Aufatmen. Kela platzte fast vor Stolz auf ihre Schwester.

Eine Weile später wurde das übliche Truppenessen verteilt und danach wies König Silvius ihnen eines der Zelte zu, in dem sie übernachten sollten.

Trotz der ungewohnten Umgebung schlief Kela gut und am nächsten Morgen half sie voller Elan mit, als das Lager nach dem Frühstück abgebaut wurde. Bertram und Silvius kommandierten ein paar Soldaten ab, welche die Freunde für die folgende Wegstrecke in ihre Mitte nahmen. Mikan war auch dabei war. Er grinste. »Hab doch gesagt, ich pass auf euch auf.«

Als sie losmarschierten, gab er den Freunden Anweisungen, wie sie sich im Notfall verhalten sollten. Valentino, ein Inominati-Speerkämpfer, klärte sie über die Taktiken der Körpertäuscher auf, vor denen sie auf der Hut sein mussten.

Kela beschleunigte unwillkürlich ihren Schritt. »Hoffentlich holen wir Lili und Kelwyn bald ein. Ich fürchte um sie. Deren Begleittruppe ist doch viel kleiner als unsere.«

»Bolko und Owe führen sie an«, erwiderte Valentino. »Denen entgeht nichts. Es gibt keine bessere Begleittruppe.«

Diese Aussage beruhigte Kela ein wenig und es blieb sowieso nichts anderes übrig, als zu hoffen, dass alles gut ging.

Die Gruppe um Lili war nun seit zwei Tagen auf dem Sonnenpfad unterwegs. Lili empfand das Wandern hier fast angenehm. Es ging eher bergab als bergauf. Die lichten Wälder und die Bergwiesen, durch die der Pfad sie führte, boten gute Rastplätze. Nur die Kälte machte ihr zu schaffen und manchmal der schneebedeckte Boden. In Waldschneisen wurde es gefährlich. An solchen Stellen konnte der Schnee zu spiegelglatten Eisflächen gefrieren, und gestern Nachmittag war Lili bereits einmal böse ausgerutscht, trotz ihrer von Bolko als tauglich abgesegneten Schuhe. Sie hatte die Eisschicht unter dem Neuschnee nicht erkannt. Wenn Ardric und Kelwyn sie nicht noch aufgefangen hätten, dann wäre sie den Steilhang hinuntergestürzt. Die beiden Männer überwachten ihre Schritte seither mit Argusaugen. Mindestens einer von ihnen hielt sich immer eng an ihrer Seite.

Bolko gönnte sich selbst bei den kurzen Pausen kaum Ruhe. Stets blieb er wachsam. Bereits an der nächsten Biegung konnten sich Körpertäuscher versteckt haben, um sich womöglich als Doppelgänger in ihre Gruppe einzuschleusen.

»Meint ihr, dass wenigstens die Schattenrosswandler aufgegeben haben?«

Bolko schüttelte den Kopf. »Nein, Lili. Die müssen ihren Herrn zufrieden stellen, um nicht selbst zu Mus verarbeitet zu werden.«

Kelwyn gab sich zuversichtlich. »Wir sind sie einmal losgeworden und wenn sie es noch mal versuchen, werden wir sie wieder verjagen.«

Lili seufzte. »Immerhin hat Barb noch nicht Alarm geschlagen.« Ihr Rabe flog voraus und bisher hatte er nichts Beunruhigendes gefunden. Aber Bolko wurde nach einem Blick auf den Stand der Sonne nervös. Lili sah ihn an. »Was ist los?«

»Die Sonne geht unter!« Er gebot der Gruppe, haltzumachen. »Alle herhören!«, schrie er. »Die Wilde Horde kommt gleich hier vorbei. Zieht eure Flugumhänge an und fliegt dort rüber zu der Felsenformation.« Er zeigte nach links, wo auf einer Anhöhe mehrere hohe Felsbrocken zwischen den Bäumen aus dem Schnee aufragten. Bolko hob den Finger. »Ihr wisst, was passieren kann, wenn ihr trödelt.«

»Ist da irgendetwas an uns vorbei gegangen? Haben wir noch einen Feind?« Kelwyn zog bereits schwungvoll den Umhang über den Mantel.

Ardric schüttelte den Kopf. »Keinen Feind. Die Wilde Horde kann nichts dafür. Sie sind jeden Tag etwa um die gleiche Zeit hier unterwegs.« Als Lili ihren Umhang übergeworfen hatte, drängte er. »Hopp, steig auf!«

Im gleichen Moment wie er das sagte, hörte Lili ein dumpfes, rhythmisches Trommeln. Fern noch, aber es schien näher zu kommen. Schnell breitete sie die Arme aus. *Bewegen, Auftrieb geben, hochsteigen!* Schon vibrierte der Boden. Ihr Blick flog den Weg entlang. Himmel, das war ein ganzer Trupp. Sie rasten direkt auf sie zu, eine dunkle, zusammengeschmolzene Masse von Reitern. Bolko brüllte, jagte alle stimmgewaltig in die Luft. Ardric und Kelwyn schwebten bereits oben, aber Lilis Mantel verhakte sich beim Start in dem Dornengebüsch am Wegrand. Sie stürzte zu Boden. Eilig versuchte sie sich aufzurappeln, zerrte am Stoff. Sie bekam ihn nicht los. Die heranbrausende, schwarze Masse rückte näher. Lili öffnete den Mund, um nach Hilfe zu rufen. Aber ihre Kehle schnürte sich zu, als sie erkannte, was da auf sie zugaloppierte. Ein Tross von wilden, schwarzen Pferden mit silbernem Saumzeug, angetrieben von gesichtslosen Männern in glänzenden Rüstungen! Lili zog in Panik an ihrem Mantel, aber die Dornen gaben ihn nicht frei. Ihre Finger zitterten. Ihr Puls raste. Lili wedelte mit den Armen, hoffte, die Aufmerksamkeit der Reiter zu erlangen. Weg! Auf die andere Seite! Die Reiter reagierten nicht, hielten stur ihre Richtung. Himmel! Nur ein paar Wimpernschläge noch, dann war es zu spät! Wieder zerrte Lili an ihrem Mantel, ließ los, hob die

Arme. Aufsteigen, jetzt! Sternengöttin, hilf! Barb, der auf einer Buche nahe bei den Felsen saß, kreischte wie verrückt. Auch Kelwyn und Ardric schrien. Zusammen mit Bolko flogen sie im Sturzflug auf Lili zu. Kelwyn packte sie um die Taille, schleppte sie mit einer riesigen Kraftanstrengung mit sich hoch. Der Stoff ihres Mantels riss. Ein Stückchen davon blieb wie eine Trophäe im Dornenbusch hängen. Unter ihnen brauste die Wilde Horde vorbei. Lilis Fuß streifte einen der Reiter am Kopf. Durch den Stoß schlingerte Kelwyn in der Luft, aber er hielt sie. Er flog mit ihr zu den Felsen, kam dort schwer atmend zu Boden. Mit dem Rücken lehnte er sich an einen Baumstamm und zog Lili zu sich heran.

Ardric und Bolko stiegen kurz vor der Wilden Horde aus ihrem Sturzflug wieder senkrecht nach oben. Wenig später landeten auch sie an der Felsenformation. Erschöpft ließen sie sich rücklings gegen den Stein fallen.

Ardric rang nach Luft. »Das war knapp!«

Bolko atmete ebenso heftig. »Das kannst du laut sagen.«

Lili hing in Kelwyns Armen. Ihre Beine fühlten sich wie Gummi an. Sie sah Kelwyn an und gleichzeitig durch ihn hindurch. Erst als er sie sanft schüttelte, kam sie zu sich.

»Der Dornenbusch. Ich konnte meinen Flugmantel nicht losbekommen.« Lili zitterte plötzlich wie Espenlaub.

»Es ist alles gut.« Kelwyn atmete jetzt ruhiger, doch er umfasste Lili, als ob er sie nie mehr loslassen wollte. Er streichelte ihr Haar, ihren Rücken, ihre Arme. Lili ließ es geschehen. Still stand sie da, eng an ihn geschmiegt und allmählich hörte sie auf zu zittern. Nach einer Weile schob Kelwyn sie ein Stück zurück, sodass er sie anschauen konnte. »Lili … Liebste«, sagte er. »Ich wollte noch warten. Aber jetzt … beinahe hätte ich dich verloren. Ich muss es dir sagen! Ich liebe dich und egal was auf uns noch zukommt und welches Ende alles nimmt, ich will, dass du es weißt, hörst du! Du sollst wissen, dass ich dich liebe, schon lange.« Er zog sie wieder näher zu sich, streifte mit seinen Lippen über ihr Haar und ihre Schläfen. »Ich weiß, es ist für dich sicher noch zu früh und ich erwarte auch keine Antwort, nur …«

Aber Lili gab ihm eine Antwort, so schnell, dass er nicht einmal seinen Satz zu Ende sprechen konnte. Sie schlang ihre Arme um seinen Hals, suchte seinen Mund, der jetzt so nah dem ihren war und küsste ihn heiß und innig. Es kümmerte sie nicht im Geringsten, dass sie dabei Zuschauer hatten. Nur das augenblickliche Gefühl füreinander zählte.

Bolko deutete zu den beiden hinüber. »Was hab ich dir gesagt, nun kannst du zugucken.«

Ardric grinste. »Gern. Die zwei sind füreinander bestimmt.«

»Trotzdem, ich scheuche die Turteltäubchen jetzt auf.« Bolko ging zu Kelwyn und Lili und schob sie auseinander. »Spart euch ein paar Küsse für später auf. Wir gehen weiter.«

»Wenn es sein muss, du Antreiber.« Kelwyn zog Lili noch einmal an sich. Dann sah er, dass Bolko eine blutende Wunde im Gesicht hatte. »Wie ist das passiert?« Er hielt seine Hand an Bolkos Wange. Unter seinen Heilungsstrahlen schloss sich die Schnittwunde schnell.

»Der Dornbusch, ein Zweig flog mir ins Gesicht.« Bolko tastete seine Wange ab. »Keine Narbe!«

»Ich bin gut, nicht wahr?«

»Beweis das Thamar«, brummte Bolko und untersuchte Lilis Flugumhang. Als er feststellte, dass nur ein Knopfloch ausgerissen war, atmete er auf. Es tat den Flugeigenschaften keinen Abbruch und konnte später leicht repariert werden. »Auf geht's!«, rief er den Soldaten zu und sah dann Lili und Kelwyn an. »Nicht trödeln!«

Als sie weitermarschierten, gingen Lili und Kelwyn Hand in Hand. Ardric grinste. »Ich bin froh, dass das jetzt geklärt ist, Kelwyn. Hatte schon befürchtet, dass du dich nie traust. Ich hoffe, ich werde zur Hochzeit eingeladen?«

Lili lachte. »Wenn's mal soweit ist, Ehrensache. Aber nicht drängen. Lass uns erst unsere Welt in Ordnung bringen.«

Damit waren sie beim alten Thema. Aufmerksam beobachtete Lili das Gelände. Hie und da huschten Schatten. Sie klammerte sich an den Gedanken, dass es nur Tiere waren, die in der anbrechenden Dämmerung auf Beutejagd gingen.

»Ardric, was waren das für Reiter? Ich meine, die wilde Horde, hab noch nie davon gehört«, fragte Kelwyn.

»Es ist ein Geistertross, der jeden Tag um dieselbe Zeit auf diesem Wegabschnitt unterwegs ist. Wer ihnen nicht ausweichen kann, wird von ihnen mitgeschleift. Die Reiter merken das nicht einmal, sind nur auf die Strecke fixiert.«

»Da hab ich wirklich Glück gehabt.« Lili schüttelte sich.

Das Lauftempo wurde zackiger. Owe, der die Gruppe vorne anführte, wollte wohl so schnell als möglich den Lagerplatz erreichen. Das schnellere Tempo machte Lili nicht viel aus, der Weg war eben und relativ gut zu begehen. Der Schnee unter ihren Füßen knirschte zwar bei jedem Schritt, aber es waren keine Eisflächen darunter, auf denen sie hätte rutschen können. Außerdem sehnte sie sich nach einer warmen Mahlzeit und einer kuscheligen Decke für ihren frierenden Körper.

Kelwyn steckte die Hand, mit der er Lili hielt, in seine Manteltasche, um sie beide zu wärmen. Dann nahm er den Gesprächsfaden wieder auf. »Und was passiert mit den Leuten, die mitgeschleift werden?«

Ardric sah ihn an. »Wenn sie es überleben, kommen sie an einen Ort, wo sich alles in einer Art Endlosschleife wiederholt.«

»Also würde man zum Beispiel immer wieder den Schrecken erleben, wie die Wilde Horde einem mitschleift?«, fragte Lili.

Ardric nickte. »Genau.«

»Keine erfreuliche Aussicht.«

Bolko hatte dem Gespräch zugehört. »Owe kannte jemanden, der das durchgemacht hat. Als die Person zurückkehrte, war sie total ausgemergelt — dauerte lange, bis der Mann danach ein halbwegs normales Leben führen konnte.«

»Dann kann man also wieder entkommen?«, fragte Kelwyn.

»Ja, aber die meisten Leute bleiben verschwunden.«

Endlich erreichten sie den Platz, an dem sie die Nacht über lagern wollten. Während die Soldaten eilig die Schutzmaßnahmen durchführten, baute Lili ihr Baumhaus auf. Barb setzte sich sofort auf einen der oberen Äste, um seinen Wachdienst aufzunehmen. Als später die Glocke vor dem Verpflegungszelt läutete, flog er auf Lilis Schulter, um sie zu begleiten. Während Kelwyn und Ardric sich dann für die Suppe anstellten, suchte Lili nach freien Sitzplätzen. Für Barb krümelte sie gleich von ihrem Dauerbrot auf einen Teller und gab ihm Wasser, das er gierig aufnahm. Als die beiden Männer mit der Suppe kamen, war der Rabe bereits satt. Er krächzte ein paar Mal leise, flog aus dem Zelt und bezog wieder seinen Posten auf dem Baumhaus.

»Was hat er gesagt«, fragte Ardric lächelnd.

»Dass er wieder auf Wache geht, und dass wir beobachtet werden«, erwiderte Lili. Nervös rührte sie in ihrer Suppe.

»Wir sind hier sicher«, beruhigte Ardric. Als sie gegessen hatten, rief er Bolko und Owe aber doch an den Tisch, um ihnen von Barbs Wahrnehmung zu berichten.

Bolko nickte. »Hatte auch den Eindruck. Aber keine Sorge, die Wachen werden heute Nacht verdoppelt.«

»Ja. Und morgen um die Mittagszeit erreichen wir schon den Wolfsgrund. Für den Weg dahin werden wir die Schutzmaßnahmen auch verstärken«, fügte Owe hinzu.

Während die beiden Berater sich zurückzogen, um die Strategie für den nächsten Tag zu besprechen, ging Lili mit Kelwyn und Ardric zum Baumhaus, um sich auf die Nachtruhe vorzubereiten. Sie fühlte sich erschöpft, was auch an dem Schrecken lag, den sie mit der Wilden Horde erlebt hatte. Als sie dann endlich unter ihrer wärmenden Decke lag, atmete sie auf. Kurz darauf kletterte Kelwyn zu ihr hoch. Sie gab ihm aber nur einen Gutenachtkuss und scheuchte ihn wieder nach unten.

Als Ardric deshalb grinste, blaffte Kelwyn ihn an. »Was ist?«

»Träum schön«, frotzelte Ardric.

Am nächsten Morgen entstand im Lager bereits bei Morgengrauen Bewegung. Die wachhabenden Soldaten riefen sich von ihren Posten aus Losungsworte zu und durch das Auge im Baumhaus sah Lili, wie Bolko alles kontrollierte. Als sie mit Kelwyn und Ardric vor die Tür trat, kam er gleich herüber.

»Heute macht ihr keinen Schritt ohne meine oder Owes Erlaubnis.« Er sah dabei vor allem Lili an, als wenn er erwartete, dass sie die Erste wäre, die ausbüxen würde.

»Ja, Gebieter«, sagte sie. »Ich weiß, was auf dem Spiel steht.«

»Habt ihr etwas herausgefunden?«, fragte Ardric.

»Es hat sich niemand blicken lassen ...«

»Ich gehe ins Verpflegungszelt!« Lili hob abwehrend die Hände. »Ich brauche etwas im Magen, eh ich Probleme wälze.«

Die Männer nickten.

»Ja, geh nur«, sagte Kelwyn. »Nachher erzählen wir dir alles.«

Lili machte sich auf den Weg. Als sie schon fast vor dem Verpflegungszelt angelangt war, blieb sie stehen. Etwa fünfzig Schritte voraus, außerhalb des geschützten Lagers, sah sie Owe. Er ging zwischen einer Baumgruppe junger Buchen umher und suchte dort etwas am Boden. Owe hatte nicht einmal einen Soldaten mitgenommen. Lili empfand es als leichtsinnig und sie wunderte sich gleichzeitig, weil ihm ein solches Vorgehen gar nicht ähnlich sah. Sie ging näher heran, bis sie nur noch ein paar Schritte von dem durchsichtigen Schutzwall entfernt war.

Owe sah sie und winkte aufgeregt. »Komm her!«

Aber irgendetwas hielt Lili zurück. »Wieso bist du allein da draußen, Owe?«

Owe wühlte auf einmal heftig mit den Händen im Boden. »Frag nicht lang, ich brauche deine Hilfe.«

»Ich hole Bolko.« Lili drehte sich um, aber Owe hielt sie auf.

»Bolko hat anderes zu tun. Jetzt komm schon her, das Ding entwischt mir sonst!«

Da stimmte doch etwas nicht! Lili rührte sich nicht von der Stelle. Barb flog plötzlich mit durch Mark und Bein dringendem Geschrei heran und hinter ihr im Lager brüllten Bolko, Kelwyn und Ardric unverständliche Worte. Lili sah, wie die drei losspurteten und während die Männer mit ein paar aufgeschreckten Soldaten noch auf sie zurannten, schaute sie wieder zu Owe. Sie richtete ihren rechten Arm auf ihn. »Zeig deine wahre Gestalt … decee nelee!«

Owe hob abwehrend die Hände, aber es nützte ihm nichts. Er krümmte sich unter Lilis Magie und verwandelte sich in eine graue Gestalt, die aussah, als ob ein menschliches Skelett mit einer schlabberigen, viel zu großen Haut überzogen wäre. Es sah abstoßend hässlich aus, umso mehr, als dieses Wesen jetzt wüste Beschimpfungen gegen Lili und die zu ihr gelaufenen Männer ausstieß. Barb flog wütend krächzend durch die Schutzmauer hindurch auf das geifernde Wesen zu. Lili blieb fast das Herz stehen. Aber Barb schaffte es, das Knochengestell zu vertreiben. Es verschwand in einer Wolke aus schwarzem Dampf.

Wenig später flog Barb wieder zurück in den Schutzbereich und auf Lilis Schulter. Er krächzte nur noch leise.

Lili schnaufte aus und löste dann Ardrics Hände, die dieser noch um ihre Taille geschlungen hielt, weil er sie vorhin ein Stück von der Schutzgrenze zurückgezogen hatte. Danach schob sie auch Kelwyns Arm von ihrem Bauch weg. »Die Gefahr ist vorbei, sagt Barb.«

Dem Raben wurde es jetzt zwischen den beiden Männern zu eng. Er flog von Lilis Schulter hoch und zurück zum Baumhaus.

Derweil kam Owe vom hinteren Lager her angerannt. »Ist etwas passiert?«, rief er.

»Kann man sagen …ein Körpertäuscher hat dich benutzt, um Lili aus dem Schutzbereich zu locken«, erwiderte Bolko.

»Was? Das darf nicht wahr sein!« Owe betrachtete Lili, die nun in Kelwyns Armen lag. Er blies die Backen auf und atmete erleichtert aus. »Du scheinst noch heil zu sein.«

»Ja, sie lässt sich nicht so leicht hinters Licht führen!« Bolko nickte Lili anerkennend zu. »Dein Zauber war genial. Wenn es einen von uns trifft, schadet er nicht und die Körpertäuscher zwingt er dazu, sich zu erkennen zu geben. Werde ihn gleich unseren Soldaten beibringen.« Er ging zu seinem Zelt zurück und winkte Owe mit sich.

Erst jetzt machten sich die Nachwirkungen des Schrecks bei Lili bemerkbar. Sie wurde auf einmal blass und stöhnte. Erschöpft hing sie in Kelwyns Arm. Ardric schaute sie besorgt an. »Was ist mit dir, Lili?«

»Mir ist schlecht«, sagte sie. »Mit leerem Magen vertrage ich so etwas nicht.«

Die beiden Männer führten Lili ins Verpflegungszelt. Nach der ersten Tasse heißem Tee kehrten ihre Lebensgeister zurück. Aber sie wollte sich gar nicht vorstellen, was der Körpertäuscher mit ihr gemacht hätte, wenn sie aus dem Schutzkreis herausgetreten wäre. Remos verbrannte Hände kamen ihr in den Sinn und das machte ihr eines ganz klar: Jetzt mussten sie noch mehr aufpassen als bisher.

Nach dem Vorfall mit dem Körpertäuscher dauerte es diesmal ein bisschen länger als üblich, bis das Lager abgebaut war und sie sich wieder auf dem Sonnenpfad befanden. Aber das war nicht schlimm, schon in wenigen Stunden würde der Weg heute vor dem Wolfsgrund enden.

Die Landschaft veränderte sich bereits. Während der Pfad zu Anfang an kargen Felsvorsprüngen und steil abfallenden Bergwiesen vorbeigeführt hatte, sah man jetzt mehr und mehr Bäume, die sich, je weiter sie ins Tal hinunterstiegen, zu Wäldern verdichteten. Links ragte das Bergmassiv des wilden Drachens auf, hinter dem die Felsenstadt Terramo lag. Rechts unterhalb des Wegs sah man jetzt eine von Wald umgebene Siedlung. Ardric zeigte dorthin. »Das Dorf der Wolfsrufer. Friedliche Leute, solange man sie in Ruhe lässt. Die Wölfe, die es in ihrer Gegend gibt, reagieren auf ihre Stimmen. Viele gehen diesem Volk aus dem Weg. Sie haben Angst, dass sie die Wölfe auf sie hetzen. Aber das tun die Wolfsrufer nur dann, wenn sie angegriffen werden.«

»Ja, die werden ziemlich verkannt. Dabei sind sie die einzigen, die in den Vollmondnächten sogar die Werwölfe stoppen können«, ergänzte Bolko.

Zu anderen Zeiten hätte Lili das interessiert. Aber heute schaute sie nur flüchtig. Ihre Sinne waren seit dem Zwischenfall im Lager angespannt und darauf ausgerichtet, eventuelle Gefahren rechtzeitig zu erkennen. Ardric und Kelwyn blieben da gelassener als sie, warfen nur ab und zu einen Blick auf Bolkos Soldaten, von denen alle paar Augenblicke einer ein Stück vorausflog, um das Gelände nach Feinden abzusuchen. Lange konnte sich zwar keiner oben halten, die Luft war zu eisig und der Körper kühlte zu schnell aus. Aber immerhin konnte es reichen, um Zeit für Verteidigungsmaßnahmen zu gewinnen, falls an der nächsten Biegung Angreifer warteten.

Bolko bemerkte Lilis Unruhe. »Der heute Morgen war nur ein Spion, da bin ich sicher. Wollte sicher nur die gute Gelegenheit noch nutzen. Aber du hast dich ja nicht fangen lassen.«

»Nein«, sagte sie.

Das Ziel, der Wolfsgrund, rückte näher. Lilis Angst wuchs. Zwar war bis jetzt alles gut gegangen, aber ihr Feind Thamar war schlau. Sicher wusste er bereits, dass sich Olims und Inominati versöhnten. Silvius stand mit seinem Heer vermutlich genauso unter Beobachtung wie ihre eigene Gruppe.

Manchmal sah Lili hinter einem Baum eine schnelle Bewegung. Sicher, es konnte ein Tier sein, aber sie glaubte nicht daran. Bestimmt waren das Thamars Anhänger, die sie seit ihrem Aufbruch heute Morgen verfolgten. Thamar selbst zog die Fäden wohl lieber im Hintergrund. Er spielte mit ihnen wie die Katze mit der Maus. Wann würde er zuschlagen? Was hatte er mit ihnen vor? In welche Falle wollte er sie locken? Lili konnte sich nicht vorstellen, dass Thamar alles seinen Dienern überlassen würde, schließlich waren sie ihm schon einmal entkommen.

Lili seufzte. »Hoffentlich sind unsere Freunde in Astral geblieben.«

Ardric, der vor ihr lief, drehte sich um. »Wieso?«

»Die wissen doch nicht, was sie hier erwartet! Wilde Horde, Schattenrosswandler, Körpertäuscher, und wer weiß was noch.«

»Wir wissen auch nicht, was kommt.«

»Ja, aber wir können es uns vorstellen und die nicht. Ich würde mir mein Leben lang Vorwürfe machen, wenn einem von denen etwas passiert.«

»He, die entscheiden selbst. Du bist nicht für deine Freunde verantwortlich«, brummte Bolko.

Kelwyn zuckte die Schultern. »Derrim lässt sich durch nichts zurückhalten. Er ist ganz sicher mit Silvius hierher unterwegs. Aber er würde nie auf die Idee kommen uns Vorwürfe zu machen, falls ihm selbst dabei etwas passiert. Sonja schätze ich genauso ein, die will zu dir. Kela und Ferdan kenne ich noch nicht so gut, aber nach dem, was sie schon für uns geleistet haben, denke ich, dass sie sich auch nicht abschieben lassen.«

Lili nickte. »Das befürchte ich und womöglich ist Sira auch noch mit dabei. Es würde ihr ähnlich sehen. Du weißt, dass sie nicht gut fliegen kann und sie ist erst achtzehn.«

Bolko fing an zu lachen. »Das ist ein Argument, vor allem, wenn man bedenkt, dass du gerade einmal zwei Jahre älter bist.«

»Im Augenblick fühle ich mich wie mindestens zweihundert.«

Bolko grinste und gab auf Lilis nachfolgende Frage nach seinem Alter bereitwillig Auskunft. »Hab fast schon dein Fühlalter erreicht, bin hundertzweiundneunzig.«

Ardric marschierte unbeeindruckt weiter. »Mach dir nicht so viele Sorgen, Lili. Das Heer von Silvius ist erfahren und die Truppführer wurden von Bolko und Owe persönlich gedrillt. Außerdem, wenn eure Freunde euch beiden nur ein klein wenig ähnlich sind, dann werden sie sich auch in Gefahrensituationen bewähren.« Er deutete nach vorne auf einen dunklen Punkt am Himmel. »Schau!«

Barb kam angeflogen. Im ersten Moment erschrak Lili und dachte an einen Angriff. Dann merkte sie, dass ihr Rabe nicht schrie, sondern ruhig blieb und gleich darauf landete er auf ihrer Schulter. Der Wolfsgrund konnte nicht mehr weit weg sein. Barb wollte sie nur wie üblich bei den letzten Schritten zu Ziel begleiten.

Lili reckte den Hals, um über Ardric, der vor ihr ging, hinauszusehen. Hinter der Lichtung, die vor ihnen lag, ragten die schneebedeckten Bäume eines dichten Eichenwaldes auf. Als sie Halt machten, um eine Rast einzulegen, betrachtete sie die Bäume genauer. Sie schienen sehr alt, magisch und kraftvoll zu sein, machten aber keinen bedrohlichen Eindruck. Lili wunderte sich darüber, weil sie etwas ähnlich Dunkles wie den Grenzwald erwartet hatte. »Sieht harmlos aus«, gab sie ihren Eindruck wider.

Ardric, der bereits anfing zu verspern, grinste. »Kommt auf den Blickwinkel an. In den Vollmondnächten grapschen die Bäume nach allem, was in ihre Nähe kommt.«

Kelwyn rechnete. »Gestern war Neumond. Ein bisschen Zeit haben wir also, bevor der nächste Vollmond kommt. Ich meine das auch wegen der Werwölfe, die hier leben.«

»Die kritische Zeit beginnt drei Tage vor Vollmond und endet drei Tage danach. Wir haben genau zehn Tage, um den Wächter zu befreien.« Ardric biss herzhaft in seine Wurst.

Lili nagte an ihren Lippen. Zehn Tage, und an jedem davon konnte ihr Feind Thamar zum tödlichen Schlag ausholen. Nein, nicht an jedem! Sie dachte an ihre Vision von der Höhle. Ja, dort wollte Thamar sie töten! Kurz vor dem Ziel! Ein Kloß bildete sich in ihrem Hals. »Ohne die Federn haben wir keine Chance und bis jetzt hat keiner so etwas gefunden.«

»Lili, bleib ruhig! Denk nicht an das, was uns hindern könnte, sondern an den Erfolg unserer Sache«, forderte Kelwyn.

Wenn das so einfach wäre ...

Lili seufzte. Seit sie hier saßen und ihre spartanischen Vesper verzehrten, wurde der Druck in ihrem Bauch immer stärker und die Bilder ihrer Visionsreise stiegen wieder vor ihrem geistigen Auge auf. Obwohl sie den Boden, auf dem sie saß, magisch aufgewärmt hatte, war ihr richtig kalt. Zu der äußeren Kälte gesellte sich ein inneres Frösteln, das sie regelrecht zittern ließ. Die Angst griff wieder nach ihr, schnürte ihre Kehle zu und sie hätte sich am liebsten versteckt. Aber sie mussten bald weiter, ihren vorbestimmten Weg gehen — in den Eichenwald hinein, wo die Höhle auf sie wartete. Es gab kein Zurück. Es machte auch keinen Sinn die Entscheidung hinauszuzögern. Auch wenn ihr der baldige Tod gewiss schien, so musste sie zumindest versuchen, ihre Aufgabe zu lösen. Als Bolko das Signal zum Aufbruch gab, stand sie deshalb sofort auf.

Ardric und Kelwyn dagegen brummten. Sie hatten ihre Vesper noch nicht aufgegessen.

Bolko scheuchte die beiden hoch. »Esst unterwegs weiter. Wir werden da drinnen erwartet.«

Lili sah Bolko düster an. Daran hätte er nicht zu erinnern brauchen. Als sich ihre Blicke kreuzten, huschte ein Lächeln über sein Gesicht. »Ja, von den Bösen auch ... aber ich meine jemand anderes. Einen Werwolf, der mit seinen Männern schon einmal mit uns gekämpft hat. Der Mann führt uns zu der von dir beschriebenen Baumgruppe.«

Die Soldaten nahmen Lili und ihre Begleiter wieder in die Mitte. Sie gewann den Eindruck, als ob die Truppe noch wachsamer vorwärts ging. Sie sah auch, wie Kelwyn und Ardric ihr restliches Brot in den Mund stopften und ihre Bogen bereit machten. Während sie tiefer in den Wald hineinmarschierten, griff Lili in ihre Manteltasche. Nur ein Taschentuch befand sich darin. In ihrer Gürteltasche war Goswins Fichtenzapfen. Beides taugte nicht zur Verteidigung. Außer ihrer Magie hatte sie nichts. Keiner der Männer war auf die Idee gekommen, ihr den

Umgang mit einer Waffe beizubringen. Warum nicht? Hielten sie das für Männersache oder hatten sie einfach nur nicht daran gedacht, so wie sie selbst auch nicht daran gedacht hatte? Lili schalt sich. Spätestens nach ihrer Vision bei Kalliopi hätte sie darauf kommen müssen, dass sie auch eine Waffe brauchte. Immerhin hatte sie sich schwer verletzt gesehen. Würde das womöglich nur deshalb passieren, weil sie keine Waffe hatte? In Gedanken suchte sie nach Formeln für magische Kampfmittel. Hoffentlich bekam sie noch Gelegenheit zum Üben!

Die Soldaten blieben plötzlich stehen und Lili prallte gegen Bolkos Rücken. Sie erschrak. Ein Angriff? Nein, wohl nicht. Sie reckte den Hals, um besser zu sehen. Ein Mann, verhüllt mit einem grauen Mantel, trat hinter einer Eiche hervor und stellte sich in den Weg. Das musste der Werwolf sein. Einer der Soldaten ging auf ihn zu und begrüßte ihn per Handschlag. Bolko stieß Lili an und bedeutete ihr, dass sie mit Kelwyn und Ardric nach vorne gehen sollte. Sie schob sich durch die Reihen der Soldaten hindurch. Als sie an der Spitze der Truppe stand, flog ihr Blick über die Gestalt des Werwolfs. Der Mann wirkte sehr selbstsicher. Als er mit dem Soldaten auf Lili, Kelwyn und Ardric zuging, sah sie in seine Augen, die als einziges an ihm an einen Wolf erinnerten. Sie waren von gelbgrüner Farbe.

Der Werwolf stellte sich vor. »Mein Name ist Lughor.« Er verbeugte sich vor Lili und auch vor Kelwyn und Ardric. »Es ist mir eine Ehre, euch zu dienen.«

Bolko trat mit Owe vor und schüttelte dem Werwolf die Hand. »Schön, dass du uns helfen willst, Lughor.«

.«Das tue ich umso lieber, weil Thamar zum letzten Vollmond hier im Wald gewesen ist und uns Werwölfe gejagt hat. Es gab Opfer, das verzeihe ich ihm nie.«

»Du hast Thamar gesehen?«, fragte Ardric schnell.

Lughor nickte. »Ja. Er hat vor einiger Zeit versucht, mein Volk für sich zu gewinnen. Sein Angriff war die Rache, weil wir ihn abgewiesen haben.« Seine Augen blitzten plötzlich in wildem

Zorn auf, doch nur für einen Moment. Lughor atmete aus und kam auf den Zweck ihres Zusammentreffens zurück. Er erzählte, dass er die beschriebene Baumgruppe gefunden hatte und in der Nähe eine von Gestrüpp zugewucherte Höhle. »Ich habe den Eingang zur Höhle noch nicht freigelegt, wollte warten bis ihr kommt. Ist sicher nicht gut, wenn die Aufmerksamkeit zu früh auf diese Stelle gezogen wird.«

Bolko nickte. »Das war klug.«

Sie verloren nun keine Zeit. Lili, Kelwyn und Ardric gingen mit Bolko zurück in die Mitte der Truppe, und Lughor übernahm mit Owe die Führung ihres Zugs. Sie verließen den Weg und wanderten auf geheimen Wolfsrouten quer durch den Wald. Als sie ihr Ziel endlich erreichten, dämmerte schon der Abend.

Lili sah sich um. Sie war an dem Platz aus ihrer Vision! Sie erkannte die dicke Eiche, die von vier jungen Bäumen im Quadrat umgeben war. Ihr Herz klopfte wild, als sie von da aus schräg nach links blickte, wo die Höhle sein musste. Umgeben von dichtem Brombeergestrüpp sah sie die Spitze eines Felsens. In ihrem Hals bildete sich ein Kloß. Lili versuchte, zu schlucken, brachte es aber fast nicht fertig. In ihrem Bauch wühlte wieder dieser fürchterliche Schmerz, den sie bei Kalliopi während ihrer Vision empfunden hatte. Unwillkürlich krümmte sie sich und presste die Hand auf den Bauch.

Kelwyn ging auf Lili zu und drehte sie zu sich herum. »Du verschweigst etwas. Raus mit der Sprache!«

Ardric wurde aufmerksam. »Was ist los?«

»Lili weiß mehr, als sie sagt.« Kelwyn sah Lili an. »Wie soll ich dich schützen, wenn ich nicht weiß, was Sache ist? Also, warum hältst du dir immer den Bauch, wenn es um die Höhle geht?«

Ardric drängte auch. »Du musst lernen, zu teilen. Also rede!«

»Später!«, zischte sie, weil einige Soldaten zu ihnen her sahen.

Kelwyn ließ sie los. »Glaub nicht, dass ich es vergesse!«

Lili atmete auf. Um abzulenken, sprach sie von der Schlange, die sie in ihrer Vision gesehen hatte. Vielleicht fanden sie bei der quadratischen Baumgruppe etwas, das sie damit in Verbindung bringen konnten. Während sie dorthin gingen, schaute sie sich nach Bolko um. Er tappte zwischen den Bäumen umher und wies den Soldaten Plätze für das Nachtlager zu. Ein Glück, dass er nichts mitbekommen hatte. Bolko hätte keine Rücksicht darauf genommen, ob ihnen jemand zuhörte oder nicht. Wenn er ein Sicherheitsproblem witterte, war ihm alles andere egal, und Bolko hätte ihr garantiert angesehen, dass es um ihr Leben ging.

Ardric umrundete die Baumgruppe. »Da ist nichts, kein Schlangennest, kein Zeichen. Wenn die Schlange, die du gesehen hast, eine besondere Bedeutung hat, steht sie mit der Höhle in Verbindung.« Er schaute Lili forschend an. »Stichwort.« Wieder wollte er sie zum Reden bringen.

Noch bevor Lili abwehren konnte, rief Bolko nach ihnen. Er winkte sie zu einem Platz, wo sie das Baumhaus aufbauen sollte. Aber kaum dass der kleine Stecken im Waldboden zu ihrem Haus herangewachsen war, wurde sie rechts und links von Kelwyn und Ardric untergehakt und hineingezogen. Ardric bugsierte sie zur Couch und dann setzten sich beide Männer vor sie auf den Couchtisch.

»Keine Ausreden mehr. Wir hören!«, sagte Ardric.

»Es betrifft euch gar nicht. Nur mich.«

Ardric gab nicht nach. »Das lass *uns* entscheiden.«

Lili seufzte. »Während meiner Vision bei Kalliopi hat mich etwas mit voller Wucht in den Bauch getroffen ...« Sie zögerte. »Ich glaube, ich werde in der Höhle sterben.«

Kelwyn fasste es nicht. »Und diese Angst schleppst du die ganze Zeit mit dir herum? Ohne ein Wort zu sagen?«

»Ich wollte euch nicht belasten.«

Ardric schüttelte den Kopf. »Himmel, so eine verdrehte Einstellung. Du kannst uns doch vertrauen oder etwa nicht?«

Die beiden Männer setzten sich rechts und links neben Lili auf die Couch. Kelwyn legte seinen Arm um ihre Schultern. »Wir werden nicht zulassen, dass dir etwas passiert!«

Ardric nickte. »Man sieht etwas voraus, damit man sich schützen kann und nicht, um tatenlos abzuwarten, bis es eintrifft. Ich werde jetzt Bolko holen und dann besprechen wir, was wir tun können.«

Wenige Minuten, nachdem er gegangen war, kam er mit Bolko zurück. Lili, die immer noch in Kelwyns Armen lag, richtete sich auf.

»Kindchen, wie konntest du das bloß für dich behalten!«

Lili grinste. »Bolko, du redest wie meine Großmutter. Die sagt auch ›Kindchen‹ zu mir, wenn es mir schlecht geht.«

Bolko ließ sich von ihr nun genau schildern, was sie in ihrer Vision gesehen und gefühlt hatte. Es fiel ihr nicht mehr schwer, zu erzählen. Sie spürte die Zuneigung der Männer und ihren festen Willen, ihr in der Gefahr beizustehen.

»Das hört sich nach einer magischen Schwertkugel an. Hast du auch was im Rücken gespürt?«, fragte Bolko.

»Erst nachdem ich schon getroffen war. Ganz kurz, als wenn jemand auf mich draufgesprungen wäre.«

Bolko zupfte an seinem Bart. »Dann müssen wir wohl damit rechnen, dass sich Körpertäuscher und Schattenrosswandler in der Höhle ein Stelldichein geben. Hm, wenigstens können letztere sich nicht in Gäule verwandeln, in Höhlen schaffen die das nicht. Aber ich frag mich, wie viele von denen da wohl hineinpassen. Na gut, ich glaube, da hilft nur der alte Zauber meines Ururgroßvaters. Morgen früh bekommt ihr alle drei von mir ein magisches Panzerhemd verpasst.« Als Lili ihn entsetzt anschaute, lachte Bolko auf. »Keine Sorge, ist so leicht wie eine Feder und unschlagbar sicher. Sozusagen Jahrhunderte lang erprobt.«

»Apropos«, warf Ardric ein.

»Leider, auch die Werwölfe haben keine goldene Feder gefunden«, bedauerte Bolko. »Wir werden morgen das Gestrüpp vor der Höhle entfernen und dann auf Silvius warten.«

Lilis Herz hüpfte. Mindestens ein Tag war gewonnen, ehe sie in die Höhle musste. Aber sie fühlte sich jetzt schon sicherer und morgen würde sich zeigen, wie sie mit dem magischen Panzerhemd zurechtkommen würde. Noch etwas fiel ihr ein. »Bolko, das Schlimmste an meiner Vision von der Höhle war, dass es dort total finster war. Vielleicht bin ich nur deshalb getroffen worden. Wir müssen es schaffen, dort alles hell zu beleuchten.«

»Lass mir was einfallen«, sagte er und forderte alle drei auf, mit zum Verpflegungszelt zu kommen, damit sie endlich etwas Warmes in den Magen bekamen.

In der folgenden Nacht träumte Lili davon, wie sie im Nebel umherirrte, um nach Kelwyn und Ardric zu suchen. Im Traum rief sie nach ihnen, aber bekam keine Antwort. Bei all dem fühlte Lili ein Grauen, wie sie es noch nie empfunden hatte. Dann sah sie sich plötzlich umhüllt von einer dunklen Wolke und sie hörte ein böses Lachen, das ihr durch und durch ging. Gleichzeitig rief jemand ihren Namen. *Endlich*, dachte sie. Lili schlug die Augen auf und schaute in die Gesichter von Ardric und Kelwyn. »Wo wart ihr bloß«, murmelte sie erschöpft.

»Du hattest einen Albtraum.« Kelwyn wischte mit einem Taschentuch über ihr schweißnasses Gesicht.

Ardric streckte seine Hand über Lilis Kopf aus, griff nach etwas Unsichtbarem, zog es wie ein Tuch von ihrem Körper herunter und warf es zum Fenster hinaus, das Lili offen gelassen hatte. »Auflösen … agee delee!« Dananch griff er nach Kelwyns Hand, entfernte auch da etwas und warf es genauso im Fenster nach oben. »Agee delee!«

Lili atmete auf, als wäre sie eine schwere Last losgeworden.

»Was hast du da gemacht?«, flüsterte Kelwyn.

»Spinnweben der Angst«, erwiderte Ardric. »Die klebten wohl an den Eichen und haben sich unbemerkt an euch geheftet. Jetzt sind sie jedenfalls weg.«

Kelwyn betrachtete seine Hand. »Hab nix gesehen.«

»Inominatispezialität. Das Zeug gehört zur Geistwelt.«

Der Rest der Nacht verlief ohne Störungen und am Morgen fühlte sich Lili wieder fit. Sie hatte gerade ihre Morgentoilette beendet, da klopfte es an der Tür.

Bolko trat ein. »Guten Morgen, ihr drei. Ich will euch das magische Panzerhemd anpassen. Ihr werdet es unter dem Kleid tragen, damit es nicht so sehr auffällt. Lili, du zuerst.« Er begutachtete ihre Jeans und den dicken rosafarbenen Pulli, den sie an hatte. »Gut, da drauf geht das.« Er hob seine Hände über ihren Kopf und murmelte seine magische Formel. »Panzerhemd unsichtbar, unverwundbar … de aiey johowee!«

Lili spürte, wie sich etwas um ihren Körper legte, sie von oben bis unten einhüllte. Trotzdem konnte sie sich gut bewegen. Bolkos Panzerhemd umgab sie wie ein Hauch und das Einzige, was sie sah, war, dass die Farben ihrer Jeans und ihres Pullis ein wenig ausgewaschen aussahen.

»Das hält zwei bis drei Tage. Wir werden es aber jeden Tag verstärken«, sagte Bolko, nachdem er auch Kelwyn und Ardric so einen Panzerschutz verpasst hatte. Er grinste und spielte dabei mit seinem Dolch vor Kelwyns Nase. »Ich könnte euch jetzt demonstrieren, wie sicher diese Rüstung ist …«

»Steck dein Messer weg. Ich glaube dir auch so«, sagte Lili.

»Na gut!« Bolko steckte den Dolch in die Scheide zurück, die er am Gürtel seines schwarzen Kleids trug. »Die Schattenrosswandler werden sich jedenfalls die Zähne an euch ausbeißen.«

Als Bolko gegangen war, zog Lili das Kleid an, schlüpfte in den Kapuzenmantel und ging mit ihren Gefährten auch hinaus. Kelwyn machte im Türrahmen noch einmal kehrt, weil er sein Bogenset auf dem Tisch hatte liegen lassen.

»Kein Schritt nach draußen ohne das«, wisperte er Ardric zu.

Gestern hätten solche Worte Lili noch Angst eingejagt, aber heute war sie gelassener. Selbst den Albtraum hatte sie fast vergessen. Nur als Ardric sie mit einem Blick auf die umliegenden Eichen warnte, weil daran Spinnweben hingen, blitzten die erschreckenden Bilder noch einmal in ihrem Kopf auf.

Da es in der Nacht geschneit hatte, verteilten einige Soldaten magische Schaufeln im Gelände, welche den Lagerplatz selbsttätig vom Schnee freiräumten. Ein weiterer Trupp holzte bereits das Gestrüpp um die Höhle ab. Lughor, der Werwolf, war auch dabei. Lili hatte gestern noch erfahren, dass er drei Männer seines Volkes ausgesandt hatte, um Silvius und seinem Heer entgegenzugehen. Die Werwölfe kannten eine Abkürzung und so konnte König Silvius mit Meister Bertram schneller hier sein.

Nach dem Frühstück ging Lili mit Kelwyn und Ardric zu den Männern, die sich mit dem Brombeergestrüpp vor der Höhle abmühten. Einen Teil des Eingangs hatten sie bereits freigelegt. Bolko ließ aber weder Lili, noch Kelwyn oder Ardric nahe herangehen. Er verbannte sie auf einen Beobachtungsposten in sicherer Entfernung. Lili ließ von dort aus ihren Blick schweifen. Irgendwo musste ein Zeichen im Felsen sein, die weiße Schlange aus ihrer Vision. Links oberhalb des Höhleneingangs entdeckte sie eine kleine, unscheinbare Erhebung. Als sie genauer hinschaute, erkannte sie eine eckige, eingemeißelte Kontur, in deren Mitte sich eine Schlange räkelte. Lili wurde mit einem Male klar, dass dies kein böses Zeichen war. Es musste die Markierung für den Aufenthaltsort des Wächters sein. Er war also in seinem eigenen Refugium eingesperrt worden.

Während Lili mit Kelwyn und Ardric über die Schlangenmarkierung sprach, kam die Sonne hinter einer Wolke hervor. Sie tauchte den schneebedeckten Felsen, die Sträucher und alle, die in der Nähe standen oder arbeiteten, in ein strahlendes Licht.

Lili lächelte. »Das ist ein gutes Ohmen. Wir haben die Unterstützung des Himmels auf unserer Seite.«

Eine Weile später hatten die Männer den Eingang zur Höhle vollständig vom Gestrüpp befreit. Bolko und Owe wollten mit ein paar Soldaten hineingehen, um die Lage im Inneren zu erkunden. Eine Kiste wurde herangeschleppt, aus der sich jeder der Männer eine Ewigkeitsfackel nahm.

Bolko kam zu Lili herüber. »Siehst du? Hab dir doch Licht versprochen. Das hier brennt in jeder Lage, kann nicht erlöschen, außer man legt es in die Aufbewahrungsbox zurück.« Dann hob er den Finger. »Ihr wartet hier, bis wir zurück sind!«

Bolko griff seinen Speer fester, hob die Fackel hoch und ging auf den Eingang der Höhle zu. Er bückte sich, um als Erster hindurchzugehen. Plötzlich sprühten Funken in seinem Bart und mit einem Aufschrei ließ er den brennenden Stab fallen. Auf seiner Stirn bildete sich eine Beule. »Verdammt! Schwarzmagisch verschlossen!«

Bolko klopfte die Glut unter seinem Kinn aus, hob die Fackel auf und trat ein paar Schritte zurück. Lilis Fluchbefreiungszauber fiel ihm ein, mit dem sie den Grenzwald freigesprengt hatte. Zu seiner Überraschung wirkte er aber nicht. Auch alle anderen magischen Formeln, die er danach ausprobierte, versagten ihren Dienst. Ratlos stand Bolko vor der Höhle und kratzte sich den Kopf.

Ardric, der das Warten nicht mehr aushielt, lief auf den verschlossenen Eingang zu, um ihn zu untersuchen.

Bolko schrie ihn an. »Zurück! Sofort!«

Ardric öffnete den Mund, als ob er etwas sagen wollte und kippte wie ferngesteuert nach vorne. Im Bruchteil eines Augenblicks verschwand er in dem schwarzen Loch der Höhle. Bolko hatte das noch kaum erfasst, da stürmte Kelwyn heran. Lili rannte ihm schreiend hinterher und riss im Lauf den Männern die Fackeln aus der Hand. Die dunkle Magie der Höhle saugte die beiden in Windeseile ein. Weder Bolko noch einer der Soldaten konnten sie halten.

Bolko tobte, trommelte mit den Fäusten auf die unsichtbare Sperre des Eingangs. Wieso hatte er sie nicht stoppen können? Wieso konnte er ihnen nicht folgen? Er verfluchte ihren Feind Thamar, der mit Tricks arbeitete, von denen noch nie jemand etwas gehört hatte. Ein Geräusch ließ ihn innehalten, lenkte seinen Blick zum Himmel. Barb raste auf den Höhleneingang zu, drehte wieder ab. Das Tier kreischte sich die Lunge aus dem Leib. Bolko schlug verzweifelt mit dem Kopf gegen das Gestein. Wenn nicht einmal Lilis Rabe in die Höhle folgen konnte, dann schaffte das keiner. Nein! Um Himmels willen, nein! So etwas durfte er nicht denken! Es musste einen Weg geben! Thamars Magie hatte Schwachstellen. Es gab immer Schwachstellen! Hatten sie nicht auch herausgefunden, wie sie Thamars magische

Mauer beseitigen konnten? Bolkos Verstand begann, wieder klar zu arbeiten. Noch hatte er nicht alles versucht.

»Wir machen weiter!« Mit fester Stimme gab er seine Befehle. Er ließ Baumstämme beischaffen, um den Eingang auf mechanischen Weg freizubekommen, suchte nach magischen Formeln, die er noch nicht ausprobiert hatte. Allmählich wurde Bolko ruhiger. Sie gaben nicht auf, das war die Hauptsache. Wenigstens hatte er Lili, Kelwyn und Ardric heute Morgen noch das Panzerhemd gegeben. Das schützte sie für eine Weile, zumindest körperlich. Lili und Kelwyn waren so geistesgegenwärtig gewesen, Fackeln mitzunehmen. Das beruhigte ihn ein wenig. Sie hatten ihre Magie und sie waren mit Pfeil und Bogen ausgerüstet. Sie konnten sich wehren. Die drei Auserwählten waren ein gutes Team und vielleicht war jetzt einfach die Zeit gekommen, in der sie sich alleine bewähren mussten. Aus der Höhle vermeinte er, gedämpften Kampflärm zu hören. Bolko gab seinen Soldaten ein Zeichen, die Arbeit zu unterbrechen. Er kniete sich nieder und begann, laut zu beten. »Sterngöttin Liora, nur du kannst jetzt noch helfen.«

Seine Soldaten und die Werwölfe fielen ebenfalls auf die Knie. Sie hörten Bolkos Worte und bekräftigten seine Bitte um Beistand der Göttin für die drei mit dem Zeichen des Adlers, für die Befreiung des Wächters und um die glückliche Wiederkehr von Lili, Kelwyn und Ardric.

Ardric stürzte die in den Fels gehauene Treppe hinunter. Benommen blieb er auf dem Boden liegen. Es war so dunkel hier. Vorsichtig richtete er sich auf und tastete nach seinem Bogen, der ihm aus der Hand gefallen war. Als er ihn endlich fand, atmete er auf. Vorsichtig stand Ardric vom Boden auf und bewegte die Glieder. Ein Glück, seine Knochen schienen heil geblieben zu sein. Er horchte in den Raum hinein. Stille, dann plötzlich Gepolter aus Richtung der Treppe. Eine Fackel rollte auf ihn zu. Er griff danach, und als er sie hochhielt, sah er, wie Kelwyn und Lili die Treppe herunterstürzten und wie Kelwyns Waffe durch die Luft flog. Ardric fing sie auf.

Kelwyn rieb sich stöhnend die Hüfte. Dann merkte er, dass er nichts mehr in der Hand hielt. »Mein Bogen! Wo ist mein Bogen?«

Ardric hielt ihn vor seine Nase. »Jetzt wissen wir, in welche Falle wir tappen sollten.«

»Ja.« Kelwyn stand vom Boden auf und ging zu Lili, die noch geschockt dalag. »Bist du verletzt?«

Sie ließ sich von ihm aufhelfen. »Nur erschrocken. Wer rechnet schon in einer Höhle mit einer Treppe.«

Ardric warf die Fackeln in die Luft und murmelte eine magische Formel. Die Feuerstäbe pendelten über ihren Köpfen aus, als wären sie an einem Faden aufgehängt. Aber die Höhle war so groß, dass die drei Fackeln nicht ausreichten, um alle Nischen auszuleuchten. Dennoch — besser als die völlige Dunkelheit zuvor. Ardrics Nackenhaare stellten sich plötzlich auf. Die Wände schienen zu atmen!

»Lili, am besten …« Ardric konnte nicht mehr sagen, was er für das Beste hielt. Die Höhlenwände bewegten sich. Körpertäuscher lösten sich aus dem Felsen. Schlachtrufe hallten. Etwas flog auf Ardric zu und traf ihn mit voller Wucht in den Rücken. Er prallte auf Lili. Gleichzeitig wurde Kelwyn von einem Schattenrosswandler angesprungen. Das dürre Wesen mit den großen Zähnen schnappte nach seinem Hals. Aber es biss in das Panzerhemd und brach sich einen Zahn aus.

Wido tobte. »Achtung! Hat Eisen an sich!«

Sein Kumpan Pasko krallte sich an Kelwyns Bein fest, um ihn zu Fall zu bringen, aber Kelwyn gelang es, ihn von sich zu schleudern. Er spannte seinen Bogen, schoss auf alles was sich bewegte und das nicht wie Lili oder Ardric aussah.

Ardric taumelte noch, rang um sein Gleichgewicht. Beinahe riss er Lili mit sich zu Boden. Im letzten Augenblick fanden seine Füße festen Stand. Mit einem Wutschrei löste er die magische Schwertkugel aus seinem Panzerhemd, warf sie zwischen die Angreifer und dann spannte Ardric den Bogen. Sein Pfeil surrte durch die Luft. Gleich darauf der Zweite, der Dritte, immer mehr. Von Pfeilen durchbohrte Körpertäuscher lösten sich in Luft auf. Doch es waren viele hier. Ihr Kampfgeschrei gellte in Ardrics Ohren. Himmel, wie sollten sie gegen diese Übermacht bestehen? Ardric brüllte, schoss in so schneller Folge seine Pfeile ab wie nie. Diese hinterhältigen Biester! Auslöschen, ein für alle Mal vernichten! So hinterhältig! Nicht einmal eine fremde Gestalt hatten sie angenommen. Das war Absicht, ihre graue, faltige Haut unterschied sich nicht von der Farbe des Felsens. Es gab den Angreifern Deckung, erschwerte Ardrics Verteidigung. Von allen Seiten zischten magische Schwertkugeln und Feuerblitze auf ihn zu. Ardric duckte sich darunter hinweg, streckte sich, schoss, zielte in alle Richtungen. Er spornte Kelwyn an. Er spornte Lili an. Sieg! Hört ihr, wir siegen! Sieg! Glaubt daran …

Lili ließ in ihren Händen Blitze und stachelige Feuerigel entstehen und warf sie in die Richtung der Angreifer. Lange hatte sie ihre Furcht vor dem, was hier geschah, mit sich herumgeschleppt. Jetzt war sie davon in seltsamer Weise losgelöst. Ja, es ging um ihr Leben. Sie hatte Todesangst und doch fühlte sie nichts, außer dem festen Willen, sich nicht unterkriegen zu lassen. Sie war nicht mehr Lili, sie war das Leben selbst, das hier kämpfte und sich mit aller Kraft verteidigte, um denen zu widerstehen, die seinen Funken auslöschen wollten.

Ardric und Kelwyn liefen im Kreis um Lili herum, um sie abzuschirmen. Es war schier unmöglich. Lili sah etwas auf sich zufliegen und sie spürte den Schmerz in ihrem Bauch, der ihr noch aus der Vision bei Kalliopi in Erinnerung war. Es raubte ihr den Atem. Sie krümmte sich und durch die Wucht des Aufpralls wurde sie nach hinten geworfen. Sie fiel zu Boden. Ihr Schrei ließ die Angreifer jubeln, aber in Kelwyn und Ardric weckte er eine verzweifelte Wut. Ihre Pfeile, durch Magie vervielfacht, schwirrten todbringend in die Reihen der Körpertäuscher.

Lili kam währenddessen wieder zu Atem. Das Panzerhemd von Bolko hatte das Schlimmste verhindert. Sie richtete sich auf. Der brennende Schmerz in ihrem Bauch ließ etwas nach. Sie hatte sich noch kaum erholt, da spürte sie bereits einen neuen Angreifer. Pasko sprang auf ihren Rücken und wollte ihr den Rest geben.

»Rache für den Blitzschlag vorm Grenzwald«, drohte er.

Die Erinnerung, wie die beiden Schattenrosswandler ihren Raben Barb gejagt hatten, setzte in Lili ungeahnte Kräfte frei. Sie packte den um sich beißenden Pasko an seinem Arm und schleuderte ihn von sich weg in die Felswand hinein. Kaum dass sie ihn losgelassen hatte, hob sie den Arm. »In Stein gebannt … emdee dedoo!« Der Schattenrosswandler verschmolz mit dem Felsen. Nur seine Umrisse blieben sichtbar. Wido, Paskos Gefährte, starrte Lili ungläubig an und stürzte sich mit einem wütenden Schrei auf sie. Noch ehe er sich wieder einen Zahn ausbeißen konnte, ergriff sie ihn und schleuderte ihn neben seinen Kumpan an die Felswand. »In Stein gebannt … emdee dedoo!« Erschöpft ließ Lili den Arm sinken. »Ihr zwei tut niemandem mehr weh!«

Der Kampflärm ebbte allmählich ab. In einer letzten Anstrengung ließ Lili noch einmal einen magischen Feuerigel in ihrer Hand entstehen und warf ihn. Dann sank sie zu Boden. Die beiden Männer hörten bald darauf ebenfalls auf, zu kämpfen. Es wurde still in der Höhle. Viele der Körpertäuscher hatten sich, von Pfeilen durchbohrt, in Luft aufgelöst. Der Rest floh durch einen Felsspalt ins Freie.

Um Atem ringend stützte sich Kelwyn auf seinen Schenkeln ab. Er sah Lili an. »Bist du verletzt?«

»Bolkos Hemd hat mir das Leben gerettet. Mein Bauch tut noch weh, das ist alles. Wie geht's euch?«

»Ein paar Schrammen und morgen vermutlich der heftigste Muskelkater meines Lebens«, erwiderte Kelwyn.

Ardric nickte. Die Anstrengung des Kampfes stand auch ihm noch ins Gesicht geschrieben. Er atmete schwer. Dennoch griff er jetzt nach einer der Fackeln und leuchtete Lili ab, um sich zu überzeugen, dass alles mit ihr in Ordnung war. Als er außer den Kratzern an ihren Händen keine äußerlichen Wunden fand, ließ er die Fackel wieder an ihren Platz unter der Höhlendecke schweben. Eine Weile schnaufte er danach aus, dann griff er an Kelwyns Schulter. »Du bist der beste Bogenschütze, den ich kenne!«

»Kann dasselbe von dir sagen. Mann, war das ein Kampf!«

Während die zwei Männer ausruhten, rappelte sich Lili auf und ging zu dem Wandabschnitt, der von der Treppe aus gesehen, vorne auf der linken Seite der Höhle lag. Dorthin war sie damals in ihrer Vision gegangen. Sie erkannte die Erhebungen im Felsen, die an einen Schlangenkörper erinnerten. Systematisch suchte sie den Felsabschnitt ab und fühlte plötzlich einen winzigen Spalt unter der Hand. Ihre Finger tasteten Hitze. Bald darauf begann der Stein zu glühen. Sollte das Feuer sie abhalten? Lili biss die Zähne zusammen und ließ ihre Hand auf der Stelle liegen. Der Spalt schob sich langsam auseinander.

Lili nahm die Hand weg und schaute. »Kelwyn, Ardric, kommt schnell her! Hier ist eine von Thamars Federn.«

Während die zwei Männer zu ihr liefen, nahm sie die goldene Feder und strich damit über die Felswand, dreimal. Es geschah nichts, außer dass die Feder ihre Finger verätzte. Doch dann, mit einem Mal, veränderte sich das Licht in der Höhle. Ardric und Kelwyn gaben überraschte Laute von sich. Im Felsen bildeten sich die Umrisse einer Tür mit drei leuchtenden Stufen davor, die zu ihr hinführten. Immer heller und strahlender wurde das Licht und die Tür öffnete sich. Kelwyn und Ardric zogen Lili mit sich und zusammen gingen sie die Stufen hinauf, hinein in den magischen Ort, wo sie den Wächter zu finden hofften.

Hinter ihnen schloss sich lautlos die Tür, durch die sie gekommen waren, und verschmolz mit dem Fels. Sie standen jetzt auf dem sandigen Boden eines großen, fast kreisrunden Platzes. Felsen schlossen ihn rundherum ein. Sie waren schneebedeckt, wie die dahinter aufragenden Eichen. War das ein Teil des winterlichen Wolfsgrunds? Nun, kalt war es hier nicht. Vom feinkörnigen Sandboden ging Wärme aus. Es erinnerte Lili an den Strand von Astral, doch hier, in der Mitte des Platzes befand sich ein Obelisk. Sonst nichts. Kelwyn griff nach Lilis Hand, um mit ihr dorthin zu gehen. Sie zuckte zurück.

»Was ist?«, fragte er.

»Nur ein paar Brandblasen.« Lili zeigte ihm ihre Hand.

»Warum hast du nichts gesagt?«

Kelwyn nahm Lilis Hand, hob seine eigene darüber und schickte Heilstrahlen zu den Verbrennungen. Die Schmerzen vergingen, doch nur in dieser Hand. Die Fingerkuppen der anderen bluteten, weil sie noch immer die ätzende Feder hielt.

»Gib her!« Ardric steckte die mit Thamars bösartiger Magie getränkte Feder in seine Manteltasche. Dann hielt er Kelwyn Lilis Hand unter die Nase. »Schau dir das an!« Er wandte sich an Lili und seufzte. »Um Hilfe bitten ist wohl nicht dein Ding. Leiden bis zum Umfallen. Lili, ist das dein Ziel?«

Lili schüttelte den Kopf. »Ist doch gerade eben erst passiert.« Sie gab Kelwyn, der nun auch ihre blutenden Finger geheilt hatte, einen Kuss und deutete auf den Obelisken. »Das könnte das Gefängnis des Wächters sein.« Sie runzelte die Stirn. »Der Text aus meiner Vision! Wir wissen noch immer nicht, was diese Zeilen bedeuten, außer dass sie den Hinweis enthalten für die

Befreiung.« Zusammen mit Kelwyn und Ardric ging Lili auf das Monument zu und zitierte dabei: »*Leben trägt sich weiter, das endlose Rad zu bewegen. Treue bezwingt verzehrendes Feuer. Nie erlöschende Liebe lässt das Herz für die Ewigkeit schlagen.*«

Lili sprach den Text wie ein Mantra in ständiger Wiederholung, bis sie vor dem vierkantigen Pfeiler stand. Überwältigt von dem, was sie sah, wurde sie still. Der einstmals in einem Stück aus einem Felsen gehauene Stein überzog sich mit Ornamenten und Zeichen. Wie ein riesiger, eckiger Finger ragte der Obelisk auf, schien mit dem Himmel zu verschmelzen. Lili hob ihre Hand, tastete über den Stein und versuchten die Zeichen zu entziffern.

Kelwyn ging bereits um die nächste Ecke. »Schaut mal hier!«

Als Lili zu ihm kam, wies er nach oben auf einen ornamentalen Kreis. »Im Text ist die Rede von einem endlosen Rad. Den Kreis könnte man eventuell so betrachten. Leider ist das zu weit oben, als dass wir herankommen könnten, um zu sehen, ob wir es in Schwung bringen.«

Ardric wies um die nächste Ecke. »Dahinten steht etwas geschrieben: *Stetig fließend schöpft Leben sich immerwährend neu.* Aber ob das etwas mit diesem Kreis oder Rad hier zu tun hat?«

Lili schüttelte den Kopf. »Glaub ich nicht, deutet vielleicht eher auf die Aufgabe des Wächters hin.« Sie richtete den Arm nach oben auf den Kreis. »In Bewegung setzen … dee emschawee!« Nichts tat sich. »Na ja, war ein Versuch.« Lili ging wieder auf die Seite des Obelisken, vor der sie vorhin gestanden hatte. Ardric und Kelwyn folgten ihr. Lili fuhr mit den Händen die Vertiefungen der Hieroglyphen nach, die auf Schulterhöhe in einer Reihe von links nach rechts führten. Es konnten magische Zeichen sein, so wie zuhause am Wohnzimmerspiegel. Aber es gelang ihr nicht, sie zu entziffern. Als ihre Hand über die Rillen eines Kreises tastete, fühlte sich die innere Erhebung wie der runde Knauf einer Tür an. Ihre Finger umschlossen ihn und automatisch versuchte sie, ihn zu drehen, wie bei einem

Schnappschloss. Etwas knirschte plötzlich. Im Inneren des Obelisken ruckte es, sodass der Boden unter ihr zitterte. Der Stein begann sich zu drehen, mitsamt dem Boden, auf dem sie standen. Sand wirbelte auf und hüllte sie bis über die Schultern ein. Lili schrie, hustete. »Ich fass hier nichts mehr an!«

Sie klammerte sich an den beiden Männern fest, während sie langsam von der Bewegung des Bodens im Kreis herumgetragen wurde. Am äußeren Rand dieser Bodenscheibe, mindestens hundert Schritte vom Obelisken entfernt, entstand ein Graben, wie bei einem niedrigen Bachbett.

Kelwyn zog Lili an sich. »Es ist alles in Ordnung. Du hast den ersten Schritt zur Befreiung des Wächters getan.« Er schrie, um das mahlende Geräusch der Drehscheibe zu übertönen. »Die erste Strophe des Textes drückt aus, was jetzt geschieht.«

»*Leben trägt sich weiter, das endlose Rad zu bewegen*«, zitierte Lili. »Oh Himmel, mir wird schlecht von dem Karussell!«

»Jetzt wird es heiß!« Ardric wies auf die Felsen, die den Platz begrenzten. Flammen entzündeten sich dort, nacheinander, nebeneinander, bis der gesamte Ort in einem feurigen Kreis eingeschlossen war. Wie eine Armee von Kriegern setzten sich die rot und gelb züngelnden Flammen in Bewegung. Sie marschierten auf den Obelisken zu. Der flache Graben würde sie nicht abhalten. Ardric wurde blass. »Feuerdämonen.«

Lili starrte auf die heranzüngelnde Masse. Umrisse von Personen wurden darin sichtbar. Sie überlegte fieberhaft. »*Treue bezwingt verzehrendes Feuer.* So geht es im Text weiter. Was ist damit gemeint?«

Ardric schüttelte den Kopf. »Ich weiß es nicht! Man kann ihr Feuer nicht löschen. Nicht mit Wasser, nicht mit Sand.«

Kelwyn schrie auf. »Da oben!«

Er wies auf den höchsten und am weitesten entfernt gelegenen Felsen. Lilis Blick flog dorthin. Sie sah ein Schemen, groß, mächtig, inmitten von lodernden Flammen. Wie eine überdimensionale Fackel reckte es sich dem Himmel entgegen. Das

Wesen schien die marschierenden Feuerdämonen anzutreiben. Diese rückten in immer schneller werdendem Gleichschritt näher. Hitze breitete sich aus. Auf Lilis Stirn bildeten sich bereits Schweißperlen. Sie ließ die Männer los, krallte ihre Finger um die Ornamente des Obelisken.

Ardric packte Kelwyn am Arm. »Das da oben ist der Anführer der Feuerdämonen«, schrie er, »ihn müssen wir bezwingen. Aber wie?« Er ließ Kelwyn los, spannte seinen Bogen und schoss einen Pfeil durch die Gestalt. Die dämonische Feuersäule schwankte nicht einmal.

Lili sah den Pfeil davonfliegen und schaute entsetzt zu den Männern. Kelwyn nahm Ardrics Misserfolg kaum wahr. Er betrachtete seine rechte Handfläche, hob den Blick zu den von allen Seiten heranrückenden Dämonen, immer abwechselnd. Breitbeinig stand er da, um auf dem Bodenkarussell das Gleichgewicht zu halten und murmelte etwas vor sich hin.

Lilis Gedanken rasten, kreisten immer wieder um den Text. *Treue bezwingt verzehrendes Feuer* ... Sie schrie plötzlich auf. »Kelwyn, du bist mit Treue gemeint! Das Wort steht symbolisch für Freund. Wir alle besitzen das Amulett aus einem bestimmten Grund! Ich, weil Viola mich geboren hat und damit das Leben weitergetragen wurde. Es ist das endlose Rad ... Kelwyn, dein Onkel war Mutters Freund, deshalb hast du jetzt das Amulett. Folge deinem Instinkt, dann bezwingst du das Feuer. Aber beeil dich bitte ... und Ardric, Himmel! wenn wir das hier überleben, dann müssen wir beide ein ernstes Wort miteinander reden.«

Ardric nahm Lili in den Arm. »Du hast recht! Mit allem.« Er schaute zu Kelwyn. »Wir zählen auf dich.«

»Feuer gegen Feuer ... Efef de es Juhawee«, murmelte Kelwyn. Er starrte wie zuvor auf seine Handfläche, aus der jetzt allmählich eine bläuliche Flamme wuchs. Sie formte sich zu einem Feuerball, dessen züngelnde Spitzen rot und gelb aufleuchteten.

»Du schaffst das«, spornte Ardric ihn an und ging mit Lili auf Abstand, damit Kelwyn mehr Bewegungsfreiheit bekam.

Kelwyn legte den Feuerball auf die Spitze eines Pfeils. Er spannte den Bogen, zielte auf die flammende Gestalt oben auf dem Felsen. Trotz des langsam kreisenden Bodens, auf dem sie standen, war die Harmonie seiner Bewegung vollkommen. Aufrecht stand er da, mit kraftvoll angespannten Muskeln. Kelwyn konzentrierte sich auf sein Ziel, dann schnellte der Pfeil los.

Lili hielt den Atem an. Die feurige Spitze traf den Dämonenführer in die Brust. In wilder Empörung flammte er auf. Oh, nein! Lili schlug die Hände vor den Mund, um ihren Schrei zu ersticken. War der Feuerpfeil das falsche Mittel gewesen? Der Dämon beugte sich vor. Er streckte den Arm aus, warf eine wirbelnde Flammensäule über sein Heer. Schwarzer Rauch stieg auf und hüllte den Platz ein. Feuer breitete sich nach vorne hin aus, raste auf den Obelisken zu. Diese grässliche Hitze! Sie raubte die Atemluft! Lili tastete nach Kelwyns Hand, zog ihn zu sich, klammerte sich mit der anderen an Ardric. Es war aus, vorbei. Oder doch nicht?

Von einem Augenblick zum anderen verzog sich der Rauch. Das Heer der Feuerdämonen blieb vor dem Graben stehen. Lili starrte sie an und glaubte es nicht. Sie kehrten um, zogen sich zurück, in immer kleiner werdenden Flammen. Am Rand der Felsen verschwanden sie. Auch ihr Anführer löste sich auf. Lili fiel den Männern vor Erleichterung um den Hals. Gleich darauf zuckte sie zusammen. Was war das? Aus dem Obelisken drangen Geräusche. Es hörte sich an wie das dumpfe Reiben, wenn Steinplatten gegeneinander verschoben werden. Ein langes Stück löste sich aus dem Pfeiler. Sie konnten gerade noch alle drei zur Seite springen, ehe die Platte mit Getöse auf dem Sand aufschlug. Dort sank sie ein. Es entstand ein leicht nach vorne abfallendes Bett, das genau bis zu dem Graben reichte, der rund um den noch immer kreisenden Boden verlief.

Als sich der aufgewirbelte Sand legte, ging Lili mit den Männern auf den geöffneten Obelisken zu. Eine überirdisch schöne Frau stand darin, umhüllt von Eis. Sie trug ein weißes

Gewand mit einem goldenen Gürtel. Die Haare lagen in sanften Wellen um die Schultern und ein Kranz aus Sommerblumen krönte sie. Ihre Augen waren geschlossen und die Arme über der Brust gekreuzt. Unter ihren Händen befand sich ein irdener Krug. An ihrer Seite sah Lili noch je zwei Arme. Die Hand rechts oben hielt ein mit Ziegenleder bezogenes Buch. Die untere, linke Hand umklammerte einen Apfel und den dunkelgrünen Zweig eines Lebensbaumes.

»Der Wächter der Schlange ist eine Frau!« Lilis Augen wurden feucht. Die Wächterin war erfroren. Ihr Herz schlug nicht mehr. So genau Lili auch schaute, nirgends bildete sich ein Tropfen, der andeutete, dass das Eis zu tauen begann. Die Sonne, die jetzt mit aller Kraft in das Grab hineinschien, konnte nicht helfen. Lili berührte Ardric am Arm. »*Nie erlöschende Liebe lässt das Herz für die Ewigkeit schlagen.* Jetzt bist du dran.«

Ardric nickte. Er trat vor, umklammerte sein Amulett und sah der Wächterin ins Gesicht. Ganz kurz schien er zu zögern, doch dann legte er seine rechte Hand auf ihre vereisten, gekreuzten Hände. »Ewige Liebe«, flüsterte er.

Ja, dachte Lili. Das hatte er wohl einst geschworen. Machtvoll floss diese Liebe aus ihm heraus. Die Luft fing an zu vibrieren. Ein Wind pustete Lili an, sanft, zärtlich. Sie griff an ihr eigenes Amulett, das eines der drei Stoffstücke enthielt, die aus dem Flugumhang ihrer Mutter Viola stammten. Gewebtes Feenhaar. Es hatte sie drei zusammengeführt, sie miteinander verbunden und jetzt waren sie hier und erfüllten ihre Aufgabe. Ardrics Aura veränderte sich, wurde strahlend, leuchtend und hüllte alles in seiner Nähe in ein golden getöntes Licht. Während er die Liebe seines Herzens dem gefangenen Wesen des Wächters schenkte, floss ihm selbst die Zuneigung von Lili und Kelwyn zu. In der Luft klang plötzlich ein Pochen. Das Eis schmolz. Der Wächter der Schlange kehrte aus seinem Todesschlaf zurück. Sein Herz schlug schwach, doch bald kräftiger. Aus der Spitze des Obelisken brach ein blendend weißes Licht, stieg hinauf zum Himmel und kehrte von da wie eine Fontaine aus funkelnden Sternen zurück. Der Obelisk zerfiel zu Staub, der in einem Windwirbel fortgetragen wurde. Die Erde unter ihren Füßen, welche sich die ganze Zeit gedreht hatte, kam zum Stillstand und die Wächterin schlug die Augen auf.

Ardric trat zurück zu Lili und Kelwyn. Gemeinsam verneigten sie sich. Zu Lilis Überraschung traten hinter der Frau gleich zwei Doppelgängerinnen vor.

»Segen ruht auf euch«, sagte die Wächterin mit dem irdenen Krug.

Die Frau an der rechten Seite der Wächterin hielt das Leder bezogene Büchlein nach oben und verschwand wie die Frau mit dem Apfel in einem glitzernden Nebel. Die Zurückbleibende hob ihre Arme nach oben, samt dem Krug, den sie in der Hand hielt. Um sie herum formte sich eine Landschaft aus blühenden Bäumen und Sträuchern, die sich bis über den runden Graben hinaus ausdehnte. Vögel sangen. Schmetterlinge flogen von einer Blüte zur anderen. Die Wächterin schlug mit einem Zweig dreimal gegen einen soeben gewachsenen weißen Felsen und brachte damit eine Quelle zum Sprudeln. Sie füllte ihren irdenen Krug mit dem Wasser und goss es dann in einem Rinnsal über die Erde bis zu dem Flussbett, das die aus dem Obelisk herausgefallene Steinplatte geschaffen hatte. Das Rinnsal verbreiterte sich zu einem übermütig sprudelnden Wildbach, der in den Flusslauf überging und den Graben um den Platz speiste.

Von außerhalb hinter den Felswänden ertönte ein wütender Schrei. Die Wächterin lächelte. »Thamar. Er hat verloren und weiß es.«

Die Frau setzte sich an den Felsen und stellte ihren Krug unter die Quelle. Sie sah zu, wie das Wasser überfloss und sich Wege suchte, um sich mit den anderen Rinnsalen zu Flüssen zu verbinden. Lili staunte über die sich immer wieder verändernde Natur. Nach einer Weile winkte die Wächterin Lili und die Männer zu sich heran. »Ich möchte euch etwas geben.«

Mit leisen Worten rief die Wächterin nach einer Taube, die gurrend auf dem Felsen hockte. Drei kleine Federn nahm sie von ihr. »Für jeden eine. Sie sind die Verbindung zur Quelle der Magie und stärken euch. Geht achtsam damit um.« Sie reichte Lili eine der Federn. »Mein Name steht darin. Ich bin Cato, Wächter der Quelle.« Sie nahm die zweite Feder und gab sie Ardric. »Der Wächter der Weisheit heißt Eske.« Die dritte Feder hielt sie Kelwyn hin. »Dies ist die Feder des Wächters der Fruchtbarkeit. Er heißt Sati.« Ihre Hand deutete zum sprudelnden Wasser hin. »Ich sorge dafür, dass das Leben nicht stillsteht, Sati achtet darauf, dass es genährt wird und blüht. Eske erleuchtet es mit dem Licht der Wahrheit. Dies ist der Auftrag, den wir von der Großen Schlange Shuad erhalten haben. Solange wir ihn erfüllen, wird sie nicht aus dem Meer aufsteigen.«

»Wir danken dir für dein Geschenk.« Ardric sagte es im Namen aller. Nachdem jeder seine Feder auf der Rückseite seines Amuletts verstaut hatte, schaute er die Wächterin der Quelle ernst an. »Wir haben in der Höhle eine goldene Feder gefunden. Sie gehörte Thamar.«

»Gib sie mir. Er hat sie gestohlen, missbraucht und kopiert … mit falschem Gold umhüllt, um seine Anhänger zu blenden.« Cato hielt Thamars Feder unter das fließende Wasser der Quelle. Sie zerbröselte und wurde zu Staub. »Das wird ihn hoffentlich schwächen.« Cato atmete durch und wies dann nach rechts, wo hinter zart duftenden Jasminsträuchern eine kleine Wiese entstanden war. »Dort könnt ihr die Nacht verbringen. Morgen früh zeige ich euch den Weg durch die Felsen, sodass ihr zu den Euren zurückkehren könnt.«

In kurzer Zeit verwandelte sich der Tag zur Nacht. Der Himmel übersäte sich mit Sternen. Lili verneigte sich vor dem Wächter und ging mit Kelwyn und Ardric hinüber zu der Wiese, um dort bis zum nächsten Morgen zu schlafen. Die beiden Männer ließen sich gleich auf den Boden fallen. Kelwyn klopfte auf die freie Stelle zwischen ihnen, um anzudeuten, dass dort Lilis Platz war. Aber sie legte sich nicht hin, sondern blieb im Schneidersitz zwischen den Männern hocken.

Kelwyn hob den Kopf. »Was ist?«

Aber Lili wandte sich Ardric zu. Sie schüttelte ihn, weil er die Augen geschlossen hielt. »Ich höre!«

Ardric grinste. »Du weißt es doch schon!«

»Was weiß sie? Himmel, schließt mich nicht aus«, beklagte sich Kelwyn und setzte sich ebenfalls auf.

»Er ist mein Vater«, sagte Lili.

»Ich bin ihr Vater«, erklärte Ardric zur gleichen Zeit.

Kelwyn schnappte nach Luft. »Was? Das habt ihr gut verborgen!«

Lili grollte. »Nicht ich, er!« Sie stieß Ardric in die Seite. »Und du hast gelogen, hast behauptet, du hättest dein Amulett auf einem Markt erstanden. Du wusstest es von Anfang an!«

»Ich habe nicht gelogen, ich habe nur nicht die ganze Wahrheit gesagt«, wehrte sich Ardric. »Das Amulett habe ich auf einem Markt gekauft — wenn du es genau wissen willst, auf dem Druidenmarkt in Astral. Den Stoff habe ich ehrlich gesagt geklaut. Und wie hättest du reagiert, wenn ich dir in der Höhle des Grenzwaldes gesagt hätte, dass ich dein Vater bin? Ich wusste es in dem Moment, wo ich dein Gesicht sah. Du hast Violas Mund, ihre Nase und, na ja, meine Augen. Du bewegst dich wie sie.«

Kelwyn stupste Lili an, um ihr zu bedeuten, nicht zu hart mit ihm zu sein. Aber das hatte sie gar nicht vor. Ihr war klar, dass Ardric ihre Mutter sehr geliebt haben musste, andernfalls hätte er heute den Wächter nicht wiedererwecken können. Außerdem gab sie ihm recht. Wenn er ihr bei der ersten Begegnung gesagt hätte, dass er ihr Vater war, wer weiß, wie sie dann reagiert hätte. Ardric hatte ihr klugerweise die Gelegenheit gegeben, ihn unbefangen kennenzulernen. Das war gut gewesen und in Terramo hatte er außerdem den Geist ihrer Mutter zu ihr geschickt. Diese hatte gesagt, dass Lili zur rechten Zeit die Wahrheit erfahren würde. Der richtige Zeitpunkt war jetzt!

Als Lili ihn bat, ihr alles zu erklären, legte Ardric den Arm um ihre Schultern und zog sie an sich, als Vater, als Freund. Dann erzählte er, ging in Gedanken in die Vergangenheit zurück, bis in die Zeit, da er Lilis Mutter Viola kennengelernt hatte. Damals waren seit dem Überfall auf der Festwiese von Terramo gerade erst ein paar Monde vergangen. Alle glaubten, dass es die Olims waren. Er selbst zweifelte daran und ging heimlich über die Grenze nach Astral, um die Wahrheit herauszufinden. Er entdeckte, dass es auch dort einen Überfall gegeben hatte, zur selben Zeit. So wie die Inominati an die Schuld der Olims glaubten, so waren die Olims überzeugt von der Schuld der Inominati. Auf beiden Seiten herrschte der Hass und die Mauer begann zu wachsen. Zwar machte Ardric Andeutungen, dass die Gestaltwandler hinter dem Unglück stecken konnten, aber niemand hörte ihm zu und offen reden durfte er nicht. Es war strengstens verboten, in das Land der vermeintlichen Mörder zu gehen. Da er dem Königshaus angehörte, wog eine Zuwiderhandlung noch schwerer. Ardric ging dennoch weiterhin über die Grenze, suchte auf beiden Seiten Zweifel zu säen an dem, was das Auge gesehen hatte. Auf seinen Streifzügen durch Astral lernte er Viola kennen. Sie hörte ihm zu, diskutierte mit ihm, und nach einer Zeit offenbarte Ardric ihr seine Identität. Ab da trafen sie sich heimlich in einem Schlösschen an der Mauer. Es diente als Versteck und bald auch als Liebesnest. Er träumte davon, mit Viola fortzugehen, um irgendwo mit ihr in Frieden zu leben, aber Viola wollte nicht, dass er ihretwegen der Königsfamilie den Rücken kehrte.

Dann kam der Tag, an dem sein König ihn an den äußersten Nordzipfel seines Lands schickte, weil die dort lebenden Inominati von einem Eisdrachen bedroht wurden. Als einer der besten Kämpfer seines Volkes und als Thronfolger musste er für sie kämpfen. Viola war zu dem Zeitpunkt bereits schwanger, aber sie verschwieg es, wohl weil sie wollte, dass er sich ganz auf seine Pflicht dem Volk gegenüber konzentrierte. Vor seiner Abreise traf er sich noch einmal mit ihr, und da sah er sie zum letzten Mal lebend.

Ardric hörte auf zu erzählen und griff nach seinem Amulett. Wie gefangen in seiner Erinnerung, betrachtete er es. »Ich höre Violas Lachen, wenn ich es anfasse ...«

Nie hatte Ardric bisher über Viola und seine Liebe zu ihr gesprochen, nie jemandem den Schmerz anvertraut, den er seit ihrem Tod mit sich trug. Sicher, er konnte Violas Geist rufen und in gewisser Weise war dies ein Trost. Aber danach fühlte er sich jedes Mal umso einsamer. Jetzt musste er Lili erzählen, wie er an das Stückchen Stoff gekommen war. Aber es fiel ihm so schwer, über die schlimmsten Stunden seines Lebens zu reden. Ardric setzte ein paar Mal dazu an. Doch erst als er fühlte, wie Lili über seine Schulter streichelte, fand er die Worte, um seinen Bericht fortzusetzen.

Damals, nach dem Treffen mit Viola, kämpfte Ardric fern von ihr sieben Monde lang gegen den Eisdrachen und erst als dieser sich auf seine Insel im Coagulum zurückzog, kehrte er zurück. Gleich nach der Siegesfeier in Terramo setzte er sich ab. Aber die magische Mauer war in der Zwischenzeit beängstigend hoch gewachsen. Das Schlösschen, in dem Viola und er sich immer getroffen hatten, wurde auch bereits davon umschlossen. Nur ein kleines Fensterchen bot noch einen Durchgang. Er zwängte sich hindurch, suchte an ihren geheimen Plätzen nach Nachrichten von ihr und fand den Brief, in dem sie ihm von Lilis Geburt geschrieben hatte. Doch der Brief war so abgefasst, als ob sie ihn nie wiedersehen würde. Voller Angst suchte er nach ihr, erst in Megara, dann in Astral, aber er fand sie nicht.

Ardric wischte sich mit dem Finger über die Augen. Er schluckte. »Es war schon Nacht, als ich über die Friedenswiese flog und die Fackelbeleuchtung sah. Eine Totenwache wurde dort gehalten und etwas in mir wusste sofort, dass um Viola getrauert wurde. Ich schlich mich unbemerkt heran und dann sah ich sie aufgebahrt, mitten in einem Blumenmeer. Viola trug einen Kranz im Haar wie der Wächter heute und ihre Arme waren genauso über der Brust verkreuzt.« Eine Weile konnte Ardric nicht mehr sprechen, doch dann fasste er sich wieder. Er erzählte weiter, dass er einen Schlafzauber über die Olims gelegt hatte, die an der Bahre Wache hielten, weil er sich in Ruhe von seiner Geliebten verabschieden wollte. Danach holte sich eines der Stoffstücke aus dem Andenkenkästchen heraus. Auch wenn niemand vom ihm und seiner Liebe zu Viola wusste, so war dies doch sein Recht gewesen. Er sah Lili an. »Im ersten Impuls wollte ich dich mit mir nehmen. Du warst meine Tochter. Aber dann sah ich Sonjas trauerndes Gesicht und wie sie dich an sich gedrückt hielt. Ich brachte es nicht übers Herz, dich ihr wegzunehmen und ich dachte mir auch, dass du bei ihr wohl unbeschwerter aufwachsen würdest als bei mir unter den Inominati. Ardric lächelte. »Du hast Violas Fähigkeiten geerbt, bist eine Olim geworden und kannst heilen. Also war meine Entscheidung von damals richtig gewesen.«

Ardric erzählte noch, wie er eine Zeit lang regelmäßig durch das Fenster in dem Schlösschen geklettert war, um sich zu überzeugen, dass es Lili gut ging. Aber der Fensterdurchgang wurde enger und eines Tages kam er nicht mehr hindurch.

Lili hatte noch immer einen Arm um Ardrics Schultern gelegt, jetzt zog sie auch Kelwyn zu sich heran. »Ich habe meinen Vater gefunden und meinen Liebsten, und beides verdanke ich dem Stückchen Stoff aus Mutters Flugmantel.« Sie ließ die Männer los, legte sich auf den Rücken und schob die Arme unter ihren Kopf. Sie atmete tief durch. »Vater sage ich heute ein er'stes und letztes Mal zu dir. Du bist und bleibst für mich Ardric.«

»Schade …«, Ardric legte sich auf die Seite, sodass er Lili anschauen konnte. »Gute Nacht, Tochter. Gute Nacht, Kelwyn.«

Ungeniert schaute er zu, wie Kelwyn sich über Lili beugte und sie küsste. »Ich liebe dich«, hörte er sie sagen, »aber jetzt sollten wir lieber schlafen.« Ardric grinste. Oh ja, sie war eindeutig Violas Tochter.

Am nächsten Morgen wurde Lili vom Gezwitscher der Vögel geweckt und als sie die Augen aufschlug, sah sie einen weißen Schmetterling, der zwischen Kelwyn, Ardric und ihr hin und her flatterte. *Ein Zeichen*, dachte Lili. Die Götter waren zufrieden mit ihnen, denn sie hatten ihre Aufgabe erfüllt. Die Wächter waren frei und Thamars Plan gescheitert. Nebenbei hatte sie auch noch ihren Vater gefunden und mit Kelwyn den Mann ihres Herzens. Jetzt konnte das Leben neu beginnen. Beschwingt erhob sich Lili von ihrem Graslager und wusch sich in dem kleinen Bach, der neben der Wiese vorbeiplätscherte.

Einige Zeit später stand Lili mit den beiden Männern wieder vor Cato. Der Wächter der Schlange war über Nacht noch strahlender geworden. Gestern sah er wie eine Frau aus. Heute erkannte Lili in ihm weder Frau noch Mann. Er schien eher ein androgynes Wesen zu sein.

Cato führte sie zu einer Reihe frisch eingepflanzter Baumtriebe. »Kraft und Erneuerung. Zum nächsten Neumond könnt ihr alle Bäume wieder als Reisetore benutzen. Thamars schwarzmagische Macht über die Natur ist gebrochen.«

Das war eine sehr gute Nachricht!

Der Wächter erklärte ihnen noch den Rückweg, dann verabschiedeten sie sich. Lili ging mit Kelwyn und Ardric über die Wiese, auf der sie geschlafen hatten. Sie folgten dem Bachlauf bis zu der Stelle am Felsen, an der sie gestern auf den Platz gelangt waren. Die magische Tür gab es nicht mehr. Anstelle dieser führte ein schmaler Pfad bis zum Gipfel hinauf. Ardric ging voran, Lili hinterher und Kelwyn bildete die Nachhut. Als Lili irgendwann zurückblickte, war der magische Ort verschwunden. Stattdessen sah sie Eichenwald, sanft nach unten hin abfallend. Ohne Zweifel befanden sie sich im Wolfsgrund.

Lili atmete befreit durch. Geschafft! Es konnte nicht mehr weit sein bis zum Lager. Schritt für Schritt setzte sie vorwärts, bewältigte die Steigung fast ohne Anstrengung. Eine Waldmaus huschte vor ihren Füßen vorüber und versteckte sich unter einem Blätterhaufen. Ein Rabe krächzte plötzlich, aufgeregt. War das Barb? Von fern vernahm Lili Schreie, wie aus Hunderten von Kehlen. Es zischte, summte, knallte. Eisen schien aneinanderzuschlagen.

Ardric blieb stehen und lauschte. »Das hört sich ja an, als ob im Lager gekämpft wird. Bleibt in Deckung. Wir müssen uns erst einen Überblick verschaffen.«

Vorbei an alten Eichen schlichen sie weiter den Pfad entlang, der oben am Berg über die Höhle hinweg führte, in der sie gestern angegriffen worden waren. Szenen dieses Kampfes blitzten durch Lilis Kopf. Ihr Puls beschleunigte sich. War es noch nicht vorbei? Der Lärm nahm zu. Ardric gab ein Haltezeichen und deutete links auf einen aufragenden Felsbrocken. Lili duckte sich dort neben den Männern nieder und schaute auf das Lager hinunter. In weitem Umkreis zwischen Zelten und Bäumen sah sie Olims und Inominati gegeneinander kämpfen. Trotzdem schwangen Meister Bertram und König Silvius Seite an Seite ihre Schwerter. Im Lärm des Kampfes schwoll das Summen von gemurmelten, magischen Formeln an und ab.

Lili stöhnte auf. »Nicht schon wieder!.«

Ardric drückte auf ihre Schulter. »Bleib unten!« Er sah zu Kelwyn. »Körpertäuscher! Diesmal ist es die Hauptarmee, nur die kämpft mit Schwertern. Die uns in der Höhle angegriffen haben, waren von einer anderen Einheit, hatten nur magische Waffen. Insofern hatten wir Glück.« Er ballte die Fäuste. »Sieh dir das an! Die verwandeln sich teilweise in Olims und teilweise in Inominati. Verwirrungstaktik. Ich begreife nicht, wie die Bolkos Sicherheitssperre überwinden konnten.«

Funken von magischen Feuerwaffen zischten zwischen den Bäumen hindurch auf sie zu und verglühten über ihren Köpfen.

Lili zuckte vor Schreck zur Seite. Dann überlegte sie. »Vielleicht wurden alle magischen Sperren außer Kraft gesetzt, als wir die Wächter befreiten. Das würde auch erklären, wieso Thamar das bemerkt hat. Er hat vor Wut geschrien.«

Kelwyn zog Lili an sich. »Möglich. Wenigstens kennt Bolko die magische Formel, welche die Körpertäuscher zwingt, sich in ihrer wahren Gestalt zu zeigen.«

Ardric nickte. »Ja, und wir werden uns nicht einmischen. Wir bleiben hier!«

Lili atmete erleichtert aus. Wenigstens fürs Erste waren sie hier sicher. Sie beobachtete den Kampf, hoffte und bangte, dass die Armee von Olims und Inominati die Angreifer siegreich bezwingen würden.

Kelwyn wies in die Richtung, in der die dicke Eiche mit den vier jungen Bäumen stand. »Dort — Derrim und Ferdan! Die kämpfen nicht übel.«

Lilis Blick folgte seinem ausgestreckten Arm. Also doch! Auch ihre Freunde befanden sich unter den Kämpfenden, warfen magische Feuerigel auf sich zurückverwandelnde Körpertäuscher. Lili presste erschrocken ihre Hand auf die Brust. »Ja. Sie verteidigen die Frauen. Sonja steckt mit Goswin in den Sträuchern hinter ihnen. Kela und Sira erkenne ich dort auch.« Sie blies plötzlich erleichtert den Atem aus. »Sieht so aus, als ob sie eine magische Schutzhaube über sie geworfen haben.«

»Die Werwölfe kämpfen auch mit. Viele, und einer von denen besitzt allein schon die Schlagkraft von drei Männern«, gab Ardric seine eigene Beobachtung weiter.

Lilis Blick erfasste aber vor allem die von den Feinden tödlich getroffenen Soldaten. So viele sanken nieder, und das trieb ihr die Tränen in die Augen.

Erst nach endlos erscheinender Zeit ebbte der Kampflärm schließlich ab. Als die Armee der Körpertäuscher sich geschlagen sah, machte sich der Rest von ihnen auf und davon und nur die schwarze Dampfwolke, in der sie verschwunden waren, bleib noch eine Weile über dem Schlachtfeld stehen. Jubel brach im Lager aus.

Lili sah, wie Sonja, Kela und Sira aus ihrem Versteck herauskamen und damit begannen, die Verletzten zu heilen. Alle Olims taten es ihnen nach. Auch Meister Bertram beugte sich immer wieder über einen Soldaten, um ihn in heilende Strahlen einzuhüllen, ganz gleich, ob er nun zum Volk der Olims oder dem der Inominati gehörte.

Während nun auch die Toten weggetragen und nebeneinander auf einen freien Platz gelegt wurden, kletterte Lili mit Kelwyn und Ardric den Abhang hinunter. Mit schnellen Schritten liefen sie durch das Waldstück, das sie vom Lager trennte.

Owe entdeckte sie als Erster. »Bolko«, schrie er, »sie sind wieder da! Alle drei! Halleluja!«

Bolko, der ein paar Schritte von ihm weg stand, schaute auf und über sein Gesicht flog ein breites Grinsen Er reckte die Faust in einer Siegesgeste und zusammen mit Owe ging er ihnen entgegen. Doch kaum hatten die beiden sich in Bewegung gesetzt, hallte eine Stimme wie Donnergrollen über dem Wolfsgrund: »Fluch über euch!«

Bolko hob seinen Speer, begann zu rennen. Lili sah es und spürte im gleichen Moment, wie etwas über sie geworfen wurde. Sie stürzte zu Boden, hob gleich darauf den Kopf. Was flimmerte da vor ihr? Hastig stand sie auf und schaute sich um. Ein eisiger Schreck durchzuckte sie. Sie war eingesperrt unter einer durchsichtigen, magischen Glocke, zusammen mit Kelwyn und Ardric. Ihr gegenüber, höchstens vierzig Schritte entfernt, bleckte ein Wolf seine Zähne. Lili blieb fast das Herz stehen. Noch mehr schauderte sie, als sie das Wesen sah, das dieses Tier wie einen Schemel zum Sitzen benutze. Instinktiv wusste Lili, dass es Thamar war. Helle Punkte tanzten vor ihren Augen. Nur nicht ohnmächtig werden! Ardric und Kelwyn rannten zu ihr, breiteten die Arme aus und drängten sie rückwärts. Lili prallte heftig mit der Schulter auf den Widerstand der Glocke. Das

Gebilde fing an zu schwingen, mit einem grässlichen Ton. Lili hielt sich die Ohren zu.

Thamar lachte kalt. Mit dem Finger deutete er zu ihnen herüber. »Ihr habt meinen Plan durchkreuzt. Aber glaubt nicht, dass ihr gesiegt habt.« Er schaute über ihre Köpfe hinweg zu den Olims und Iniminati, die außerhalb seines magischen Gefängnisses schrien und gestikulierten. »Ich bin der Herr der Zeit und die drei hier werden sterben! Ihr könnt dabei zusehen.«

Thamar stieß seine Lanze so heftig in den Boden, dass Schnee und Blätter hoch aufwirbelten. Kelwyn und Ardric stellten sich dicht vor Lili, drückten sie gegen die magische Wand der Glocke, als ob es möglich wäre, sie durchzuschieben.

Draußen stieß Bolko einen wütenden Schrei aus, forderte seine Soldaten auf, die magische Haube aufzulösen. Aber ihre Formeln schienen Thamars Magie eher zu verdichten statt zu schwächen und Lili hörte, wie Bolko fluchend heranstürmte.

Bolko brüllte. Mit voller Wucht hieb er seinen Speer auf das magische Glas, um die Glocke zu zertrümmern. Der Stab brach. Aus den Augenwinkeln sah er, wie Lili, Kelwyn und Ardric sich die Ohren zuhielten und vor Schmerz krümmten, weil es im Inneren des Gebildes zu dröhnen anfing. Dumpf klang der Ton auch nach außen und erschrocken trat er zurück. Thamar warf den Kopf in den Nacken und lachte. Ihn schien der Glockenton nicht zu berühren. Bolkos Gedanken rasten. Was war das für eine Magie, die dieses Monster benutzte? Was konnte er ihm entgegensetzen, ohne den Dreien zu schaden? Er sprach alle Formeln, die ihm zum Schutz von Personen und zur Auflösung von Schwarzer Magie einfielen. Nichts fruchtete. Bolko blieb ausgesperrt. Er fand keine Handhabe gegen Thamars Gebilde, keine funktionierende Magie, die das Ding zum Verschwinden brachte. Hilflos musste er zusehen, wie sich das uralte, bösartige Wesen anschickte, seinen mörderischen Plan in die Tat umzusetzen. Bolkos Augen wurden feucht und sein Blick heftete sich auf Thamar, der sich am Schmerz der drei, welche die Hoffnung ihrer Völker nicht enttäuscht hatten, weidete. Die Gestalt, welche das Böse in diesem Wesen angenommen hatte, prägte sich in seine Seele ein und er schwor sich, dass er Thamar auf ewig verfolgen würde, um die Auserwählten zu rächen.

Der Schmerz, den der Ton der Glocke in Lilis Ohren verursachte, ließ nach. Über die Schultern von Kelwyn und Ardric hinweg sah sie das Wesen, das sie alle drei töten wollte. Thamar saß wie eine Statue auf dem Wolf. Er trug ein schwarzes Gewand mit einer Lamellenrüstung aus Stahl und Leder darüber sowie Handschuhe. Sein Gesicht wirkte, als wäre eine hassverzerrte Fratze in Stein gemeißelt worden. Lebendig schienen einzig seine Augen zu sein und die signalisierten den tödlichen Willen zur Vernichtung. Mit der rechten Hand umklammerte er die Lanze, die er in den Boden gerammt hatte. Mit der anderen hielt er ein Stück Leder und reizte damit die Schlange, die sich um seinen Hals ringelte, solange, bis sie zubiss. Thamar hob das Lederstück vor sein Gesicht, murmelte unverständliche Worte und warf es zu den Pfeilen, die er in einem Köcher über der Schulter hängen hatte.

Lili sah es und ihr Blick blieb auf der Schlange haften. War sie giftig? Jetzt wand sie sich über Thamars Schulter hinweg nach hinten. Was war dort? Ihr Kopf fuhr auf und nieder. Sie zischelte. Es hörte sich an, als ob sie schimpfte. Dann beobachtete Lili, wie der Schwanz der Schlange in einen Schlitz von Thamars Rüstung fuhr und wie daraufhin etwas Glitzerndes zu Boden fiel. Thamar bemerkte es nicht oder es war ihm egal.

Er ließ die Lanze los und griff nach seinem Bogen. Fast zärtlich strich er über das schwarze Ebenholz. »Alles muss man selbst tun.« Thamar sah auf, schaute zu ihnen herüber. Wut flammte wieder in seinen Augen und übertrug sich auf seine Stimme. »Meine Anhänger habt ihr besiegt. Sogar die Wächter habt ihr befreit. Trotzdem sitzt ihr in meiner Falle! Niemand kann euch helfen, selbst der vermaledeite Rabe nicht. Er flattert da draußen herum und schreit sich die Lunge aus dem Leib.« Er lachte böse. »Das Vieh ist so penetrant wie ein Seelenhüter, aber er ist keiner, denn die hab ich längst ausgerottet …«

Lili hörte ihren Raben schreien, aber Barbs Wut brachte sie jetzt nicht weiter. Er konnte nicht zu ihr gelangen, sie musste sich selbst helfen. Nur wie? Thamar hatte aus seiner Niederlage von Grenzwald gelernt. Er sah siegesgewiss aus. Jetzt schaute er Ardric an und sein Mund verzog sich zu einem höhnischen Grinsen. »Dein Liebchen ist damals nicht einfach so vom Himmel gestürzt, ich habe nachgeholfen.«

Ardric krampfte die Finger um seinem Bogen. »Wie?«

»Ich sagte es schon … ich bin der Herr der Zeit. Der Wind gehorcht mir, tut was ich will und ich wollte, dass der Wind

Viola nicht mehr trägt. Die da«, er wies auf Lili, »durfte noch zur Welt kommen, weil sie gut war für meinen Plan, aber dann fand ich, dass Violas Zeit abgelaufen war.«

»Warum?« Ardric blieb scheinbar ruhig. Nur seine Kieferknochen mahlten.

Thamar lachte, ein grausiges Lachen. »Sie hatte es verdient. Eine Olim, die sich an dich gehängt hat, einen Inominati.« Seine Stimme wurde eisig. »Hatte ich nicht jeglichen Kontakt zu euch verboten, als ich damals Führer der Olims war?« Thamars Blick richtete sich in die Menge, die außerhalb seiner magischen Glocke hilflos seine Grausamkeit beobachtete. »Glaubt ihr, das gilt nicht mehr? Nur weil jetzt andere herrschen?« Er schrie. »Ich habe Lilis Mutter getötet, weil sie die Grenze missachtet hat. An meiner Mauer, ausgerechnet an meiner Mauer hat sie mit diesem verfluchten Inominati ihre Schäferstündchen abgehalten. Heimlich! Kommt euch das bekannt vor? Schon einmal musste ich wegen so einer Liebschaft durchgreifen. Meine eigene Tochter! Asla, das dumme Ding! Dabei hatte ich euch alle schon auseinandergebracht. Ja, begreift es nur. Es ist fast wie damals. Ardric ist Lilis Vater. Es wird mir eine Freude sein, sie beide tot zu sehen, zusammen mit dem da.«

Thamar deutete auf Kelwyn, warf den Kopf zurück und lachte, dass es Lili kalt den Rücken hinunter lief.

»Mörder! Bestie!« Ardric konnte nicht mehr an sich halten. Er spannte den Bogen, schoss.

Mit einer Hand fing Thamar den Pfeil auf und warf ihn weg. »Genug gespielt!« Er hob seinen Bogen, zielte. Die Olims und Inominati draußen schrien auf. Sonjas entsetzte Stimme schwebte über allen. Thamar schoss den ersten Pfeil auf Kelwyn, der zur gleichen Zeit die Sehne seines eigenen Bogens losließ. Die Pfeile rauschten aneinander vorbei. Thamar wurde an der Schläfe getroffen. Blut sickerte aus der Wunde und er brüllte wütend auf. Der auf Kelwyn gerichtete Pfeil prallte an dessen Panzerhemd ab. Trotzdem sackte Kelwyn röchelnd zu Boden, der Schutz war wohl nicht mehr stark genug. Lili wusste sofort, dass Kelwyn tödlich getroffen war. Sie schrie, weinte, nahm ihn in ihre Arme. Mit zitternder Hand versuchte sie, ihn in Heilungsstrahlen zu hüllen, aber die Stimme Thamars ließ sie verzweifeln. »Zwecklos«, sagte er kalt. »Kein Olim kann etwas gegen mein magisches Gift ausrichten.«

Als die Olims und Inominati außerhalb der Glocke sahen, wie Kelwyn niedersank, stießen sie entsetzte Laute aus. Wieder und wieder streckte einer den Arm vor, in befehlender Geste, um Thamars Magie aufzulösen. Das Gebilde reagierte nicht darauf. Es bekam nicht einmal einen Riss oder ein Loch. Lilis Freunde schrien und weinten. Goswins Stimme schrillte, mit heftigen Bewegungen suchte er sich von Sonja loszureißen. »Lass los! Lass mich los! Der hat meinem Freund wehgetan.«

Ardric stand währenddessen aufrecht da, mit ausgebreiteten Armen, und begann laut die Ahnen um Hilfe zu rufen. Thamar zischte ihm wütende Verwünschungen zu, zielte auf seine Brust. Kelwyn richtete sich in Lilis Armen auf, suchte mit letzten Kräften noch einmal den Bogen zu spannen. Zu spät. Thamars Pfeil prallte auf Ardrics löchriges Panzerhemd, ritzte seine Brust. Er sackte zusammen.

Mühsam atmend lagen die Männer vor Lili am Boden. Schweiß rann über ihre Gesichter und wieder spannte Thamar seinen Bogen. Er richtete den Pfeil auf Lili. War es noch wichtig? Lili strich Kelwyn das Haar aus dem Gesicht, küsste ihn, griff gleichzeitig nach Ardrics Hand.

»Lass meine Lili in Ruhe!« Goswins raue Stimme überschlug sich. Er riss sich los, rannte auf die magische Glocke zu.

Thamars Blick flog in Goswins Richtung und sein Pfeil folgte ihm. Lili sah auf. Warum tat Thamar das? Goswin war da draußen, konnte nicht zu ihr hereinkommen. Oder doch? Hatte Thamar den Kobold in seinem Plan nicht bedacht? Nein, nicht noch ein Opfer! *Goswin, lauf weg!* Lili öffnete den Mund, wollte ihm die Worte zurufen. Stattdessen schrie sie. Schrie! Getroffen von Thamars Pfeil fiel Goswin mit dem Oberkörper durch die magische Sperre. Seine kleine Hand griff nach Lilis Mantel, zupfte daran und fiel schlaff herunter.

Zu viel Schmerz, zu viel Leid, verursacht durch den Einen. Lili schrie, bis ihr die Luft ausging. Es versetzte die magische Glocke, unter der sie gefangen war, in zitternde Schwingung. Das gläsern scheinende Gebilde trug ihre Verzweiflung in tönenden Kreisen nach außen, erfasste den gesamten Wolfsgrund und fand Widerhall im Entsetzten der Olims und Inominati. In Lilis Ohren rauschte es. Nichts fühlte sie, außer Schmerz und Ohnmacht. Sie drückte Kelwyn und Ardric an sich, tastete nach Goswin, zog auch ihn zu sich heran. Mit tränenverschleiertem Blick sah sie zu Thamar hinüber, der siegessicher auf seinem Wolf saß. Wie schon vor sechstausend Jahren ließ er nicht zu, dass Liebe das Leben bereicherte. Wie seine Augen glühten! Wie er sie anstarrte! Sein Hass würde nie erlöschen. Nein, dies sollte nicht das Letzte sein, das sie sah. Sie schaute von ihm weg, sah durch ihr gläsernes Gefängnis hinüber zu dem Felsen, über den sie vor Kurzem noch gelaufen war. Es flimmerte, auch dort. Wieso? Eine Gestalt bildete sich, schemenhaft. Kalliopi! Hatte sie nicht versprochen, ihnen aus der Ferne beizustehen? Die Seherin hob die Arme in der Geste des Ahnenrufens nach oben. Gleich darauf löste sich ihre Gestalt auf. Lili begriff, dass sie nicht nachlassen durfte, Thamar Widerstand zu leisten.

Sie stand vom Boden auf und breitete ihre Arme aus, so wie sie es bei Ardric und dem Schemen gesehen hatte. »Ahnen der Olims und Ahnen der Inominati, ich, Lili Dix, rufe euch!«

Thamar lachte aus vollem Hals. »Du kannst keine Ahnen rufen. Du bist eine Olim. Ich weiß es, weil du eine Heilerin wurdest. Verzweifelter Versuch, aber vergebens.«

Lili verschloss sich vor seinen Worten so gut sie es konnte. Sie durfte ihm nicht glauben, sich nicht beirren lassen. Lili konzentrierte sich auf die Anrufung. Ihre Stimme klang klar und fest. »Ahnen der Olims und Ahnen der Inominati, ich, Tochter des Ardric Kiupas, rufe euch. Wir brauchen eure Hilfe gegen die Mordlust des Einen, gegen Thamar den Unversöhnlichen. Ihr Ahnen, ich bitte euch, kommt in unsere Mitte und kämpft gegen Thamar … dehadee udee!«

Noch während sie das Ritual sprach, spannte Thamar seinen Bogen, um Lili mit dem Pfeil zum Schweigen zu bringen. Ardric und Kelwyn rafften sich in einem verzweifelten Kraftakt auf, stützten sich gegenseitig Rücken an Rücken. Beide bekamen kaum noch Luft. Sie keuchten entsetzlich. Ihre Lippen verfärbten sich bläulich und ihre Arme zitterten. Doch sie schafften es, ihre Bogen schussbereit zu machen. Kelwyns Pfeil warf den Pfeil von Thamar aus seiner Bahn, sodass er sein Ziel verfehlte. Als sofort darauf der nächste auf Lili zuflog, traf dieser auf Ardrics Pfeil, der ihn genauso ablenken konnte. Thamar brüllte wütend auf und machte unverzüglich einen neuen Versuch. Doch da fing die Erde auf einmal an, zu beben. Sein Bogen fiel ihm aus der Hand. Wind und Nebel zogen auf, füllten die magische Glocke aus. Überglücklich erkannte Lili die durchsichtigen Wesen der Ahnen. Sie hatte es geschafft. Ein Wunder! Wie Furien stürzten sich die Geister auf Thamar und drangen durch seine Rüstung in ihn hinein. Ardric spannte noch einmal in einer letzten, furchtbaren Anstrengung den Bogen und schoss dem mörderischen Ungeheuer in die Stirn.

»Ihr habt dem Wächter die Feder zurückgegeben«, schrie Thamar voller Wut. Sein Gesicht wurde grau, die Haut faltig und die Knochen traten hervor. Seine Augen verschwanden tief in den Höhlen. Das Haar wurde schütter und fiel ihm aus. Seine Rüstung klapperte, weil sein Körper rapide abmagerte. Thamars Macht fiel in sich zusammen, und als er das endlich einsah, gab er der Erde ein Zeichen. Sie tat sich unter ihm auf. Flammen loderten an der Stelle daraus empor. Mit einem Wutschrei stürzte er in die Tiefe.

Als sich die Erde über ihm schloss, löste sich die magische Glocke auf. Sofort wurden sie von Olims und Inominati umringt. Lili kniete bei Ardric und Kelwyn. Beide hielten die Augen geschlossen, die letzte Anstrengung war zu viel gewesen. Verzweifelt versuchte Lili ihnen zu helfen, hüllte beide in Heilungsstrahlen, aber es gab keine sichtbare Wunde, die sich hätte schließen können. Kelwyn und Ardric wurden immer schwächer. Das schwarz-magische Gift fraß ihre Lebenskräfte auf. Goswin, der neben den beiden lag, regte sich schon nicht mehr. Sira hockte sich bei Lili nieder, schüttelte den Kopf. Selbst ihre Lehrerin, die Heilerin Althea hätte hier nichts tun können.

Sonja streichelte Lilis Schultern und setzte sich dann still neben sie nieder. Sie nahm den Kobold in den Arm und wiegte ihn. Lili versuchte, ihre Tränen zurückzuhalten. Sie schaffte es nicht. Gestern erst hatte sie ihren Vater erkannt und vor wenigen Tagen ihre Liebe. Jetzt verlor sie beide wieder und der treue, mutige Goswin, der sie hatte beschützen wollen, war wohl schon tot. Es war nicht fair. Verzweifelt schluchzte sie auf. Bolko kam zu ihr und stützte sie. Aber er wusste keinen Trost.

»Nicht weinen, Liebste. Du hast über Thamar gesiegt.« Mit sichtlicher Anstrengung öffnete Kelwyn die Augen. Er versuchte, sie zu streicheln. Kraftlos fiel sein Arm zurück.

»Ja, Sieg!« Ardrics Händedruck war kaum noch spürbar.

Zwischen den Büschen hinter dem Platz, wo Thamar verschwunden war, bewegte sich etwas. Eine Natter schnellte dort in die Höhe und verwandelte sich in einen jungen Mann mit heller Haut und blonden Haaren. Er trug ein silberbesticktes weißes Kleid sowie ein Stirndiadem. Er trat vor, blieb dort, wo Tamar in die Erde gefahren war, stehen und suchte den Boden ab. Kurz darauf hielt er etwas Glitzerndes in der Hand. Er steckte es ein, bevor er auf Lili, Ardric und Kelwyn zuging.

Die Olims, welche ihn ebenso bemerkten wie Lili, erschraken, glaubten an eine neue Gefahr. Ausgestreckte Zeigefinger richteten sich auf den Mann.

Bolko hielt die Olims zurück. »Nicht! Er ist die Rettung.« Als die Inominati sich vor dem jungen Mann verbeugten, machten es die Olims ihnen nach, obwohl sie nicht wussten, was das zu bedeuten hatte. »Luan«, begrüßte ihn Bolko. »Dich schickt der Himmel.«

Luan lächelte ihn an. Mit seinem spitzen Eckzahn biss er sich in den Finger. Silbriges Blut quoll daraus hervor. Er träufelte ein wenig davon auf Kelwyns Lippen und danach auch auf Ardrics Lippen. »Gleich geht es ihnen besser«, sagte er zu Lili und kniete sich vor Sonja, die noch immer den Kobold wiegte. »Lass mich ihn zurückholen. Er ist so gerne bei euch.«

Luan benetzte Goswins Lippen sowie die Wunde am Bauch mit seinem silbrigen Blut. Nach kurzer Zeit holte der Kobold Atem und schlug die Augen auf. Als er merkte, dass er in Sonjas Armen lag, strahlte er. Dann schien ihm einzufallen, was passiert war. Goswin presste die Hand auf den Bauch. »Hat furchtbar wehgetan. Aber Schmerz ist jetzt weg.« Als er Luan sah, fing er an zu zappeln. »Will auch so eine Krone!«

Sonja lachte glücklich auf, aber Luan griff in seine Kleidertasche und zog daraus eine Schlangenhaut hervor, die er sich wohl irgendwann einmal abgestreift hatte. Mit ein paar magischen Bewegungen seiner Hände formte er daraus eine Krone und setzte sie Goswin auf. »Die hier passt besser zu dir.«

»Oh, ein Geschenk für Goswin.« Der Kobold klatschte vor Freude in die Hände. »Bist mein Freund. Aber weiß ja gar nicht, wie du heißt.«

»Ich bin Luan und ja, ich bin dein Freund, Goswin.«

Lili half derweil Kelwyn und Ardric vom Boden auf. Den beiden ging es schon besser und mit jedem Atemzug wurden ihre Bewegungen sicherer. Goswin lief zu Lili, kletterte an ihr hinauf und knutschte sie ab.

Im Nu wurden sie nun von den Truppen umringt. Lili wollte sich jedoch zuerst bedanken. Ohne Luan wären Ardric, Kelwyn unf der Kobold gestorben. Sie ging auf den Viperus zu, doch als sie vor Luan stand, fehlten ihr die Worte und stattdessen flossen wieder ihre Tränen.

Luan ergriff Lilis Hand. »Euch mit meinen Fähigkeiten zu helfen, war nur gerecht. Ihr habt die Wächter befreit und so dafür gesorgt, dass sich die Große Schlange Shuad wieder beruhigt. Wir alle sind euch zu Dank verpflichtet.«

Lili fand ihre Worte wieder. »So danken wir uns gegenseitig. Ich werde nie vergessen, was du heute für uns getan hast.«

Als Luan wenig später fortging, verwandelte er sich noch im Gehen in die Natter zurück. Lili sah dem Viperus nach, bis er in den Büschen unter den Eichen verschwunden war. Dann ging sie zu den anderen.

»Wo ist Luan?«, fragte Ardric und drückte sie an sich.

»Gegangen.«

»Oh, ich konnte gar nicht … ich sehe ihn wieder.«

Allmählich löste sich der Schock, der alle Anwesenden während Thamars Mordversuchen erfasst hatte. Lili fand sich bald von ihren Freunden umringt, aber es drängten auch immer mehr Olims und Inominati zu ihnen heran. Jeder wollte die drei Auserwählten zumindest einmal berühren. Bolko, der immer weiter abseits gedrängt worden war, scheuchte die Leute mit ausholenden Armbewegungen zur Seite. Er packte Lili um die Taille, hob sie hoch und schwenkte sie im Kreis herum. »Sie kann heilen und sie kann die Ahnen rufen. Sie ist ein Wunder!«

»Lass mich runter, mir wird ja ganz schwindelig«, rief sie.

Als Lili wieder auf dem Boden stand, legte Ardric seinen Arm um sie. Er sagte nichts, aber Lili sah ihm an, dass er stolz auf sie war. Kelwyn trat an ihre andere Seite. Lili griff nach seiner Hand. Als Ardric das bemerkte, trat er hinter sie und legte seine Arme um beide. »Jetzt kommt eure Zeit. Eine gute Zeit für Liebende, gleich welchen Stammes.«

Sonja nickte. Sie ging auf Ardric zu und streckte ihm die Hand hin. »Ich weiß nicht, wie ich reagiert hätte, wenn Viola dich damals nach Hause gebracht hätte. Umso herzlicher heiße ich dich jetzt in unserer Familie willkommen. Violas Geist war an der Mauer gewesen, deinetwegen.«

»Und ich Lili in der unseren«, erklang die kräftige Stimme von Silvius. Zusammen mit Meister Bertram und einigen Werwölfen, darunter auch Lughor, trat er heran. Silvius fasste Lili an den Schultern und küsste sie auf beide Wangen.

Der Wolfsgrund hallte wieder von freudig aufgeregten Stimmen. Kela aber bat Lili zu warten, ging weg und kam kurze Zeit später mit dem Bogenschützen Hilmar wieder. Als Lili begriff, dass er der Mann aus dem Nussbaum war, konnte sie nicht mehr an sich halten. Sie fiel ihm um den Hals. »Du lebst! Ich war damals so unglücklich und dachte, ich hätte dir noch mehr wehgetan.«

Als es nach einiger Zeit ruhiger im Lager wurde, sammelten Silvius und Bertram das Heer um sich herum. Bolko schickte seinen Soldaten auch dazu. Dicht gedrängt standen sie zwischen Zelten und Bäumen. Alle verbeugten sich, erwiesen Lili, Ardric und Kelwyn die Ehre. Die Verbeugung galt auch den Freunden, sowie Sonja und Goswin, die hinter ihnen standen und ohne deren Hilfe die Völker wohl nie zusammengefunden hätten.

Lili wechselte mit Kelwyn und Ardric einen Blick und trat dann vor, um zu sprechen. »Wir danken euch! Alle hier, jeder Einzelne und noch viele andere, die in Astral und in Terramo auf uns warten, haben dazu beigetragen, dass wir unsere Aufgabe erfüllen konnten. Die Befreiung der Wächter ist gelungen. Vielleicht ahnen sie es daheim schon. Vielleicht sehen sie in den heiligen Gärten bereits Zeichen der Regeneration. Das Leben wird weitergehen. Wir haben eine Zukunft und ich bin sicher …«, Lili griff nach den Händen von Kelwyn und Ardric, »…dass wir sie im Bewusstsein unseres gemeinsamen Ursprungs zum Wohle aller gestalten werden.«

Beifall brauste auf. Als er endete, ließen Silvius und Bertram die Soldaten abtreten. Der Waldelf Phelan, der mit dem Ratsherrn Nestor in der Nähe von Bertram stand, schaute Lili an und lächelte. Grüßend hob er die Hand zur Stirn und verbeugte sich. Lili zog Ardric zu ihm hin und stellte sie einander vor. Die beiden verstanden sich auf Anhieb. Lili fühlte sich, als ob ein Hauch ihrer Heimat Megara durch den Wolfsgrund streifte.

Viele Soldaten zogen sich nun in ihre Zelte zurück. Auch bei Lili machte sich die Erschöpfung bemerkbar. Mit Kelwyn, Ardric und den Freunden machte sie sich auf den Weg zum Baumhaus. Kela und Sira gingen an ihrer Seite.

»Glaubst du, dass Thamar nun aufgibt?«, fragte Sira.

Statt Lili antwortete Ardric. »Thamar ist unsterblich wie sein Hass. Er wird wieder versuchen, Unfrieden zu stiften. Aber bestimmt nicht so bald. Jetzt ist er erst einmal besiegt.«

Als sie an den Gefallenen vorbeikamen, seufzte Kela auf. »Ich wünschte, Luan hätte auch die Toten hier wieder erweckt.«

»Auch für Luan gibt es Grenzen. Er kann zwar auch Tote ins Leben zurückholen. Aber wenn einer die Schwelle zur Schattenwelt bereits überschritten hat, darf er nicht mehr eingreifen«, erwiderte Ardric.

»Schaut mal! Schmetterlinge, über dem ganzen Platz und in allen Farben. Sie hören sich an, als ob sie leise pfeifen würden. Es klingt tröstend«, flüsterte Sira.

»Das sind wohl magische Seelenboten, ich habe davon gehört«, erwiderte Ferdan.

Ardric nickte. »Jeder Soldat erschafft sich so einen Boten, bevor er in den Kampf zieht. Sie sollen seinen Angehörigen letzte Worte übermitteln. In den ersten Stunden nach dem Tod eines Kriegers aktivieren sie sich.« Er wies zu den flatternden Schmetterlingen, von denen sich immer wieder welche in einem Sternennebel auflösten. »Sie zerplatzen, sobald sie den Hinterbliebenen die Botschaft des Gefallenen übermittelt haben.«

»Wir hatten soviel Glück.« Kelwyn seufzte und schaute zu Ferdan und Derrim. »Ihr auch. Ich habe euch kämpfen sehen. Ihr wart sehr mutig!«

»Ja, nicht wahr?« Sira schaute Derrim bewundernd an.

Lili lächelte. Es gab wohl bald ein weiteres Paar in ihrem Freundeskreis. Sie blieb stehen, weil sie das Baumhaus erreichten. Barb saß auf einem der oberen Äste. Der Rabe flog zu ihr herunter und rieb seinen Kopf an ihrem Haar.

Sonja, die hinter Lili ging, stieß einen spitzen Schrei aus. »Wo kommt Barb so plötzlich her? … Oh nein! Kelwyn und Ardric sind verschwunden. Einfach weg!«

»Keine Sorge, sie sind im Schutzkreis vom Haus, deshalb siehst du sie nicht mehr.« Lili nahm Sonja schnell in den Arm.

Der Rabe flog wieder auf seinen Beobachtungsposten und Lili führte alle nacheinander ins Baumhaus hinein. Goswin krähte vergnügt, als er alles erkundete. Am Abend brachte Bolko noch Feldbetten, sodass sie alle zusammen die Nacht hier verbringen konnten. Die Enge im Wohnzimmer, die das mit sich brachte, störte niemand. Bis tief in die Nacht hinein erzählten sie von ihren Erlebnissen. Bevor sie schlafen gingen, suchte Ardric alle noch nach Spinnweben ab. Niemand sollte Angstträume bekommen.

»Kannst du die Dinger auch sehen, Lili?«, fragte er.

»Nein, sonst hätte ich die neulich garantiert selbst abgezupft.«

Ardric grinste. »Du bist meine Tochter. Ich bin zuversichtlich, dass du das noch lernst.«

Am nächsten Tag bereiteten sich alle auf den Heimweg vor. Bereits am frühen Morgen verabschiedeten sich die Werwölfe, die in ihr Dorf zurückkehrten. Bolko kam danach mit der Nachricht ins Baumhaus, dass sie auf magischem Wege reisen würden. Da Thamars dunkle Macht gebrochen war, konnten sie gefahrlos ein Tor schaffen, durch das sie direkt nach Terramo befördert wurden. Dort sollten sie eine Nacht in der Gryphus-burg verbringen und am Morgen darauf mit der ganzen Truppe aus Olims und Inominati weiter nach Astral reisen.

Bis zum Mittag war das Lager abgebaut. Auch Lili hatte ihr Baumhaus wieder in den winzigen Stecken zurückverwandelt und in ihrer Gürteltasche verwahrt. Bald danach stellte sich die Truppe auf. Bertram und Silvius bildeten die Spitze des Zugs. Kelwyn, Lili und Ardric wurden in der zweiten Reihe von Bolko und Owe flankiert. Hinter ihnen gingen die Freunde und Sonja mit dem Kobold Goswin. Phelan und Nestor führten mit drei Inomiatikriegern das Heer an. Am Ende des Zugs formierten sich die Kameraden, welche die Bahren mit den Toten trugen. Lili seufzte tief auf, als sie an deren Familien dachte.

Kelwyn schaute prüfend nach hinten zu Derrim, aber Sira beruhigte ihn. »Er geht nicht verloren, hab ihn an der Hand.«

Dann flog Barb auf Lilis Schulter, gerade rechtzeitig, bevor das magische Tor aufstrahlte, das Bertram und Silvius gemein-sam in die Luft zeichneten.

Vor der Felsenstadt flog Barb als Erster aus dem magischen Tor heraus und kündete laut von ihrer Heimkehr. Das Volk lief auf den Balustraden und auf dem Platz vor dem Hauptortal zusammen. Die Menge jubelte ihnen zu und Lili sah, wie viele der Inominati beide Hände in die Höhe reckten. Sie ballten sie zu Fäusten und ließen sie wieder aufschnalzen. Ein buntes Begrüßungsfeuerwerk erhob sich daraus in den Himmel.

»Fantastisch!« Lilis Freunde bewunderten die Felsenstadt.

Sie gingen durch das Hauptportal und auf das dahinter im Felsenrund liegende magische Tor zu. Von da aus ließen sie sich direkt auf den Vorplatz der Burg transportieren, auf dem sich die Einwohner zu beiden Seiten versammelten. Als die Bahren mit den Toten an ihnen vorübergetragen wurden, verstummte ihr Jubel und sie verbeugten sich tief.

Als das gesamte Heer auf dem Vorplatz der Gryphusburg einen Platz gefunden hatte, sprach Silvius zu seinem Volk. Er berichtete über das Geschehene und die Befreiung der Wächter. Danach ließ er das Heer von Olims und Inominati abtreten, damit die Männer ihre Unterkünfte beziehen konnten. Als sie fort waren, traten die Angehörigen der gefallenen Soldaten vor. Lili vergoss Tränen, als sie sah, wie Silvius, Ardric und Bertram durch die trauernden Reihen gingen, um ihr Mitgefühl auszudrücken. Sie wollte auch etwas tun.

Sira hatte die richtige Idee. Sie entfachte einen Ball aus Heilenergie, den sie alle mit ihren magischen Kräften verstärkten. Den dirigierte Sira in die Mitte des Platzes, wo er sich ausbreitete und wie ein tröstender Teppich über die weinenden Inominati legte. Bertram schaute zu ihnen herüber und nickte ihnen zu.

Auf dem Vorhof der Gryphusburg war es still geworden und sie gingen mit Silvius in die Burg hinein. Im königlichen Salon war bereits der Tisch für sie alle gedeckt. Sonja und Goswin setzten sich mit den Freunden Derrim, Ferdan, Kela und Sira zu beiden Seiten von Lili, Kelwyn und Ardric. Am anderen Ende der Tafel gruppierten sich um Silvius herum Bertram, Phelan, Nestor, Owe und Bolko. Ein Platz blieb leer. Doch da ging auch schon die Tür auf und mit einem fröhlichen Schrei raste Remo auf Silvius zu und ließ sich von ihm hochheben. Der Kobold schlang seine Ärmchen um des Königs Hals und lehnte den Kopf an seine Schulter. Goswin gluckste hinter vorgehaltener Hand. »Kenn ihn. Hab ihn im Spiegel gesehen.«

Remo schaute zu ihm hinüber. Er kletterte von Silvius Schoß herunter und zog an seinem Stuhl, um ihn zu Goswin zu bugsieren, wobei er natürlich umfiel. Bolko hatte ein Einsehen. Er stellte Remos Stuhl neben Goswins, nachdem die dort Sitzenden einen Platz weitergerückt waren. Die zwei Kobolde plapperten miteinander und zeigten sich gegenseitig ihre Zapfen, mit denen sie immer spielten. Erst als Silvius mit einem Löffel gegen sein Glas schlug, hielten sie den Mund.

König Silvius stand auf. »Erheben wir unser Glas auf unsere Heimkehr. Mögen überall auf den Welten alle im Frieden miteinander leben.«

Nach dem Essen, bei dem an Gaumenfreuden nicht gespart worden war, überreichte Lili Goswin die versprochenen Socken. Er zog sie an und die beiden Kobolde kugelten sich vor Lachen über ihre schwarz-weißen Socken, die ihnen in Ziehharmonikawellen um die dünnen Beine schlabberten.

Später führte der Hofmeister die Freunde zu ihren Zimmern, wo sie die Nacht verbringen sollten. Lili und Kelwyn bekamen wieder die gleichen Räume wie vor ihrer Abreise aus Terramo. Als Lili am Abend aus dem Bad trat, wo sie sich für die Nacht frisch gemacht hatte, lag Kelwyn anstatt in seinem in ihrem Bett.

Er grinste sie an, als sie zu ihm unter die Decke schlüpfte. »Es gibt da eine junge Frau, sie heißt Lili, und ich möchte ihr so gern meine Liebe zeigen.«

»Oh«, erwiderte Lili und schlang die Arme um seinen Hals. »Sie ist hier und sie freut sich darauf.«

Die Gefühle, die sie beide in dieser Nacht miteinander verbanden, nahmen alle Schrecken der vergangenen Wochen mit sich und löschten sie aus. Irgendwann würden sie wohl wieder gegen Thamar kämpfen müssen. Aber nicht heute. Als der Morgen heraufdämmerte, fiel ein Sonnenstrahl auf Lilis Gesicht und weckte sie auf. Sie setzte sich halb im Bett auf und schaute auf Kelwyn, der noch schlief. Sanft strich sie ihm eine Haarsträhne hinters Ohr. *Zärtlichkeit, Liebe,* dachte sie. *Kraft für alle Zeiten.*

7. Kapitel

Niven Rabenfürst …

Barb nutzte die Nacht, um dorthin zu gehen, wo man ihn Niven nannte — in seine Steinwelt Junctares. Mit gemischten Gefühlen flog er am Abend von der Gryphusburg los. Er dachte an Thamar, den Lili gestern zwar besiegt hatte, der aber noch immer am Leben war und so den Fluch über die Juncta aufrecht hielt.

Als Niven die Rabenschlucht erreichte, sah er unten einen Mann stehen, der zu ihm hochschaute. Er erkannte in ihm den Viperus Luan.

Luan streckte den Arm aus. »Niven Rabenfürst«, rief er, «ich habe eine Botschaft für dich!«

Niven flog überrascht einen Bogen und landete zwischen den gewöhnlichen Raben, welche die Schlucht in Scharen bevölkerten. Er äugte zu Luan herunter. Hatte er richtig gehört?

Luan zog seinen Arm nicht zurück. »Ich weiß, dass du es bist, auch wenn Lili dich die ganze Zeit Barb genannt hat.«

Woher? Niven krächzte, flog auf Luans Arm und sah ihn an.

Luan neigte den Kopf in der Andeutung einer Verbeugung. »Leider habe ich nicht die Gabe, deine Worte zu verstehen … und vermutlich kannst du deine Männergestalt nicht annehmen, so wie früher. Zumindest wohl nicht hier bei uns… aber es ist wichtig, dass du dir anhörst, was ich zu sagen habe.«

Wie recht Luan hatte! Er konnte weder hier im Dunklen Land noch in Türkisland seine Gestalt wechseln. Thamars Schuld! Niven hätte vor Verzweiflung am liebsten etwas zerfetzt, aber er wollte Luan nicht irritieren. Er wippte stattdessen mit seinem Rabenkörper und flog dann neben einem niedrigen Felsbrocken auf den Boden. *Komm hierher…*

Luan schien seine Körpersprache zu verstehen. Er ging dorthin, setzte sich und holte einen schimmernden kleinen Stein aus seiner Kleidertasche. Diesen hielt er so in seiner flachen Hand, dass Niven ihn betrachten konnte. »Ein Magneteisenstein, uralt ... den soll ich dir geben.« Er richtete seinen Blick einen Augenblick lang in die Ferne, seufzte und schaute dann wieder zu Niven, der in seiner Rabengestalt zu seinen Füßen saß. »Vor mehr als drei Jahren verschwand meine Schwester Cayda. Wir suchten sie überall, aber nirgends fand sich eine Spur von ihr — bis gestern. Da sah ich sie zum ersten Mal wieder, als Sklavin von Thamar. In ihrer Schlangengestalt ringelte sie sich um seinen Hals. Er zwingt sie, ihm ihr Gift zu geben.« In Luans Augen schwammen Tränen. »Sie war immer gütig, hat so viele, die in Gefahr schwebten, ins Leben zurückgeholt ...« Er gab sich einen Ruck. »Aber zumindest kann Thamar sie nicht als Frau haben, denn sie weigert sich standhaft, ihre weibliche Gestalt anzunehmen.« Luan atmete durch und sah zu Niven. »Ich will dich nicht auch noch mit unserem Leid belasten, du trägst selbst viel schwerer. Das alles wird sowieso bald enden ...«

Niven gab einen überraschen Krächzer von sich. Wusste Luan etwa, wie man den unsterblichen Thamar töten konnte?

Luan erzählte weiter. »Cayda sprach zu mir in der alten Sprache, die nur noch wir beide kennen. Thamar bekam es nicht mit, er war zu beschäftigt mit den drei Auserwählten und für ihn klang das sowieso nur wie das Zischen einer wütenden Schlange — was er wohl mittlerweile gewohnt ist.« Er lächelte kurz, zeigte dann den Stein, den er noch in der Hand hielt. »Diesen trug Thamar an seiner Rüstung und Cayda gelang es, ihn unbemerkt zu Boden zu werfen, sodass ich ihn später holen konnte. Sie sagte mir, ich soll ihn dir geben, denn es wäre der Stein, an den durch Thamars Fluch die Seelensterne deines Volkes gebunden sind. Er prahlte vor Cayda wohl damit. Ich kann mit dem Begriff nichts anfangen, aber du weißt sicher, was sie gemeint hat ...«

Nivens Kopf ruckte vor Aufregung auf und nieder und er ließ den Stein nicht aus den Augen. Dieser war relativ flach, als ob er von einem größeren Stück weggebrochen wäre. Mit dem Schnabel konnte er ihn sicher wenigstens solange halten, bis er in seiner Steinwelt war. Es drängte ihn, mit dem wertvollen Stück fortzufliegen, aber er spürte, dass Luan noch mehr sagen wollte. *Rede weiter, ich bitte dich, damit ich den Stein schnellstmöglich in Sicherheit bringen kann.*

Da Niven wusste, dass Luan seine Worte nicht hören konnte, flog er auf dessen Hand und pickte an dem Stein, als ob er ihn mit dem Schnabel aufnehmen wollte. Es wirkte.

»Warte Niven Rabenfürst, ich will dir noch mehr sagen.« Luan schaute ihn an. »Cayda gab mir einen Hinweis, wie man das Ungeheuer Thamar vernichten kann, aber es muss schnell geschehen, solange er noch geschwächt ist. Ich habe deshalb bereits Initiative ergriffen und meine Verwandten, die auf dem Meeresgrund leben, um Hilfe gebeten. Du hast ja gestern sicher gehört, dass Thamar sich ›Herr der Zeit‹ genannt hat. Diesen Rang hat er natürlich wie alles andere durch Blut erhalten, aber unwillentlich hat er uns mit dieser Äusserung sein Versteck verraten. Es liegt auf der uns zugewandten Seite der Insel Karmand, die durch den davor tobenden Göttersturm geschützt wird. Vielleicht weißt du, dass niemand sie betreten kann. Meine Verwandten schicken uns deshalb in drei Tagen ein Geisterschiff in den Hafen von Astral, das uns mit Lili, Ardric und Kelwyn sowie zwei weiteren Begleitern dennoch dorthin zu bringen vermag. Wenn wir Glück haben, können wir alle schon in zwei Wochen aufatmen.« Luan schnaufte hörbar durch. »Gleich morgen früh werde ich Ardric informieren.«

Niven hätte Luan für diese gute Nachricht am liebsten umarmt, aber in seiner Rabengestalt ging das nicht. Er wippte daher nur zum Dank mit dem Kopf und hoffte, dass der Viperus es verstand. Als auch Luan den Kopf neigte, fasste er mit seinem Schnabel querseits den Stein. Luan half ihm dabei. Danach flog Niven auf und landete wenig später in seiner Steinwelt auf dem Fußboden der großen Halle des Fürstenpalasts.

In seiner Gestalt als Mann erhob sich Niven vom Boden. Er würgte, weil der Stein fast in seine Kehle gerutscht war, da er diesen nicht rechtzeitig vor seiner Verwandlung losgelassen hatte. Ni-ven spuckte ihn in seine Hand, lief dann schnell zu dem Quell-stein, der links neben ihm an der Wand stand, und spülte ihn ab. Als er aufschaute, sah er die Juncta, die wie beim letzten Mal alle in der Halle standen oder saßen. Ein paar schienen zu fehlen. Seine Rabenfürstin Lena kam mit schnellen Schritten die große Treppe herunter.

»Niven«, rief sie und warf sich in seine Arme. Dann sah sie ihn ernst an. »Gibt es Neuigkeiten?«

Niven, der den Stein noch in seiner Faust verborgen hielt, nickte. Er umfasste Lenas Taille und wandte sich mit ihr seinem Volk zu. »Wir sind nicht vergessen! Dies ist das Erste, das ich euch sagen will. Immer wieder einmal fiel dort draußen …« Er deutete auf das kleine Fensterchen, hinter dem das Dunkle Land lag, »… das Wort: Seelenhüter. Sicher erinnert ihr euch noch, dass man uns in der alten Zeit so genannt hat.« Als die Juncta nickten, fuhr Niven fort. »Die Wächter sind befreit und die gesamte Welt Velam atmet auf.«

»Aber Thamar ist dennoch nicht tot, oder?«, fragte einer der Juncta. »Wir müssten es doch sonst merken …«

»Nein, noch nicht. Aber bald!« erwiderte Niven bestimmt. Er schaute die Juncta an, die ihm zweifelnde Blicke zuwarfen. »Ich will euch etwas zeigen. Wartet …« Niven lief zu dem kleinen Tisch vor dem Fenster neben dem Haupteingang. Lena hatte ihn wohl mit Speisen herrichten lassen, weil sie gespürt hatte, dass er kam. Niven nahm die silberne Schale und legte das Obst darin auf den Tisch. Dann tat er stattdessen den Magneteisenstein hinein, ging wieder zu den anderen und hielt ihnen die Schale hin. »Seht ihr dieses Leuchten? An diesen Stein hat Thamar die Seelensterne eurer Gefährten gebunden. Deshalb kehrte nie mehr einer zu uns zurück. Eine Viperus namens Cayda, die von Thamar zu Sklavendiensten gezwungen wird, hat ihn für uns gestohlen. Wir sind ihr deshalb zu tiefem Dank verpflichtet!« Niven atmete durch, dann lächelte er. »Noch sind unsere Brüder und Schwestern nicht frei, aber sie sind endlich nach Hause gekommen.«

Lena schaute still auf den immer stärker leuchtenden Stein, der jetzt mitsamt Schale von einer Hand zur nächsten gereicht wurde. Sie lächelte froh. Dann griff sie nach Nivens Hand. »Wie geht es jetzt weiter?«

Niven berichtete nun, was er von Luan sonst noch erfahren hatte. Ja, er musste noch einmal fort, die gefährlichste Strecke bewältigen, zusammen mit Lili und ihren Gefährten. Aber er war zuversichtlich, dass alles gut ausging, auch wenn er selbst wieder nicht mitkämpfen konnte, weil ihn seine Rabengestalt daran hinderte.

Niven zog Lena zu sich heran, atmete wie befreit aus. Er dachte auch an die Freunde, die fern von ihnen in Antiquerra nach dem verschwundenen Tor zu seiner Steinwelt suchten. Sobald Thamars Macht endgültig gebrochen war, würden sie es finden! Ja, er fühlte es jetzt deutlich. Nicht mehr lange, dann wurde alles gut.

Über die Autorin

Angela Mackert

Die Autorin Angela Mackert, geboren im Jahr 1952 in Karlsruhe, lebt und arbeitet in Ettlingen. Nach einer Karriere als Geschäftsführerin eines Einzelhandelsbetriebs erfüllte sie sich einen ihrer Lebensträume und gründete eine eigene Schule für Astrologie und Tarot. Die Expertin für Esoterik veröffentlicht gefragte Fachbücher, daneben aber auch Kurzgeschichten, Krimis und Fantasy-Romane, die oft von einem mystischen und geheimnisvollen Flair durchzogen sind.

Mehr über die Autorin unter: www.angela-mackert.de

Angela Mackert
Die Farbe der Dunkelheit
Antiquerra-Saga 1

264 Seiten, Paperback
ISBN 978-3-7392-1992-9
auch als eBook erhältlich

Die ewigen Königinnen Alyssa und Tahereh regieren über Leben und Tod, das Licht und den Schatten. Aus Eifersucht will Tahereh alle lebenserhaltenden Kräfte zerstören. Nur die sechzehnjährige Lena kann sie aufhalten. Sie öffnet das Tor zwischen den Welten und begibt sich auf den gefährlichen Weg ins Schattenreich. Begleitet wird sie von einer bunt gemischten Gruppe aus Feenkriegern, Lichtmagiern und Alraunen. Als völlig unerwartet Vampire auftauchen, wird es kritisch, und zu allem Überfluss scheint Lenas Führer Niven ein dunkles Geheimnis zu hüten.

Angela Mackert
Antonia Hain deckt auf ...
Ein tödliches Geheimnis

276 Seiten, Paperback
ISBN 978-3-7412-1044-0
auch als eBook erhältlich

Die Kartenlegerin Antonia Hain ist in der kleinen Schwarzwaldgemeinde Rabenhofen bekannt wie ein bunter Hund. Als sie die Überreste eines Mordopfers findet, packt sie der Ehrgeiz und sie verkündet, dass sie den Fall mithilfe ihrer Lenormandkarten aufklären wird. Bald findet Antonia erste Hinweise. Doch die Suche nach dem Täter ist nicht nur komplizierter als gedacht, sondern auch mörderisch gefährlich.